中文桃李

梁晓声 著

作家出版社

图书在版编目（CIP）数据

中文桃李 / 梁晓声著. -- 北京：作家出版社，2022.3（2022.7重印）

ISBN 978-7-5212-1822-0

I.①中… II.①梁… III.①长篇小说 – 中国 – 当代 IV.①I247.5

中国版本图书馆CIP数据核字（2022）第040938号

中文桃李

作　　者：梁晓声
责任编辑：杨新月　姬小琴
装帧设计：琥珀视觉
出版发行：作家出版社有限公司
社　　址：北京农展馆南里10号　　邮　　编：100125
电话传真：86-10-65067186（发行中心及邮购部）
　　　　　86-10-65004079（总编室）
E-mail:zuojia@zuojia.net.cn
http://www.zuojiachubanshe.com
印　　刷：北京盛通印刷股份有限公司
成品尺寸：152×230
字　　数：388千
印　　张：28
版　　次：2022年3月第1版
印　　次：2022年7月第5次印刷
ISBN 978-7-5212-1822-0
定　　价：56.00元

作家版图书，版权所有，侵权必究。
作家版图书，印装错误可随时退换。

第一章

我在列车上认识了冉。

她成为我妻违背我的人生规划。

依我想来，成为我妻的女子，当以二字名为好——这是从生活常识来考虑的。

两口子哪有不吵架的？领证没多久，反目成仇之事屡见不鲜啊。据说，我们"八〇后"的离婚率与上几代国人相比是最高的。当然，若与下两代人相比，那就另说了。

我这人比较传统，以"执子之手，与子偕老"为美德。结婚了还继续拈花惹草的事儿肯定与我无涉，但我怎么能预见成了我妻的女子绝不会那样呢？就算两口子都非那种轻佻之人吧，然而蜜月一过，开始在一起过实在的日子了，磕磕绊绊，你撑我、我撑你的时候总不会没有吧？过实在日子，哪一对普通夫妻的关系能总是卿卿我我而从不吵吵嚷嚷的呢？蜜月还没结束，互撑已成家常便饭，这样的现象也不少啊！

那么好了，如果徐冉不叫徐冉，而叫——比如叫徐×冉，互撑时我就不至于显得太过弱势。

"晓东，你什么意思？！"

徐冉撑我时，语势上一向占据优势。人家叫的只是我的名，没连我的姓也捎出来，所以那话就在得体的范围之内，使我挑不出理来。但是呢，语调却可以说出针锋相对的意味。想有几分有几分，分寸全由她自己拿捏着。

而需要一位丈夫固守已见的时候，我的话就难以说出她那么一种气势了。

"冉，你什么意思？"

怎么说语势上都有点弱对不对？

"冉……"单字之名，想不带出亲昵劲儿都不太可能。何况，往往的，我还总会不由自主地加上一个"呀"或"啊"；也往往的，话到唇边偏不想加，可习惯已成自然，还是加了。

某些习惯真难改呢。

"冉，你什么意思啊？"哪位说说看，这样的话能说出撑的语势吗？连点撑的意味也难以体现呀。但两口子之间，身为丈夫的一方，该撑不撑，那时说出的话弱弱的，使是妻子的一方听来似乎已甘拜下风，长此以往，一位丈夫的家庭地位和起码尊严又何在呢？

如果我妻子的名是双字名，情况就大为不同了。

"×冉，你什么意思？"

这话是不是可以说出不怒自威的意味？因为她的名不叫"×冉"，而只叫"冉"，所以我撑她的话后边才往往加一个完全不必要的"啊"——这种情况对于我似乎是"语感条件反射"。

"李晓东，你想咋样？！"

"徐冉，你又想咋样？！"

这时，只有这种双方互撑时都将对方的姓带出来了的时候，我俩在语势上才形成了针尖对麦芒的均衡局面。

但那种时候委实是不多的。两口子嘛，多了还行？而且，那种时候通常是我先压下自己的火去。男子汉大丈夫，该让得让，识时务者为俊杰。常怄气对谁都不好，容易引癌上身，这一点我俩都明白。不论是她还是我，谁得了癌对我俩不都是两败俱伤的事吗？

话说2000年，我考上了本省的文理大学。我是哪一省人，这我就不说了吧。某些隐私，我还愿为自己保留一下下。到哪时说哪时，保留不成再说。普通人的隐私那也是隐私，不能因为自己普通，就不把自己的隐私当成一档子事儿，那不更普通了吗？这年头，谁还傻兮兮地做"拉锁派"啊？

"拉锁派"是徐冉对无原则的坦诚人士的讥讽。

话又得说回来。我妻可不是不坦诚的女人，只不过她的坦诚讲原则，因人因事而异。

通常情况下，她对涉及自身利益之事表现得最为坦诚，维护自己利益的态度从不含糊。对于动了本属于她那份"奶酪"的人，据理力争起来也毫不含糊——正如我在包容她这方面一向做到了"无须提醒的自觉"。

"自己的利益得自己去争取！现而今，还有那种为了维护别人的利益挺身而出仗义执言的人吗？"这是我妻对我的经常教导。当然，此后话也。

2000年大学新生入学期间某日，在列车上，她坐在了我旁边。车上人不多，开车后我俩那排座空着一座。她的座位靠窗，确切地说是我坐在她旁边。

她说："我晕车，能换一下座吗？"

我求之不得。不论乘火车还是乘汽车，我都喜欢靠窗的座。惭愧，那年我还没乘过飞机。

我俩换了座位之后，我问："你干脆坐边座行不？"

她反问："为什么？"

我说："那空座不就在咱俩之间了吗？咱俩的包都可以放中间了。"

不料她低声然而坚决地说："不行。"

这我就奇了怪了，忍几忍没忍住，以虚心讨教的口吻又问："何以不行呢？"

她面无表情地说："边座是别人的座位，我不喜欢乱坐别人的座位，人家下一站有可能就上来。"

这话听着似乎挺有道理，但也太死心眼儿了吧？

我犹豫了一下又说："现在不是正空着嘛，一个多小时以后才到下一站，方便一个多小时也是方便啊。"

她却没再说什么，起身从架上取下自己的背包放边座上，又从背包中取出一本厚厚的字典和一袋零食，边吃边看，不再理我了。

竟会遇到这样的人！而且还是位"美媚"！而且我刚刚满足了她的请求！我心里那个气。

一会儿列车驶入了一段挺长的山洞。我心里的气不是因为她死心眼儿不死心眼儿，也不是因为她只图自己方便却不肯让我也沾沾方便的光，而是因为她确实算得上一位"美媚"。不属于使人惊艳的那类，走在路上回头率未必会多高，也许根本就没什么回头率；她属于乍看只不过是大众脸、平常人，往细了端详才挺经看，越看越能看出几分韵味儿那一类。

我这人吧，是很有自知之明的男生，非属那种"傻多情"类型的"准二百五"。颜值甚高的窈窕淑女，我从不会主动搭讪着套近乎，那结果往往是自讨没趣，甚至可能是自取其辱。颜值和身材太一般的，我也从不滋扰人家，那干什么呢？岂不是等于无事生非吗？咱没早恋过，初高中时向女生"传纸条"那类事咱绝对没干过，一向一门心思苦读来着。如果我高考落榜，估计我妈会得抑郁症。复考之事，我想都不敢想，那可能会越考越糟，反倒一辈子入不了大学的门了。在我们灵泉那个地级市，高考竞争已近乎白热化，北上广深等大城市手拿把掐能考上一所较好的大学的分数，在我们那儿往往连起码的"一本"都靠不上边。所以我从初中到高中，一向是心无旁骛的用功学生，为的就是"一锤子买卖"式地拼分数。在灵泉，"一考定终生"还基本上就是那么回事。

好歹，没白用功，咱考上大学了，还是省重点。于是呢，精神和精力总算迎来了"双解放"的好光景，交交女朋友的事随之可以提上日程了。而徐冉彼女，相当符合我当时的择偶标准——我的既定方针乃是，最适合自己的才是最好的。

车厢黑下来后，车窗起到了镜子的作用。我侧脸看车窗，实际上也就等于在端详她——她的侧脸线条很好看，鼻梁直挺，上唇微翘，下颏端正，略尖；眉梢长，脖子也长，使她的侧脸看去有几分希腊女子的美感。我联想到了一幅油画,画名是《年轻妇女肖像》,意大利文艺复兴早期委涅齐阿诺的名画。2000年,那幅画的印刷品镶在典雅的框子里,挂在我家我父亲的书房里。我父亲认为"她"比蒙娜丽莎美,我完全同意我父亲的看法。他是我们灵泉美协的副主席,本有资格当主席的,由于是油画家,就只能委屈他当副主席了。上级领导认为,美协主席还是由一位国画画家来当的好。对于蒙娜丽莎的看法……噢,扯远了。咱不说那位"蒙姨"了,接着说"徐冉同志"哈!

我从车窗上不仅能看到她的侧脸,当然也能看到自己的正面形象。很清楚,绝对比古代的铜镜清楚。不谦虚地说哈,咱的颜值那还是不错的,有几分像后来的电视剧《知青》中的一个人物,不是王凯,是叫尹键的那位。据编剧说尹键在《知青》中的戏份原本挺多的,由于在剧中爱上了一个"右派"的女儿,结果戏份几乎被砍光了。否则,兴许他也早红了。说到底是编剧对不起尹键——明知那样的情节不易通过,干吗非让人家孩子爱上那么一个"姐"呢?……

对不起对不起,又扯远了,也不说尹键了。我这人思维跳跃,但愿没给诸位留下饶舌的印象。从现在起,我要直线思维,不再东拉西扯了!

话说2000年的我,一米七八的个头,不高不矮,坐在前去大学报到的列车上,青春年少,意气风发,试图与坐在旁边的徐冉主动认识一下,却遭遇了她的冷淡,内心里未免有点儿光火。

我主要还不是由于她对我的态度而光火,不就是侧面的样子挺耐看吗?有什么架子可摆的呀!实际上我是生自己的气,因为确实受到了几分诱惑而生自己的气,觉得自己一名大学新生太没出息了。从地级市考入一所省重点大学,怎么说也能证明我是有志青年啊,我的"眼眶子"理应高一点儿嘛!

列车钻出山洞时,徐冉合上厚书,放在膝上——却原来不是一般的字典,而是《汉字学入门》;我第一次见到那样的典书,不禁又对她刮目相看起来。她不吃零食了,用湿纸巾擦擦手,往后一靠,闭目养神。

我也往后一靠闭目养神，决定不再主动与她搭讪，这点儿矜持劲儿我还是有的，没有也装得出来。

她那本典书掉地上了，这使我睁开了眼睛——她从书中抽出一页折了两折的A4纸，展开呆呆地看。

那是一份大学录取通知书，与我收到的一样；盖着同一所大学的校章，而且我俩是同一个专业——汉语言文学专业，也就是从前的中文系。

这使我想不与她搭讪都不可能，那也太难了啊！

我说："恭喜你。"

她竟不拿好眼色看我，仿佛我羞辱了她。

我又说："别误会，诚心诚意的。"

她冷冷地说："既不是211，又不是985，有什么可恭喜的？你要说句同情的话我还爱听点儿。"一边说，一边将通知书夹入典书，并将书塞入背包。

这不等于撑人吗？

我愣了愣，往回找补面子地说："毕竟是省重点……"

"省重点的意思就是非重点，我不该落这么个下场。"

这叫什么鸟话！

我本想继续告诉她——我也是那所大学那一专业的新生，同乘一次列车，而且座挨座，缘分不浅……

但我的话还好意思说吗？

她又往后一靠，闭上了眼睛。

我也学她那样，不屑于再欣赏她的侧脸。外边阳光甚好，列车一出山洞，阳光又透过车窗照在我俩脸上，身上。

我拉下了遮帘。

她偏过身去。我也偏过身去，与她背对背。山洞颇多，车厢里一阵明一阵暗的。一想到以后四年里将与她这样一名女生经常在同一教室上课，我的心情不再愉快，晦气之感顿生。

我竟一次也没再看"镜子"——她的后脑勺也就是一般的后脑勺，没什么看头，不知不觉我睡过去了。醒来时，列车已到终点，旁边已不见了徐冉，车厢里只剩五六人还在往外走。

这人！叫醒我一下对她能有什么不利啊？！

我心里那个气。

我的东西不多，全在双肩背兜和拉杆箱里。下了车，遇到了特殊情况——滚梯发生故障，出站只能上台阶。台阶很高，分三段。虽有站台服务员协助某些老人和妇女，拉杆箱较大较沉的中青年却也都表情为难起来。

我发现了徐冉的背影——马尾辫、一身浅蓝色女式牛仔装，褐红色背兜；没错，正是她。她算是高个子女生，估计有一米七五左右。

她的米黄色拉杆箱特大，驻足仰望着高高的台阶。

活该！上本省的大学又不是上国外的大学，带那么大的箱子干吗呀！"世上溜溜的女子"满目皆是，我那所大学里的"美媚"肯定也不少，洒家何必对她情有独钟呢？

这么一想我又不觉得尊严受损，心情愉悦起来了。几步走到她身边，故作快活地"嗨"了一声。

她扭头看我。

我说："幸会，再见！"说完，拎起拉杆箱，迈着轻盈快捷的步子踏上了台阶，一步三级地往上蹿。我家离省城近，列车距离两小时多点儿。如果我愿意，每周可回家一次。所以我拉杆箱里东西不多，拎起来并不吃力。我站在台阶顶部时，忍不住转身朝下望，见一位手持话筒的协助员在对徐冉说："这位姑娘请往一边站，别妨碍他人上。现在人多，过会儿人少了，站台工作人员肯定会帮助你。"

看徐冉推着拉杆箱走到了台阶旁，我心生出幸灾乐祸的快感。但仅是几秒钟的事，转瞬我就因自己的不良心理而羞愧了——她毕竟将是我的同学，而且是女生，我岂能因小小不言的别扭感觉袖手旁观她之为难？那我这个男生以后还怎么面对她这个女生呢？如果她在班上大肆宣扬起这一段儿来，全班同学甚至包括老师们将会怎看我呢？我在众人眼里岂不是刚一入学就被涂上了"此人差劲"的色彩吗？即使她不说，我自己也会后悔呀！

我又拎着拉杆箱噔噔噔跑下了台阶。

我往下跑时她一直看着我。

我站在她跟前，将拉杆箱放下，拉起拉杆，以命令的口吻说："替我拉着。"

我想我的表情肯定是庄重的，也很可能是严肃的。

她问："我为什么要那样？"

她的表情几可用"反感"来形容。

我说："我的轻。我替你把你的拎上去。"

她一脸不信任地说："谢了，过会儿别人会帮我。"

我说："彼人也，我亦人也。彼能帮，我何以不能？"

"我再说一遍，不劳您大驾，谢了。"她说完一转脸，不再理我。

我说："今天帮定了。"说完，拖着她的拉杆箱转身就走。

"哎你！同志！同志！那人把我的拉杆箱拖走了。"

她居然向一名站台工作人员求助，仿佛我是劫匪。

我站在一级台阶上朝工作人员笑着说："别听她的，我俩认识，我帮她拎上去。"

她叫嚷起来："我不认识他！"

我光火了，朝她吼："住口！认识怎么？不认识又怎么？不认识就不能互相帮助了？毛病！"

工作人员也笑着对她说："这么多人的情况下，他不可能拖着你那么大的箱子跑掉。何况在站内，往哪儿跑？我看人家是诚心帮你，你跟上去不就得了嘛。"

她这才做起了正确的事，拎起我的拉杆箱跟上了台阶。

我没料到她的拉杆箱会那么沉，上几级台阶就得歇一下。而她拎着我的拉杆箱一直跟在我身旁，似乎对我还不放心。似乎而已，只不过是我的感觉。

快上到第二段台阶的平台时，意外发生了。不知怎么一来，她那拉杆箱的拉锁失效了。我再往起一拎，拉杆箱像巨贝似的张开了，里边散落出来的东西令我目瞪口呆。竟是些土豆、红萝卜，比拳头大不了多少的小倭瓜——都是圆的，总共二十多个；还有几本厚厚薄薄的书；还有一副可以围在小腿上的健身沙袋！我跑步时也曾往小腿上围过那种沙袋，里边不是一般沙子，是更重的铁沙。沙袋和书，只不过散落地上而已。土豆之类却一个个球似的从台阶上往下滚。

我不禁生起气来，冲她吼："你上大学带那些东西干什么？想自己开伙呀？为什么不带上几斤肉？为什么不带上油盐酱醋？干脆连电炉子也带上得了！"

她也十分生气，冲我嚷嚷："你冲我吼什么你？我求你帮忙了吗？我的拉杆箱原本好好的，是你把它弄坏了！"

"你！……"

还反过来怪我，我真想踹她一脚。

上台阶的人们受到土豆什么的妨碍，抱怨不止，有人说出了很难听的话，使我更加光火。

站台工作人员也朝我俩嚷："哎你们两位，搞什么呀？别光在那儿互掐，快收起来，绊倒了别人你们是要担责任的！"

这是肯定的。不但她将担责任，连我也逃不了干系呀！光傻站着生气那是没用的，我只得跑下台阶去捡那些"球"。捡得再快也只能一手捡一个啊，为了一次多捡几个，我用衣襟兜着。

而她，蹲在原处鼓捣拉杆箱的拉锁。

等我将那些"球"一个不少地全替她捡回来了，她也将拉锁修好了。

她又说："就是你放一下蹾一下地搞坏了！"

我很绅士地忍气吞声，默默帮她将东西放入拉杆箱内。

等我俩都直起身，台阶上已无人了。

"谢谢谢谢，千恩万谢了，您请走吧，不用您帮了！"

当我要再次替她拎起拉杆箱时，她态度坚决地阻止了我，用身体挡住拉杆箱，还将"您"字说出重音。

我瞪着她发愣。

"辛苦您了，不成敬意，请收下。"

她从钱包里掏出五十元钱递向我。

那时我又想踹她一脚。

一名身高马大的男性站台工作人员走了上来，看看她又看看我，困惑地问："什么情况啊，你俩还不走？"

她说："同志，我不愿麻烦他，还是请您帮我拎上去吧。"

那位大叔爽快地说："没问题，应该的。"

他拎起拉杆箱又说："分量真不轻。"

我还有站在那儿的必要吗？

我才不是那么厚脸皮的人，拎起自己的拉杆箱昂然而去。

我在车站大厅遇到了表哥李彬，他是省报设在我们那个市的记者站的记者，常往省城跑。

他问："跟什么人发生冲突了？"

我说："没有啊。"

他说："我不但是记者，还是你表哥，闷气都挂相了，能骗得过我的眼睛吗？"

我苦笑一下，淡淡地说："小事一桩，已经过去了。"

他搂着我的肩又说："往后是大学生了。要学会忍。不会忍，算不上成熟。人世间三分之一不好的事，忍一忍其实都是可以不发生的。"

我说："记住了。"

表哥年长我八岁，我俩每次见到，他都像负有家族使命似的教诲我几句。

我与表哥说了会儿话就分开了。走出车站，一眼望到了学校接我们新生的横幅和大巴；同时又望到了徐冉的背影和她那制造麻烦的拉杆箱——我很奇怪她的拉杆箱是米黄色的，太少见了，真是什么人喜欢什么颜色——也许情商低的人才反而喜欢与众不同吧？我们说某人"各色"不就是这个意思吗？

我紧走几步，跟在她后边。并非成心要紧跟着她，而是因为我看到大巴里已快坐满了人，不愿走得太慢让别人等我。但我也不愿与她并肩走，我干吗非与她并肩走啊？在人来人往的广场，那么走不是也妨碍别人吗？我俩在站内都妨碍过别人了啊！我更不愿走到她前边去，怕使她那种性格"各色"的人添堵——怎么，自己的拉杆箱小、轻，就噔噔噔超到我前边去，成心气我呀？发生了一连串不快之后，我料定她肯定会那么想。

她显然是个极其敏感的人，感觉到了后边有人跟着，站住，转过了身。见是我，一愣，冷冷地问："你跟着我干什么？"

我冷冷地反问："为什么认为我在跟着你？"

她说："你明明在跟着我！"

我说："我不可以走与你相同的方向吗？"

"我谢过你了，也给过你钱了，是你当时没接，如果你嫌少……"

她又一次掏出了钱包。

我又一次觉得被羞辱了，不愿再说什么，几大步走到她前边去。

大巴的座位几乎坐满了——只有最前边的两个座位空着，是有小桌的座位。那样的两个座位，显然是专供特殊乘客坐的，所以先上车的人都没好意思坐。

我放妥我的拉杆箱和背包，犹豫着不知该不该坐下去。一名负责接站的学姐请我出示录取通知书，我给她看了。

她说："你可以坐那儿，谁都可以坐那儿。"

我便坐了下去。

这时，司机已经在车下帮着徐冉放她的拉杆箱了。拉杆箱太大，车上已没地方放，只能往车厢底部的行李层里塞。

等司机上了车，学姐在车门那儿也请徐冉出示录取通知书。

她却找不到她的录取通知书了。

学姐耐心地说："别急，慢慢找。几所大学的校车都在接站，主要是怕你上错了车。"

"对不起,在站内出了点儿乱事儿,也许……也许丢了……"

她快哭了。

我只得替她说:"她肯定没上错车,是中文系新生,我看到过她的录取通知书。"

只要她上了车,车就可以开了。不能让她一个人耽误大家的时间,我那么证明主要还不是急她所急,而是急大家所急。

学姐说:"那上车吧,丢了也没事,反正学校有电脑档。你俩都是中文系新生,正好坐一块也熟悉熟悉。"

她低头上了车,将背包往小桌上一放,一屁股坐我旁边,连个"谢"字都不说,继续翻找录取通知书。

我则一动不动,仅将目光从眼角瞥向她。

"找到了,在夹层!"

她叫起来。

坐在车头那儿的学姐回头朝她笑笑,那时车已行驶在路上了。

我转脸望窗外,决定在下车之前不再向她转过脸去。

她则像在列车上那样,干脆面向另一边车窗,以背对我……

第二章

　　为了与世界接轨，中文系已改成汉语言文学专业了。在别国的大学，并没有什么"国文系"——如英国没有"英文系"，法国德国也没有"法文系""德文系"。门户开放，中国之大学与国外的大学交流多了，"中文系"继续叫"中文系"，会使外国教育界的人士觉得怪怪的，疑惑多也。但细说起来，我们"文理大"这样一所全省排名第三的所谓省级重点大学，在我们那届新生入学时，其实既无外教也无留学生。但那也得改呀，都得与时俱进嘛。地方看北京不仅体现在别的方面，同样也体现在教育界啊。相应的，全国重点大学多出了"对外汉语教学专业"，我们大学那时也有了。"对外汉"当年是香饽饽，或曰新式"蛋糕"，地方的文科大学当然也会难捺分一块的冲动——"对外汉"当年的招生广告比"汉语文"的招生广告吸引力大多了，主要因为那个"外"字；此"外"字会使高考的莘莘学子产生特别丰富的联想——外交部、各类对外文化交流机构、孔子学院（当年孔子学院也非常具有求职吸引力）；最起码可以教"老外"学汉语汉字吧？那不就成了"老外"们的老师了吗？对我们新生而言，若将来能成为"老外"们的老师，那是多大的出息啊！由于有了"对外汉"，便又有了"汉语言文字学"专业，课程是学中国早期汉语言学家们的研究成果，为吾国继承宝贵的文化遗产，同时培养新一代语言学家，即可以在更高的层面与各国"汉学家"进行交流的汉语言学术精英。但——那基本是"北大""复旦""中山""南大""武大"一类名校的事,还是与我们"文理大"没什么实际关系。尽管如此,我们大学"对外汉""汉语言"专业的学子在"中文"也就是"汉语言文学"专业的学子面前,普遍还是会多多少少有那么一点儿傲气的,这使"汉语言文学"专业的同学心理上备觉压抑。

总而言之,我那一届新生入学后,几个专业合在一起,组成了"人文学院"。在"人文学院","汉语言文学"专业分明成了边缘学科,在全校就更不消说了。从前的才子专业早已风光不再,性别比例上"子"少女多了。多到何种程度呢?全专业八十几名学生,总共才七名男生。不是说物以稀为贵吗?我们七名男生谁也没感觉到——我们感觉到的反而是同专业女生们的怜惜。那时学校已经流行一句顺口溜:"中文系,最大的筐,分数低的全都装。"在一般人与人的关系中,通常规律是友善产生怜惜;在我们专业此种规律反了过来,成了怜惜产生友善。事实确乎是,她们都对我们七名男生十分友善,但那种基于怜惜的友善,是我们七名男生心理上皆挺排斥的。她们都和徐冉一样,认为自己落入了"最大的筐"里,实乃三生不幸。有那极端的女生,甚至认为是自己的奇耻大辱。她们中有人的考分确实不低,因为不低而高估了自己,一心想要"跃龙门",结果因志愿报得失策没考出省去,被调来调去,最终沦落到了"文理大"。徐冉则又不同,她是偏科女生,据说英语已达到了六级水平,几乎得满分,但数学拉下的分数太低,刚及格。

我们七名男生中有一名叫王文琪,情报特别灵通,经常向我们另外六名男生透露女生们的入学分数。其实无须他向我们透露,我们每每也能有所了解,因为在教室里上课前那一会儿,或者图书馆、食堂,我们几名男生每能无意间听到某几名女生凑在一起的窃窃私语、叽叽喳喳,互相排遣失意心理。入学最初几天,那是她们之间拉近关系的主要话题。而听到的男生,包括我自己,心理往往较为复杂——既自愧弗如,又因她们的失意而产生快感。

我们那所"文理大学"某一年曾更名为"华夏文化大学",结果被误以为是民办大学，考生骤减。第二年赶紧又改回原名，不再企图借"华夏文化"四个字抬高名气了。"文理大"的"文"字，也遭到了我们那一届女生的嘲讽，她们的说法是——"理大"还比较符合现实，这年头"文"凭什么"大"呀，"文"都快跌到萝卜白菜的价了，怎么还好意思冠在"理"的前边自以为"大"呢？这种话最刺我们七名男生的耳，也刺我们的心。因为我们可都是当年便已日渐稀少的"文学青年"，我们的第一志愿可都是"汉语言文学"专业。

我们校虽然只不过是省重点，而且排名第三，却也还是有名教授（起码在本省是有名望的），比如汪尔淼教授。

汪教授五十五岁了，教完我们这一届就该退休了。他出版过多部文学理论书，获得过文学理论方面的"鲁奖"，也是连续几届的"茅奖"评委——怎么样？即使与名校"汉语言文学"专业的教授们相比，也不矮谁一头吧？他却低调得很，言谈举止都是特像"师长"的那类人。一过五十岁，就坚决不再担任专业的主任，只上课了。据说也很少写什么，打算从此"述而不著"。

他第一次给我们上课时，就令我们全班刮目相看了，连几名心高气傲的女生，也不得不承认自己从没听过那样一些关于文学的观点。

因为我们学校在省重点排名第三，有的同学包括我们男生说到本校时，每以"咱们小三"自嘲。

站在讲台上的汪教授首先说的是："我希望大家以后再也不要自嘲为'小三'了，用那两个字自嘲等于自辱，为什么，你们懂的。"

男生女生便都有哑然失笑的。

他又说："自辱而以自辱为娱的人，是不太可能受到别人尊重的。都不拿自己当回事，别人还非拿你当回事吗？"

有的同学就低下了头。

汪老师并没就"小三"二字再多说什么，接着开始上课了。

他说近代的人类社会有一种最广泛的资源，是权力和金钱根本无法全部垄断的,那就是文化,而文学是文化现象生动鲜活的部分之一。普通人缺的正是权力和金钱,故所以然,文学从本质上是人类社会"余留"给普通人的可再生资源,几乎不需要投资。在人类社会的从前,文学也并非如此。近两百年,特别是近一百年以来,普通人才越来越多地享有了文学欣赏、评论和创作的文化福祉。新媒体时代使这一福祉的普惠性更加广泛,所以作为普通人家的儿女生逢此时代而又在大学里学"汉语言文学",未必不是幸运,因为文学或能从多方面给予普通人家的儿女以不同的人生尝试……

我从没听人这么谈论过文学。其他几名男同学和我坐在同一排,我左右扭头,见他们一个个听得表情庄肃。于是我知道,他的话说到我们大家心里了。

"后排左边那名女生,别再看手机了。右边几名女生,请将与本堂课无关的书合上。是英语书吧?中文都没学得怎么样,英语考过了六级八级又如何?不愿听此课的同学可以离开教室,但必须向教研室指出我的课水平低在哪几方面……"

于是我知道,有些女生和我们七名男生的感受是不同的,甚至可能是完全不同的。

汪老师说了那几句绵里藏针的话后,转身在黑板上写下"文学"两个字,继续讲课。

"我写不好小说,散文写得还行。还行的意思就是署上我的名字不至于使自己难为情。所以我支持大家写写散文啊、随笔啊、评论啊,包括诗,咱们还可以互相交流交流心得。学中文而不勤于动笔,那种学就是骗自己。至于小说创作,我肯定是教不了的。但我也支持大家尝试短篇创作,以五千字以内为宜。我不鼓励大家在校期间写长篇,学生还是要以学为主。何况本校也并非鲁迅文学院,我教的也不是作家班。我下边的话很重要,希望大家别当耳旁风,往心里记——评论是我们双方教与学的底线能力……"又转身在黑板上写出了"评论"二字,"文学评论能力,是一种具有延展性的能力。有这碗饭垫底,也可以评影视、戏剧、绘画,甚至评论建筑与园林之美。好比具有了一种丝弦乐器的演奏能力，转而掌握其他同类乐器的演奏，入门较快。并且，从文学评论的角度评以上别种艺术，往往会所见独到……"

我们七名男生都目不转睛地望着他，听得聚精会神。

在汉语言文学专业日薄西山的时代，他分明是在为我们七名铁杆学子打气。

"那么，评论有原则吗？"

汪教授话锋一转，提出了一个问题。接着看讲桌上的名册，点名请王文琪站起来回答。

王文琪引用了一句老套的话来回答——"一千个读者心中会有一千个哈姆莱特"，意思显然是否定的。

汪老师对王文琪的回答似乎早有所料，他在讲台上缓慢走动着，一手背身后，一手在身前，半截粉笔不停地在指间转动，语调缓慢地说："你能引用那句话老师很高兴，证明你入学前已经是读书种子了。我们也可以说一千个读者心中有一千个安娜·卡列尼娜、一千个涅赫留朵夫、一千个安德烈伯爵、一千个巴扎耶夫、一千个莫里哀主教、一千个冉·阿让、一千个沙威、一千个于连、一千个简·爱、一千个苔丝、一千个高老头，等等，不一而足。但我们所举之例，无一不是名著中的人物。那么另一个问题随之产生，名著是怎么成为名著的呢？……"

他的目光望向了我。确确实实，完全集中在我一个人脸上，分明期待着我的回答，这使我有点儿激动。

我自信地回答："评论家的肯定。"

他点点头，又问："有谁补充吗？"

他的目光不再望向女生们，只扫视我们男生，仿佛教室中仅有我们七名男生。

王文琪说："也得受到读者们认可。"

另一名男生说："也要被时间所筛选。"

"那名举手的女同学，什么事？……"

他的目光终于又望向女生们了。

"去卫生间。"声音听来有几分难耐了。

他朝门那儿做了一个"请"的手势。

徐冉随之走出去。

汪老师的思绪显然被打断了，望着教室门发愣。但那只是片刻之事，他又在讲台上缓缓走动，沉思地说："情况往往是这样，某些作品虽受评论家们的好评，但广泛的读者并不买账，或一个时期内并不认可。某些作品虽受读者喜欢，评论家们却大不以为然。于是呢，只有交给时间去筛选。时间很厉害，在此点上从没错过。于是呢，不唯作品本身，评论家和读者对一部文学作品的看法，也要受到时间的检验。那么，时间成了唯一的终评委。这说起来有点儿怪。时间非人，并无意识，依据什么来检验呢？归根到底，还是要依据人的看法来检验，只不过它将当时之评论家和读者的看法与后来的后几代的评论家和读者们的看法综合了。尽管，一千个人心中有一千个哈姆莱特，但一千个人心中的哈姆莱特肯定又是大同小异的哈姆莱特，而绝少有根本对立的看法。大同小异之'大同'，便更是评论所持的诸原则或曰尺度的体现。我们这堂课先点到为止，以后再结合具体作品进一步讨论……"

直至下课徐冉也没再回到教室。

第二堂课汪老师讲得更从容更随意了。

他问《卖火柴的小女孩》对人类社会的进步有意义吗？如果有是什么呢？

连我们七名男生都觉得这个问题太高大上了。

他似乎也不想请哪一名同学回答，只管旁若无人般自说自话："在安徒生那个年代，欧洲的男人们都习惯于吸烟斗，当时没有打火机，大小城市里卖火柴的男孩女孩随处可见。一本安徒生的童话定价不低，精装更贵。可想而知，卖火柴的男孩女孩是买不起一本安徒生的童话书的。得卖多少盒火柴才能买得起一本啊，只有中产阶级及贵族之家的爸爸妈妈，才能为自己的小儿女来买安徒生的童话。大家想象一下,情况往往是这样——在寒冷的冬夜,外边下着大雪,富裕人家的小儿女躺在柔软的床上,或蜷在沙发上,或趴在壁炉旁的地毯上,也许自己在读《卖火柴的小女孩》,也许在听爸爸妈妈读;那孩子为卖火柴的小女孩的命运忧伤了,流泪了,小小的心灵里从此埋下了同情的种子。同情的种子会在儿童的心里发芽、长大,好的童书是水分,是阳光。后来,那孩子又读到了王尔德的《快乐王子》;成为少年或青年时,读到了《苔丝》,读到了《悲惨世界》。那么,他成为警长的话,也许就不会是沙威;她成女议员的话,也许会特别重视慈善工作,使卖火柴的卖花的无家可归的男孩女孩受到关爱而不再被冻死……是的,我认为文学确曾起到过这么一点儿促使社会进步的微不足道的作用,一点儿一点儿地,一百年一百年地影响着世道人心。所谓世道,社会准则也……"

"老师,能提个问题吗?"是女生的声音。

他似乎从安徒生的年代被唤回到了现在时,目光有些恍惚地望向后排,几秒钟后才做了一个"请"的手势。

"您的意思是,安徒生创作他的童话的时候,是怀着一颗佛祖般的想法,打算为天地立心吗?"

有轻轻的讥笑声从后排发出,呼应着那女生的提问。

他庄肃地说:"我没那种意思。安徒生当时怎么想的,他并没留下创作谈,后人无从知道。但是,对卖火柴的女孩的同情心肯定是有的吧?反正我读出来了,你一点儿没感受到吗?"

教室里比刚才更肃静了,我连那女生坐下的声音都听到了。

他接着说:"我是尊重张载他们那样的古代知识分子的,他们对'文以载道'的精神很坚守,但他们的思想表达太高蹈了。'为天地立心'多难啊,果有佛祖的话,佛祖也没做到啊。天若有心,安知其心必然守恒,不会像人心那么容易生变?但我的阅读体会告诉我,古今中外,作家对文学所持的理念多种多样,但确有一类作家,相信文学影响世道人心乃是意义之一。我强调一下,是之一,不是全部。这使某一类文学,具有与宗教同质的属性。《红字》《悲惨世界》

都不同地具有这种属性。《卖火柴的小女孩》有，《快乐王子》有，《海的女儿》也有。再提一个问题，哪位同学能举出一篇中国的古典小说，与《海的女儿》有异曲同工之处？……"

没人举手，没人说话。

"我提示一下，往清代去想——清代的短篇名家是哪位？给大家两分钟时间回忆回忆……"

他走到窗子那儿，面向窗外，伫立不动。

教室门无声地开了道缝，徐冉的头从外探入，见老师背对大家，做了个鬼脸，悄悄回到座位去了。

差不多就是两分钟后，他转过了身，看着同学们说："那么，我来说吧，就是《聊斋志异》中《王六郎》一篇啊……"

于是他以一种平缓的与人闲聊般的语调讲起了《王六郎》的故事——有个中年渔夫，每次垂钓前，必向江中酌酒数巡，并言愿祝一概溺亡不幸者早日投生，其祈至诚，之后守竿浅饮。一日，江边走来一少年，自谓王六郎，居近处。邀同饮，不拒。多次复见，遂成友。六郎每至上游，言可为之驱鱼。所获渐多，由是脱贫，置宅娶妻矣。又一日，六郎告曰，今诀别际也，从此再难一见，受天神怜悯，明朝可"托生"。渔人方知其为溺亡之鬼，然已为友，不惧，虔贺惜别。好奇之心人皆有之。翌日潜至江边，暗窥究竟。但见一抱婴之妇，涉水自投，江波骤大，几番被卷至岸，终寻死不能，抱婴怅怅而去。隔日六郎又现，诘所以然，坦荡答曰：吾一命耳，彼两命也，以吾一命之生夺彼两命齐亡，不忍之甚。问下次投生尚待何时？答或数年，或百千年，或永无机遇；竟无憾意……

汪老师讲王六郎的故事时，白话夹杂文言，如自己便是那渔人，陈述似乎自历。

"安徒生与蒲松龄，前者为一八几几年之人，后者为一六几几年人，二者生卒年代相差一百六十几年，安徒生不知中国曾有蒲松龄是肯定的。'海的女儿'甘以己命成人之美，瞬间化为涛沫；'王六郎'舍生取义，虽百千年不得复生亦无憾意，其'不忍'之仁可谓大也。

不知诸位做何感想，反正我初读时是受到了震撼的，再读亦然。我不想过多做道德层面的评论，毕竟这并非评价文学作品的唯一标准。我主要想说的是——在相近的历史时期，思想同质化的文学作品出现在隔着半个地球的两个国家里，似乎能够说明，人类在心性上的进化愿望或曰理想，不但从未休止，而且经常是共鸣的。反映在文学作品上，或可曰之为'思维雷同'。这一点，正是'比较文学'之方法的重要意义所在。"

汪老师说完以上一番话，下课铃又响了。

不愧是资深教授，他对课时把握得极准。

走在校园里时，王文琪说："他的声音像《话说长江》的解说员，我爱听。"

王文琪说出了我们七名男生的共同感受。

走在我们前边的一名女生站住了，转身问王文琪："你不觉得他讲得太小儿科了吗？"

确切地说，她也是在问我们所有男生。

王文琪被问得一愣，也站住了。

我们七名男生都站住了。

我说："小儿科不小儿科，那要看你自己有多满了。"

那女生也一愣。

她并非独自走在我们前边，另外两名女生与她同时向我们转过了身。

站在她左边戴眼镜的女生说："两堂课规规矩矩地听下来却一无所获，你们几个男生似乎还都挺喜欢听似的，能告诉我们有什么知识点吗？你们高兴个什么劲儿吗？"

一名男生说："那要看你怎么理解知识了。"

王文琪紧接着说："她指的知识点是有助于她考研的那一类。"

另一名头发剪得很短的女生说："从学历上讲，研究生文凭高于本科文凭吧？有助于考研的知识是有用的知识吧？在大学课堂上，没用的知识还叫知识吗？"

"嗨，嗨，路边是讨论的所在吗？继续讨论找个不妨碍别人的地方行不？"一位中年女教师从我们身边走过，同时说着批评的话。

我也是近视，度数不高，但上课是必戴的，不戴记不成笔记了。我忽然发觉眼镜盒忘在教室了，无心再参与斗嘴，转身往回便走。

王文琪喊起来："哎你哪儿去？不许临阵逃脱！"

我大声说："别跟她们瞎掰扯了！"

我在教室门口听到汪老师与人说话，没进。

汪老师说："对我的课有什么意见，只管提。"

接着听到的是徐冉的声音。

她说："没意见。我想告诉您，我是准备考研的……所以、所以我才选了您的选修课……"

她的话听来逻辑上有点儿不对劲，反正给我的感觉是那样……我不是宵小之人，从没偷听过任何两个人的谈话。那时竟我非我也，干起偷听的勾当来。

汪老师说："刚入学就确定了考研的目标，证明你对自己的人生有规划，这是优点，我能为你实现目标做什么有帮助的事吗？"

徐冉说："是的。如果您能对我网开一面，睁一只眼闭一只眼的，实际上就等于帮助我了。"

"噢？你这么一说，我倒有点儿糊涂了。"

"我选您的课，是因为听说您从不点名。我要考的是'对外汉'的研究生，竞争很激烈。仅咱们专业这一届新生中，就有一小半要考'对外汉'，所以、所以我得将精力用在正地方。如果我经常没来上课，希望您理解……"

"说下去。"

"期末我会按要求参加考试的，判分时也请您高抬贵手。我就是考得再差，您也不能给我太低的分，怎么也得在八十分以上啊。否则，就不是理解我、帮助我，而是难为我、害我了……"

"说完了？"

"基本说完了。"

"如果我没理解错的话,你的话表明了两点——一、你对文学一向毫无感觉,成了汉语言文学专业的学生,对你是很无奈的。二、所以,你发誓要考成'对外汉'的研究生。为了不失面子,凑够选修课的分数,你同样不情愿地选择了我的课,但却并不想真来上我的课……是这样吗?"

"基本上……是您理解的那样。"

"并且你认为,听我的课等于浪费时间,没将精力用在正地方,也是这样吗?"

"对不起老师,我用词不当……"

"你叫什么名字?"

"徐冉……太阳冉冉升起的冉……"

"我对是哪个冉不感兴趣!徐冉,你,你你,你怎么敢如此当面羞辱我?!如果我对你那样了,对别的同学公平吗?对汉语言文学这个专业尊重吗?岂有此理!简直太岂有此理了!……"

我想我绝不能再听——不,再偷听下去了,尽管我特想听到徐冉接下来的反应,但如果我的偷听行为被别人撞见,那不是太有损我的形象了吗?即使没人注意到我的偷听行径,继续偷听下去,我自己对自己的行径也会厌恶的。

我正欲转身而去,教室门却在这时开了。汪老师一脚迈出后,看见我尴尬的样子一怔。

我不打自招地说:"老师我可没偷听。"

"我才不在乎你偷听没偷听,都是些什么学生嘛!"

他说完这么两句气话,一脸愠色地走了。

我呆在了原地。

这他妈的成了什么事!——我本是回来取眼镜盒的,却不料受到徐冉的牵连,也成了汪老师眼里不可爱的学生!

我真是气不打一处来啊!难道我与徐冉犯相?只要与她的事儿沾上点儿边,自己准会落个灰头土脸的下场?

徐冉出现在教室门口了,不出来,也不退回去,就那么挡着门口，斜眼看着我，像警惕性极高的家庭主妇在家门内看着一个浑身哪儿哪儿都可疑，并且刚敲过自家门的人。

我没好气地说："请让开！"虽然说了一个"请"字，却说得鼻子不是鼻子脸不是脸。

"偷听别人的谈话还有理了？你这人有没有点儿羞耻感？"

她的话虽不中听，却还是从门口闪开了，不是闪到了外边，而是闪到了里边。

我几步跨到自己坐过的课桌那儿，从桌膛里取出眼镜盒，看也不看她一眼，大步往外便走。

"就这么一走了之啦？"

听到她的话，我在门口站住，转身也斜眼看她，悻悻地问："你想咋样？"

她故作高傲地说："我跟老师说的话是完全可以摆在桌面上的。不少同学都有我那种想法，只不过别人没勇气当面跟老师说，而我敢于跟老师挑明了说罢了，没什么羞耻的。而你偷听别人谈话的行径，却是摆不到桌面上的事。"

都将老师气得连说"岂有此理"了，她还好意思说"没什么羞耻的"，还反而自认为勇气可嘉——她是脑子进水了呢还是天生猪脑子呢？难怪汪老师喟叹"都是些什么学生"嘛！

但那一个"都"字仿佛也包括了我啊！我偷听了她与汪老师的谈话也明明是事实啊！

我君子辩诬般地说："你呀，太自以为是了，也太狗眼……"

她抢先说："你狗嘴里吐不出象牙来！"

我更想踹她。

她却笑出了声，紧接着说："我骂你也是你不对！是你先要骂我的。如果你敢在同学间散布你偷听到的事，那我就在同学中散布你在列车站怎么对待我的事！以牙还牙，以眼还眼，再加上你刚才偷听别人谈话的行径，看同学们怎么评价你！"

她居然还记仇似的记着那档子事！好像我当时对她要流氓了

似的!

　　我正想这么说。

　　她嘴快地又说:"好好掂量掂量!"

　　话音刚落,人已扬长而去。

　　我心里那叫添堵,在教室里呆立着运了半天的气……

第三章

那名头发剪得特短的女生叫郝春风，脸庞白皙，略长，像兔脸。走着的时候喜欢蹦蹦跳跳的，这一点也像兔子。而且，还经常穿一身白色衣裤，连鞋都是白的。

她的与众不同很快就引起了我们男生的注意，确切地说是首先引起了王文琪的注意——他开始向我们另外六名男生征集与春风有关的诗句，我们也就明白他对郝春风有那方面的想法了，所以我们也开始注意郝春风了。

其实我对郝春风也有那方面的想法——虽然她的脸略长了一点儿，却也就是略长了一点儿而已，白完全可以抵消那一"缺点"。何况她的性格挺可爱，仿佛单纯得少心无肠。与她相比，徐冉未免太有心机了，或曰城府深矣。

一次，仅我和王文琪一块走在校园里时，他问我对郝春风印象如何。

我说："能使咱们男生心情放松的那类女生，性格上像袭人。"

他又问："脸是不是有点儿长啊？"

我说："那是由于她的头发剪得太短，如果她将头发留起来，额前再卷出刘海，就一点儿都不显长了。"

王文琪立刻说："有道理，有道理，谢谢你的建议啊！"

我那么说，是因为我每每会独自寻思一下郝春风。王文琪的话使我明白，他对郝春风的想法，已经不是男生对女生的一般想法了。

从那日起，我不许自己再寻思郝春风了。

坦率讲，倘若王文琪对郝春风的想法并非先于我，我是会尝试着追求郝春风的。想我李晓东，父亲虽然是美协副主席，但美协在一个地级市算不上什么了不起的单位嘛！没权又没钱，连在本市办一次个人画展还得到处磕头作揖求爷爷告奶奶地化缘，除了沾点小地方的风雅，再就没有任何令人高看一等的筹码。我们那个市的文联上有宣传部和文化局，书记和主席才是正处级——到了美协那儿就副处了，到了美协副主席那儿就正科了。还不是每一位副主席都有级——我父亲是从一所师范学院调到美协的，一直是没职的副主席，有的只不过是小小的荣誉头衔。至于我母亲，曾是市重点中学的校长而已。虽说是重点，却已经多年没有学生考入重点大学了。我就是那所中学的学生，我能考上本省排名第三的重点大学，我老爸老妈已十分欣慰了。

论到我自己，从才到貌，想拒绝承认自己的平凡也不可能啊。平凡的父母平凡的家庭和平凡的自己——"三平凡"的一个自己，若能与郝春风那样的一名女生恋爱成功，我对自己的人生会感到欣慰的。

郝春风的家庭也是我相当中意的——她算是京剧之家的独生女，父亲曾是省京剧院坐第一把交椅的琴师，母亲曾是京剧院的台柱子，当红一度，唱花旦的。她入学前，父亲已经不当琴师当院长了。据她说，京剧的受众面越来越窄，她父亲那院长特不好当。而她母亲因为一年到头没几场戏可演，也因为年纪大了，气力不足了，唱功明显退步。即使偶有机会演出，登台前要将脸化成花旦的妆，已非年轻时那般得心应手。她母亲是有自知之明的人，干脆告别舞台，提前退休了。而她父亲也有些心力交瘁，同样盼着早日卸任安享晚年。她母亲刚退休时，曾在家里办过培训班，希望能带出几名徒弟，并且也再有份收入。可跟着学的少年和青年，大抵没长性，自以为入门了就不再学了，这使她母亲大失所望，于是彻底死心。

以上关于郝春风父母的一些情况倒并非王文琪说的，而是人家郝春风自己说的——在竞选学生会干部时当众说的，她要竞选的是文艺委员；她说自己想在大学里组成一个"京剧爱好者联谊会"，为传承国粹发挥点儿作用——说完，还情不自禁地唱了一段《百岁挂帅》中佘太君的唱段，使王文琪站起来大鼓其掌，并宣布代表我们另外六名男生一致将选票投给郝春风。他已经那么宣布了，我们只得齐声附和。再说，人家郝春风确实唱得不错，愿望又是那么的良好，我们挺她自然也是发自内心的。

那日郝春风全票当选。

当时我想，撇开我俩般配不般配姑且不论，我们两家也太合适了呀，如果成了亲家，四位老人的晚年生活相得益彰，该有多丰富啊！

我这人比较俗，在男婚女嫁方面，还是有些门当户对的旧思想的。

我这人也比较传统，最不愿在择偶方面陷入三角关系，也排斥"情场如战场"之说，此等说法隐含这么一条注解——不运用战略战术结果必以失败告终。我母亲曾对我说，那话明显是对女性的侮辱，仿佛将女性一概视为雌性动物，专等雄性动物为自己争凶斗狠，而自己心甘情愿地被获胜的一方所拥有。我是读过《怎么办？》的，那部小说曾影响过年轻时的我父母的恋爱观。虽然我并不认为那部小说多么优秀，但罗普霍夫处理自己所面临的三角关系的方式甚合我意。我常想，即使我是一头雄鹿，那也不应该将战斗力浪费在争偶方面。"情敌"终究不是天敌，对于企图吃掉自己的天敌才必须战斗到底。何况，我父亲的基因遗传，决定了我是一个雄性激素并不多么旺盛的儿子。

再者说了，"三角关系"无非以下情况——一男一女已经恋爱着了，不料出现了第三方；我与郝春风与王文琪的关系不属于此种情况。或已经恋爱着了的女性，因自己的出现而意识到了起初择偶之轻率，主动向自己投出了又一个爱情彩球；严格说那似乎近于是一次罚球，但我们仨的关系也不是此类情况。我们仨都是新生，我和王文琪等于是同时认识郝春风的，接触郝春风的机会完全是平等的，只不过王文琪显得比我主动。如果郝春风对他并无好感，那么就会做出保持距离的反应。可恰恰相反,她的反应明明也是你有情我有意啊。连女生们看我们男生打篮球时,她都愿意替王文琪抱着上衣了。而我们另外六个男生的上衣却没有哪一个女生抱,都挂在球架横栏上。事实再清楚不过,人家郝春风是将我视为王文琪的哥们儿才对我也态度亲密的。看清了形势,那么——我对郝春风的那种内心想法,还能不自行地掐断萌芽吗?

自从我做出了决定,还真的,以后对郝春风再无非分之想了,在她面前的言谈举止也自然多了。

我们向王文琪提供的关于春风的诗句不是一般的诗句,而是由我们每个人认真筛选的,如:

春风雨色动微寒。

春风贺喜无言语。

春风自恨无情水。

春风春雨花经眼。

春风如醇酒,着物物不知……

王文琪的接受条件很严格,简直也可以说很挑剔——不是"春风"二字打头的一概不入他的法眼。这么一来,包含"春色""春光""春晖""春山""春水"的佳句,在我们这儿就只能割爱了,我们可选择的范围大受局限。

但是我们都像对待作业一样对待他交给我们的"任务",因为他每每请我们到校外去撮一顿,还每每请我们看电影。

一天中午,在食堂里,我们几个刚坐下,王文琪眼尖,发现郝春风和徐冉出现了。

王文琪立刻朗声吟曰:"春风杨柳万千条……"

我们齐声和道:"然也!然也!"

"然也"是我们那时的共同"台词"。

郝春风不排队打饭了,撇下徐冉,径直走到我们跟前,看着王文琪笑问:"你怎么不来一句'二月春风似剪刀'?你们还'然也然也'地帮他的腔!剪你们剪你们,把你们的头发都剪光,让你们变成七个和尚!……"

王文琪一本正经地说:"别呀,那太不人道了,我们都是做不到六根清净的货,'食色'二性尤其在乎!"

我们六个就默默不语地笑,谁都识趣地不接话,甘于充当"灯泡"。

郝春风也不坐下,只将上身伏在桌上,一反往日的袭人模样,变成了王熙凤似的,板着脸质问:"老实交代,你们是不是给我起了个绰号是兔子?"

气氛一时变得有点儿紧张,我们六个噤若寒蝉。

王文琪赶紧承认:"别生气,是有那么回事,但我们给你起的绰号是'小玉兔儿',广寒宫里陪伴嫦娥姐姐那只。"

"这还行。"

郝春风笑了,王熙凤又变回袭人了。

她看着我又说:"你以后可要对徐冉好一点儿。她和我是上下铺,我俩以后肯定成为姐们儿。在男女生正常关系方面,男生不应该城府太深,不正常的关系更不应该……"

她一说完,冲我又笑笑,也不给我解释和申辩之机,走开打饭去了。

王文琪们疑惑地看我,令我十分尴尬。

一名女生当面说一名男生城府太深,与当面骂那名男生有多大区别呢?

我脸上太挂不住了呀!

王文琪及时安慰道:"言重了言重了,春风她言重了,你可千万别往心里去。我们都可以作证,你不是那种城府深的人,你根本就没什么城府嘛!"

我不禁朝打饭窗口扭过头去——徐冉的背影恰巧排到窗口。我恨不得我的双眼能飞出暗镖去,哪怕是小小的,仅仅能使她背上疼两下那种……

后来王文琪告诉我——"城府"二字不是郝春风对我的看法，是徐冉的原话。

果不出我所料！

可汪老师斥她岂有此理那事儿，我也没对任何人说起过一个字啊！

对于她这种女生，不以牙还牙以眼还眼行吗？是可忍，孰不可忍？！

几天后下午课前，我往教学楼走时，听到身后有女生穿高跟鞋跑来的响声。那时我已走到台阶前了，左右已不见师生们的身影了，快响上课铃了。周围静悄悄的，高跟鞋踏地之声清脆。

哪个女生会穿高跟鞋来上课呢？

我一转身，见是徐冉，连瞟都不屑于瞟我一眼就跑到我前边去了——据说她参加了校模特队；那么，显然是中午刚排练完，没顾上回宿舍换鞋就直接赶到教学楼来了。自从被汪老师训斥过，她自律了，再没旷课过，也没迟到早退过。

那天该着她倒霉，前脚刚跨上台阶，也许由于重心失衡，也许由于鞋的质量问题，后跟竟一下子断了。

我疾步趋前，急忙伸手扶她——那是一种本能反应，有人将会跌倒，岂能不扶一下？即使是她，也不可以看笑话啊！

她倒也机灵，及时用一只手扶住了栏杆，并没跌倒。接着，收回台阶上那只脚，蹲下了，脱掉断了跟的鞋反过来看，在想自己该怎么办。

人真是奇怪的动物，或者说我自己的心理太奇怪了。我竟又幸灾乐祸起来，成心掉落笔记本，也弯腰去捡。那时我俩挨得特近，我的手伸向笔记本，目光却瞟向她的脚。

她的脚极白，脚形很美。我长那么大，第一次近距离地看——应该说是欣赏女性的脚，也是第一次发现，原来女性之美居然还能美在脚上。

我受到了巨大的诱惑,好想捧起她那只脚亲吻。

我俩挨得特近,她居然也没扭头看我一眼,仿佛她旁边并没同时蹲着一个我,或我是隐形的。

如果那时她求助于我,我会不计前嫌,一直扶她走入教室的。甚至,也乐意将她背入教室。

可她根本没求我的那点意思。

她的做法令我大出所料——她穿上断了跟的鞋,脱下另一只鞋,高高举起……

但听啪的一声,她干脆也将另一只鞋的高跟在台阶上磕掉了!接着往脚上一穿,往起一站,几步踏上台阶,转眼跑入教学楼了。

这倒使我蹲在那儿发呆了。

我一回过神来,猛地站起,追入教学楼,大步流星地追到了她前边。

电梯的门还没关,里边人已满了,站在按键旁的一位老师望着我俩,分明是在等我俩。

我几步跑过去挤上了电梯,而那时她刚走到电梯前。

电梯再容不下她了。

我望着她坏笑。

就在那时,电梯铃响,超重了。

站在门旁的老师也对我爱莫能助地笑,我只得又迈出了电梯——说时迟,那时快,徐冉像条泥鳅似的迅速进入了电梯。

她倒没冲我做出什么令我来气的表情——她根本不屑于看我,仰着脸往上看,仿佛上边有屏幕,正呈现出吸引人的内容,而电梯门合上了。

她比我轻,这是我没法之事。

紧接着又一阵铃声响起——是上课铃。

第四章

学校的老师们不叫汪尔淼"汪老师"，皆称他"汪先生"。

我们几个男生也便不约而同地称他"汪先生"。

一日下课后他说："男同学都留一下。"

我们就没往起站，互相看着，哪个心里都犯嘀咕，不知我们是否会集体挨训。

教室里再无别人时，他将门关上，自己也不坐下，交抱双臂伏于讲台，看着我们说："想必你们也知道了，咱们汉语言文学专业的新生，男同学的比例逐年减少。这种情况肯定不好，起码对本专业是不好的。课堂讨论内容，一旦听不到男生的声音，没有了男生的观点，结果必然不尽如人意。因为包括文艺在内的一切事，几乎都与男性的关系密不可分。当然，反之也是如此。社会是由两性构成的，缺少了另一性的观点表达，真理也将不成其为真理，连所谓常识也会大受质疑。今年挺好，毕竟有你们七名男生，这令我很欣慰。你们呢，又都喜欢发言，积极参与讨论，我很高兴。我首先要告诉你们，我喜欢你们。如果没有你们，本专业就如同女性专业了。只面对女生，老实交代，我的讲课情绪会大受影响……"

他苦笑起来。

我们也都笑，笑得也都有点儿苦涩。尽管他表扬了我们，高度肯定了我们的存在作用，我们还是很开心的。

他又说："你们为什么也称我'汪先生'呢？我郑重要求你们，

以后再也不许称我'汪先生'了。"

王文琪问："老师们可以称您'汪先生'，我们学生为什么就不可以呢？"

他说："目前，在排了课时的老师中，我是最年长的。中青年老师那么称呼我，表达的是同事间的敬意，中国是一个特别尊老的国度嘛。在大学里，老师是泛称，先生则意味着前辈的意思。虽然我在本校的教龄已经很长了，又是本专业的创办者之一……"

我忍不住说："我们也是出于对本专业前辈的尊敬啊……"

他将目光转向我，眼里满是亲切，却摇着头说："那不一样。我还是更愿意你们称我老师。在我和你们之间，老师是我很享受的称呼，会提醒我要努力教好你们，提醒我时刻别忘了自己是什么人……你们别郁闷，这件事得听我的，就这么定了。为了回报你们的理解，我要支持你们创办一份学生刊物，创办费我来出，我已经跟校领导打过招呼了，刊名你们想……"

我们顿时欢呼起来。

后来我们之间谈到他时，其实仍称他为先生。

我们是越来越爱听他那种从容不迫、娓娓道来的漫谈式的讲课了。

在一堂讲到"文学即人学"的课上，他问同学们"人"是什么，包括我们七名男生在内，一时都被问蒙了。

"是动物！"

片刻的肃静中，徐冉的声音从后排响起，声音特大，听得出语调中有种恶作剧的成分。

几名女生笑了。

汪先生严肃地说："第一个回答问题的同学应该受表扬。不过呢，这一回答更适合于一万年前。那时，人还吃人。其他动物也有同类相食的现象，比如蛇、狼、灵长类，但却是在食物极其匮乏的情况之下。而那时，人是将人当成美味佳肴来吃的，故所以言，人类当时虽已比别的动物进化得高级了，本质上却还是接近于动物。到了五千多年前，情况开始不同了。人吃人已不再是常态现象，人类的社会已现雏形，最初的城邦开始出现，这是地球上任何物种的能力所不及的。从那时起，动物是动物，人是人了……"

汪先生认为——人首先是欲望的宿主。随着人由小到大，欲望会越来越多。一个成年的人，不论男女，都必然是地球上欲望最多的生命个体。有的欲望属于本能欲望；有的欲望属于后天欲望，主要是物质文明作用于人性的现象，比如对锦衣玉食的欲望，对珍稀之物的占有欲望……

汪先生认为——人同时也是理性之摇篮。不论男女，每一个人都不同程度地具有自己的理性。理性也可以说是人与自身欲望博弈的思想武器。人类最初的文化现象之一是宗教，宗教最主要的社会功能是针对欲望的，与盾的作用相似。

于是人是文化的盛器——人往自身这个盛器里装入什么文化，装入多少，往往决定一个人是怎样的人。此盛器有弹性，能扩能缩。经常往里装，就会保持弹性之良好，容量就会日愈扩大。反之，会逐渐失去弹性，容量萎缩、固化，再往里装也难了。自从文化形成，其实世上便再无没有文化的人。因为文化不仅体现在学校里、书本上、文字方面，还以口口相传的方式体现在民间。比如"有钱能使鬼推磨""出头的椽子先烂""沉默是金"这样一些所谓老话，也会以民间文化的方式影响人，或曰"化人"。一个人是文化的盛器，一个家庭一个家族也是，一个民族一个国家乃至一个无形的时代还是。如果一个国家的文化有自卑性，一个时代拜金媚权的文化特征显然，那么大多数人都会不同程度地受到侵蚀。

人是社会关系之和。小孩子的"和"小，成为大人以后，与社会的接触面大了，其"和"自然也就变大了。机会在这个"和"里，挑战在这个"和"里，幸运和不幸都会在这个"和"里。此"和"小的人，人生的擦痕、伤痕便少。同样，机会也少。古代的所谓"隐士"，乃是一些自动缩小其"和"的人，图的是人生简单。而所谓"社交学"或"情商"指南之类的书，不过是教人既能扩大其"和"，又能免受挫伤的常识而已。

人是本能地有责任意识的"动物"。这种本能具有先天性,这种先天性是连其他高等动物也有的,比如对下一代的责任。人也罢,动物也罢,对下一代的责任是由基因决定的;对上一代的责任,比如"孝",却主要是由文化使然。

少数人的责任,会上升为一种"使命"。"使命"意识已与本能不可相提并论,绝然是文化在人身上的体现。人类社会发展到今天,应该感谢少数具有使命意识的人。"能力越大,责任越大"——这句话可以视为使命意识的注脚。

使命意识是唯有人才具有的文化烙印,于是使人类成为"超高等"动物。

人是好奇心最强的——于是产生了科学。

人是娱乐渴求最多样的——于是产生了文艺,产生了美学;于是人成为有欣赏要求的崇尚文艺的动物。

还可以从另外一些方面理解人。但总而言之,人是希望本身继续进化的"动物",这种希望主要体现在心性方面。人的智商告诉人,我们在肢体方面已再无进化的可能。而人对自身心性继续进化的希望,也是对美好生活的希望。因为归根结底,人主要和人生活在一起。心性之继续进化,对每一个人都有好处……

"方才,徐冉同学说人是动物,有同学笑了。其实她说的也没错,但并非所有的人都依然是动物,只不过少数人身上仍具有不同程度的,有时还甚为明显的动物性……"

汪先生将话题落在徐冉身上时,那堂课离下课只剩十来分钟了。

他从讲课桌上拿起遥控器按了一下,投影屏缓缓降下来遮住了黑板。我们校虽然只是省重点,电教设备程度却已很高。斯时,教室里静悄悄的,静得仿佛后排并没坐着三十五名女生似的。又仿佛,她们全都伏在课桌上睡着了。我不由得回头看了一眼,却见女生们一个个坐得都特端正,表情也都异乎寻常的庄重。

我收回目光时,汪先生已将最前边的窗帘拉严了,投影屏上出现了一具雕塑。

他说那是罗丹的作品"人马",也就是希腊神话中的"喀戎"。

"这件作品在罗丹的作品中算是小的,知名度也不高。我第一次见到时,心灵却受到了震撼。大家看——它那人的上半身,竭力向上伸展,扭动着,呈现出一种挣扎的痛苦。它意欲何为呢?分明的,它要摆脱马的下半身和四蹄,以双足站立,成为纯粹之人,彻底之人。在希腊神话中,'人马'有好坏之分。这一头'人马'显然不属于坏的一类,否则它干吗那么痛苦地企图分身呢?那么,它是一头有着进化意志的'人马'。我们说一个人是坏人,那意味着什么呢?意味着该人还不是一个完全的人啊。虽然该人已经靠双足站立了,但是该人的基因却没怎么进化,仍处在动物性为主的半进化时期。大学是什么地方呢,首先是一个提高人的知识结构的地方。文学专业是一个什么专业呢?首先是一个了解人性进而了解自己的专业。我们这个专业,其实是大学之魂。没有点儿人文气氛的大学,不可能是一所好大学……"

下课铃响了。

我们几名男生聚在教学楼后边的小树林时,都对汪先生掌握时间的本领佩服得五体投地,也都表示收获很大。

郝春风走到了我们跟前,关心地询问我们创办学刊的情况,说自己也愿意成为我们中的一员。她居然说她上大学前,将学生字典抄了一遍,绝对可以胜任校对。

我们当然一致表示欢迎。

汪先生在小湖那儿吸烟斗。我望向他,他向我招手。我站在他面前时,他将钱包给了我,让我去买饮料和糖,强调饮料要人人有份,还要多买几种。

我转身离开,他又叫住了我,嘱咐:"再买些饼干和面包,也许有的同学没吃早饭,现在准饿了。糖最好是奶油软糖,巧克力更好。"

那不是我一个人能完成的"任务",全班四十二名同学,只饮料就得买几箱。

于是另外几名男生都陪我去了。

第二堂和第三堂课他没再讲什么，给我们放了一场投影电影《出租车司机》，一部"老美"的获奖片。

"大家可以伏在桌上，血糖低的同学，不妨含一块糖。这是一部有一定思想深刻性的电影，欣赏之事，应该怎么舒服怎么来。我已经看过了，就不再看了。大家要认真看，下周的课上咱们讨论这部电影……"

他说完走出去了。

汪先生每周上一次课，有时两节，有时三节。还有时，在能容纳二三百名学生的阶梯教室上公共课——不但别的专业的同学可以听，外校的同学也可以听。

《出租车司机》有一小段枪战场面，从类型上分，属于文艺片，没有任何显然是为了迎合市场的桥段。即使放在文艺片中来比较，也不属于故事性很强，情节一波三折的电影。它是那种写人物的电影，进言之，是着重从心理层面表现人物的电影，一切情节细节都是为从心理层面刻画人物而设置的。演员的表演特到位，有些神经质……

尽管电影很有吸引力，但我还是会一次次分心。每次分心想的都是同一个问题——汪先生为什么要让我们看这样一部电影？每次这么想时，都会进而猜测他此刻在什么地方？在干什么？我估计他不会远离教学楼，肯定是在楼后的小树林里，坐在小池旁的长椅上，一手握烟斗，身子靠紧椅背，脸微微仰起，又在思考什么问题——那样的他，是我们常在课间见到的他。

在我们心目中，他已经是我们的思想导师了——不是指人生方面的，而是指文学欣赏和评论方面的。在人生方面，我们这一届"八〇后"似乎每一个都认为自己完全够格当自己的人生导师。如果谁宣称要当我们的人生导师，即使并没那么宣称，只不过内心里存有那种念头但被我们看出来了，那么他也会被我们认为有毛病。我们都仿佛孙悟空，用金箍棒在自己周围画了一个避魔圈——企图充当我们人生导师的人不但根本近不了我们的身,而且在我们看来有几分类魔。幸而汪先生还没跟我们讨论过人生,否则,我们的关系早不是现在这样了……

电影尚未结束,汪先生进入了教室,收起了投影屏——我已起身拉开了教室前边的窗帘,正要去拉开后边的,有一名女生那么做了。

汪先生说:"女同学可以走了,你们男同学留下,把纸盒什么的全部收走,最好再把地扫一遍。"

有几名女生主张干脆放完算了——显然,她们比我们七名男生心急,巴望看到结局。

汪先生想了想,说那就会耽误大家吃午饭,进而会减少大家的午休时间,又进而可能影响大家下午上课的状态,还是下周看完好。

"下周咱们不是还要讨论吗?那时再看完结尾,有益于大家的回忆,于是也会有益于讨论啊,听我的吧。"

他这么一说,坐着不动的女生们才纷纷起身走了。

那在她们是头一回的事,以往她们都争着离开教室,仿佛第一个走出教室会中奖似的。

王文琪是省城的干部子弟,他父亲是省政府秘书长,正厅级。可想而知,同样的正厅级干部,省政府秘书长在官场上的地位无疑更高一些,因为是直接为省长们服务的人嘛。

他以前并没跟我们说,虽然我们看出他是干部子弟了,虽然有次他请我们在校外吃饭时,有同学借着几分醉逼问过他,他还是没告诉我们他父亲是什么级别的干部。

"别搞得像审问似的,大学生对官场之事那么大兴趣干什么啊?俗啦!再刨根问底的,下次不请你们吃饭啦,喝酒喝酒!……"

他说过那种话以后,我们中就再也没谁问过他了。

我们一起商议办刊之事时,他说主编谁当他不参与意见,但必须给他一个副主编当,由他负责印刷、发行以及面向外校的组稿。

"哎你老兄凭什么啊？"

"八字还没一撇呢，就先要官当呀？没你这样的啊！"

"虽然你请我们在校外吃了几次饭，那也不能成为你要官的资本。在办刊这件事上，我坚决反对不正之风！"

有几名男生板起脸来训他——反正大家已经挺哥们儿了，训他的人都不怕他生气，也明知他不会生气。

他确实没生气，脸也不红，谁训他他看着谁，嘿嘿直笑而已。这是他的一大优点，也是我们其他六名男生喜欢他的方面——不论谁，熟悉的，不熟悉的，男的或女的，长辈的或同辈的，撑他，呵斥他，他从不生气，总是一笑了之，可谓是一个大肚能容之人。

某日我和他陪另一名男生到校外的邮局取件，往回走时见一学龄前儿童坐在人行道上踢蹬着双腿哭闹，穿着圆领汗衫、大裤衩及拖鞋的爸站一旁，吸着烟冷着脸干瞪着儿子不作为。

"小朋友，这样可不好呀，叔叔拉你起来吧……"

文琪一边说着哄劝的话，一边往起拽那孩子。

不料却惹那父亲大光其火，扔了才吸半截的烟，一掌将文琪推得倒退数步。

我们三个都愣愣地看对方，不明所以。

那男人朝文琪吼："你拽我儿子干什么？经过我允许了吗？"

文琪赔笑道："他坐这儿不是影响行人经过嘛，哭哑了嗓子你当爸的就不心疼？"

"你谁呀你？我认识你老几呀？影响你走过去了吗？你那脏手怎么就那么贱啊？！"

那男人不肯罢休，手指都快戳到文琪的鼻子上了。

文琪仍笑着说："算我不对算我不对。不过请放心，我们都是大学生，我没什么传染病，手也是干净的……"

"大学生就了不起了？大学生在我眼里都不是什么好东西，滚！滚！……"

那男人骂骂咧咧起来。

我闻到他身上有酒气,忍着没发作,挽着文琪便走。我们三个没走几步,另一名同学让我替他捧会儿纸箱。

我刚捧过去,那同学猛反身往回便走,同时气愤地说:"我可忍不了这口恶气,今天非跟那王八蛋理论理论不可!"

那同学高且壮,一旦发生肢体冲撞,吃亏的肯定不是他。

文琪赶紧拽住他不松手,劝道:"他不是有点儿醉了嘛,咱们何必跟醉了的人一般见识啊?何况咱们是大学生,胸前都戴着校徽呢,当街与一个醉了的人吵吵嚷嚷的,多让人笑话呀!"

我也说:"他是醉了,我闻到了他身上的酒气。"

幸而我和文琪都比较理智,我们三个那天才没给大学生丢人。

取邮件的同学在路上嘟哝:"我真搞不明白了,他为什么看着咱们大学生不顺眼啊?"

文琪笑道:"他也许是一个当年有过强烈的大学梦,却怎么努力也没考上大学的人;或虽有学习实力能考上大学,却因家庭困难不得不放弃大学梦的人。在有几分醉的情况下,面对三名看起来春风得意、踌躇满志的大学生,嘴里说不出好话来也是可以理解可以原谅的——你这么一想气就消了。"

那名同学问:"咱们是春风得意、踌躇满志的样子吗?"

我们三个就站住了,互相看,都默默笑,也都点了头。

我们毕竟都不是徐冉,考入本校的英语都刚及格,而人家徐冉已在入学前就考过了六级。成为本校的新生我们没她那种失落,我们入校前也都是文学青年,报汉语言文学专业都是自愿的,没有任何自哀自怜的情绪。特别是,听了两个多月汪先生的课,我们也都很庆幸能成为他的学生,专业自豪感油然而生,日常表情上,自然也会带出来几分……

还有一天晚上,我们集体出动,到校外去买西瓜——买了一个大瓜由我捧着,都刚转身,又来了五个买瓜的小青年,看他们那样子,全是些惯于无事生非的小混混。

其中一个小混混问摊主:"我们刚才选中那个大瓜呢?"

摊主说:"你们放下这个拿起那个的,到了也没真打算买啊,我怎么能记得是哪一个呢?"

另一个小混混看着瓜摊说:"没了!"

第三个小混混看着我捧的大瓜说:"是这个,我认得这个带蔓的瓜!"

于是他们偏要摊主将我们已经买下的瓜再卖给他们。

摊主为难地说:"我已经收了他们的钱了,瓜已经属于他们了,没你们这么买瓜的吧?我的瓜个个保甜保沙,我替你们另选一个?"

为首的小混混却说:"用不着你选,我们要定那个了!"

于是他们拦住了我们的去路。

摊主感觉要出事,一时噤若寒蝉,惴惴不安。

世上哪有这种道理?!

尽管他们是小混混,我们是大学生,但当代的大学男生也有别于古代的文弱书生啊,都一双拳头两条腿,谁怕谁呀?何况,他们五人,我们七人!

有同学往一边推我,并对我耳语:"你只保护好咱们的瓜就行,由我们几个修理他们,今天我们非打出汉语言文学专业的威风不可!"

另外几名同学都开始解衣扣,要脱衣服。

王文琪起初有点儿不知如何是好,这时忽然知道该怎么办了。

他将瓜从我胸前捧过去,主动向一个小混混送,还说:"既然你们非买这个,接着好了。你们先选的,凡事得有先来后到,归你们了。"

那小混混反倒愣了,犹豫。

"接着呀!"王文琪笑着催促。

"接着就接着,谢了!"小混混终于接过了瓜。

"走!"为首的小混混一挥手,他们扬长而去。

摊主喊:"哎,钱……"

他们嘻嘻哈哈笑着走远了。

摊主看着我们说:"这……钱……是你们送给他们的,可不能算我卖给他们的啊!……"

王文琪笑道:"是啊是啊,当然不能算您卖给他们的。那么,有劳您再为我们挑一个吧。"

我们听他那么说着,看着他那无所谓的样子,都因没能大打出手而郁闷。

在宿舍里吃瓜时,我们议论起了买瓜时遇到的生气事。

"文琪,我认为你那种做法等于姑息养奸!"

"你以为你那么做,他们以后就会变好了吗?"

"扯!鬼才信!要使那类小混混变好,教育是根本不会起作用的,起作用的方法只能是教训,要靠拳头,或者当众施以鞭刑!"

"同意!文琪,以后我不跟你一块儿到校外去了,免得再遇到不该表现窝囊的事儿,高高兴兴地出校门,憋一肚子气回来!"

"你给我听着王文琪,你愿意窝囊那是你个人的自由,但是别连累我们也陪你一块儿窝囊!没有哪条法律规定,大学生就应该骂不还口,打不还手!"

除了我,其他几名同学轮番对他展开了大批判。

与郝春风和徐冉一样,我与王文琪也是上下铺。在日常小事方面,他这人处处表现得很贴心。比如我上铺时,他总是提醒:"小心哈晓东,稳点,别摔着。"下雨了,他会替我和别的同学将晾在阳台上的衣服收进来。如果干了,会替我们叠好,放在我们各自床头。上下铺的关系,自然会使我俩相处得更亲密一些。虽然别的同学对他的批判半真半假,那我也不愿再加入我的火力了——万一他恼了呢?并且,我暗自觉得自己还应该学习他那种能容善忍的性格。以那两件事而论,多亏有他在场,多亏他表现得冷静。如果他率先发作,真不知会以怎样的后果收场。

等大家批判够了,也吃够了瓜,文琪才放下一块瓜皮,用纸巾擦擦手和嘴,若无其事地说:"这瓜确实好,下次还买那家的。"

我忍不住说:"就你吃得多,连句话也不接,他们的话你都当耳旁风了？"

他说："我掏钱买的瓜我干吗不往够了吃啊？至于他们的批判，我岂敢当成耳旁风，一直在边吃边寻思嘛。你对我就没什么批判的？有也趁热打铁呗。"

我笑着说："他们对你的批判我都有同感，不补充了。"

他一本正经地说："那轮到我被批判的人发言了，咱们之间，这点儿民主还是得讲的。我先问你们，依你们看来，他们的平均年龄比咱们的平均年龄大呢还是小呢？"

我说："肯定比咱们的平均年龄小，估计小两岁左右吧，看上去都是些愣头青小子。"

其他同学纷纷点头，接受我的看法。

王文琪又问："你们能看出他们中有没有大学生吗？"

有同学说这不废话嘛！我们是大学新生，他们看去又都比我们小，其中怎么会有大学生呢？都该读高中了肯定没错，至于是否都考上高中了那可说不准了。也许其中有人连高中也没考上，成了中专生，或者成了根本无学可上的小青年。

文琪莫测高深地笑笑，一味接着问："那你们估计他们是些什么家庭的儿子呢？"

大家一时你看我，我看他，不知王文琪葫芦里卖的什么药。

这个说也许是单亲家庭，比如父母离异了，或一亲早故，于是缺少父爱或母爱，于是性格养成其因不良……

那个说大约都是生活困难之家的孩子。虽然不是所有困难之家的孩子学习都不好，但普遍而言，影响学习是无疑的……

还有的说，某类孩子天生就不喜欢学习，和家庭贫富没什么关系，和家长怎样也没什么关系……

我等正议论得来劲儿，王文琪却起身去洗手，漱口了。之后躺在床上，从枕下抽出一期《读者》看起来。

关于《读者》，我们曾在宿舍里卧谈过一次，都承认自己在初中和高中时期是爱看《读者》的，也受益良多，但成为大学生后，有意识地敬而远之了，怕被笑话幼稚、浅薄。那时，我们大学流传着两句顺口溜："没思想的看《读者》，装有思想的看《读书》。"《读书》也罢，《读者》也罢，都是我等所爱。为什么大学里居然会流行那么两句顺口溜，原因却是我等百思不得其解的。尽管不明所以，却不约而同地暗自与《读者》说"拜拜"了。是在汪先生的建议下，才又看起《读者》来的。汪先生有次在课堂上说："《读者》是一份定价低而又内容丰富的好杂志，长文不过三四千字，短文才五六百字，而且每期既有古今之选，又有中外之编，实乃闲读佳刊。据我所知，本校还没谁视我为浅薄无思想的人，而我是每期都买《读者》看看的，我的文章也被《读者》选过，我当然绝不会引以为耻，那对我是很高兴的事。我曾向校领导建议过，如果本校某学生每年都有文章或散文、诗歌、小小说被《读者》选载，毕业时共被选载了四篇。或虽只选了三篇，每篇字数都在两千字以上，那么不论该生报考本校任何专业的研究生，都可考虑破格录取。我很负责任地告诉大家，校方接受了我的建议……"

由是，王文琪为我们七名男生订了《读者》。连一半左右的女生，也开始重新青睐《读者》了。

我等见王文琪不理我们独自看起《读者》了，都觉得被轻蔑了，逼他非给个说法不可。

他反问："什么说法啊？"

有同学说："别装糊涂！你接连问了我们三个问题，我们也都郑重地回答了，你怎么可以没了下文呢？要我们玩啊？"

他笑道："还用我来告诉你们我为什么那么问吗？我认为，由我来告诉，反倒证明我太不尊重你们诸兄的智商了。"

这是什么话！

有两名同学遂将他拽得坐了起来，另一名同学夺去了他手中的《读者》，我等异口同声勒令他将"葫芦"里的"药"倒出来。

他往墙上一靠，双手抱膝，环视我们一遭，仍笑微微地说："既然诸兄都承认，咱们比他们大几岁，咱们在受教育方面比他们幸运，咱们的家庭环境和成长过程也许比他们顺利——那么敝人认为,当人与人发生冲突时,年龄大点儿的理应让着年龄小点儿的,哪怕只大一两岁;受教育方面幸运的理应让着那些不幸运的;成长过程顺利的也理应让着值得同情的。社会稳定当然首先要靠法制,但社会和谐却要靠一部分人自觉地让着另一部分人一点儿。社会也好比是无边无际的溜冰场,穿梭自如的必须理智地让着穿着破旧溜冰鞋经常会扭了脚踝摔得四仰八叉的人,这一点应成为社会溜冰场上的通识。诸兄觉得敝人的主张如何?"

听他说完那番话,我等一个个无言以对默不作声了。虽然,他的话是摆了一番大道理,但却摆得榫卯严实,合乎逻辑,令我等心服口服,一个个干脆放弃辩论权了。

那日以后,我等都对他刮目相看了。

话说研究创刊之事那会儿,郝春风和另外两名女生也在场,那两名女生高中时都办过墙报,自荐可以担任版面设计和插图。我们都是认真的主儿,各自都有种"天降大任于斯人也"的使命感,还正儿八经地让她俩证明了一下自己的能力。她俩"露了一手",我们觉得还行。创办伊始,我们自知并无经验,对自荐者的水平不能要求太高。应团结每一个可以团结的人,将汪先生寄希望于我们的事努力实现,这一点大家还是明白并形成了共识的。

王文琪开口要一个副主编当,这是我们都没料到的。主编副主编当然必须有。副主编还不能只一位,负责创作和负责评论的理应有所分工,那么起码就得有两位副主编。我们都是以学为主的学生,不能因为办刊耽误了学习,分工细一些也可以将责任分摊一下,对大家的学习都是一种保障,这一点大家也心知肚明。但当时还没到讨论此类事的时候,王文琪迫不及待似的要官,颠覆了我们一度对他的刮目相看。

大家便都低着头沉默不语,气氛于是有那么点儿难堪。

我估计大家是会选我做主编的,因为我入学前出过两本小书——一本诗集一本散文集，曾让他们看过，虚心地请他们批评指正。包括王文琪在内，都认为我"有两把刷子"。而且，有时晚上"卧谈"文学的过程证明，我读过的文学作品显然比他们多。除了我和王文琪，另外五名男生分别来自县城、小镇和农村，家里的经济条件都不如我，他们的父母也非我父母那类父母——我没跟他们说我那两本小书是我老爸出面找的关系，并且出钱替我买书号自费出版的。他们又不傻，我如果实说了，他们自会得出结论，那至少也得花三四万元钱。所以我不说，怕他们心理不平衡，也怕破坏了我在他们心目中那点儿优上的文学地位。

不但男生们对王文琪不以为然起来，都不认识他了似的；两名女生也乜斜着他，眼神里满是讥意。

文琪却笑着说："今天最好能把我的事也定下来。"

一名男生忍不住撑他："今天轮不到讨论你那事儿！"

气氛就更难堪了。

这时，郝春风幽幽地说："还是给他个副主编当吧，我也认为今天最好能把这事儿定下来。"

另一名男生也撑起春风来："为什么？能给出个理由吗？"

春风脸红了一下，轻言轻语地反撑："非逼我给出个理由，那我只得替他说了——他爸是省政府秘书长，这理由充分不？"

教室里一时肃静异常。虽然我们都猜到了文琪准是干部子弟无疑，却都怎么也想不到他爸居然是省政府秘书长，那官可不小哇！

低着头的同学都抬起头来了，也都又以刮目相看的目光看着他发愣了——干部子弟是一回事，县级干部也算干部子弟嘛！可省政府秘书长却是另外一回事了。"他妈的怎么一个大官的儿子潜伏到我们百姓子弟中来了？！"我猜他们中肯定有人会如是想。

"可……与我们创刊的事有什么关系？"

说这话的同学，无疑就是心里那么想过的同学。

春风用胳膊肘拐了文琪一下，不悦地批评他："你自己说，有什么不好意思的？明明该你自己说的话我总替你说，我就好意思吗？"

文琪的脸也红了一下，干咳一声，干部做报告似的说："同学诸君，当前的形势，它不是这样的嘛！办刊物是需要钱的，将一份刊物办好就需要更多的钱。我们当然是要越办越好，半死半活的，那就不如不办。不错，汪先生说了每期都会在经费方面支持咱们，但咱们就忍心一直用他的钱吗？他又不是大款！学校是答应了每期批给我们点儿钱，可那点钱就够用了？我的想法是——要用好纸！印刷要精美！每期不少于两千册，向全省各高校赠送！还要发稿费，不低于正式刊物的中等水平。年底也要评奖，请省里资深的评论家做评委。并且呢，要设立一笔基金，即使咱们毕业了，有那笔基金在，后几届学弟学妹，也能接手咱们创办的杂志顺利办下去。一切愿望的实现都得靠钱，钱从哪儿来？得有人善于化缘。化缘这事，你们诸君善于吗？"

他最后这一问，问得大家面面相觑。此时的沉默，依然难堪。难堪的已不是他，而是我们自己了。

春风又用胳膊肘拐了他一下，小声说："你的话够明白的了，适可而止。"

他却说："还没说透。最后几句才是关键。化起缘来，我的面子比你们谁都大。或者也可以说，我老爸的面子很管用。但我如果连个特殊身份都没有，化起缘来是不是也掉价呢？……"

文琪终于不再说下去。

别人的目光就全都望向了我。

我说："那什么，反正我是理解文琪的想法了。我提议，也别副的了，干脆一步到位，就选文琪当主编得了！咱们今天先把刊名定下来，再选一位执行副主编，我觉得就可以散会了。"

大家都点头。

一名男生说："执行副主编非你莫属啊。"

于是大家鼓掌。也不知是为我由主编候选人最终成了执行副主编而鼓的呢，还是为自荐担任副主编却竟成了主编的王文琪而鼓的。总之大家鼓掌鼓得都挺高兴。我也很高兴，并不失落。什么主编副主编的，不就是便于责任分工嘛。如果文琪能说到做到，确实将钱的问题给解决了，我当然也高兴啊。

我们为学刊定的刊名是"文理"——是为了体现汪先生的一种观点：文乎有"理"也。

那天晚上，我们又在宿舍里展开了"卧谈"。插到大二学兄们宿舍的两名男生也来到了"大本营"，挤坐在我们的床上。大家谈的却不再是文学话题，而是官场话题了。

在当年的大学校园里，特别是在男生之间，"反腐"也是"地下"话题。当年之"反腐"，远不像后来那么严厉，基本上是口号。故所谓"反腐"话题，其实往往是指证腐败现象的话题而已，"反"不过是义愤情绪的表达。

一名同学对王文琪说："文琪，关上门呢，咱们就好比是自家兄弟在一起，对不？"

文琪说："对。关系已经在那儿摆着了嘛。"

那同学又说："我接下来要问的话，深了浅了的，你可别见怪啊。"

文琪说："OK，你只管单刀直入地问，我保证开诚布公地答。"

那同学果然问得单刀直入："你老爸，是属于两袖清风的好干部呢，还是习惯性以权谋私的那一类呢？"

大家都觉得这话问得太不像话了，有人扑哧笑了。

我怕文琪翻脸，赶紧打圆场："文琪你可以不理他，有权保持沉默。"

文琪却没生气，兀自笑道："这话问得太撮火了，哪有这么问的。君子无戏言，我既然表过态了，那就得言行合一，否则岂不影响我新任主编的形象了？这么回答你吧，我老爸肯定不属于后一类干部。习惯性地以权谋私，那成什么鸟干部了？但人情往来之类的事，我老爸也往往是很识趣的。如果当官当到了根本不识趣的地步，那在官场上还有立足之地吗？连立足之地都没有了，孤家寡人的，能将工作做好吗？何况他负责的工作又很杂，上下左右的关系都必须处理好。否则，哪方面不诚心诚意地配合，自己会陷入麻烦不断又添堵的境地。"

他俩那一问一答，激起了另几名同学刨根问底的好奇心。

便又有同学问："人情往来的事是些什么事？识趣或不识趣又怎么理解呢？"

文琪说："比如吧，我奶奶八十多岁了，每年给她老人家过生日完全应该吧？我老爸当然不会逢人就主动相告我奶奶的生日是哪一天，这点儿矜持我老爸还是有的。但某些人就是想方设法地知道了，这能怪我老爸吗？我奶奶生日那天人家来了，带了份礼，也不多坐，或厚或薄，放下个红包转身就走，非拦住人家不许人家走？非拉拉扯扯地将红包揣回人家兜里去？非将人家那份礼放门外去？能那样吗？比我爸官大的也不会亲自到我家来表示那点儿意思啊，而出现在我家的，再小也得是副处级干部啊。更小的和我老爸之间也没法熟悉呀。这些副处正处，副局副厅级的干部，也得照顾人家的自尊心吧？一个红包，少则五千，最多一万，人家又没塞烟盒里，而是大大方方地当面相送，你笑纳了，不也等于给了人家一份高兴，使人家走得愉快吗？这就叫通趣啊。人情练达什么意思？我认为就是在人际关系方面通趣，通就可以理解为练达的意思嘛。反之，将该有的那点儿人情世故搞得拧拧巴巴的，很有必要吗？又如我考上大学了，叔叔阿姨们也替我高兴，人家那份儿高兴又是真心诚意的，抽空到家里来送我一个红包，我老爸非不许我接？你、你、还有你，你们敢说自己入学前家里就一个红包没接过？谁家没有几个亲朋好友呢？区别是，可能仅仅是，我接的红包多一些。但入学前一次出国旅游全花光了，否则够咱们出几期刊物的了。"

我们默默听完他那一大番话，一个个脸上的表情几度变化——起初是洗耳恭听之态；后来是羡慕；再后来多了嫉妒；最后连恨意都掩饰不住挂相了。

一名同学语调酸酸地说："多谢你为我们补上了一堂社会学的课，长知识了。原来，同样是人情世故，在民间和在官场区别可太大了。"

另一名同学寻思着说："我怎么觉得哪儿有不对的地方呢？就是那个，逻辑和概念上，好像他回答的和咱们所问的不是一码事儿嘛。"

还有一名同学沉着脸说："哪儿不对劲我一时也搞不明白，但总之，使我联想到了孙中山先生的话——'革命尚未成功，同志仍须努力'……"

文琪将枕头朝那名同学扔过去，笑道："少跟我来这套！怎么着就对劲儿了？难道我变成你，你变成我就对劲儿了？就算我愿意，我老爸也未见得愿意！你们非逼我回答，我如实回答了，你们一个个又酸鼻子醋脸的，太不厚道太不仗义了吧？"

其实我心里也觉得问与答之间有不对劲儿的地方，也一时想不明白究竟是逻辑上不对劲儿了还是概念上不对劲儿了，所以继续沉默。

一名同学向我发难，不满地说："你别总在那儿装哑巴！该表明态度的时候，一味儿沉默是不对的！"

我想了想，不由自主地冒出了几句话："人各有命，命由天定。同学之间，互相比爹没意思……"

"你这是什么鸟话！"

"他变相地挺文琪！"

"不爱听！"

枕头接二连三落在我身上。

就在那时，窗外传来郝春风的喊声……

她与《文理》编辑部的另两名女生站在我们宿舍窗下，非邀上我们去看晚场的电影。

文琪拿糖地说："那就又是我请你们看呗！讲清楚，革命是尚未成功呢，还是已经成功了啊？如果尚未成功，我没好心情请你们看电影！"

大家就异口同声地说："成功了！"

第二天是星期日。

一大早文琪就要求我和他一块儿外出，去为孵化之中的《文理》跑业务。他说事儿挺多，争取一天办完。

我俩先去的是学校附近一家门面小小的打印社，文琪说要先为我俩将名片印了，其他同学的名片以后再说。

我问："有必要吗？"

他说："当然有，肯定用得上。"遂展示出预先在纸上设计好的样式，问我中意不中意。

我一看，在那张 A4 纸上，我的头衔成了主编，他的身份成了副主编。

我说："你搞什么名堂？大家经过选举的事怎么能随便改？"

他说："但也只不过是咱俩之间的事儿嘛！咱俩决定改了，他们不会有什么意见的。我想了想，有个副主编身份足够用了，主编还是由你来当的好。"

我说："那程序上也得先来一次郑重其事的民主告知吧？否则岂不是太随便了，也太不拿大家的选举当一回事儿了？"

他教训地说："犯矫情是不？民主这事儿我比你懂，我老爸天天将'民主'两字挂嘴边上，我耳朵都听出茧子来了。民主也有民主的灵活性，你别那么认死理。有时是先民主，后集中。有时完全可以先集中，后民主，意思到了就行。咱俩是《文理》的一、二把手，有权先决定了再民主告知。将在外，君命还有所不受呢！何况咱俩不是将，而是正副帅！"

我还想说什么，他却不耐烦地将我往外推了，边推边回头对柜台后的姑娘说："就照纸上的样式印吧，各印一盒。"

路上他对我解惑，说如果由他来当主编，可能会成为《文理》的笑话。他承认自己看的书虽然也不算少，却多数是地摊儿文学，没认真读过几部文学价值较高的小说。他有自知之明，认为自己根本不具备当主编的判断水平。还说如果他当主编，对自己肯定是灾难。因为不论在本校还是在外校，他都有不少学子"哥们儿"。《文理》一旦办火了，认识他的学子"哥们儿"争相投稿，自己发还是不发呢？

不发吧,那还不把"哥们儿"全得罪光了?来者不拒吧,那不成了关系刊物、圈子刊物了?

我就不再与他掰扯正副主编的事儿了,顺着他的话说:"看水平吧。"

他"嗤"了一声,以文坛老江湖似的语气说:"科学的水平,那是容易形成共识的事。文学的水平,那是往往随梆唱影的事。只要不太糟,中等水平以上,有些评论家乐于帮着吹捧、忽悠,再加上一批习惯于人云亦云、蹭热沾光的二百五跟着起哄,那也往往会被炮制成高水平之作的。"

我点头,认为他的话不无道理。

他却又说:"跟你交个底儿,我报咱们这个专业,并不是出于对文学的爱好。毕业后,也根本不打算找与文学沾边的工作。我只不过觉得咱们这个专业好混,所以我也丝毫没有失落感。"

我不由得站住了,严肃地问:"那你还热心满满地参与创刊《文理》?"

他也站住了,看着我同样严肃地说:"出于对汪先生的敬爱嘛!他对专业有责任感,对教学有真诚心。他知识面广,讲课风格我喜欢。所以他对咱们的希望,我王文琪愿意也出一份力。如果咱们真将《文理》办好了,等于我在本校并没白混四年,还混出了名堂。我是《文理》的创始人之一,以后说起来我会感到挺光彩的。"

原来他与我的不同不仅是有着不一样的老爸,连对专业,对文学和对创刊这件事,也是两股道上跑的车,可谓异心而同求。

我一时感慨良多。

他拍着我肩又亲密地说:"咱俩的关系,与我和他们几个的关系不一样。我与他们是同学,是室友,四年之后,各奔东西,关系再如何,那就不一定了。人与人,有时缘深,有时缘浅。我爷做过咱们省的第一茬地委专员,是个喜欢与文艺界人士交朋友的人。我爸继承了这一家庭传统,但凡省里有点儿名气的文艺界人士,他几乎全认识。估计也认识你父亲。你们那个市虽然是地级市,但你父亲毕竟是美协副主席嘛。我也要将我家的好传统继承下去，你是我认识的第一个文艺界人士的儿子，我希望咱俩的缘长一点儿再长一点儿……"

我内心里又是一番感慨，几分荣幸，几分激动，还有几分替另外几名男同学产生的惆怅——困惑地说："不对吧？第一个应该是郝春风吧？"

他又笑了，边往前走边说："我指的是儿子，刚才说得很明白。至于文艺界人士的女儿们，那我和她们必定是另一种关系了，要么彼此成了夫妻，要么一度成了情人。红颜知己是古人的说法，其实就是隐指情人关系。咱们男人比女人更需要朋友，可谁也没法与同代的女性长期成为好朋友。女人一结婚，做了别人的妻子，那就会以相夫教子为己任，怎么能与另一个男人成为长期的朋友呢？……"

我又不得不承认，他的话就是有道理。

接着他带我去到了一家印刷工作室，说是省城印刷水平最高的地方，对质量要求严格的印刷品，都会首选此处。业务多时，忙不过来，得排期。

那工作室在一条繁华的大街上，门面颇大，窗子擦得一尘不染，透明到不存在的程度。

他说："一般的小门面，只能叫印刷社，担不起'工作室'三个字。省城仅此一家叫'工作室'，一这么叫，印刷这活儿，就具有某种艺术气息了，对不？"

我望而却步地说："对。可咱们一份自办的学生刊物，何必非在这里印刷呢？"

他说："当然要在这里印刷。在哪儿印刷的，咱们会印在刊物上，而且要印在显眼处。别人一看是在这里印刷的，想往低了对待都不可能。"

文琪显然事先与老板约好了。我们一进去，人家就迎上前来。那老板四十几岁，中等身材，雪白的衬衫外穿件灰色休闲装。那种灰叫"高级灰"，那件休闲装是名牌。他分明是位精明练达的人物，微笑着说:"文琪,来得很准时嘛。"

文琪看一眼手表,装出不好意思的样子说:"抱歉啊叔,迟到了五分多钟。"

老板朗声笑道:"自家人,别跟叔说见外的话。又不是外交会晤,抱的什么歉呢,来,请到叔的办公室坐。"又对一名手下人吩咐:"我贤侄第一次光临,我们要好好叙谈叙谈,没重要的事别打断我们。"

我俩被请到办公室坐下后,老板亲自为我俩斟茶。茶案上摆着一套喝功夫茶的茶具,茶已煮好,看来人家确实对我俩——确切地说是对文琪的到来很当回事儿。

文琪将《文理》决定在人家的工作室印刷的想法言简意赅地说了一下,将"决定"二字说出了强调的重音。

老板不解地问:"就印一份学生刊物?"

文琪说:"是的,两千份就行。"

老板又问:"贤侄,与你有什么关系?"

文琪再次装出不好意思的样子说:"他是主编,我是副主编,就我俩一正一副两名学生是核心领导……"

老板点头说:"明白了。"

我说:"起初大家是选他做主编的,他谦虚,我拗不过他。"

老板笑了:"我贤侄从小就谦虚,这我了解。"

文琪说:"叔,我们希望能打点儿折。而我们呢,保证在刊物显眼的地方印上咱们的工作室,也算替叔的工作室做广告了。"

老板揉着耳垂说:"叔不需要你们学生来做广告。叔已经得过三届全国印刷奖了,再得就该得国际的了。现在的业务单都排到明年上半年了,不做广告我都吃不消了……"

我一听人家这么说,心里顿时凉了,踩文琪的脚,同时朝他使眼色,暗示他赶紧跟上句什么话,往回扳一下局面。

文琪刚欲开口,老板拍了拍他放在桌面上的手,制止道:"先听叔把话说完。喝茶,诚心为你沏的好茶,主编同学也请喝茶。"

我和文琪只得乱了方寸地饮茶——文琪双颊通红,那是他第一次在我面前显出了尴尬。

老板不揉耳垂了,一手托下巴,一手点桌面,看着文琪说:"打折嘛,多少是多,多少是少呢?多大点事儿,还给你打折的话,你父亲要是知道了会怎么想呢?……"

他这话使我俩都犯糊涂了,对视一眼,都不知说什么好。

老板的手拍了文琪的手一下,一脸庄肃地注视着文琪说:"文琪啊,这样吧,叔对你开一次'三不'之例吧——一不拖期,二不出错,三不收费,满意不?……"

王文琪的脸红到了脖子,半由衷半不由衷地说:"叔,叔,这可使不得,万万使不得,我爸知道了会骂我的。无论如何,您得象征性地收我们点儿钱!……"

老板笑道:"看你急成什么样了?脸都红了,跟叔还您您的了。干吗非让你爸知道呢?叔不是有自己的印刷厂嘛,不是有自己的纸库嘛,叔保证用好纸为你印。你们学生刊物能有多厚啊,才两千册,机器一滚,小半天不就印完了?……"

"可是叔,那我不是太不好意思了吗?……"连我都看不出来他的窘态是真的还是伪作了。

"你跟叔之间有什么好意思不好意思的?"

"我……"

"打住。小事一桩,如果是你的任务,你完成了。现在起,聊点儿别的……你老爸还喜欢唱京剧吗?"

"还喜欢。他又喜欢起书法来了……"

"见到他跟他说,以后好笔好纸包我身上了,我会定期派人给他送去。还要给他送几方好砚去……"

"别,叔千万别,你想他会缺那些吗?"

"那倒是。"

文琪和他"叔"就都笑了。

他俩聊了十几分钟文琪他爸,老板看一眼手表说到吃饭的时候了,要请我和文琪去什么地方吃午饭。一个执意要请,一个偏说早饭吃得晚，一点儿都不饿，还得去办别的事。最终老板遗憾地让步，将我和文琪送到了外边。

我问文琪："现在去哪儿？"

他说："吃饭去。"

我不解地问："那为什么你叔请咱俩吃饭你偏告辞？人家是诚心诚意的，你那么不给人家面子连我都看不过去，怎么想的？"

他说："今天中午我做东请别人，也是为咱们《文理》的事。甭再多问了，让我静静心。在那人那儿，他起初的话使我的心咯噔一下，以为手拿把掐的事儿碰了个软钉子，真那样在你眼里我的面子往哪儿搁？《文理》的印刷问题又怎么解决呢？"

他在背后竟将对他那么好的"叔"叫作"那人"，使我十分意外，一时找不到别的话说，只有一言不发跟他走。

他说那人的事业能有今天，起初全靠他老爸的扶持，说他爸是那人的贵人、恩人也一点儿不过。现而今，省委省政府两方面印各类宣传画册，也全都由他老爸交代给那人完成，等于让那人每年少说有七八万的进项。

"现在是一个全国各省争相自我宣传的时代，哪个省都很重视，自我宣传到位了，政绩才会广而告之嘛。我老爸是使他每年有笔固定收入的人，他为我出点血还不是太应该了吗？"

文琪那么说时，显得如释重负，心情舒畅了。

我俩来到了"鸿宾楼"，那饭店虽不算消费最贵的地方，却是一家老店，谁在那里请客都不掉价。

包间里已经有一位三十几岁的女士先到了，文琪叫她"乔姐"，向我介绍她也是位成功的商界人士，专门销售进口的高档红酒，买卖做得风生水起。

"乔姐"对文琪说："姐今天中午也得做东，请的都是业务上的老友，不相陪肯定不妥。姐已经把押金放柜台了，足够你和你的客人们消费的。你批准姐不在这儿陪你们些个小弟弟小妹妹，行不？"

她的话说出了恳求的意味。

057

文琪理解地说:"行,行,当然行了!姐你快去忙你的,谢谢姐,抽空上我家去玩儿呗,我爸妈都想你了。"

"乔姐"笑道:"给他们带好,我也想他们了,忙过些日子一定去看他们。"

那女子说完,将脸一偏,文琪就与她贴了贴面颊。她走后,文琪让我点菜,并指示:"主要是硬菜要搭配好。我做东,硬菜少了不行。我的面子也是面子嘛!"

我点菜时,他打手机,问这个到哪儿了,那个到哪儿了。

不一会儿,客人纷纷到了,皆省城各高校男女学子,有新生,也有研究生。有文琪的"发小",也有他朋友的朋友。文琪郑重地向他们介绍我,他们或朝我点头,或与我握手。我看得出来,自己这主编,在他们眼里其实无足轻重。如果说他们都挺高兴,主要是因为见到了文琪。

大家落座后,有人说:"省城大学的代表几乎全在这儿了。"

立刻有人跟了一句:"就差省党校的了。"

一名女生笑道:"咱们老爸们聚会,那就全是上过省委党校的了。"

于是他们笑起来。

而我听明白了,敢情来的个个是干部子女。他们的老爸,在省里市里肯定还都是不小的官,起码是与王文琪的父亲不相上下的官。

趁着还没上菜的工夫,文琪说明了将他们召集到一起的事由——无非是请他们在各自的大学替《文理》张贴一下组稿广告;刊物印出后,再帮着分发一下,并做做宣传。

有人问:"就这点事儿?"

文琪说:"能把这点事儿做到就多谢了。"

也有人问:"是只组学生的稿呢,还是包括一切在大学工作的人?"

文琪说:"能组到老师们的稿当然更好。"

还有人说:"一切在大学工作的人可不仅指师生。"

文琪就看我,我想了想,商议地说:"大学职工们的稿件应该也可以吧?你认为呢?"

文琪也想了想，果断地说："同意。即使是保安和环卫工人的稿，只要写得好，一视同仁，照发不误！"

他们便都说明白了，于是就与文琪聊起了别的，一时聊得欢声笑语。都是他们之间才聊得起来的话题，我根本融不进去，便独坐一旁，乐得心静片刻。

那顿饭吃了两个多小时，喝了不少啤酒。

离开"鸿宾楼"，文琪请我原谅。

我发自内心地说："你将两件重要的事都解决了，功劳大大的，我倒是原谅你什么呢？"

他说自从他成了大学新生后第一次与朋友们相聚，只顾与他们开心地聊，冷落我了，过意不去。

我说："你想多了，我没那么觉得。"

他问："真的？"

我说："真的。"

他说："那就好。"

其实我心里挺有想法。不是那种对他有所责怪的想法，而是一种近似于失意的想法，那就是——人比人，气死人；在我看来很难的一些事，在文琪他们那儿，确乎可以用"多大点事儿啊"一句话轻描淡写地说。

是干部子女真好。

我内心里第一次产生了这样的想法，成为大学生前我从没产生这样的想法。一经产生，难以挥去。

接着我俩又去了一家连锁宾馆、一家汽车4S店和省城最大的书店化缘——都有专人接待我们，各出两万赞助我们办刊；相应的，我们承诺在刊物中为对方印广告。我也看得出来，广告不广告的，对方其实并不感兴趣。但我俩也没直接把现金带走。人家说我们可以直接带走，文琪却说还是下次吧。说下次会由我们大学学生处的老师带上介绍信陪着来，涉及钱，正式些好。

办完那事，我不但羡慕文琪是干部子弟，还很佩服他办事考虑得周到了。

路上他关心地问我与徐冉之间究竟发生什么不快了，何以将关系搞得那么僵。

我也想向人倾吐一下心中的委屈和烦恼，竹筒倒豆子，一五一十地讲给他听。

"全讲了？"

"全讲了。"

"毫无保留？"

"毫无保留。"

"这我就不明白了，我也没听出你怎么就伤害了她呀。"

"无缘无故的，我一个男生，干吗伤害一个女生啊？"

"再问一句，你喜欢她吗？"

"不。"

我回答得特别干脆。

他站住，双手按我肩上，看着我又问："真不？"

我说："她到处散布我胸有城府，我干吗非喜欢她呢？世上又不是只剩下她一个女的了！"

他放下手，笑道："她那人挺好的，春风认为她是个心直口快的人。她也没到处散布你胸有城府，只不过对春风一个人抱怨过一次。听明白了，是抱怨啊。这证明她对你是有想法的。否则，女性说到男性时，口吻就不会是抱怨的。人家抱怨你不无理由，你如果在列车上也给人家看看你的入学通知，你俩的关系肯定就不会是现在这样。在车站内，你还不向人家亮明身份，你说你对吗？换了是我，我也会认为你胸有城府。你呀，处理与女生之间的关系太缺乏经验了！总而言之，既然春风和徐冉已经是朋友了，咱俩也是朋友了，那么我希望你与徐冉之间的关系起码要正常点儿，能往好了处更好。如果一味地僵而又僵，那四个人之间的关系多别扭啊！……"

我有意岔开话题，问他与郝春风之间的关系何以会进展得那么神速。

他说他与郝春风小学时在一个班，四年级时她家搬到新区去，她调走了，以后就各上不同的中学了。但两家的父母仍没断了交往，国庆和春节长假，往往还互相走动，他俩也能见上一面。

"我们两家的关系，论起来算是世交。如今成了大学同学，自然会比一般同学之间的关系近一些。如此而已，仅此而已。"

他说得像郝春风对于他也只不过是一个"那人"似的。

我不由得问："你们之间的关系就不会有进一步的发展吗？"

他不解似的反问："进一步的发展？还怎么发展？"

我说："你这是明知故问。"

他笑道："不是明知故问，而是要先统一认识。有的事，在你那儿和在我这儿，理解是不同的。比如恋爱吧，在我这儿是充实大学时期感情空间的一种方式，不必非得与婚姻大事联系起来。结出了婚姻的果子当然好，没有也好，彼此都无怨无悔……"

我问："那不等于白白浪费了感情？"

他说："青春期，荷尔蒙过剩，感情外溢难道不是很正常的事吗？满则溢，不浪费浪费，保留那么多干吗？又不是蓝筹股，又不是黄金，日后可以增值。对于我，也可以说对于我们，这是一种愉快的浪费。浪费并快乐着。我浪费，故我在。"

我又问："郝春风在这一点上与你的认识是统一的？"

他说："估计是吧。她虽然不是干部家庭的女儿，但人家父母都曾是省城名流。单论名气大小，一般干部还比不了呢！她小学以后，接触的也多是我这样的子弟。接触多了，耳濡目染的，当然就有几分像我们啰！这么跟你说吧，在中国，领各种观念和风气之先的，那可不是你们小城市青年，而是省城的我们！"

他最后几句话像一根针，在我心上深深扎了一下。

我不再问什么。

他又站住，看着我友好地说："你可别受我那些话的影响啊，把你带坏了我罪过大了。浪费感情的游戏，那得有资格、有资本，你们小城市考上来的大学生玩不起的，非学着玩也玩不好。一不小心就玩砸了，弄出不良后果来。所以呢，你还是要认认真真地对待恋爱，并且，一定要将恋爱和婚姻联系起来进行。我的话你听着也许逆耳，话糙理不糙，我是为你好。"

我说："谢了。"

心上又像被针深深扎了一下。

那一路，我觉得我们的身份倒置了——我不像主编了，他像主编了；我也不像副主编，只不过像主编助理了，被资深老主编所厚爱的新任命的年轻助理，而他在给我历练的机会。他也不仅仅像一位资深的老主编，简直还像一位武林中的老师傅，谆谆教导我切记某些江湖常识，以免日后行蠢事，自作自受。

所以我心里也有几分感激他，更觉得交他这样一位朋友是值得的——尽管他的某些话太伤我自尊心。

回到学校时，快吃晚饭了。

我告诉其他几名男生，我又成了主编了，是王文琪非那么"决定"的。

他们刚从足球场回到宿舍，一个个满头是汗，都急着去洗脸，对我的话半听没听的。

我说："你们也得表下态嘛！"

他们中的一个说："你俩之间的事，我们就不掺和了，怎么都行。"

宿舍里只剩下我和王文棋时，他笑道："你干吗急着说那事儿啊？有必要吗？自讨无趣了吧？"

吃饭时，大家照例拼起桌子往一块儿坐，食堂的师傅对我们已经采取默许态度不加干涉了。外专业有些同学知道我们是汉语言文学专业的了，都不往我们那两桌挤，并送给我们一个集体称号是"文氏七兄弟"。

文琪宣布我俩的成果时，大家倒是皆停止了吃饭看着他。

待他说完，有人评价道："业绩可贺！"

也有人说："你办事，我们放心。"

还有人说："印刷、化缘，这是两件最难解决的事，你一揽子都解决了,使我等没法不惭愧,来来来,大家要为他庆功!"

于是都双手举起汤碗,对文琪表示钦佩。

那时我意识到——如果没有文琪,我这主编将一事无成,《文理》很可能只不过是纸上谈兵;或者,费力八叉地出了一两期便夭折了。并且还意识到,若论谁是我们"文氏七兄弟"的"老大",那么真是非文琪莫属。他经常请我们"撮一顿",经常买西瓜、水果和冰激凌给我们吃,为我们订《读者》和《杂文选刊》;如果我们提出,他会很高兴地请我们看电影;在省城,他有广泛的人脉,某事只要获得了他的支持,那就什么困难都迎刃而解了……

这都是我们另外六个"兄弟"无法与之相比的。

他的凝聚力是明摆着的。

于是我也举起汤碗看着文琪说:"老大,敬你!"

从那天以后,文琪就成了我们另外六个"兄弟"的"老大"了……

第五章

周三上午,汪先生的课只有两节。第一节课前十几分钟,全班将《出租车司机》看完了,接着汪先生组织我们讨论,自由发言。令我们"七兄弟"没想到的是,女生们发言竟也很踊跃——她们主要是从爱情线来谈各自观点的,如拉维斯对小妓女艾莉丝的感情是否纯属成年男子对弱小女子的"护花本能"?是否也是性心理的一种反映?拉维斯与贝茜的关系,后续还有没有亲近的可能?……

她们的讨论集中在"爱情"二字上,我们"七兄弟"就都不知说什么好了。汪先生注意到了这一点,及时点我们的名给我们发言机会。

他问我除了爱情桥段还有什么给我印象深刻的方面。

我只回答了两个字:"暴力。"

他让我举例。

我继续回答——在小杂货店,是一有色人种的青年用长枪逼着老板交出钱,出租车司机拉维斯用手枪一枪击倒了那青年,而他的手枪还没登记,应属非法持枪。也正因为如此,老板推他快走,说:"这儿的事我能处理。"拉维斯明智地离开后,老板手持铁棍,一棍又一棍将那因受了枪伤瘫坐于地的青年活活打死。再有就是,因为小妓女艾莉丝被控制人所欺凌,拉维斯持枪血洗了那个专供男人们宣泄性欲的地方……

我坐下后,汪先生问大家:"在这两个构成主要情节的事件中,难道拉维斯代表的不是正义吗?"

文琪坐着接了一句:"在正义冲动的表象之下,拉维斯满足了执行私刑的快感。"

徐冉在后排接了一句:"还莫如干脆说是杀人的快感!"

汪先生立刻表扬道:"好!三位同学回答得都好!"

他一激动就会搓几下双手。

在一阵肃静之中,汪先生搓着双手说:"拉维斯这名出租车司机的经历有点儿特殊,是从海军陆战队退役的,参与过美国对别国发动的战争,却又没亲身经历过枪林弹雨。当上出租车司机后,他会经常载客去到城市肮脏的街区。肮脏不仅指卫生状况,也指社会现象,如毒品交易,如雏妓群立街头。而拉维斯本人,却又有着类似宗教徒的精神上的洁癖,终日忍受满目肮脏却又无法改变丝毫,这使他心理上很痛苦。并且,他还是一个重视亲情的人,他字斟句酌写给母亲和姐姐的信证明了此点。因而我们几乎可以说,他像极了我们身边那些好邻居,好同事。他真的接近是一个文质彬彬的好人——不吸烟不喝酒,司机同行们聚一起讲黄段子时他是从不掺言的,往往一脸严肃。但'拉维斯同志'的另一面与他的日常表现刚好相反——他受教育的程度不高,用他自己的话说是'一点点';他对政治的理解几乎为零,可以由于爱上贝茜而投某议员一票,也可以由于贝茜反感他了而意欲枪杀那位议员——因为贝茜支持那位议员竞选总统,义务做该议员的竞选宣传员。不论拉维斯投该议员一票还是意欲杀之,都与该议员实际上是怎样的议员毫不相干,仅由贝茜对他怎样而决定。如果他枪杀成功,那议员显然死得无辜。枪杀一个无辜之人难道不是罪过吗?遗憾的是拉维斯完全没有这种自我叩问的意识。贝茜是一位人见人爱的好姑娘,拉维斯爱上她,证明拉维斯对美有着本能的向往。一方面,他向往美;另一方面,当自己精神空虚时,往往直接去往下三滥的地方花小钱去看性表演录像。而当贝茜与他在一起时,他却带贝茜去往小电影院看黄色电影。那自然会使贝茜大为不适,他却看得身心投入,还言那'确实是一部好电影'。由此证明，不论谁与'拉维斯同志'在一起，他都会将对方的精神品位往下拽。而那又不是他成心的，所以不能说是他的什么错，因为他本性上便是那样的。在贝茜对他反感了之后，他居然去到贝茜工作的地方胡闹，那时他像极了街头小混混。同学们回忆一下，我们身边是否也出现过后一种拉维斯呢？两类拉维斯实为一人，这会使我们产生何种联想呢？……"

同学们都听入迷了，一时无人回答，肃静延续。

汪先生启发道："请大家结合上周课的内容想一想……"

女生中有人大声回答："人马！"

分明是徐冉的声音。

"好，好极了，徐冉同学的联想太令人激动了，咱俩英雄所见略同呀……"

汪先生又激动得搓双手。

他接着说："拉维斯既是我们人类社会的一员，又是一头尚未进化为当代人的人马。在他身上，人性与兽性难分难解地混合，造成进化之痛苦。在另一些人身上体现为自适。自适至死，倒也是人类社会的幸运。但我们人类中究竟有多少寻常看不出偶尔露凶暴的拉维斯，这是没法搞清楚的，因为科学测不出，也无能为力。只有文化能化之，而文学是文化化人的功能接力棒。我们的专业的存在作用，正是通过评论弘扬那一种功能。徐冉同学，请你再回答一个问题——如果你是编剧，将怎样创作《出租车司机》的下集呢？不必站起来，坐着回答就可以……"

"那，在下集中，贝茜的人身安全肯定会受到拉维斯这头人马的严重威胁。具体的情节我一时想不出来……"

徐冉的语调变得谦卑了，在我听来是那样。

汪先生说："我恭喜自己，咱俩又想到一块儿了。小说也罢，电影也罢，不同的人皆可从不同的方面评论。离开了比较与解构之法，评论就变成了商品广告词。将拉维斯与人马联想起来，是比较之法的运用，也是一家之言。解构好比打碎重组——好作品如瑞士名表，芯里有钻石，钻石本身即有价值；平庸之作一经掰开了揉碎了细看细说，不过一地鸡毛……"

"老师先别！大家看！看拉维斯！……"

汪先生刚拿起遥控器，郝春风大声阻止。

于是大家的目光都集中在幕布上——幕布上呈现的是片头，由于窗帘已拉开，片头字幕旁的拉维斯头像已看不大清，隐约可见而已。他两边的头发剃光了，仅留中间一道，耸立着，像极了马的颈鬃。他的双眼略微上翻，白眼明显，目光阴森诡戾，这使他面带杀机，样子可怖……

"像人马！"

"活咯戎！"

"后现代品种的！"

女生们七言八语起来。

汪先生竖起一手，大家安静了。他语调缓慢地说："让我以苏格拉底的一句话结束这一堂课——'未经省察的人生是不及格的'。下课。"

下课铃响了。

课间，汪先生照例坐在长椅上吸烟斗，沉思。我们"七兄弟"照例聚在一起，各抒己见，高谈阔论。

文琪说他在网上搜索过了，中外关于《出租车司机》的评论，汪先生的见解绝无仅有，角度新颖。

大家深以为然。

我说那正是我喜欢上汪先生的课的原因。刚说完，却见他们的头朝汪先生那里转过去，我也随之望去，却见几名女生将汪先生围住了，其中竟有徐冉。

又上课时，最后一排先已坐着二男一女了，都是四五十岁之人。年龄最长的男人一身西装，系领带，背头梳得平顺服帖。

一位学办的女教师说那三位是省教委的，其中一位是学监，前来例行听课，说完走了。

汪先生望着那三位笑笑，摆了下手。他似乎认识他们，起码认识其中哪位。

汪先生在这节课上主要讲了一个与文学有关的概念，即何谓"深刻"。

他说相对于文学，思想在情节的背面，在细节之中。当情节和细节力有不逮，无法体现，才诉诸心理描写，包括对话。

"我们上节课讲到瑞士名表即使拆散了，其中也必有钻石。钻石就是发人深省的情节，给人留下深刻印象的细节，过目不忘的文字或对话。这几方面的任何一方面，都可以达到深刻的水平。深刻不仅体现在对人性的揭示方面，也体现在对社会学规律的揭示方面。深刻并不等于危言耸听，也不等于哗众取宠之论，更不等于对人性丑恶险邪的一味展览。此等用功，以解构之法一解构，往往也是一地鸡毛。除了鸡毛还是鸡毛，不见一颗微小的钻石……"

他举例说明了古代人性之恶的种种表现——《一千零一夜》中隔一夜杀一人的国王，说其虽是故事中的国王，但在中外的古代，却都不乏为了夺人之妻而杀人之夫甚至灭人满门的原型。

"在《圣经》故事中，有位国王的女儿叫莎乐美，她暗恋先知约翰，先知不为所动。她竟在父亲生日那天，非向父亲要一件礼物，便是先知的头。当刽子手将先知的头用托盘呈给她时，她接过托盘，凝视着先知的慧目说：'现在，我终于可以吻到你那高贵的唇了。'这一细节以及她的话是深刻的。在希腊故事中还有位女子叫美狄亚，为了报复移情别恋的丈夫，残忍地亲手杀死了两个儿子，并说：'为了解恨，我想毁灭这个世界。'此情节此台词也是深刻的。以上两例都源自古代戏剧——莎乐美之吻也罢，美狄亚杀子也罢，和中国的戏剧舞台上一样，都是象征性的。倘若将之小说化或影视化，一味呈现杀子过程、把玩头颅之恶娱之快乐，那么也就走向了深刻的反面，与垃圾无异了。又比如中国古代的吕后，她因嫉恨而将戚夫人残害成'人彘'，手段令人发指。若后人有谁细细写来，我们除了说其病态，另外还有什么好说的呢？……"

斯时教室里不但肃静，简直还有些肃穆了。

也许为了使气氛缓和一下，汪先生话题一转，讲到了社会学方面的深刻。他认为"民以食为天""治大国若烹小鲜""一民之轨，莫如法"一类古代经验，以及古今中外一概文学作品中的名言隽语，都有其深刻性。他提醒大家记住，深刻不仅体现于批判，也当然体现于建设。"想要收获什么，就那么去栽"——他强调胡适这句大白话也是深刻的。他分析了外国的话剧《犀牛》和《等待戈多》。认为前者的深刻在于表现了科技和经济高速发展的世界，会使人性失衡，使人非但不再愿意摆脱动物性，反而会选择自我退化的策略，干脆缩入喀戎之腹，以求靠凶猛自保，认为后者的深刻代表了一部分人类对世界前景的迷惘。

"与其说《等待戈多》是话剧，莫如说是行为艺术现象。在编剧、导演和演员看来，一方面人类之社会发生了翻天覆地的变化，另一方面核心问题方面却几乎没变，比如财富仍被少数人所占有；权力仍难以受到人民大众的全面监控；仍然是'天下熙熙，皆为利来；天下攘攘，皆为利往'。在一心'等待戈多'的人们看来，好比脱下靴子抖了抖沙，抽下鞋带重系一遍。'戈多'是又一位先知吗？是又一场文化启蒙吗？这是连他们自己也不知道的。我想，人类社会的普遍难题，绝非几位能人可以改变的，也许只能靠又一次文化启蒙，或曰又一次思想的飞跃……"

下课后，女生们都没离开教室，她们将汪先生围住了，向他提出一个共同的愿望——两节课太短了，听得不过瘾，最好都改成三节课。

汪先生笑着说那不行，课表是开学前就排好的，牵一发动全身，会影响其他老师的课时。

她们说她们可以向学生会表达愿望，汪先生劝她们别那样。

三位教委的人被堵在门口，一时被忽视了。他们似乎也不急着走，都想继续听听女生们问什么，汪先生答什么。

汪先生冲他们笑笑，请女生们让开一下，吩咐我们男生替他送送"客人"。

我们送"客人"走时,学监问:"你们觉得汪老师的课讲得怎么样啊?"

"每堂课都有新意,不负所望,总的……"

我正这么说着,文琪捅了我一下。我一住口,他立即反问:"你们觉得呢?"

一名女同志说:"对我们是有纪律的,不能随便向学生讲听课印象。"

文琪说:"我们对自己也是有要求的,不能在背后议论老师的课讲得怎么样,请原谅就送到这儿,再见!"

他说罢礼貌地鞠了一躬,转身便走。

我们受到暗示,也都纷纷鞠着躬说"再见"。

我追上文琪困惑地问:"我是在正面评论汪先生的课,有什么不对的吗?"

文琪说:"问话的不是位学监嘛,谁知道他心里怎么想的啊,还是少说为佳吧。咱们都要有个心理准备,不定哪天也许真的有人会正式问我们,那时咱们口中说出的话可能会影响到汪先生,包括咱们自己认为的正面评价,大家的话可要掂量着说。"

不出王文琪所料,不久省教委又有人到学校来了,分别找了我们专业的几名女生谈话,包括徐冉和郝春风。几周后,汪先生的"评论指导"课停了,改上"唐诗宋词欣赏"了。后来我听说,郝春风与徐冉在宿舍吵了一架,她说徐冉是"小人",徐冉扇了她一耳光。从此徐冉在女生中也完全被孤立了。教委的人没找我们"七兄弟"中的任何一个谈话,大概认为我们都已被汪先生洗过脑了,成了他的"维护派"。然而我们却仍经常在一起议论,都认为种种迹象表明,女生中肯定有人向省教委的人告了汪先生的什么"刁状"。我不由得联想到了徐冉惹汪先生生气那件事,讲了。大家一致推断,告汪先生刁状的女生肯定就是徐冉无疑,从此我们再见到她,都不约而同地将头一扭。徐冉被男生女生从两方面孤立,似乎竟能泰然处之,独往独来，我行我素，像一名蹭课的校外旁听生。

汪先生的"唐诗宋词欣赏"课也讲得好，前几周主要讲了唐宋时期几位女诗人词人的诗词及她们令人同情的命运。他认为在那两个朝代，她们的诗词成就放在全世界来看也是大放异彩的，甚至可以说是绝无仅有的现象——因为在同一历史时期，任何别国不曾有过女诗人扎堆出现的记载。而这与中国诗词的多数可歌可咏的特征有关。中国之古代诗词，靠歌咏插上了翅膀，足以用"不胫而走"来形容。脍炙人口之作，于是从诗人词人们的小圈子"飞落"至民间，广为流传，经久不衰。他对《宋词三百首》的编选大不以为然，认为周邦彦的词选得太多了。他肯定周氏在声律学方面的才情，肯定他创立诸多词牌的作用，却又比较否定其词的审美价值，认为只不过是华辞丽藻的堆砌，内容空洞，思想苍白，实属为牌而作之词。为形式而作的任何文艺作品，除了在形式方面的创新这一意义，多数再无别的意义。修辞美、意境美、情操美、思想美——他认为一首优秀的古代诗词起码具备以上四要素之二三，仅求修辞美一条断不可取。

古代诗词之电影语言特征是他的独到见解。

"两个黄鹂鸣翠柳"——中景，静中有声。

"一行白鹭上青天"——继由静而动，色彩随变，仰拍。

"窗含西岭千秋雪"——色彩又变，镜头缓缓向窗外推出，典型的电影"语言"。

"门泊东吴万里船"——与上句有同工之美，视域更加开阔。

他讲《兵车行》时使我们如看大片。

"车辚辚，马萧萧"是大全景，"行人弓箭各在腰"是特写，"爷娘妻子走相送"是局部，"哭声直上干云霄"是画配音，"尘埃不见咸阳桥"是远景。他讲《茅屋为秋风所破歌》时，将"归来倚杖自叹息"比作电影中的人物特写及内心独白，那时他自己仿佛便是老年的杜甫——"安得广厦千万间，大庇天下寒士俱欢颜，吾庐独破受冻死亦足"几句，由他口中缓缓而语调凄凉地道出，听得我们都快流泪了。

不久他上了一堂大课——大课是学校要求他每学期必上的几堂

的，不少外校师生来了。两百多人使大教室座无虚席。那堂两节连上的大课他主要讲大学生写作现象分析——"有的同学不敢写，觉得文学很神秘。成为作家的确是需要潜质的，但一个人究竟有没有或有几分创作潜质，不写是连自己也不清楚的。好比一个人不开口唱歌，不论自己还是别人，都不会知道其人的嗓子到底如何，好声音也许会被埋没，岂不可惜？有的同学写了不敢给别人看，更不敢投稿，那岂不是等于没写？有的同学觉得写小说还可以试试，却怕写散文。因为散文是非虚构文体，怕的是别人从非虚构中了解到自己的隐私——如失恋，如弱点，如家境贫寒，等等。而我要说，那都不是什么值得隐瞒的事。散文贵在坦诚，否则确实别写为好。对于散文，往事皆可成文，只不过不要重复别人已经写过的……"

他说完以上一番话后，从桌上拿起几页纸一页页展示给大家看。后排的同学都说看不清，他便踏下讲台，从这条过道绕至那条过道，左右旋转其身，一页覆盖一页地向大家展示。原来他手中共有六页A4纸，字都挺大，也极潦草，笔尖还将几页纸戳破了，真个可以说力透纸背啊！想象得到，某学生写时，心里是怀着股无名火的。而每页纸上也有工整的红笔小字，分明是汪先生的批改，连标点符号都给改过了。

徐冉突然起身往外便走。

汪先生问："徐冉同学，哪儿去啊？"

她悻悻地说："卫生间！"

汪先生温和地说："那去吧。一定要回来哈，这可是你的作业，老师接着要点评，你应该听到。"

徐冉气呼呼地出去了。

汪先生又站到了讲台上。

他说："大家觉得，对徐冉同学这篇作业，我应该给予多少分呢？"

"最低分！"

"不及格！"

"算白卷，别给分！"

我们"七兄弟"义愤填膺，齐声高叫。

汪先生却说："这篇作文，是全班字数最多的一篇，我给了全班最高分——九十九分……"

一片嘘声。

我们"七兄弟"一起拍桌子表示不服，后边也有些外校学生跺脚。

一名外校男生喊道："老师，我能转到贵校贵专业吗？当您的学生也太好混了吧？"

一时间笑声满课堂。

汪先生也笑道："确实给分高了点儿。这样的作业，居然给这么高的分，在我这儿是第一次。王文琪，请你为大家读一下。"

文琪断然地说："不！"

汪先生倒没尴尬，又对我说："李晓东，那么你来读吧，希望你别拒绝。"

汪先生都那么说了，我只得不情愿地接过了徐冉的作业。

文琪嘟哝："简直是本专业的耻辱。"

我却看着第一页纸发愣。

汪先生催促："时间宝贵，读呀。"

我声明道："我说'开始'时，请大家在心里默数三个数，之后我口中念出的每一个字，都不是我的话，而是写在纸上的字。开始……"

三秒钟后，我大声读起来："他妈的！……"

又是一阵哄笑，甚至有外校男生吹起了口哨。

我只管读下去："《雨》，这算什么大学生作文题！拿我们当小学四五年级的学生啊？搞什么鸟事儿！我讨厌'雨'这个字！我看到或听到'雨'这个字时，都会有一种想骂人的冲动……"

教室里渐渐安静了。

我继续读："试问，全中国有几名大学生，在小学或初中时没写过《雨》这类作文，当大学老师的人想不出更新的文题了吗？"

实际上，汪先生共出了三道任选文题——《眼为什么望向窗外》《开心与不开心》《雨》。《雨》明明是为了照顾对写作文发怵的同学而出的,你徐冉选了此题,证明作文是你的软肋。你自己不争气,怎么能迁怒于老师呢?

我差不多是心怀嫌恶地在读她的作文。然而读着读着,嫌恶消失了,我竟发生了角色互换,仿佛自己变成了徐冉……

高考前连日干旱,近晌午时,备考的徐冉朝窗外望去,见父亲在自家菜地拄锄望天,一动不动。斯时骄阳似火,大地被烤得直冒烟。地气蒸腾,远景恍然。地里的一切菜株,叶子都被晒得卷边了。

母亲在厨房抱怨电视天气预报不准:"连报近日有雨,可老天爷哪儿像要下雨的样子嘛!"

焦虑的父亲于是骑自行车到镇上去雇洒水车。洒水车开到地头时,天却忽然阴了。那也得浇啊,二百元钱都给人家了。帮着人家接上管子时,乌云从山后快速涌来,遮住了半边天。管子里喷出水的同时电闪雷鸣了,天上哗哗倾下瓢泼大雨来。

那还非浇个什么劲儿呢?

洒水车开走了。

父亲又一动不动地拄锄望天。而母亲站在门口望着父亲。

徐冉埋怨母亲:"不就白花了二百元钱嘛,如今为二百元钱值得那样吗?就当丢了呗,你快去将我爸拽回来呀!"

母亲撑她:"你知道什么?!我和你爸摘一车菜,大清早拉到十里外的集上去卖,全卖光了就快中午了,那也不过就能卖一百来元,何况有时还卖不光!……"

母亲说完双手捂脸哭了。

徐冉愣了片刻,冒雨跑到地里将父亲拖回了家。在她看来,父亲脸上淌下的肯定不仅是雨水。

吃晚饭时,母亲因撑了她而向她认错——说自己到更年期了,脾气变坏了,请女儿千万别往心里去。父亲则告诉她,供她上大学的钱已经攒得差不多了,让她只管努力学习,其他什么事都别操心。只要她考得上,家里就肯定供得起……

她第一次抢着去洗碗。

她在厨房听到，父亲轻叹了一声后不由自主地说："考上了反而会更愁了，农民供出名大学生估计得少活十来年。"

听到母亲以更小的声音说："你别让女儿听到，我娘家那边的亲戚答应了，到时候都肯帮咱们一下。"

她自己脸上便也流下泪来。

后来，却又雨天不断，发生了涝情。而且呢，接连几场暴雨，将附近一家乡镇企业的废料堆几乎冲平，有色的雨水四处流淌，淹了十几户菜农的菜地。据说那堆废料含有危害人体的某种物质，结果十几户菜农的菜全卖不出去了。菜农们将乡镇企业告上了法院，法院的判决是废料只不过有色，实际上无毒。当地人哪里会信县一级化验所给出的报告呢，结果更有传言说，十几户菜农的地从此也有毒了，因为渗入了有毒的雨……

徐冉的作文解了我心中一惑——她带着些农作物上大学，乃是为了送往省城的化验所，以求得到权威性结论。

我读罢坐下后，良久才从她作文的情境之中摆脱出来，意识到自己并非徐冉。

汪先生要回几页 A4 纸，开了句玩笑："都是大雨惹的祸啊！"

竟没人笑。

教室里简直可以说一片死寂。

"什么是真情实感？什么叫不吐不快？父母也是他者，与我们每个人有最特殊关系的他者。现在大家理解我为什么会给高分了吧？大家如果觉得并没那么多他者可写，何妨回忆一下父母呢？父母者，最熟悉之人也。最熟不等于最了解。文学即人学，从了解父母开始……"

汪先生就那么开始了点评。

徐冉没再回到教室，我替她大为遗憾。

有一名外校的女生哭了，她旁边的女生替她说她父亲不久前去世了。

汪先生默默走过去，掏出纸巾给她，并说："爱亲者，不敢恶于人；敬亲者，不敢慢于人——同学，文字是最好的怀念方式啊……"

下课后，汪先生又将我们"七兄弟"留下，问了问我们创刊的事，话题突然一转，又问："学生处的老师向我反映，你们男女生都在孤立徐冉同学，可有此事？"

我们不愿隐瞒，就由文琪将我们生她气的原因和盘托出了。

汪先生皱眉道："误会大了！"

他说自己改上"唐诗宋词欣赏"课，与徐冉一点儿关系也没有——他老伴在另一所大学教的就是"唐诗宋词欣赏"，不久前因病去世了。他们老夫妻俩感情深笃，他为了排解忧思，尝试也上几堂老伴讲了十几年的课，并且真的起到了些作用……

他说省教委那三位同志听了他的课后，给出的评价是良好的。教委之所以又派人找学生个别谈话，那是因为要聘他为教改顾问组顾问，而且已经发给他聘书了，向学生征求对他的看法是统一的程序。

他"拜托"我们向徐冉转达他对她的作业的点评，还让我们告诉徐冉，他认识省化验所的人，如果徐冉还没交费，他可以向朋友打个招呼，对徐冉免费。

文琪说："我听郝春风讲过，化验费当天就交了，化验结果也早就出来了，与县化验所的结论是一样的。"

汪先生说："那咱们就都替农民们高兴吧，包括替徐冉家高兴。只是，据我所知化验费挺高呢，明明可以使她省下的钱没省下……"

他连连摇头，仿佛自己有什么错似的。

我们回到宿舍又接着议论开了。

文琪说郝春风与徐冉"闹掰了"，也是由于天大的误会——她当着同宿舍几名女生的面，质问徐冉是否向教委的人说了什么不利于汪先生的话，她的话有些不中听，徐冉一气之下扇了她一耳光，而她忍了。

大家都表扬春风有涵养，我口中却冷不丁地冒出了一句："徐冉也很有肚量。"结果大家都愣愣地看我，我对自己的话感到惊讶不已。

我们"七兄弟"一阵无语之后，文琪沉吟着说："是啊，全班男女生不但都冤枉了人家，还一齐孤立了人家好些日子，应该想出一种好的方式向人家表示歉意，争取得到人家的原谅。"

我们想出的方式是——将徐冉的作文发表在《文理》的创刊号上，而且要作为头条发表。

文琪说："最好配彩色插图，这就不能让咱们那名女生画了，得请有些名气的画家画，以表重视。"

我大包大揽地说："包我身上了，只不过印刷成本可就提高了。"

文琪说："那不是个事儿。咱们的刊物要全都配彩色插图，让人们刮目相看。"

一议论起刊物来，大家又高兴了。

第六章

来稿量居然不少。比起来外校的稿件多，本校的稿件少，正应了那句话——墙内开花墙外红。

"化缘"之事王文琪没再出头，我忙于选稿也没再去。郝春风自告奋勇，请学生处的一位老师带上介绍信陪她去了。那事儿她办得很顺，带回了四万现金，放在学生处的保险柜里了。她说由于有老师陪着，还带了介绍信，对方觉得出钱出在了明处，给得都特爽快。学生会的老师还表扬了我们，认为我们办事懂规矩。

当然，大家最服气的还是王文琪，那么办是他考虑得周到；办得顺证明他面子大，管用。

手中有钱，心中不慌。

大家又一致决定，要给徐冉开最高的稿酬——每千字百元。在当年，省城各报刊，最高稿酬也就能开到那么高了。但我们犯了一个错误，发徐冉的作文并没征得她的同意。也不能说是错误，而是我们有意瞒着她，为的是给她一个惊喜。另一种原因是，没人敢事先跟她说，都冷淡过她，怕自讨没趣，不但遭到拒绝，还被撑了一通。那么一来，创刊号不就得另选头条了吗？而我们都认为，比来比去，确是徐冉那篇作文非同一般，头条也非它莫属。没有那一篇做头条，压不住创刊号的分量了。

刊物很快印出来了，我们自认为称得上图文并茂。还没四处赠送呢，班里的女生已抢走了几份，先睹为快。

一日中午,我们"七兄弟"正在食堂里边吃边聊,为《文理》的"漂亮诞生"共同庆贺,不期然的,徐冉出现在我们面前了,手拿一册《文理》。她将刊物举起,板着脸问:"你们谁征得我的同意发我的作文了,太不专业了吧?"

那事突然,大家都愣了,面面相觑。

我们中的一个低声下气地说:"我们本来也不是专业的嘛。"

徐冉说:"那就应该学得专业点儿!我提出强烈抗议,要求你们在下一期赔礼道歉!"

如果她仅仅这么问罪,还则罢了。可是接着,她将刊物一撕两半,扔在餐桌上,转身便走。一半刊物还掉在文琪的汤碗里,溅了文琪一脸。

一大股怒火从我心头猝然上蹿,直冲咽喉。我拍案而起,喝道:"你站住!"

徐冉站住,转过了身,望着我一脸冰霜,似乎视我为轻佻冒犯者。

我指着她说:"你太不识抬举了!"

她冷笑道:"你以为自己是谁?也不掂量掂量自己几斤几两,有什么资格抬举别人?"

我被撑得再就没说出话来。

文琪也赶紧站起,将我推出了饭厅。

回到宿舍,我坐在文琪床边,气得发抖。从小长那么大,我第一次被那么当面羞辱,而且是在众目睽睽之下!

文琪那天刚换上的衬衫也被溅上了汤汁,他脱下衬衫,一边穿另一件衬衫一边说:"有时候,能忍也是一种可贵的品质。咱们孤立了人家那么多日子,人家不是一直忍了吗?得向人家学习,忍下人家的宣泄。"

虽然发生了那件不快的事,但我们的创刊号反响却超乎预期的好,连本校同学的投稿也一下子多了,这使我们都感到振奋。很快,我也就开始确定下一期的稿件,不再想徐冉对我们的羞辱了,自然也就毫无报复之念。并且，我决定不对创刊词进行修改，仍保留一大段对头条的重点推荐文字。

全班同学特别是我们"七兄弟"与徐冉的关系终于得到了和解——王文琪从学办了解到，徐冉的生日恰是一个星期日，于是我们发出通知，将在那个星期日举行一次茶话会，祝贺汪先生被聘为省教委的教改顾问。汪先生起初是反对的，听我们说主要是为了能找个机会集体向徐冉认错，欣然同意了。

那时，全班同学都已对汪先生心存敬意了，没有不参加的。徐冉也不例外，去得还挺早，独自坐在一边，自行边缘化。她在低头看的，还是我见过的典书。

汪先生亲自主持了茶话会。

他说："一个时期以来，班里由于发生了些误会，使徐冉同学受了很大委屈，大家都觉得太对不起她，所以就由七名男同学想出了这么一个方式，以便大家同时向徐冉认错，获得原谅……"

汪先生的话刚一说完，大家齐唱《祝你生日快乐》，歌声中，郝春风捧着大蛋糕进入教室，蛋糕上插着的小蜡烛已点燃了。

郝春风将蛋糕放在徐冉面前后，对她深鞠一躬，大声说："徐冉，春风这厢有礼了，为了使你消气，我献唱一段京剧。"

于是她做了一个"万福"之姿，清唱一段京剧。

她的清唱获得一阵掌声，连汪先生也"老夫聊发少年狂"地高叫了一声："好！"

徐冉看着郝春风呆住，完全蒙了。

郝春风刚一唱罢，不待徐冉缓过神来，王文琪随即站起，代表我们七名男生郑重认错，同时双手向徐冉呈递红信封，内装二百七十元钱。徐冉木人似的愣在那儿，瞠目未接。

坐在她旁边的汪先生及时替她接了过去，放在她面前，并说："徐冉啊，没征得你同意就将你作文发在创刊号上了，这事也怪不得他们几个，是我指示他们发的，他们以为我已经与你打过招呼了，错全在我，是我交代得不详，就由我在下期道歉吧！不过，李晓东还有好事儿要向你汇报呢,晓东同学,请吧……"

于是我起身宣读了几行字的电话记录,是《读者》编辑部打到学办的,说他们注意到了《文理》上的头条,也审阅过了,决定也作为头条发在《读者》上。

其实,汪先生已告诉了我们几个男生是他推荐的,他要求我们保密。

郝春风忽然说:"蜡烛都快烧到根儿了,还是先让徐冉吹蜡烛吧!"

汪先生笑道:"提醒得对,徐冉,吹吧。"

徐冉已心中感动,顺从地将蜡烛吹灭了。

汪先生说:"我替你切分?"

徐冉点头。

汪先生边切蛋糕边又说:"不仅对于徐冉,对于《文理》是喜事,对于咱们学校也是喜事呢。我任教三十几年了,第一次有学生的作文被《读者》选登,而且还是头条,我备觉光荣啊!《读者》发行一千多万份呀,徐冉,你可为《文理》做了一次超大广告啊!……"

郝春风又带头唱起了《祝你生日快乐》。

歌声中,大家彬彬有礼地分吃蛋糕,四十几个人啊,每人只不过吃到了一小口。

留给徐冉的部分自然大些,她拿起小叉子叉了一块儿,刚送到嘴边,又放下了。

她低下头,双手捂脸,无声地哭了。

王文琪说:"那什么,我露一嗓子,给大家唱首歌吧,献给每一位同学。"

他就站起来唱开了:

> 生活是一团麻……
> 也有那解不开的小疙瘩……

我默默听着,浮想联翩。

上大学前，我从没觉得我的生活像一团麻。也从没觉得我爸妈的生活像一团麻。他们的人生都很顺，在我们那座地级市，属于令人羡慕的夫妇和父母。我家的生活也一直顺风顺水，没出现过什么"小疙瘩"……

茶话会开得非常好，不但全班同学与徐冉之间的误解彻底消除了，我们七名男生与女生之间的关系也大为改善。

晚上，我们"七兄弟"又进行了一次"卧谈"。不知谁引的头，"小疙瘩"成了主要话题。

"别说'小疙瘩'了，'大疙瘩'往往也可以用钱来解决。几乎生活中的一切事都可以用钱解决。"

一位"弟兄"的话听来很有金钱至上的意味。

"那可不一定，生老病死，这可是有钱也没辙的事。"

另一位"兄弟"立即表示反对。

"错！你太不了解钱的伟力了！要建立一个富强的中国，钱少不行吧？你有病了，钱多可以住高档病房，请名医治疗，用进口的药吧？那么一来呢？穷人治不起，干等死的病，在你身上结果不一样了吧？于是你定死没死，濒死犹生。你老得慢，你寿命长……"

"穷人也有寿命长的……"

他俩争论了起来。

我说："你们争论不休的话题，文琪才最有发言权。"

文琪说："你在上边装会儿哑巴不行啊，干吗非插一嘴，偏把火往我身上煽？"

我笑道："在我们七兄弟之间，你是不差钱的那一个嘛。"

我这么一说，大家还真都逼着文琪发表看法了。

文琪无奈地说："你们那话题就别往下争了，都忘了汪先生评论《等待戈多》时的话了？财富依然集中在少数人手里，这世界此点并没变。财富不就是钱吗？钱如果不是世界上最好的东西，几千年来，它又怎么会一直集中在少数人那儿呢？我倒真想说说'小疙瘩'，人与人的关系如果出现了问题，无非以下情况——一是别人的问题；

二是那别人不可理喻，就是民间所谓的'小人'，而且你还无论怎样都摆脱不了与对方的关系，剪不断，理还乱，对方又不断给你制造麻烦。结果呢，你的开心指数一再下降，杀了他的心都有。但那是万万做不得的，因为结果了小人而搭上自己的命，太不值得。所以，尽量躲远点儿才是明智选择。好在如今的社会变了，人躲人不再是难事了。无论怎样都摆脱不了那是指的从前，从前从一个单位调到另一个单位比登天还难，更别说搬家换宅了。还有一种情况是，别人很正常，问题出在自己身上，往往是由于羡慕嫉妒恨，结果自己成了不断给别人制造麻烦的小人。小人都不承认自己是小人，像精神病人。最后一种情况像咱们全班与徐冉的关系，是由误解造成的。误解这事儿，后果可大可小。如果一方成问题，甚至是小人，那就也许大出仇恨来，大出人命来。各位仁兄贤弟想必明白的，小人乃是成年人的概念，咱们不幸已都属于成年人了，人生说长不长，说短不短，日后谨防小人，这也是人生要义。所幸咱们全班还没有小人，起码目前没有，徐冉的心理也够强大，顶得住被全班孤立的压力。否则，后果不堪设想。外校刚刚出了什么事，大家肯定都知道了……"

我是个消息比较闭塞的人，问什么事。

文琪说："有些事，不知道也罢。"

一位"兄弟"嘴快，三言两语讲了——某校由于同学间产生了什么误会，一名感到被冤枉的女生想不开，为了证明自己的清白，跳楼身亡了。

大家一时沉默，各有所思。

而我竟脊背发凉，顿时出了冷汗，内心不禁感激徐冉心大——如果她出了什么意外，我岂不是一辈子都会有罪过之感了？虽然我并没成心挤对过她，但我毕竟也是一度成心孤立她的人之一啊！

……

茶话会开过后，徐冉不再独往独来了。在上课或吃饭的路上，又有女同学与她相伴而行了。自然，郝春风与她也又有点儿形影不离了。而在餐厅里，她俩有时还挤到我们男生桌来坐。

一次她坐在了我对面，使我有了充分的机会正视她，看得她不自在起来——从我在列车上认识了她的时候起，我还从没以一种端详的目光面对面地看过她。之前面对面的时候，我俩都互撑来着。而互撑的情况下，即使对面是位美女，在男人眼里，女性之美往往也会归零。

徐冉固然不是美女，但她的脸分明属于端秀一档，久看，越能端详出一种特殊的美，就是那种眉目中有"小武生"英气的美。

她终于忍不住似的问："总看我干什么？我脸上写字了？"

"你正面也挺好看的。"

话一出口，连我自己都觉得愚不可及。

有位"弟兄"差点儿将一口饭笑喷出来。郝春风讥讽我："你这是什么话？吃错药了？"

徐冉也红着脸说："就是，莫名其妙。"

我正尴尬得无地自容，一位"弟兄"将话岔开了。

他说："徐冉，我们兄弟七个，都打内心里感激你。"

徐冉看着他奇怪地问："从何谈起？"

"你没自杀。"

那"兄弟"说出了一句更蠢的话。

"你咒我是不？我活得好好的干吗自杀？找打是吧？那就打你，打你！"

徐冉接连用筷子敲击那"兄弟"的头，他端起碗跑了。

王文琪说："他的话也代表我们大家的意思……"

郝春风佯怒道："你也吃错药了？"

文琪说："听我把话说完嘛，我们这位兄弟嘴笨，不善于向女生表达真情，我理解他的意思其实是——我们都打内心里敬佩你，因为你的心理承受力，因为你的宽宏大量。"

春风表扬道："这话说得还挺到位。"

徐冉粲然一笑："多谢文琪兄台终于说了一番我爱听的话，本姑娘似乎也就那么一条优点足以自慰了。知我者，王文琪也，敬你一觥！"

她双手捧起汤碗一饮而尽。

我们几名男生齐声高叫："豪爽！"

……

《读者》将徐冉的作文刊出后，徐冉成了全校名人。学校对她刮目相看，专门举行了一次小范围的仪式，由一位副校长向她颁发了五百元奖金。

郝春风陪她请我们七名男生在校外搓了一顿。

自从被徐冉称过"兄台"，文琪在她面前每以"大哥"自居起来，似乎已将她收编到"兄弟伙"中了。而这又似乎正中徐冉下怀，不但乐于常与我们"七兄弟"在一起了，与我们在一起时也更像男生般豪爽了，"假小子"性格表现得更加充分。

文琪端着股子"老大哥"的架子问她："徐冉啊，出了名了，是不是追求者一下子多了啊？"

徐冉也没脸红，朝郝春风翘翘下巴，不无得意地说："让春风回答，我自己回答显得太那个了。"

文琪笑道："嚯，有新闻官了！"

春风一本正经地说："那本新闻官就来满足一下你们的好奇……"

我说："不是我们的好奇，是文琪一个人的好奇。"

文琪环视我们问："仅是我一个人的好奇吗？果而如此的话，那春风你别回答了，过后只告诉我一个人得了。"

另外五名男生争着说他们也好奇，大大地好奇。

"这么说吧，光我转给她的信已有十几封了，从门缝塞进我们宿舍的就更多了。至于当面向她表达爱慕的有多少，那我就不清楚了。我只记得有两次我俩一块儿走着的时候，斜刺里闪出来过别的专业的男生，当面硬往她手里塞信。冉，不是我瞎编的吧？你自己坦白坦白，究竟收到了多少表达爱慕的信？"

春风的一番话，使我心里醋醋的。我这位主编也见到过几封寄给徐冉的信——那时,我们已经有了一间办公室和一部座机,学校特批的。而那些信全是别的大学的学生寄给她的,有的地址还是研究生院。文学在大学里是香饽饽的时代明明已经过去了,一篇被《读者》选载的大学生作文居然还能引起颇大反响,这是我预先估计不足的。而那些信,我都让女生转给徐冉了。

我问她收到没有。

她说:"收到了,谢谢。"饮下半杯啤酒后又说:"我自己也就当面亲手接过了七八封信而已。不接怎么办呢?不是太伤对方的自尊心了吗?烦!不胜其烦啊,本姑娘也没料到某一天会成为校园名人啊,当名人这事儿太不好玩了,谁真当上谁就明白有多烦了!谈恋爱也不是那么一种谈法,反正我自己的恋爱不会以那种方式开始,太戏剧化了!"

她说罢,也不吃口菜,一口饮光了杯中剩下的酒。

我等兄弟听了她的告白,都装出同情的样子看着她,赔以苦笑。

那日我们领教了,徐冉她天生好酒量。

我当时心里五味杂陈。毫无疑问,徐冉从默默无闻到声名鹊起,我是她背后的主要推手之一。我推她是推《文理》,也可以说是为了推《文理》而推她。《文理》受到学校重视了,引起别的大学关注了,作为主编,我觉得光彩。但她于是追求者多多,却使我内心暗自不爽。因为自从我和她的关系改善了,我对她又有"那种意思"了。我与王文琪不同——文琪考虑的"个人问题",徐冉是绝对入不了他的"法眼"的。用他自己的话说,与郝春风也只不过是互相"玩玩恋爱游戏",暂时充实"感情空间"。我也认同他对我的告诫,深知自己是没有任何资本像他那样"玩玩恋爱游戏"的。我之恋爱,必与结婚合为一事。即使失败,过程也应是郑重的。而在我们班的女生中,徐冉是样貌比较好看的。我承认我对她有此种看法,与她已经是一名追求者多多的女生不无关系。在恋爱这件事上人也会有从众心理吗?我不清楚。但即使有,我也拿自己的从众心理没法了。如果我将来的妻子是她——我大学时期全班女生中样貌比较好看的一个,那么在爱情方面我此生也就知足了。正所谓夫复何求？从众不从众的，已不重要。

我心里既有以上种种想法，看徐冉时的眼神自然也就异常了。换一种说法那就是，我对她的想入非非多少有些挂相了。她也分明觉察到了，尽量不看我。偶一看我，见我在凝视她，竟会一下子红晕染颊，扭过头去。

文琪问我："你怎么了？干吗满腹心事，闷闷不乐的样子？"

我说我昨晚失眠，有点儿犯困。

他笑笑，没再问什么。

我觉得他的笑意味深长，觉得他似乎会读心术。好在其他兄弟都在高谈阔论，或向徐冉和春风大献殷勤，没谁注意到我的一反常态。

我们一回到宿舍，有一"兄弟"借着几分酒意亢奋地大声说："诸位诸位，向大家宣布一下，我中箭了，丘比特一箭射中了我！我本不想大一就谈恋爱的，但现在没法儿，从明天起，我要开始追求徐冉了！也想追求的，都排我后边啊！凡事得有个先来后到，等我失败了你们再上！"

我瞠目看他，心里又是一阵酸溜溜的。

文琪严肃地说："既然凡事都有个先来后到，那你排第二吧。"

那"兄弟"一愣，结结巴巴地又问："谁、谁第一啊？你你你……你不是与郝春风吗？……"

文琪拍着我肩说："第一在这儿呢！人家两个都秘密进行挺长一段时间了。兄弟之间，谁都不该横插一杠子，破坏他俩的好事啊！"

文琪的话刚一说完，另外几名兄弟一一转头，目光全都集中在我身上了，确切地说，是集中在我脸上，如同陪审员听完辩护律师的陈述词后，目光全都望向被控有罪的人。他们的目光里都有几分光火，仿佛在用各自的目光说：此人有罪！

我难堪地笑着说："是啊是啊，是文琪兄替我声明的那样！"

我不那么说，还能怎么说呢？难道说相反的话吗？我有病啊我？！

扬言要开始追求徐冉的兄弟愤然地叫起来："怎么会这样？！"

另一名兄弟质问文琪:"有没有搞错啊?他不是和咱们一起背后声讨过徐冉吗?!……"

对于这一事实,我一时哑口无言。

还是文琪替我辩护,他说:"那是晓东兄的迷惑之计,否则他如何能捷足先登呢?情场上也是要讲策略的。他技高一筹,所以他才能排在你等前边嘛,爱情有时也得智取啊!"

尽管他的辩护听来不太像辩护,更像是客观评论,但那一时刻我还是爱死他了。他也只能那么说呀,不那么说还能怎么说呢?

一名"兄弟"嘟哝:"使我联想到了高尔基的《二十六个和一个》……"

另一个指着我呵斥:"那么你是面包司务啰?"

还有一个"兄弟"弱弱地说:"也靠计谋使美女投怀入抱……"

而一个一直躺在上铺的"兄弟"探下身来,指着我坏坏地说:"你们都啰嗦个什么劲儿啊,揍他呀!"

于是几名"兄弟"发一声喊,将我从椅子上拖起来,一顿拳打脚踢。有人的拳脚确实把我打疼了。我只得扑在文琪的床上,用他的枕头护住后脑勺,任他们将恼火撒在我屁股上。

我听到文琪语调幽幽地说:"晓东,受着啊。不论在哪方面,胜出者要让着受挫者三分,这也符合人类社会的道德律。"

终于我听到因为我而成了"第二"的"兄弟"说:"算了!君子不夺人所爱,何况咱们是兄弟,是兄弟就得讲点儿兄弟间的姿态,本人放弃了。"

惩罚结束,我这个比"面包司务"还"面包司务"的"可恶的家伙"终于坐起来时,见"第二"已上了自己的二层铺,却将两条腿耷拉在铺下。

我看着他两条腿讪笑着说:"对不起了哈。"

别的"兄弟"看着我的目光,使我觉得我那笑近乎"厚颜无耻"。

而"第二"从高处发出了一声吼:"别气我!"

从现象学上说,刚才那一突发性"事件",是一场大学之子们在宿舍里的胡闹。我们那么胡闹也不是第一遭，只不过以前被群殴的不是我，而是别人。但从有人确实把我打疼了这一点来论，证明有人的确对我下了狠手。也许是"第二"，也许并不是他，而是别人。

究竟是谁呢？

我从他们的脸上没法判断，因为他们脸上一律有种半真半假，真假莫辨的"闹着玩儿"的表情。

我想为爱挨顿揍也是应该的，甚至可以说是值得的。谁叫我成了情场上的胜出者呢？我完全接受文琪所持的道德律。

过后我问文琪："你怎么那么了解我的心思？"

他笑道："我是一般人吗？你那点小纠结能逃过我的X光眼吗？徐冉还是不错的，完全配得上你。依我看来，你俩性格互补。如果成为夫妻，她也许在各方面都会给你带来好运。成或不成，看你的造化了。你可别二意思思的，错失一段好姻缘哈。只要你愿意一往无前地追她，我就会替你的爱保驾护航！"

他的话推心置腹，颇有三娘教子的意味。同时，还说得义气满满。

我虽然只点了点头，内心里却是感激不尽的。

但以后我也没怎么展开追求的攻势。一来并没多少机会可以那样，二来我确实又有点儿犹豫不决了。我之犹豫，主要是因为这么一种困惑——"第二"说放弃就放弃了，另外四名"兄弟"分明也没跃跃欲试的任何表现，这是否反证徐冉其实也不值得格外青睐呢？好比人人都说股市上的某股是蓝筹股，却又并不想真的投资，那只蓝筹股的升值潜力便未免可疑。

我与徐冉的关系，也不过就是见着了双方都主动打招呼，或站住说几句可说可不说的话，而这是极一般的男女生之间的关系，连友好都谈不上。徐冉也喜欢上汪先生的课了，有时还坐到前排去。那么，她就会和我们"七兄弟"中的某个坐在一起了。

她却从没与我坐在一起过。

她似乎忌讳此点。

而我的心理却变得宁可顺其自然了。

期末时,学校的文化周开始了,礼堂每天晚上都有活动——或是讲座,或是文艺演出,或放电影。

一天晚饭后,郝春风等十几名女生在外边喊王文琪。

文琪站阳台上问什么事。

春风让他带我们去看本校与外校联合举办的文艺汇演。

文琪转身问我们去不去。

我们都说已经看过一场了,不去了。

文琪代我们这么说了没多一会儿,春风率两名女生"请"上门来。她命一名女生拉开我们宿舍的门,不许我们关上,自己则闯入宿舍,一一指着我们命令:"换鞋换鞋!都得去!谁不去我以后不搭理谁了,那谁就没什么好果子吃了!王文琪,你别愣着,也包括你在内,走,走!李晓东你还磨蹭什么?你尤其得去,不去你后悔一辈子!……"

结果我们就都被她那么"请"了出去。

到了礼堂,我和文琪照例挨着坐。

郝春风训道:"你俩分开!别形影不离,像同性恋似的!"

我刚起身坐到旁边,郝春风一屁股坐到了我俩中间,并说:"我要亲眼看看你俩被惊艳到的嘴脸!"

前面的几个节目,无非独唱、舞蹈、相声、魔术——皆外校学生的节目,老实讲,水平真的一般般,我也确实是耐着性子坐在那里,怎么可能惊艳到我?而且,连郝春风自己也一会儿仰头一会儿低头的,不断在座位上扭动,分明也在耐着性子看。

"下一个节目——京剧伴唱《贵妃醉酒》,表演者,本校汉语言文学专业一年级新生徐冉。京胡伴奏,本省著名琴师郝玉坤。"

报幕员的话音还没落地一阵掌声就响起来了——终于轮到本校的节目出场了,本校师生当然反应热烈。

我怀疑自己听错了,隔着郝春风问王文琪:"是咱们的徐冉吗?"

王文琪说:"我刚才打了个盹儿,没听清。"

郝春风推了我一下，低声训斥："坐好！你认识几个徐冉？伴奏的是我爸，贵妃的行头是我爸替我借的。"

她说话间，琴师先出场了，微鞠一躬，坐下后也没试弦，落弓就熟练地拉起来。

"摆……驾……"

随着一声凤鸣般清亮的念白，头戴凤冠身穿霓裳的贵妃从侧幕旋到舞台正中，定住了一个优美的亮相。美人之脸庞，白里透红，红里透粉，真个是明眸皓齿，沉鱼落雁，闭月羞花。

春风又小声说："我妈给她上的妆！"

而我已看得目瞪口呆。

> 海岛冰轮初转腾，见玉兔，玉兔又早东升；那冰轮离海岛，乾坤分外明……

徐冉唱得还不错，博得了一阵喝彩。

那是我出生后第一次看京剧听京剧——我指的是舞台上的正式演出。尽管我爸妈都是京剧迷，但本尊对京剧从没产生过兴趣。花脸、老旦出现在电视中时，我偶尔还看上一小会儿。花旦、青衣一出现立马转台，受不了她们的莺声燕语咿咿呀呀。

那时我却不但看得目不转睛，而且听得聚精会神。

郝春风竟激动得流下泪来，一个劲儿用纸巾擦眼角。

我听到文琪小声说："你什么情况啊？至于吗？"

春风说："我有成就感！别以为只你们两个是伯乐，我也开发了她的另一种潜质！"

徐冉唱罢，与春风她父亲被一道留在了台上。春风她妈也来了，与校领导坐在第一排，被主持人礼貌地请到了台上。

接着是主持人与三人的问答。

春风的爸妈说了些什么我已记不清了，总之是夸徐冉的话，说她天资聪慧、嗓音条件行，认真好学云云。

我记得住的是徐冉的几句话。

她首先自然是要感谢"好同学郝春风",尤其感谢春风的父母,使她与京剧发生了亲密接触。而她决定登台演出,也是要以一种特殊的方式对《文理》编辑部的同学表达谢意……

主持人问她:"如果你有可能成为京剧演员,愿意还是不愿意呢?"

她毫不犹豫地说:"我对自己将来从事什么职业已另有考虑,京剧只能作为业余爱好了。"

主持人又问:"那,能否向师生们透露一下自己的从业志向啊?"

她干脆地说:"不能。"

主持人愣了一下,反应机敏地说:"为什么不能呢?还没决定吗?"

她说:"决定好了,暂时保密。"

春风她爸笑了。

春风她妈说:"这孩子,说话太直了。我替她解释吧主持人,她可不是当众撑你……"

主持人笑道:"她性格像王菲。阿姨,那我得问问您……"

王文琪隔着春风小声对我说:"有点儿心理准备啊,就她这性格,将来够你喝一壶的,可别怪我没提醒过你。"

春风瞪着我问:"他这话什么意思?"

我搪塞地说:"我还莫名其妙呢。"

同时我心里暗想——再不二意思思的了,这个徐冉我追求定了,她"说话太直"的性格我也包容了。想找十全十美的老婆,咱也没那资本啊!估计我爸妈也会满意的——京剧迷的公婆有一个善于唱京剧的儿媳妇,对路!

徐冉获得了文艺汇演一等奖。一等奖原定一名——她能获一等奖,除了唱做水平都不错(起码够得上资深票友的级别),那身行头也给力不少。起关键作用的是郝春风爸妈的捧场。并且,也应合了省教委关于推动京剧进校园活动的倡导。因为是高校文艺汇演,据说颁奖活动还要隆重举行。

又据郝春风说,如果不再增加一名一等奖,或将徐冉的一等奖改为二等奖,那么她必定拒绝领奖。她的理由是——自己唱得再好,那也不是原创节目。大学生文艺汇演,毕竟不同于京剧爱好者比赛,一等奖应给予原创节目。

消息不胫而走。

徐冉不但收获了"小王菲"的雅号,更为自己树立了"淡泊名利"的好口碑。

我们"七兄弟"不免又在宿舍议论此事。

一名"兄弟"问王文琪:"也事关郝春风她爸妈啊,人家老夫妇俩为她化妆为她伴奏的,多大面子呀,如果居然给个二等奖,那不也等于辱没了人家吗?"

文琪矜持地说:"徐冉亲自去春风家当面征求过态度了,春风她爸妈完全同意她的想法,还让她带回了一封给组委会的信。结果如何,就看组委会怎么考虑的了。"

另一"兄弟"叹道:"徐冉这一大秀太完美了,滴水不漏,无懈可击。"

便有一名"兄弟"随之唱道:"这个女人啊……不寻常!"

仅我与文琪在一起时,我忍不住问他:"这会儿没外人,依你看徐冉的决定是作秀还是出于真诚?"

他讶然地反问:"你怎么可以问我这种话?不打算追求她了?"

我说:"正因为要追求到底,所以才问嘛。"

他又问:"想听真话还是假话?"

我说:"当然是真话!"

他说:"俯身过来。"

我就向他偏过头去。

他机密地说:"我也觉得她事先散布她的决定,是作了一个大大的秀。"

我不禁怔然地看他。

他指着我笑道:"瞧你这样!像被我的话吓着了似的。哎你为什么句句信我的话呢?"

我愣愣地说:"你是我最好的朋友啊!"

他表情庄重起来,严肃地说:"对好朋友的话也不能句句全信,因为没有谁的好朋友的话是句句正确的。何况是你在追求她,不是我在追求她。她究竟是怎样的人,你要凭自己与她的接触来感觉,别人的话只能做参考。而我刚才的话,你连参考也别参考,我那纯粹是玩笑话,你必须彻底忘掉。"

我这才心情舒畅地笑了。

他接着说:"贤弟,老实告诉你,徐冉她那是作秀,还是发乎诚意,连我也搞不清楚!春风就清楚了?春风她父母就清楚了?谁都不是她肚子里的蛔虫,她的真实想法别人怎么能清楚呢?但有一点是可以肯定的,她那么主张证明她考虑问题全面。我外校的朋友多,听到了一些说法——一等奖仅一名,如果真给了她,人家那些表演原创节目的外校学生肯定心理不平衡,公布后真闹得意见多多,沸沸扬扬,不是反为不美了吗?所以,我让春风告诉过她,我支持她那么做。"

我说:"解惑了。你让春风告诉她,我也支持她那么做。"

文琪批评道:"干吗由我让春风告诉她呀!你是张生?她是莺莺?我是红娘?没有我你俩的恋爱没法进行下去?你自己告诉她不行?"

我不好意思地笑了,连说:"行,行,那我自己告诉她。"

第二天我在教学楼门口等徐冉出现。

她与郝春风和几名女生走到我跟前时,我鼓足勇气说:"徐冉,我要单独跟你谈谈。"

她站住,看着我愣愣地说:"就要上课了呀。"

我说:"几句话的事儿。"

郝春风她们互相笑笑,先自离去。

我觉得她们那笑挺有名堂,似乎是在向我表示——我们知道你对她有意思啦!

趁前后左右都没人,我赶紧说:"支持你!"

她微微皱了一下眉头，困惑地问："什么事儿啊？没头没脑的。"

我说："你拒绝接受一等奖的事儿。"

她笑道："传得可真快，连你们男生都知道了？"

我说："是啊。"

她说："谢谢了，走吧。"

我心中一喜，急问："去哪儿？……去哪儿都行！"

我以为她是在邀我一块儿逃课。虽然我从没逃过汪先生的课，但为了爱情我不惜破例。即使成了班里的一大新闻，我也心甘情愿了。

"还能去哪儿？上课去呀！"

她笑出了声。

我俩是最后进入教室的，几乎全班同学都以看西洋景似的目光看着我俩坐下去。

我俩头一次坐在了一起。

汪先生上课前说，省报副刊也要转载徐冉那篇作文，引起了全班一阵欢呼——那时，一篇作文带给徐冉的好事，已不仅仅被视为她的个人荣誉了；同时也是《文理》的荣誉，也是我们学校的荣誉，更是汉语言文学专业的荣誉了。连本专业的学兄学姐见了我们这一班新生，都会表现出心怀敬意的样子了。

徐冉攥了我的手一下，四五秒钟之后才放开。在那四五秒钟内，我几乎处于屏息敛气的状态，为的是全心全意享受那一攥——我感到她那只手的温度也温暖了我的血液。血液在血管里流得快了些，心跳也快了些。那种状态妙不可言，像泡着温泉澡而又昏昏欲睡。

评奖之事最终成了这样——多了一项一等奖，同样是外校的节目。《贵妃醉酒》获得特别荣誉奖。组委会搞平衡是小菜一碟，各校皆大欢喜。

放假前，我约徐冉同时回家。

"好呀。"

她没犹豫，答应得很爽快，显出高兴的样子。

在列车上，我俩的话其实并不多。我想，我对她的"那种意思"，郝春风们肯定已经透露给她了，她内心里是有数的。可能也正因为如此，她尽量不与我有太亲密的举动，这我理解。毕竟，我俩之间一度有过紧张的关系，由冷迅热不符合她的性格。我也不喜欢那样，我更享受自然而然、水到渠成的恋爱过程。

她膝上放一个大夹子，夹的是一批考卷。我手拿的是《英语词典》。我也产生了考研的打算，考研英语是必须及格的，差半分都没门。英语要不失分，全靠死记硬背，我讨厌死记硬背如同小孩子讨厌喝汤药。

我问她为什么不看《字形学词典》了。

她说已经看完，该记的笔记全记了。现在看的是考研政治题汇编。她说同样是死记硬背，如果在英语和政治之间选，她宁愿背英语。

"我高考时政治的分数拉低了总分，考研时绝不允许同样情况再发生了。不就是背嘛，无非将背的重点转移一下，我对考研有信心。"

她说得轻描淡写。

我问她为什么非考对外汉语专业的研究生不可。

她说这个专业任教于大学的可能性较高。说如果以后能成为省城哪所大学的老师，此生于愿足矣。

我问那是不是得接着考博呀。

她说："如果到时候门槛高了，肯定充满竞争，但基本上在我所能'跟得上'的范围。""成为省城哪所大学的老师"——她这话也使我安心不少。如果她的志向是"北上广深"，那么我又会犹豫不决的。我这个在小城市顺风顺水地成长起来的人，对在无亲无故的陌生的一线城市闯人生，一向有着类似武功不高而偏要闯向暗流涌动的危险江湖的恐惧。

我俩在列车上的相处彼此愉快。她有时会打次短盹儿，那么她的头就会不经意地靠在我肩上，使我联想到我俩第一次在车上坐一起时的别别扭扭，于是愉快就会扩展成幸福。

她也许是一名内心缺乏安全感的女生，列车的正常震动都会使她立刻睁开双眼猛醒过来，并且立刻坐正，朝我难为情地笑笑，一次还说了句"对不起"。

而我说："没什么。"并很绅士地趁机也攥了攥她的手。我问她如果考研失利会做何打算，她说："接着考呗。反正我是不达目的誓不罢休了……哎别把我的话告诉别人啊，连王文琪也不许告诉。他一知道，春风就知道了。春风一知道，全班女生就全知道了。人生努力方向是自己的事，我可不愿搞得人人皆知。"

我说："放心，我保证守口如瓶。"

她又攥了我的手一下，我也又享受了一番奇妙的感觉。

我问那些话是有心机的——既要追求她，我当然得了解一下她的人生目标。倘若她的人生目标太高大上，那么我只能忍痛割爱了。我想我的人生将注定是平凡的，人生目标太高大上的爱，我陪着走不了多远就会累尽的。爱情诚可贵，但我也不能为了爱将自己的人生搞到那么糟糕的地步啊，这点起码的自知之明我还是有的。

还好，她的人生目标我较认可。

直至列车到站，我俩之间的关系再无任何突破性进展。

她还得再乘一个多小时的长途汽车才能回到家里，我执意将她送到车站。

开往她们那个小镇的长途汽车刚开走，下一班一小时后才发车，我又执意陪她等。这竟使她非常不安，执意要请我吃午饭。那时已近中午了，我也确实饿了。

可我却说："一点儿都不饿。"

她坚持道："但我饿了，就算你陪我吃吧，别让我求你。"

于是她请我吃了一碗牛肉面。

等面时，我试探地问她能不能给我她的手机号。

她说："愿意。"

于是我的手机里存入了她的手机号——这是我那一天最大的收

获。她没说"行"或"可以",而说"愿意",使我有点儿受宠若惊。想想吧,她"愿意"啊!这难道不是一种接纳我迈入她的人生"防火墙"的表白吗?

她接着又说:"不仅在咱们全班,即使在咱们全校,目前你也是唯一有我手机号码的男生。"

她的话证明我的分析不是自作多情。

幸福在我内心荡漾。

但我的表现依然特庄重。当时,关于大学生之间的恋爱,全省各大学之间流传着同一种说法——"时间就是生命,别把生命浪费在过程中。爱就来真格的,不来真格的趁早拉倒"。经学校批准,学生会与校园里的一处报刊亭谈妥,在那里设了一个小箱,内放避孕套和避孕药,学生可免费任取;有的学姐还是不慎怀上了,做过"人流"。然而这类事连点儿新闻性也没有的,谁都懒得议论,想造成新闻都不可能。而一到大四,某些学兄学姐干脆早早在校外租了住处,开始双宿双飞了;老师们对此现象皆睁只眼闭只眼,讳莫如深。

但我可不愿那么简单地对待爱情。我认为某事太过简单,省略了必要的过程,其事往往也就不值得回忆。我还是宁愿我的初恋日后成为自己回忆的一部分,而且应该是美好回忆的一部分。故我对"禁果",既心向往,亦能理性克制"偷尝"之念;"霸王硬上弓"更不符合我的爱情观念。

我觉得徐冉在此点上肯定与我一致。

我俩又回到车站候车时,她说:"代我感谢你父亲,他的插图使我那篇作文丑石变玉。"

我说:"那你还莫如跟我到我家去,当面谢他。"

她笑了一下,歉意地说:"那我到家太晚了,下次吧。"

我说:"你也可以在我家住一晚上,明天再走。"

她的脸一下子红了。

我赶紧又说:"我没别的意思。"

她小声说:"我也没往别处想啊。"

她的脸就更红了。

那几句话后,我俩都有点儿窘。

她又小声说:"我归心似箭,这你得理解。还是下次吧,下次一定。"

我只好说:"完全理解。"

当她坐在车里,车开走时,从车窗探出头,朝我摆手——那时她脸上竟有一种依依惜别似的表情,仿佛,要流泪了。

这使我大惑不解。

但我也因而陶醉。

灵泉是一座八十几万人口的地级市——指的是市区人口。

政府希望在未来五年内,使城市人口达到百万以上,因而想要出台几项刺激人口激增的措施,措施在人大和政协却没顺利通过。不论在人大还是在政协,都有为数不少的人士持反对意见。他们认为,人口增加是大势所趋,谁想阻止也阻止不了,但应顺其自然,何必非要人为地去刺激?百万人口以下的城市更宜居,更便于打造成美好城市。喜欢大城市生活的人,只管到大城市去买房子,自己搬去住好了。由于存在着他们的反对意见,政府将讨论推向了民间,希望在民间获得广泛支持。结果适得其反,使民间也分裂成了难以调和的两派主张。

这座城市自古以来就是一座美丽的城市。水绕山环,郊区自然风光旖旎;市区街道横平竖直,两旁绿树成荫。最有味道的是一些老巷子,青石条铺路,小商铺干净的门面鳞次栉比,守门面的或是老妪老叟,或是大姑娘小媳妇,有时甚或是小阿妹——都穿着符合年龄的得体而又干干净净的衣服,脸上洋溢着知足常乐的表情,安安静静地坐在揩得发亮的条凳或有靠背的小凳上,怡然自得地等待顾客的光临。他们旁边,往往卧着猫蜷着狗,连那些猫狗看去也活得无比自在。走在那样的老巷里,我往往会联想到两句古诗:"自去自来梁上燕,相亲相近水中鸥。"前一句是他们对陌生人的态度,后一句是他们对老顾客和他们之间关系的态度。

灵泉地处三省交界处，铁路四通八达。自古以来经济繁荣（除了战乱年代），贫困之家甚少（多是因病致贫的），故灵泉人家乡观念重，觉得哪儿也不如灵泉好。就说那些开小店铺的人家吧，其实每家每户都在同时做着这种或那种商品的批发，日子都过得挺滋润，大可不必为他们的生计发愁。

近年灵泉有了新区，市委市政府迁到新区去了。人口也发生了些变化——闯到大城市去的年轻人终究还是多了，周边各县镇在灵泉买了房子安了家的年轻人多了。但实际情况是，灵泉中产阶级人家的儿女反而不轻易外闯，都比较留恋灵泉；底层人家的儿女才渴望去往大城市，因为那里属于他们的人生发展机会多些。

我回到家时，我老爸老妈还没离开饭桌，不过已经吃完饭了，在守着饭桌争论。

我说："幸亏我回来了，否则，连个相劝的人都没有，你们会急头白脸地争论到什么时候为止呢？"

我老爸说："你回来得正好，快坐下来，我和你妈的争论可是因你而起！"

老妈训斥老爸："你怎么这样！儿子刚进家门，背包还没放下呢，你就迫不及待地拉拢同党啊？休想得逞！"

老妈言罢，起身走到我跟前，又说："别换那双拖鞋！底都裂了，该扔了。妈已经给你买了一双新的，这双布的软，穿着特舒服！"

看着我换上布拖鞋，放下书包，老妈接着说："站这儿别动，让妈看看你胖了瘦了。还好，像是胖了点儿。告诉妈你想吃什么？想吃什么妈给你做什么，别考虑麻烦不麻烦的！"

像所有中产阶级家庭的老妈一样，我老妈对我这个独生子也视如珍宝。自从我上了高中以后，她反而更黏我了。这也难怪，我老爸是本市名人，又是市政协委员，社会活动多，何况还经常去往他的画室，一去就是大半天，有时一整天，我老妈经常闷得找不着北。上大学对我的一个好处就是，终于可以不再被她耳提面命的"三娘教子"所烦，耳根子清净了。

老妈不许我动，不眨地端详我时，老爸以时评家的口吻说："事实胜于雄辩，究竟谁在进行拉拢，明摆着嘛。"

我说吃过了，推着老妈走到饭桌那儿，与老妈同时坐下，严肃地问："谁先交代，又为什么争了起来？"

老爸老妈的争论还真是因我而起。

我老爸认为，我这个儿子既然考上了大学，那就应该一鼓作气，考研、考博，什么专业不重要，提高学历很重要。将来是否从事与专业对口的工作甚至也不重要，成了硕士、博士，就意味着首先成了"知识贵族"，即使一生清贫，在知识方面也还是属于"贵族"。他说依他看来，对于一个男人，普通大学的一本学历，将会一年比一年不值钱了……

老妈同意老爸的话，但是对我将来在哪儿安家她有她的坚持。她认为我不论读到了硕也罢，博也罢，最好还是回到灵泉来工作，将家安在灵泉，一家三口常聚，那才是她想要的晚年生活……

"如果都考上硕了，考上博了，那还回来干什么呢？人往高处走，水往低处流，你当妈的这点儿道理都不懂吗？你干吗非要误导儿子呢？"

老爸说得激动，脸都红了。

"你这话我就不爱听！北京上海就是高处了？咱们灵泉就是低处了？论起实际生活水平来，有多少北京人上海人能比得上咱家呢？如果咱家在北京或在上海，你一年能卖出几幅画去？你能买得起二百几十平米的大房子做画室吗？美协副主席政协委员还轮得到你当吗？以你来比儿子，他就算成了硕士、博士，在北京上海那样的大城市又能怎样？北京上海缺高学历的人吗？你没听人说多少博士为了北京户口争聘火葬场的一份工作吗？儿子他小舅还是北大毕业的博士呢，都混在北京三年了，不是到现在还没解决户口买不起房子也没结婚吗？……"

我老妈是当过中学校长的，辩论起来口若悬河滔滔不绝，老爸根本不是对手。

"那是因为他的专业不行了!文科专业吃香的时代早过去了,谁叫他放弃了市工商局的科长不当,偏要去考什么北大的比较文学博士生!全人类的文学都在走下坡路,不用比较我都看得分明!他那是自食苦果,活该!……"

"你!你说儿子他小舅活该?你说的可是我的亲弟弟,气死我了!……"

老妈快哭了。

"够了!你们有完没完?以后还让不让我回这个家了?……"

我不但吼了起来,还用拳头砸了一下桌子,竟使桌上的盘子碗都震了起来。我本是高高兴兴地回到家的,我在桌边坐下,问爸妈为什么争论时,内心里也是十分愉快的。无非是想充当一位调解员,逗爸妈开心,自己也开心。但老妈的话使我开心不起来了,仿佛我天生就是"菜鸟",只有在父母的羽翼之下才能另立门户实现自己的人生似的。老爸的话更是刺伤了我的自尊心——我喜欢文学,很大程度上是受我小舅的影响,也可以说小舅是我的文学引路人。但这并不意味着是小舅支持我报中文系的,实际上他不止一次对我说:"爱读爱写一回事,作为高考第一志愿而报中文专业是另一回事,你一定要慎重考虑。"我高考这年,本省的平均考分是自从恢复高考以后最高的,如果不报中文系,也许就白考了一次,根本上不成重点大学了。这一决定,老爸当时也认为是明智的。可他现在居然那么说我小舅,对我小舅太不公平了嘛!话里话外,明明流露着对我成为中文系大学生的沮丧啊!内心很沮丧,却又在我面前装出无所谓的样子——他对我也太不公平,而且太不真诚!竞争那么激烈,我能考上重点大学我容易吗?

猝然而起的恼火将我的好心情扫荡得一干二净。

而我朝桌面上砸下那一拳,使老爸老妈顿时呆如木人。

"我要求你们为我操那么多心了吗?我天生是没出息的儿子,你们认了不行吗?值得你们为我操那么多心吗?!……"

我居然又大声说了几句气话。

老爸垂下目光看着一只碗，一动不动呆坐片刻，霍地起身离开，朝门那儿走去。

老妈这才缓过神儿来，急问："你哪儿去？"

老爸在门口一边穿鞋一边说："画室！"

我说："不送！"

老爸刚从衣架上取下上衣，转身冲我怒斥了一句："放肆！"

我将头一扭。

老爸随即出去了，关门声很重。

老妈批评我："儿子，没你这样的。你是在劝我们呢，还是在撮火呢？我和你爸不管争论什么事儿，即使争论得面红耳赤，那也不会生对方的气，谁见谁真来气了，还会哄对方。可你一掺和，变成了什么结果？你刚才那种态度对待爸妈你对吗？你这才刚上大学，要真是成了硕士、博士，你眼里还会有爸妈吗？家里还容得下你吗？……"

我分辩道："可你们当我面争论的是关于我的事，还不容许我自己表表态了？你们背后怎么议论我是你们的自由，当我面那么议论我不爱听。"

我的火气来得快去得也快，嘴上虽振振有词，但心里已在暗暗自责了。毕竟，我刚进家门。老妈批评得对，是我把家里的气氛搞糟了。

老妈不依不饶地说："不爱听就可以用拳头砸桌子了？你哪儿来那么大的火气呀你？你还别不爱听，我告诉你晓东，不论当面议论还是背后议论，永远都是我们爸妈的权利！因为你是我们的独生子！独苗！如果你上有哥哥姐姐下有弟弟妹妹，想让爸妈总议论你也不可能，有时候还轮不到我们关心你！关心你才议论你，议论你就是关心你！不但要议论你的现在，更要经常议论你的将来。在我们有生之年，你永远是我们的议论话题。在我们的三口之家，一切与你有关的事都是头等大事，谁叫你是我们的独生子呢？……"

"妈！……"

103

我的声调有着明显的求饶意味，连我自己都听出来了。

老妈的话终于被我截住。她一脸正义地瞪着我，并无宽恕的表情，随时打算继续训斥下去。

我尽量以不至于再惹她生气的语调说："妈，你好歹也是当过中学校长的女性，可你自从提前退休后，都快变成话痨了，一开口就搂不住闸，而且车轱辘话多了，有时候翻来覆去的使人像听绕口令。现在背着我爸，我向你透露一个我们父子之间的小秘密——我上大学之前，我老爸多次叮嘱我，一定要考虑到你更年期延长这一实际情况，尽量少主动引起你的话头，如果你问我话了，那我也要善于言简意赅直答要点。为什么呢？完全是出于对你的爱护。话多伤气，伤气就是伤身体嘛。这点儿保健常识，想必你比我更清楚。我接到入学通知书后，在你面前话更少了是不是？你还夸我快成为大学生了，忽然变深沉了。不是的亲爱的老妈，是怕上大学之前咱俩之间话不投机惹你生气。即使我没直接说什么惹你生气的话，仅仅脸上呈现出了不爱听的表情，那你也还是会不高兴对不对。所以呢，终于可以上大学去了，我的庆幸之一那也是，终于可以避免惹你生气了。亲爱的老妈，希望你能接受儿子的建言——更年期这情况，不必太当回事儿，但也不可以根本不当一回事儿，该吃药还是得吃药。开口说话之前，先自己给自己提个醒，我还处在更年期阶段。这么提醒自己一下很必要，可以预先降低自己说话的亢奋度。老妈，我这一大番话没又惹你生气吧？……"

我结束一个儿子向老妈的建言后，言无不尽地笑了笑，刻意笑出一个体贴自己老妈的好儿子的模样。实际上我并不是一个天生少言寡语的人，有时我甚至觉得，自己也是一个摆起大道理来能言善辩一套一套的人。在大学里之所以话少，那是由于有王文琪同学几乎总是在我左右，他比我更能说，又比我威望高，将我的语言表达天分压抑住了。在老妈面前，当时我的语言表达天分又获得一次释放的机会。天分有机会释放，对人总是愉悦的事，我的心情好转了。至于我在徐冉面前口拙舌笨词不达意，那是另一个问题。我前边说过,咱是家教比较传统的大学生,初中高中都没早恋的行径,男女方面还是一张白纸。凡事都得经过历练,积累经验和教训嘛。

我说时,老妈始终眯起眼耐心可嘉地洗耳聆听。是的,虽然她没说她愿意洗耳聆听,但她的样子确实给我以那么一种印象,一种她听我说话时少有的样子。

只不过她脸上几乎毫无表情,这使我心里有几分纳闷。

她画上的圣母那般庄肃地问:"说完了?"

我又笑了笑,低眉顺眼地说:"妈,儿子说完了。"

她突然伸出只手扭住了我的左耳。动作那么的快,使我猝不及防。而且使出了暗劲,仿佛全身的劲儿都集中在那只手上了。

我疼得大叫不止,如同遭到捆绑即将挨刀的猪。

"好你个李晓东,才上大学一个学期,就学得油嘴滑舌的了,敢跟你老妈犯贫了!你以为自己当了个学生刊物的主编就了不起了,就有资格教诲你妈了?中国只有三娘教子这种老话,从来没有子教三娘的典范,你想作为反面典型吗?"

老妈训一句,手上加一次劲儿,她显然真生气了,惩罚起来不留情。

我连声叫嚷:"老妈你冤枉我了!……"

"冤枉你了吗?再说一遍!"

她手上又加劲儿了。

"没冤枉没冤枉!……"

"那就认错!"

"老妈我错了!……"

"错了就求饶!"

"老妈饶我!饶儿子一次吧!……"

"还敢吗?"

"不敢了,绝对不敢了……"

老妈松手时,我本能地摸了一下耳朵,还好,仍在。

"摸什么!至于的吗?我是你亲妈,舍得扭疼了你吗?会装!滚回你屋里去，我要自己安静安静。"

老妈的话刚一说完，我起身就冲入了自己的房间。

我四仰八叉地倒在床上，又听到了老妈的高叫："滚出来！"

我只得离开房间，笔管条直站在她跟前，恭候指示。

老妈命令："收拾桌子，洗碗！"

我收起餐具往厨房走时，老妈坐那儿嘟哝："三口之家，两个总是气我！哪天把我气病了，没你们父子俩什么好！"

我打定主意，不论她说什么，再不接话。刚开始洗碗，她又训道："你在厨房磨蹭什么呢？"

不接话是不可能了，我大声回答："在洗碗啊。"

"先把桌子擦了！"

我只得拿着抹布出现在她跟前。

"抹布洗了吗？"

"是干净的吧？"

"我那么问你就证明它不干净！湿漉漉的，自己就不知道应该先洗洗吗？"

我便又进到厨房洗抹布。

"要用洗洁精搓搓！"

我擦桌子时，她用手指着说："这儿，这儿，要先擦四边再擦中间！干吗只用一面儿？抹布不可以两面用吗？翻过来再用干净的那面儿擦！"

我回到厨房时，她也跟入了厨房。

我洗碗时，她站我旁边凑近地看我左耳。

我忍不住说："妈，你这样多妨碍我啊！"

她说："别动！妨碍不就是一会儿的事儿吗？呀，耳朵红了，妈真使劲儿了吗？"

我没好气地说："问我还不如问你自己。"

她笑出了声，振振有词地说："你从小到大我就没惩罚过你一次，今天给你补上这一课那也是必要的。人的一生，缺少哪一课都是不全面的。"

我便又明智地沉默。

可老妈还不离开，换了一种慈母特有的口吻说："儿子，现在没有你老爸掺和，跟妈交个底儿，对于自己的将来，你究竟是怎么考虑的呢？"

我说："将来的事儿多了，那要看你指的是哪方面。"

既然老妈主动缓和了态度，我便没必要非说抬杠的话。

"比如考研考博的事儿。"

"妈，我不是才上了一个学期的大学嘛，为了能考上大学我从高一起就铆足了劲儿用功，高考一结束都快累趴下了。现在刚成为大学生，那些事得容我缓缓再议吧？"

老妈理解地说："那倒也是。这样吧，趁着假期，你还是要认真考虑一下，写在纸上，给妈留下。你考不考研，考不考博，考省内的还是考省外的？往省外考目标又是哪一座城市的大学？这关系到你以后把家安在哪儿。你是妈的独生子，你将来把家安在哪儿，直接关系到妈晚年生活的幸福指数，妈往往会因为想这些问题睡不着，明白？……"

老妈的语调听来有些忧伤了。

"可怜天下父母心"这话，其实主要还是说的母亲们。因为，母爱相比于父爱更本能。更本能的意思就是更没什么道理可讲——这是连她们自己都拿自己毫无办法的事，我对此点深有感想。而独生子女的情况，使她们的母爱本能更强烈了。简直也可以说，不论农村的母亲们还是城里的母亲们，不论穷家的母亲们还是富家的母亲们，总之中国当下的独生子女的母亲们，似乎都或轻或重地患上了一种"母爱强迫症"。

我心愀然。冲了冲手，擦干后推着老妈说："妈，我会照你的指示做的，行了吧？现在呢，就算你赏儿子个面子，去睡午觉好不好？午觉还是要睡的，否则你从下午到晚上会打不起精神。"

老妈的不快似乎被我哄没了，拖长语调说："好，听我儿子的。"

我一直将她推入了她的房间。可是,当我接着洗碗时,却又听到了她的声音。

"儿子……"

我吓了一跳,碗都失手掉池子里了。

一转身,见她不知何时又站在厨房门口了。

老妈柔声细语地说:"儿子,妈就再问你一句,谈恋爱没?"

我不禁被问得一愣。

"妈要听实话。"

那时的老妈,像是一个单纯的孩子在与可信度很低的大人说话,提出的是最起码的对话原则。

我心又为之愀然。

但是这并不能使我不骗她。

我以真诚得不能再真诚的样子说:"妈,我们专业女生多男生少,除了上课,全班在一起的时候极有限,一半左右的女生我还记不住名字呢!想谈恋爱也不具备前提啊!"

"还没开始谈就好。你喜欢什么样的女孩儿,对她的家庭及社会关系有哪些考虑,把这几点也写在纸上。人生是要早做规划的,也要有类似国家五年计划那种文字蓝图。妈及时看了,不是也可以及时向你提出调整或补充建议吗?"

老妈显得放心了,话又开始多起来。

我一脑袋糊涂地问:"写在纸上?什么纸啊?"

"咱俩刚说过的你就忘了?你对考研考博的事究竟怎么想的,妈不是叫你写下来吗……"

老妈又有点儿不满了。

"想起来了想起来了,妈你一百个放心,我肯定会照你的指示做……"

我已经结束了惩罚性的劳动,擦干手,再次将老妈送到了我家主卧的门口。

"儿子,你别嫌妈絮叨。你是大学生了,以后妈一年到头总和你在一起的时候没有了，有些关于你的事，妈想到了就得及时跟你说对不？要不呢，妈就算躺下了也还是个睡不着啊……"

老妈的样子又值得同情了。

我说："对。妈你现在可以放心睡一大觉了。"

我替老妈拉开门，轻轻将老妈推入屋里。关上门后，不禁长舒了一口气。一个已经是大学生的儿子，如果被老妈关爱到了无以复加的程度，那需要具有极高的做儿子的修养才能适应呢，更别说受用了。

我也躺在床上时，立刻想到了徐冉。以她那种性格和我老妈那种性格，她俩怎么可能处得来呢？虽然不会居住在一个屋檐下，但各过各的也不能老死不相往来啊！即使同桌吃顿饭的一两个小时内，说不定也会互撑几句吧？或者话不投机半句多，那做儿子的看在眼里，脸上不是也挂不住吗？

想到这些，我有点儿心烦意乱。

我又想到了我老妈的从业生涯，不禁有几分替她感到遗憾——我姥爷和姥姥生前都是本市优秀教师，可谓桃李满天下。学生中有考上清华北大的，这使他们的口碑比本市重点中学的校长还高。我老妈成为中学教师后，被认为出于教育世家，当年灵泉教育界许多前辈都对她寄予厚望，预期她肯定会青出于蓝而胜于蓝。她一路也教得顺风顺水，由普通教师而教研组组长、教学主任、副校长。几年一个台阶，上一个台阶又上一个台阶的升得深孚众望。

中年以后，推行教改，校长也可以竞争当选了。她不知头脑中哪两根神经搭错了，突发亢奋，非要竞选校长不可。我老爸苦口婆心地劝了几次，无奈劝阻不成，结果竟当上了校长。

老妈的竞选词当时极其鼓舞人心——比如保证在自己的五年任期内，哪一年要出考上清华北大的学生；哪一年考上全国重点大学的学生比例要达到百分之几；五年届满之时，保证使学校成为又一所省重点……

然而老妈的所有保证目标在任期内一项也没实现，尽管她几乎做到事必躬亲、殚精竭虑了。她是怀着负罪心理卸任的。她竞选时还伤透了前任女校长的心，使对方连任的愿望落空，不得不调到市教委去当一名没了实职的巡视员。

我老爸的评论是："领导学校不同于管理工厂、企业。工厂也罢，什么企业也罢，往往可以做到当年挂牌，当年投产、运营，当年盈利。而一所学校根本做不到。好学校要么具有历史底蕴，要么由优秀教师和优等生源组成。你那所学校三方面一方面都不占优势，你的努力怎么能心想事成呢？……"

他的话提前也说过的，可当时老妈自信满满，哪里又能听得进呢？后来虽然听得心服口也服了，却于事无补，连亡羊补牢的机会都没有。

被伤透了心的前任校长后来原谅了老妈，还常成为我家的客人。

她的经验之谈是："若樱啊，你没看透学校概念的本质。全世界的学校都是为了应试而存在的，剥离了应试的前提，学校就只不过成了知识义务补习班。你提倡素质教育没错，可素质教育应体现在教什么，怎么教，考什么，怎么考几方面，而不应该成为与应试对立的理念。说到底，应试能力也是素质能力之一嘛。你错就错在，不但提倡与应试教育对立的那么一种素质教育，而且还真抓实干。别的学校呢，虽然照喊素质教育的口号，暗地里抓得毫不放松的却仍是分数第一，一切为了应试。所以，你的结果事与愿违了，老师、学生和家长，三方面都对你很失望……"

我老妈也承认她前任的分析鞭辟入里，可那又有什么用呢？

本校老师及教育界同行对老妈的议论则就不怎么中听了。

"为了过把当校长的瘾，只图嘴上一时痛快，把话说大了不是？不论谁，说了大话没有不自己打脸的！……"

"当初何必呢？结果校长没当好，妈也没当好。如果不当校长，把精力多用在儿子身上，全心全意辅导辅导儿子，儿子也不至于连重点高中都没考上……"

据我老爸说，如此这般的议论，她都亲耳听到过。那时我刚上高一，虽然并没亲耳听到什么对我老妈的负面议论，但也能敏感到——老妈没有将校长连任下去，肯定因为面临着巨大的挫折了。我和我老爸都间接受到了那一"事件"的负面影响，我老妈所承受的压力自然更大。她连重新当一位优秀教师的好感觉都找不回来了。半年后，在老爸的建议下，老妈选择了提前退休。

我又联想到了郝春风她妈。春风她妈也是提前退休的，可人家那是属于功德圆满的提前退休，我老妈的提前退休却类似于"败走麦城"。老妈的性格，退休后发生了明显变化。与"更年期"或许有点关系，但关系肯定并不太大。我想，主要是与她当校长那五年的经历有关——那五年里她事必躬亲惯了，忽然一下子没了任何责任压力，也没任何人需要听她的指示了，这使她人生失重，极不适应。所以，对一切与我有关或即将与我有关的事，全都表现出舍我其谁的不可度让的责任感，而这能使她重拾存在价值。

将来之我，究竟应该生活在哪里呢？——回归灵泉？移居省城？抑或落户于外省某市？老实说，当这一问题尚未摆在面前时，我真的不愿多想。而且，"应该"未必乃是我愿，我愿未必符合"应该"——作为独生子，完全不考虑父母所愿，岂非便是大不应该吗？父母之间，所愿也不见得到时候完全一致啊！还有徐冉的所愿呢！想说不烦那么容易吗？！

我高二时，曾看过一部苏联时期的电影光碟，片名是《我不愿意长大》。相比起来，电影中那个苏联小男孩的成长烦恼，比起许许多多中国独生子女的成长烦恼，简直都不算什么事儿了！即使像我这种成长阶段烦恼不多的独生子，回望以往，似乎也有充足的理由不愿长大了。而新的一轮烦恼，显然已经又盯上我的青年时期了。

真是少小转眼成旧事，人生烦恼何其多？！

那天的午觉我根本没睡。

傍晚，老妈开始做饭时，命我去将我老爸请回。

我商量地说："妈你去呗，那我老爸不是会觉得更有面子吗？"

老妈说:"谁做饭啊?"

我说:"你告诉我做什么,我做。"

老妈犹豫了一下,决断地说:"还是谁气走的谁将他请回来比较好。"

我说:"如果你认为我老爸是被我一个人气走的,不太符合事实吧?"

老妈说:"别和我掰扯什么事实不事实的,我和你爸我们之间的争论从没惹对方生那么大的气。就算他也生了我的气,归根结底不还是因为你吗?你的责任最大,你是事起的根源,必须你去!"

我只得从命。

老爸的画室在新区与老城区交界处,划分在新区那边,与老城区仅隔一条马路。马路从前坑坑洼洼,下雨天到处积水,天晴多日才会渐干。路那边便是郊区了,一家小化工厂是路那边唯一的单位。现在,化工厂倒闭了,厂房全租出去了,成了多家文创单位的所在地,也成了新区的一张名片。而那条马路,拓建成了灵泉市最新最宽最直的路,两旁种的是三角梅和火把树。火把树高于三角梅,开类似火焰的丹黄色的花,初开黄,盛开时由黄而丹;三角梅的花则分为紫红二色,两种花都深受我们灵泉人喜欢,虽未正式命名过,却已被人们普遍视为不言而喻的市花了。两种花期较长的花,使马路两旁成为了本市人和外地人都喜欢留影的去处之一,于是有了一个民间的街名——"花路"。

从我家走到老爸的画室只需二十分钟左右。一般情况下,老爸喜欢步行。我和我老妈也很少骑自行车去,因为有十几分钟要顺着"花路"前往,一路正可赏花。厂房租售伊始,价格便宜,老爸具有前瞻眼光,英明果断,率先买下了二百五十多平米。他是有点儿名人效应的,由他一带头,租买者多起来。厂家感激他那一带头,白赠给他三十平米可做阳台的地方。老爸是美术家,对装修美学甚有见解,亲自设计方案,亲自选材,有时还亲自动手完成细节。他买的是四五两层也就是最上两层，一层待客，兼作画室；二层隔出了四个房间，不但我们一家三口各有各的房间，还有一间客房。阳台在二层，落地窗使阳光通透，视野开阔。面左可观赏新区，面右可眷顾老城。正对落地窗，则"花路"尽收眼底。装修完工之后，老爸带我和老妈"参观指导"，但见两层各有风格，处处使我和老妈欢喜不已。

老爸承认，他的大手笔投资，将我家多年积攒下的家底儿"掏空了"。

老妈说："那也值。"却立刻追问了一句："肯定没借钱？"

老爸说："借是借了点儿……"

老妈一听表情顿变，喜忧参半地又问："借了点儿是多少啊？"

老爸说："这你还听不明白？就是不多的意思嘛。别担心，我借的我还。有了属于自己的画室，我自信能画出更好的画来，靠卖画还那点儿钱不是个事儿。"

我家和许多家庭不一样，我老妈不管钱，从来就不爱管钱，只爱管人。我老爸其实也不爱管钱，可老妈拒绝管，他只得勉为其难地充当"财务总管"。

那日，我们一家三口在阳台上坐下后，老妈幽幽地又问："产权多少年来着？我忘了。"

老爸一边为她斟茶一边说："四十年。属于小产权房的期限。我与甲方的头头们都处成朋友了，又分别送给过他们画，他们表示可以延长十年。"

老妈叹道："那不也才五十年嘛。"

老爸吃惊地问："五十年你还嫌短啊？整整半个世纪呀我的同志！正式的商品房不才七十年嘛！总之咱们买对了，现在价格翻倍了！"

老妈不无伤感地说："可五十年后儿子才七十出头，这么好的地方，他如果住惯了，忽然某天没了，那他会是种什么心情？"

老妈说完，忧郁地看我。

老爸也不由得看了我一眼,急切地表达自己的观点:"你怎么也不想一想,他都七十出头了,那时咱们多大岁数了?咱俩都能那么长寿吗?何况,他以后定居何处,也是一个为时尚早的问题啊!如果咱俩只能活到八十几岁呢?那……那……那他想怎么办,由他不就是了嘛!长眠之人还操心这码事吗?反正我是唯物……"

我赶紧打断他的话,抗议地说:"老爸,打住!老妈也不许再纠缠这个话题了。我爱咱们的家,更爱咱们这第二个家!将来我也会把家安在咱们灵泉,在一座美好的城市,有两处美好的家,我干吗非要落户外地去做异乡人?老爸老妈都会寿比南山,成为健健康康的百岁老人。我能陪着老爸老妈而三十岁四十岁五十岁,是我这辈子最大的心愿!……"

我说得激动,都快哭了。

坐我旁边的老妈搂了我一下并亲了我一下,转忧为喜,欣慰地说:"儿子真好,和妈想一块儿了。"

"换个话题,换个话题……"

老爸愣了愣,嘟哝着起身,走到窗前,背对我和老妈伫立良久,不知是在观赏风景还是在深思什么……

我没径直前往老爸的画室,而是穿过那几条石板铺路的小巷绕着走的。初到大学的一些日子里,夜夜入梦的不仅是家和老爸的画室,还有那几条小巷。我是小学生时,常与同学在那几条小巷里游荡。那时我们是奔着一个"吃"字去的,只要身上各有几角钱,就可以你请我,我请你,一路走一路吃着各类好吃的零食。我是中学生时,主要是为了"书"才与同学们去往那几条小巷的。巷中有两三家卖旧书的书摊,以"小人书"居多,而吸引我们的也恰是"小人书"。高中时,很少约同学一起去了,更愿意独自在那些小巷慢悠悠地走。每次都是傍晚,吸引我的也不再是"小人书"。那时的小巷最热闹,些个与我同龄的姑娘,成为小巷里使我流连忘返的风景。她们或是小巷人家的女儿,或是别处人家的女儿,互为同学,而后者们来找前者们玩儿。三三两两聚在一起,一会儿站一会儿走的,同时说着悄悄话,一忽儿发出低声的奥妙的笑,一忽儿又骤然地安静了,像小鹿觉察到了自己正被窥视。与我同龄的灵泉的姑娘都比较苗条,这是因为老城区比较紧凑,街道也都比较窄,公车线路少,她们从是小学生起,到哪儿去基本靠的都是步行。灵泉的姑娘也都比较白,这是为什么我就不清楚了。据我老妈讲,是因为夏季炎热,三分之一的日子细雨霏霏。所以她们能不出门就不出门,放学之后都更愿意猫在家里。究竟是不是这么回事,其实她也不能肯定。而我老爸给出的答案是水土好。一方水土养一方人,白早已成了灵泉女性的基因特征。可为什么白的基因主要体现在女性们身上,老爸则又解释不清了。一年四季,我最喜欢逛那些小巷子的时候是夏季。夏季,姑娘们的花裙子使小巷里到处五彩缤纷,散紫翻红。灵泉的姑娘都比较爱美,并且都比较喜欢属于"漂亮"的那一种美,追求"素雅"是很个别的现象。这在某种程度上也影响过我老爸的画风。老爸是多面手的画家,尤其擅长画人物。他画纸上画布上的灵泉姑娘,或单人或群像,衣着色彩也都偏于"漂亮"。但是近年,或者是由于岁数关系使然,老爸的画风变了,开始追求"素雅"之美了。

　　老爸的画风变了,姑娘们对于裙子的审美风尚却仍未变,还是一如既往地普遍喜欢带花的那种。她们的裙子本身自然便是风景,或长或短的裙摆之下裸露着一双双白皙的美腿,则更令当年的我赏心悦目。她们都不穿袜子。雨天多,穿什么袜子呢?来到小巷里找同学的,大抵赤脚穿塑料凉鞋。往往聚一块儿,比谁的塑料凉鞋样式更新更好看。而小巷人家的女儿们,则连塑料凉鞋也不穿的,仅随便穿双塑料拖鞋或木拖鞋。在塑料拖鞋还没普遍的年代,木拖鞋是灵泉的"特产",灵泉人叫作"跋板儿"。穿"跋板儿"穿惯了的姑娘,会嫌塑料拖鞋有味儿,又"濡脚",更青睐"跋板儿"。当几个姑娘中有一个是穿"跋板儿"的,她们姗姗而过时,"跋板儿"踏过青石,每一步都会发出清脆悦耳之声。青石下边,有的地方已经下陷了,青石与地面之间有空隙。穿"跂板儿"的姑娘走过,其声有回音,犹如缓敲木鱼。若几个穿"跂板儿"的娘娘轻盈地小跑而过,那么整条巷子里就会响起一阵奇妙的音乐了,如同木鱼的协奏,单调是单调了点儿,却是好听的那种单调。

我也是为了再听到那种单调又好听的"音乐",而特意去往那些小巷的。倘若正是各种有香味儿的野花或商品,以及各类新鲜水果和甘蔗上市之季,好闻的气息混合在一起,令人一吸一陶醉。

高中时期的年龄是我依依不舍最不愿告别的年龄。我希望自己永远是高中生,是高几无关紧要——反正别让我面对高考就行。因而不恋爱不结婚那也无所谓,还避免了以后在哪儿工作,定居在哪儿,买得起买不起房子之类令人烦恼不已的事儿了呢!

那时的我不但宁愿自己不再长大,而且觉得做一个年龄停止在高中时期不再长大的独生子,乃是多么的幸福啊!觉得是画家的老爸有了那么好的画室,对于自己是多大的幸事啊!老爸的画室不也完全是属于我的另一处私人空间吗?我喜欢经常泡在那处新的空间看闲书。或并不看书,海阔天空地胡思乱想。

我很爱我们灵泉。如果不是老妈在我上大学后几次引起话头,我绝对不会想自己将来在哪儿安家的问题——我已在一座幸福美好的城市有两处美好的家了,干吗非想那种鸟问题呢?

"晓东!……"

我转过身,循声望去,见刘川站在他家店内朝我招手。刘川是我高三时的同班同学,因我经常出现在那几条巷子里,我俩渐成好友。我上高三时,他留级留到了我们班。平心而论,他不是那类不用功的学生。用功还是用功的,只不过天生头脑迟钝点,留了一级成绩也还是上不去。各科老师都已经不太关注他的存在了,在课堂上从不向他提问。几乎全班同学都看得出来,他被老师们"放弃"了。他自己也明白此点,一度又自卑又伤心。每一名同学都各顾各铆足了劲儿地用功,没有同学愿意主动与他这一名留级生接触。我不认为一个人在学习上不是"那块料",在别的方面肯定也不是"那块料",因而一辈子完了。我和他接触后,觉得他挺可爱的,头脑虽然天生迟钝了点儿,心地却十分善良,属于天生的"热心肠"。听说什么人遭遇了什么困难,不管认识不认识,第一反应总是想帮点儿忙。如果力所不及,又总会说一句接近口头禅的话:"我要是能帮人家点儿忙多好。"

那时我总是会挺感动。

他家开的是饭店,以卖各类"煲仔饭"而有了些名气。也是巷中老户,二层的木板房是他爷爷那辈传下的私宅。上世纪八十年代后,被买断工龄的他的父亲腾出底层,只留二层居住,与他母亲不辞辛苦无怨无悔地开起了饭店。他成为我同学时,他母亲已去世了。他们父子感情深厚,他父亲为了能使他这个独生子全面继承遗产,决心不再续弦。是的,在当时的灵泉人看来,他家那八九十平米的门面,肯定算得上是一宗遗产了。

他根本没参加高考,坚持到毕业仅是为了拿到高中文凭而已。

我走过去,见他父亲在扫地,扎着围裙戴着套袖的他,手里拿着抹布,一边擦桌子一边看着我。

"大学生回来啦?"

他父亲认识我。我还没来得及向他父亲问好,他父亲已先跟我打招呼了。

我刚回过话,刘川挑我的礼了:"怎么,成了大学生心里就没我这个朋友了?路过我这儿,脸也不转一下,脚也不停一下了?"

我笑道:"别说上的是那么一所大学了,就是漂洋过海去留学了,心里也还是会有你这个朋友,会经常怀念这几条老巷。"

见到了朋友,我发自内心地高兴,笑得便也由衷。

他也笑了,点头说:"这我信。"

我说:"我走过时店里一个人都没有,我又走得急了点,有任务,得去我老爸画室找他回家吃饭。"

他说:"我那是开玩笑的话,你别认真,刚才我和我老爸在后边洗碗呢，客人才走光没多一会儿。"

我问："生意怎么样啊？"

他说："挺好，十之八九是回头客，吃惯咱家饭菜的口味了，就是累，有时真他妈觉得累啊！"

我朝他使眼色。

他说："我老爸耳背了，咱俩这么说话他听不清了……"

他的目光忽然被什么吸引过去——我也顺着他的目光望去，见三个绝非巷里人家的姑娘背对我俩，在斜对面的水果摊那儿买水果。三个姑娘皆穿款式一致的藏蓝的牛仔短裤，后兜上方的铜质商标锃亮发光。也穿款式一致的短夹克衫，都弯着身子，便都露出四指宽的后腰，而她们脚上穿的都是白色网球鞋。

我俩看傻了。

一个姑娘直起腰朝后甩了一下长发，于是注意到了我俩在傻呆呆地看她们，然而并没显出丝毫讶异的表情，那只是飞快的一瞥，随即又弯下腰去。仿佛我俩傻呆呆地看她们再正常不过，否则倒是匪夷所思的事了。

我俩收回目光对视，都有点儿窘。

刘川小声说："看来，以后这几条巷子要发生些变化了。"

我说："是啊，那肯定的。"

我和刘川约好了下次相见的时间，匆匆离去。

我老爸在作画。

我说："爸，我妈派我来请你回家吃饭。"

他说："不饿。"既不抬头看我，也不放下画笔，拿着画笔旁若无人地只是一味审视他画出的新区街景半成品，而地上已有一幅画好的街景了。

我讪讪地说："饿不饿的，总得回去吃几口吧，我都来请你了。"

他说："我还要再画一会儿，晚点儿回去。你先走吧，你在这儿影响我。"说完，这色那色的，又在画纸上勾描起来。

我愣了会儿，反而坐他对面了，苦笑着说："老爸，我向你认错还不行吗？"

他仍不看我，却已开始涮笔，边涮边说："我还没老，以后你叫我，别加一个老字。等我真的老了再加上，请记住。"

我说："记住了。"

他终于放下了笔，仍不理我，走到阳台那儿去，坐下为自己斟茶，浅饮了一口。

我也起身走过去，又坐他对面，不满地说："爸——请注意，我没加'老'啊。只要你批评得对，我就改。可中午那事儿，我已经主动认错了，你还想怎么着？"

他这才正眼看着我，板脸问："你错在哪儿了？"

我说："不该拍桌子。但我不是冲你那样，主要是冲我妈。"

"冲你妈就不是错了？你妈太操心你的事了，你就应该对她拍桌子吗？你那样对你妈公平吗？有良心吗？主要是冲她，难道我还得因为你只不过捎带上我而侥幸吗？"老爸连珠炮似的质问。

我立刻装出低三下四的样子说："爸，我那么对你和我老妈……"

"你妈也没老！"他严厉地打断我。

"是啊是啊，我妈也没老，确实没老。儿子保证，以后也绝不叫她老妈了。我对你俩拍桌子，错误的性质很严重，我真的很羞愧。"

我觉得自己的检讨快达到一级演员的水平了。

"你长这么大，我对你拍过桌子吗？"

老爸的语调缓和了。

我想了想，还真没那事儿，摇头。

"你妈呢？"

"我妈么……也没有。"

"还是的，你长这么大，我们从没对你拍过桌子，总是以相当平等的态度对待你，你这个儿子凭什么对我们拍桌子？才上了半年大学，怎么其他方面没出息，倒一下子长了脾气呢？"

"老爸——对不起，叫顺嘴了。爸，你也得实事求是地看待我吧？虽然我才上了半年大学，可我创办了我们学校的第一份学生刊物，我还被选为主编了，我们那刊物还引起关注获得好评了，这些事儿全都不值得你欣慰吗？"

我倒不是又成心与他拌嘴，而是企图扭转话题。

"错！大错特错！刊物是你一个人创办的吗？你自己有那么大能耐吗？你不是还求我画插图了吗？我不是也认真完成了吗？我郑重地提醒你，千万别在第三个人面前说你刚才那种话！——我创办了……大言不惭，分明是贪天之功为己有，将别人的种种努力一概抹杀了嘛！哎你怎么变得这么自以为是了？……"

没想到我的策略虽然立竿见影了，却又招致了一顿劈头盖脸的抨击。但目的既已达到，老爸的提醒又是正确的，我便心悦诚服地接受了。

"爸，我会注意的。爸的话全是为我好，你怎么训我都不生气。"

老爸听完我的话，默默看了我一会儿，挥手道："我不是训你，是提醒。不聊那些了……如果我在省城举办画展，那种水平的作品拿得出手吗？"

老爸将话题引到了他的画作上，这证明他原谅了我拍桌子的事。

我记得他曾说过不想在省城办画展，问他为什么又改变想法了。

他说："在省城办画展不是总得花一笔钱嘛，而且还得劳驾不少人光临了，主持了，讲话了，评论了——但这是以前的顾虑，如今势在必行了。"

我说："那不得闹出挺大动静吗？"

他说："该有动静就有动静。在省城办过画展，以后再卖画就是省城的价了。如今什么什么都讲随行就市，你将来用钱的地方多，为了你我也不能再像以前那么清高了。一旦你落户在房价贵的城市，我作为你的父亲，怎么能不资助你呢？"

话题又落回到了我身上，我张张嘴不知说什么好，一时无语。

"当然也不完全是为了你。我作为省美协的理事，向省美协汇报一下成果也是必要的。何况我的水平并不比省里那几位名画家的水平低。他们中有人的名气靠的是画外功夫，我要让他们见识见识，真把功夫用到画上会是什么水平。"

老爸看出了我的纠结，往回找补他的话，仿佛他的决定首先是基于个人考虑似的。

然而他的原谅带给我的那点儿小愉快，转眼之间已荡然无存。

肯定是因为不愿再与我相视而坐，他双手撑膝站了起来，缓缓走到窗前，左右晃腰——那时我忽然觉得，老爸的身体大不如前了，他起坐时已不那么轻快，步子也有些蹒跚了。

我心一酸，小声说："爸，你躺长沙发上，我为你捶捶腰吧。"

他说："免了。"

我也起身走到了他身边——斯时天已不知不觉黑下来，不论新区的方向还是老城区的方向抑或正前方的"花路"，放眼望去，全都灯光璀璨。"花路"的两行路灯是旗形的，红色的，使灯下的花丛更加艳丽了。老城区的楼房都不太高，最高也就六层，多是居民楼，家家户户的窗所透出的灯光明暗交错，给人一种"百姓在焉"的感觉。而新区的方向，已是高楼林立，车水马龙了，完全是截然不同的另一番景象。

老爸搂了我一下，我趁势靠近他。

他语调缓慢地说："办完了省画展，我就……"

"再办全国画展？"

我的语调不无忧郁成分。

老爸说："不。再也不办任何画展了，让一切画展见鬼去吧。我要带上相机，全国各地到处采风，拍够了素材，就回来画上一阵。画完一批，再去采风。有这么好的画室，不倾注心思地作画太对不起画室了，也太对不起绘画艺术了。我的晚年，将在这座城市度过，七十岁以后不再离开。我的一生，将在这画室结束。我太爱我们这座城市，太爱我的画室了……"

"那，你为什么还希望我能远走高飞？"

"你不同。你年轻。画家心里想画的多了，在哪儿都能作画。如果我也年轻,也是独生子,并且不是画家,在这座城市里也没有我的都八十多岁了的老父母日夜牵挂着,而且还上了大学没成家的话,那我也会远走高飞的……"

老爸紧搂了我一下。

我又无语了。

"儿子,我的愿望是,要为你留下一批画。儿子,老爸死后,你如果缺钱花了,价高了也罢,价低了也罢,只管卖就是,反正总不至于一钱不值。老爸将死之时,你也不必非在我身边。那对我并不是什么遗憾,你更不必当成遗憾。看到老爸的画,你就会觉得像是老爸还和你在一起……"

"你俩干什么呢?!"

我和老爸同时分开了,见我老妈不知何时来了,她将晚饭拎来了。

"你忘了让你干什么来了吗?"

老妈将晚饭往桌上一放,一手叉腰,一手指我,满脸怒气。

我说:"妈,是我不对,可我……"

老爸抢过话说:"儿子没什么不对,是我……"

老妈也抢过话说:"甭解释!反正我把饭送来了,爱吃不吃,我得跳广场舞去了!"

她说完就走。刚走两步,站住了,转身瞪着我说:"你过来!"

我困惑地走到她跟前。

她问:"跟妈说实话,你老爸怎么你了?"

我说:"没怎么我呀。"

她说:"那你就是无缘无故地伤心啰?"

我摸了一下脸,这才知道,自己不知何时流泪了,搪塞地说:"我老爸说要给我留下一批画,我受感动了。"

老爸也说:"你刚才不是看到了嘛,我们父子和解了。"

老妈又指点老爸,如是者三,才抓住了把柄似的说:"老李,有你的呀!指责我拉拢儿子,可我只拉拢没收买!而你的做法是收买!你还背地里对儿子贬损我,以后再跟你算账!"

老爸冤枉地嘟哝:"这是从何说起,欲加之罪何患无辞嘛!"

我推着老妈说:"妈,走吧走吧,跳舞去吧!"

送走老妈,老爸又审起我来:"儿子,你是不是向你妈出卖过我呀?"

我也蒙冤地大叫:"绝对没有!"

第七章

几天后我和刘川聚了一次,在他家店里。时间较晚,七点半人才到齐。刘川召集了他的三个"发小",二男一女,家都住在巷子里。我第一次见到他的三个"发小",刘川向我介绍那姑娘叫吕玉,并趁她不注意告诉我——她比他大两岁,家里是经营藤椅的。

刘川告诉我这一点,证明他俩的关系已不一般了。

两个男"发小",一叫"星爷",一叫"肥仔",刘川没向我介绍他俩大名。

那时他家店里还有一桌客人没散,由他父亲和他小姑照应着。他小姑是农村人,三十多岁了还没出嫁。他母亲死后,他父亲请他小姑来店里帮忙,给她开一份工资,而她挺感激哥哥的。

我的中学母校是一所教学水平中等偏上的学校——这是老师们的说法,各自说时,总是将"偏上"二字说出格外强调的意味。而我们母校曾经的学生心里都明镜似的——其实也就是中等。

由于那一年参加全国高考的学生数量远多于往年,分数线也就比往年高了不少,这使我们全市的高考学生总体失利。按往年的分数线本有把握考上大学的学生中,一半左右名落孙山。在我的母校谁能考上一本就算幸运了,我是幸运者之一。而在我们全班,幸运者七八而已。当然有的同学依然考得很好,骄傲地考到上海、广州、南京、武汉去了。至于清华北大,仍是一个没有。

望子成龙望女成凤的家长全中国哪儿都有,灵泉也不例外。虽然高考已过去半年了,但大受其挫的学生和家长比比皆是的情况,仍使全市似乎笼罩在挥之不去的愁云惨雾之中,忧郁的气氛寻常没感觉,但不管家长们还是儿女们,见面时的好心情分明已大不如前。

刘川告诉我,我们高中班的同学都不愿往一起聚了。

"我不提你还好,一提也是你的想法,大家更找借口不来了。这你得理解对不?现在讲理解万岁嘛。在你面前,没考上大学的同学心理不平衡啊。而考上好大学的同学,也怕你心理不平衡。是为你着想啊,不是为我。高考那事儿没伤着我,我不属于一心要跳龙门那种鲤鱼,这你最清楚。但咱俩也不能因为他们怎么想的就不聚啊!他们仨都是我发小,你别见外。一回生,二回熟,三回咱们就都是朋友了……"

刘川这么说时,最后一桌客人也散了,他爸和他姑收拾干净了那半边店,找人打麻将去了。店里只剩下了我们这一桌,我们逐渐无拘无束地放得开了。

刘川那番话是我没想到的。我虽然嘴上说着"理解",心里却挺不是滋味——高考使高中三年的种种同学间的友谊似乎化为乌有,仿佛根本没存在过,这是我此前不曾想到的。好在"川儿"还高兴见到我——他会是我高中时期唯一得以"保存"下来的友谊之果吗?我不知道。别的同学以后还愿与我重续友谊吗?我也不知道。不知道就不知道吧。人生很长,我的成年人生刚刚开始,何必预先知道那么许多呢!难免要经历的事,我以平常心桩桩件件来面对就是了。

我带了几册《文理》,一一双手呈送给刘川和他的"发小",如同呈送见面礼那么郑重。

"川儿"接过后倒是随手翻看了起来,他的"发小"们却一边说"谢谢"一边垫到屁股底下了,接着纷纷向我劝酒。他们都有好酒量,喝啤酒像喝饮料似的,连吕玉也是那样。

刘川说:"哎你们别往屁股底下坐啊,上边印着晓东还是主编呢。"

我接着他的话说:"也有我父亲画的插图。"

刘川说:"晓东他老爸是咱们市的美协主席。"

我立刻纠正:"副的。副主席。"

吕玉一听来了兴趣,直不隆咚地问:"那你父亲的画卖得怎么样啊?"

她这一问把我问脸红了,含糊地回答:"我也不清楚,应该还可以吧。"

刘川看着我说:"你要清楚就告诉她。你可别小瞧吕玉,她家生意不错,她这个独生女的身价上百万呢,她在悄悄地搞书画收藏。"

我的脸就更红了,搪塞地说:"那我回去问问我老爸,然后告诉刘川,让川儿转告你。"

吕玉笑着说:"我也就是有点儿闲钱了,烧包,收藏着玩儿。"

她说完,从身下抽出刊物,翻开看我老爸的插图。

我说:"我老爸在水彩人物画方面挺有名的。"

她没再接我的话,却让左右两边的"发小"欠身,将他俩屁股底下的刊物收去了,离开座位,连自己那份一并放入她的包里了。

"星爷"对刘川说:"你看她,我可是想带回家去认真欣赏的,不能怪我不尊重你朋友的诚意吧?"

我赶紧说:"我没那么多事儿,刘川可以证明。"

刘川也赶紧说:"是啊是啊,晓东不是那种事儿妈型的男人。哎诸位,有一点我知识不够了,那就是——如果一男一女从小一块长大,也可以对别人说是发小的关系吗?谁来解答解答?"

分明,他有意扭转话题,以冲淡刚才对我造成的小尴尬。

吕玉那时又坐到座位上了,自饮了一口啤酒,批评地对刘川说:"我可不喜欢你对别人也介绍我是你的'发小',听着太江湖了。'发小'专指你们男人之间的关系,别把我们女人扯进去!"

刘川说:"那我究竟该怎么向朋友介绍你,才能强调出咱俩不一般的那么一种关系呢?"

吕玉瞪他:"咱俩有什么不一般的关系了?不就是我父母与你父母关系处得好,当年……"

她忽然脸红了,话到唇边咽下去了。

刘川看着她催促:"说下去,把话说完嘛。别说一半让别人听得糊里糊涂的嘛。"

"肥仔"说:"在座的也就晓东听不明白,那我就替她把另一半话说完吧,是这么回事儿——当年刘川他父母和吕玉她父母,曾正儿八经地决定过……"

吕玉大叫:"不许再说!"

"肥仔"笑道:"可你拿什么来堵我的嘴呢?酒瓶盖儿太小,杯子太大,盆子碗里又有东西,没招儿吧?你没招儿那我就得把话说完,我比川子还喜欢看你着急的模样!……"

他那里正贫着呢,"星爷"抢着说:"当年吕玉她爸妈将她许配给了刘川。"

刘川说:"好嘛,这么半天才说到点子上,急性子都会听得想打你俩。"

吕玉脸红了,瞪着刘川嗔道:"你总提那茬儿有意思吗?陈糠烂谷子的,哪辈子的事儿了?那时你还穿开裆裤呢,都成历史了,忘了它不行啊?"

刘川正色道:"不能忘记历史,历史深刻地影响着现实。"

我往杯中斟满酒,站起来,举杯真诚地说:"刘川,那我祝你俩早成佳偶。"说罢一饮而尽。

"谢了!"

刘川也举杯一饮而尽。

吕玉指点着我们四个男的说:"你们都是坏人!一个个坏死了,你这个上了大学的也好不到哪儿去!"

我们全都嘻嘻哈哈地笑,这个给那个满酒,那个给这个满酒,而我争着给吕玉满酒,她倒也没反对。

"肥仔"问:"刚才咱们聊了一个什么话题来着?没聊完被谁岔开了。"

"星爷"说:"我还记着那茬儿呢,就是男女之间可以不可以用'发小'来互相介绍。对了,是吕玉岔开的,她说别把她们女人扯到'发小'关系中来……"

刘川说:"这个问题挺有学问,得由上了大学又当了学刊主编的来回答。"

我一边想一边说:"在古代嘛,将童年时结交的朋友关系叫'总角之亲'。古代的儿童,不分男女,都将头发分成左右两部分,各扎一个结,像小羊才长出来的角。我想'发小'的意思,也许是'总角之亲'后来的民间说法吧,是指两个人发式不分男女的时候就已经结下的友情,应该也可以指男女关系的……"

"怎么样?都长知识了吧?"

刘川说时,眼睛却直勾勾地只看着吕玉一人。

吕玉撑他:"看你们仨一个个那德性,一扯到男女关系,眼睛都发亮!嗤,男女关系,真他妈难听!"

"星爷"笑道:"吕玉开始露本色了,爷们儿话出口了。"

"肥仔"接着说:"吕玉,你现在还不能算是女人吧?"

吕玉瞪着他板脸反问:"酒量哪儿去了?醉了?我不是女人是什么?"

"肥仔"卖弄地说:"我从什么书上读到的知识是,女人如果没做男人的老婆,就不能算是女人。"

吕玉斜眼瞥着他问:"那算什么?"

"肥仔"思考着说:"也许,只能算是女的,或者女性吧……"

吕玉柳眉倒竖,杏眼圆睁,拍了下桌子,光火地说:"胡扯!你从地摊上买的书吧?那是什么垃圾知识!难道我一辈子不结婚,就一辈子不是女人了?女人和女性和女的有他妈什么不同?!……"

刘川等三人的目光,那时又被什么目标吸引,都不听吕玉说的话了——小巷中的店铺,皆无窗无门,全靠栅板与巷子隔开。刘川家的店门那时全卸下来了,从巷中看店,一览无余;从店中看外边,无遮无挡。我和刘川先前见过的三个女郎,正并排而过,走得闲庭信步。她们那种步态,与她们的短牛仔装一样摩登,说高傲不高傲,说散漫不散漫的。

我和刘川他们三个又看呆了。

吕玉再次拍桌子,大叫:"嗨嗨嗨,都干什么呢?眼睛都长钩子啦?都没见过女的啊?!……"

三个女郎已走过,我们四个男的收回目光,一时有些讪不搭的。

"星爷"自嘲地说:"不是没见过那样式的嘛!"

吕玉厉声问:"哪样式的?长羽毛了还是长尾巴了?!"

刘川给"星爷"找台阶下:"他指的是穿的。"

吕玉撇嘴道:"少见多怪!我也买了一套,没好意思往外穿……我想起件事儿来,得回家一次!……"

她自说自话似的,忽然起身跑了。

"星爷"看着刘川唱道:"好一朵茉莉花……"

"肥仔"却莫名其妙地问了一句:"世界上真有龙吗?"

"星爷"反问:"关你什么事儿啊,哪儿跟哪儿啊?"

"肥仔"说:"我小时候吧,家里挂过一幅画,上边好多条肥鲤鱼,顺着一道瀑布往上蹿,画出那么一种蹿不上去就没命了似的感觉。我奶奶对我讲,那是鲤鱼跃龙门。跃过去了,就变成龙了……"

"星爷"拍了他后脑勺一下:"你奶奶指的是人中龙,哎你真笨还是假笨啊?"

"肥仔"说:"长大后当然就明白了。比如晓东,人家考上了大学,当然等于跃过了人生的第一道龙门。将来能不能出人头地,就看他造化了。可咱们仨,天生不是鲤鱼,是泥鳅。咱们这样的,往后可怎么办呢?"

我不免尴尬地说:"我可没想出人头地。"

一阵沉默后,刘川给自己打气地说:"泥鳅也是鱼。鲤鱼有鲤鱼的活法,鲫鱼啊,胖头啊,嘎鱼和泥鳅啊,也都有自己的活法。这世界上哪一种有生命的东西都必然有自己的活法。这条巷子就是属于我这条泥鳅的水塘。这条巷子不会消失,那么我的水塘也不至于没水,我就不愁自己哪天会被干死。区里的干部来视察时,不是保证两年后巷子要改造吗?那么我这条泥鳅也肯定会越活越好,养我的水塘好了嘛。所以我现在要实现的就俩目标——第一是提高经营能力,争取让我老爸早点儿放心地把这儿交给我管。他辛苦二十几年了,该享享清福了。第二就是,早点儿把吕玉拿下,使她成了我老婆。两手同时抓,两手都要硬。泥鳅也要活出滋味儿来嘛!……"

"星爷"叹道:"你好歹有俩目标,我和肥仔这样的咋办,靠四处去给别人添点儿乐子挣钱花,总不是个长事儿……"

刘川攥攥他手,宽慰地说:"别愁。趁年轻,四处漂漂也没什么不好,起码享受了自由自在。什么时候漂烦了,回来找我。那时我肯定已经接我爸班了,你俩可以先到我店里来,我有钱挣,就能开得起你俩工资……"

"肥仔"立刻举杯大声说:"冲你这话,咱们得干一次!"

我也说:"友谊万岁,在下愿陪。"

于是相互碰杯,皆一饮而尽。

吕玉忽然回来了,令我们大为惊艳——原来她回家换衣服去了,也穿上了牛仔短裤和夹克衫,在我们面前摆了几种"泡斯",博得了我们一阵掌声。

刘川说:"有样儿!摩登劲儿十足,可你怎么也买蓝色的呢?"

吕玉又撑他:"你管呢!"

刘川被撑得一愣,很是下不来台。

吕玉看出太伤他自尊了,赶紧笑着补了一句:"牛仔套装别的颜色它也不好看呀,如果你再给我买一套你喜欢的颜色,那我就专为你穿!"

这话给足了刘川面子,他高兴地说:"荣幸之至,一言为定!"

于是大家奉承吕玉是"小巷女神",又为"女神"青春永驻而干杯。

告别了刘川们,我刚独自走到小巷口,吕玉一下子冒了出来,令我大为意外。

她说:"那什么,你可不可以把你父亲的手机号码告诉我呢?这样我不是就能直接跟你父亲联系了吗？免得非通过刘川传话，给你和他都添麻烦。"

我愣愣地问："你跟我父亲……有什么事儿可联系啊？"

她说："你忘了？我想买你父亲的画呀，我可是诚心诚意的。"

我说："我父亲那人太老派了，他也不用手机啊。"

于是我将老爸画室的座机号码告诉了她，而她是有备地在那儿等我的，居然带了笔。

她将号码写在手上了。

我走时她说："别听刘川他们三个胡扯八道啊！"

我又糊涂了，认真地问："哪些话啊？"

她说："就是我和刘川的关系如何如何那些话呗，我俩怎么会成了一对呢？我要找的绝不是川子那类丈夫，他纯属一厢情愿！"

往家走的路上，吕玉的话仍在我耳畔反复，使我心中替刘川感到莫大的遗憾和忧伤。

回到家里后，我没对老爸讲吕玉要买他画的事儿。老爸从不许我掺和他卖画的事儿，用他的话说那就是："别过早熏染上金钱的气味！"

我怕我一告诉他，会惹他生气。

我从学校带回了不少稿件，接下来的十几天里，除看书，再就是看稿、选稿、初步定稿、写"编者按"、写短评，俨然是一位职业主编。汪先生给我们新生开了三长串书单，文史哲各一串，嘱我们要在假期补读。他说对于中文学子，史哲两类书也应在自修之列。所谓"底蕴"，一从生活来，二从书中来。

某天夜里我梦到了吕玉，她对我说了使我同情刘川的那番话："我俩怎么会成了一对呢？你纯粹一厢情愿！"

我生气地说："你跟我说不着这种话啊！"

她也生气地说："不跟你说跟谁说？"

她这么说时，忽已不是吕玉，变成徐冉了。

我窘得张口结舌无言以对，就那么窘醒了。

结果使我特别想见到徐冉。

我已经知道了徐冉家住在郊区哪个村子，徐冉在列车上无意间说出的，而我暗记于心了。她也将她的手机号码告诉我了，我存在手机里了。

我打她的手机，想要表达希望见她一面的心思，可她关机了。我给她发了一条短信，三天过去了，她没复我。

这使我希望见她一面的心思更强烈，也颇为不安，怕她或她家摊上什么不好的事。

隔日上午我骑自行车直奔郊区。

徐冉家所在的村子不算小，看去有五六十户人家，周边以菜地为主，只有三分之一左右的土地种稻子。我到时快十点了，进入静悄悄的村子，但见许多农户已人去宅空，有的宅院估计空置数年了，各式门窗因为失修而篱散砖塌，院墙出现了缺口。更有的人家，连窗玻璃都碎了。

我不知徐冉家究竟在哪儿，也不见个人影，只得推着自行车在村中盲目地走。见一户农家的砖围墙外种着花，木门上还有张大红纸，便走了过去。那户农家的门是双扇的，红纸用图钉摁在左扇上，并且用塑料薄膜罩住，所以丝毫没被风雨所损坏——那是一封代表全村菜农而写的感谢信，感谢的正是徐冉。文字还挺考究，想来是请比较有文化的人写的。

　　徐家有女名曰冉，高考胜出入省城。
　　此女自幼最仁义，体恤乡亲情感真。
　　不辞辛苦求结论，一众菜农受其恩。
　　……

我一看就明白了，是指徐冉自费为村里的菜农们化验蔬菜是否染毒那事儿。再走到围墙那儿踮起脚朝里望，见院子扫得很干净，这儿那儿种着花,每扇窗都擦得明明亮亮的。我一向认为喜欢花的人是热爱生活的人,而能经常保持窗子清洁的人家,是生活态度积极又乐观的人家。虽然徐冉的家在一个萧条并正走向败落的村子里,但她的家却给我留下了良好的印象。进一步说,我对我没见过的她那是菜农的父母,心中油然生出一种敬意来。

有人在我背后干咳了一声。

我一转身,见是一位肩锄老叟,他疑惑地问我找谁。

我说我是徐冉的大学同学,到郊区来玩儿,想顺便见她一面。

于是我与老叟之间有了如下对话:

"门上那不挂着锁吗?"

"是啊,想不到撞锁了。"

"约好了?"

"那倒没有……"

"一猜就没约好。"

"大爷,我不是坏人……"

"看出你不是坏人了。冉她爸在市里住院呢,她到医院照顾她爸去了,已经几天没回来了。眼下就她妈一个人在家,她妈到镇上卖菜去了,最早也得过了中午以后才回来啊。"

"大爷,谢谢你告诉我这些。"

"不是因为看出你不是坏人嘛。我这双眼,不必对方开口说什么,一眼就能看出人的好坏来。我信你是冉的同学,我们两家离得最近,关系好,到我家去等她妈回来?"

"不了大爷,认识你很高兴,那我走了。"

我再次谢过老叟,骑上自行车离开了村子。骑没多远,又拐回去了。

老叟站在自家院门外问我:"小伙子,改变主意了?"

我没下车,一脚点地,忧心忡忡地问:"刚才忘问了,徐冉她爸什么病啊?"

老叟说:"也不是太严重的病。前几天不是下了场大雨嘛,他不小心从田埂上滑下去了，把脚踝扭伤了……"

我再次骑上自行车后，终于放心了。并且，联想到了徐冉那篇使她出了名的作文——又是雨惹的祸，她以后肯定更恨"雨"这个字了。这么一想，不禁失笑。

鬼使神差的，我没直接回市里，而是骑到了镇上。

卖菜的菜农快走光了，只剩六处菜摊了。两处是男人在卖，我未关注他们。两处的菜摊旁有筐有扁担，虽是两个妇女在卖，我也没关注她们。另外两个也是妇女，菜都摆在平板车上，年龄差不多，都可能是徐冉她妈。单从她俩的长相，我无从判断谁必是徐冉她妈无疑。似乎都有点儿像，似乎又都不像。

我掏出钱包看了看里边的钱，竟然有一张一百元的，还有一张五十元的。

我用零钱买了两个特大的塑料袋，对那两个女人说："两位大婶儿，你车上的、你车上的，你俩车上的菜我都要了，替我装袋子里吧。"

两个妇女喜出望外。我付了钱后，她俩还贡献了胶带，帮我将两个袋子封好口，固定在车后座两边。

我推起自行车刚走，听到一个女人喊："冉她妈，别卖了，跟我俩一起回去吧！"

我不禁站住回头看，见另外两个女人中的一个大声回应："不行啊，你们先回吧，我这儿还有好些没卖完呢，今天耗这儿了，不卖完决不回去！"

我定睛细看，觉得她才应该是徐冉她妈。不论身材还是相貌，越看越有几分像。何况，她明明被叫作"冉她妈"！

徐冉在那篇作文中写到，她爸妈一向是推着平板车到镇里来卖菜的，这使平板车成了我的关注目标。我怎么会想到，那日她妈是用筐把菜挑到镇上来的呢？

我支稳车，大步走过去说："婶儿，你这菜更好，我也全要了。"

徐冉她妈高兴地说："那太谢谢你了孩子。如果今天卖不掉，再挑回去，自家又吃不了，明天就蔫了，谁还买啊。"

可付钱时，我的钱不够了，差两元多钱，这使我很尴尬，只能说那就有多少钱买多少钱的吧。

徐冉她妈却说："孩子，你也是好意照顾我，这我看出来了，差两元多差两元多吧，那我也该谢谢你，我不是还早回家了嘛！"

她也替我将菜放入两个大塑料袋，同样搭在车座两边。

我往市里蹬自行车时又不禁失笑，但这一次却是苦笑——我买了那么多菜纯粹是为了照顾徐冉她妈的生意，结果却以占了她妈两元多钱的便宜而告终，真是尴尬人难免干尴尬事啊！而且还是白尴尬，跟谁去说呢！

路上我便想好了，绝不能将那么多菜带回家——说是找同学去玩一上午，却带回家那么多菜，怎么解释啊？怎么编都难以自圆其说嘛！我老妈疑心重，一旦刨根问底起来，我不编露馅了才怪呢！

刘川见我给他送去那么多菜，乐得嘴都合不上了，不住口地说："真够朋友，真够朋友！"

我说："友谊需要用实际行动来巩固。"

他比我妈好骗。

我骗他说，我一位是长辈的亲戚住院了，我这个晚辈不能不有所表示。以后的几天里，得麻烦他的店每天为我做一餐好吃的饭菜。我定时来取，送往医院。并强调说，那位亲戚胃口好，饭量大，饭份要足点儿，过后我一总给钱。

刘川说："那不麻烦，捎带着就匀出一份儿了。咱家的饭菜味道好，你亲戚肯定也会吃上瘾。钱不钱的，不许再提，我不爱听！"

他虽然那么表态了，但我打定主意还是要给他钱的。他和"星爷""肥仔"自比"泥鳅"，在他们眼里，我是"鲤鱼"，而且是跃过了一道"龙门"的"鲤鱼"。这样的一条"鲤鱼"，占自己朋友"泥鳅"的便宜，哪怕是小便宜，不也等于是友情绑架吗？！何况我俩还没好到不分彼此的地步啊！所谓"不分彼此"，纯粹是骗人的鸟话。古今中外，这世界上根本就没存在过两个好到那种程度的男人或女人嘛!当然,话也不能说得太绝对。如果两个男人或女人是同性恋的关系或许会好到那种程度……

而我宁愿信奉"亲兄弟明算账"这一民间的经验之谈。

但上大学前爸妈给我的钱已被我花光了,买了那么多菜一下子使我一文不名了。

当天晚上我背着老妈向老爸要钱。

老爸问:"多少?"

我吞吞吐吐地说:"你看着给吧。"

老爸犹豫了一下,随即爽快地说:"明天给。"

不料老妈听到了,走到我跟前问:"上学时给你带的三千元都花了?"

我反问:"大学生就不吃饭了?"

老妈又问:"一个月吃五百多?"

我不高兴地说:"那不才每天十几元的饭费吗?我还是省着吃呢!在花钱方面,我大手大脚过吗?"

老妈被问得愣了一下,接着自言自语:"难怪许多工农人家的父母会举债供儿女上大学,看来对他们确实是压力啊!"

我撑了她一句:"你以为呢!"

我那么说时,又联想到了徐冉的作文,联想到了她母亲对她说一百元是怎么挣来的那句话——忽然我觉得我不是我自己了变成了徐冉似的。这一种"变",使我产生了一种对比的愤愤不平。

我竟又撑了老妈一句:"如果连你们也觉得有压力了,那我干脆退学得了!"

老妈被连撑了两句更加说不出话来,张了张嘴,分明的,要落泪了。

老爸那日心情特好,主动进了厨房,这时闻声而出,看看我,看看我妈,默默将我妈推入了厨房。

"你站住!"

我一转身正要回自己的房间,听到了老爸的低声喝止。

我站住了。

老爸又说:"我跟你说话呢,请你转身看着我行不行?"

我只得转过了身,却没看他,低下了头,我已经意识到了自己的不对。

老爸说:"我不是已经答应了明天给你钱吗?"

"可我妈……"

"别找你妈的碴儿!她是你妈,随口那么一说怎么了?成罪过了?我就不明白了李晓东,我们当父母的哪方面亏待你了?你动不动就对我们发你那无明业火?……"

我忽然拥抱住了我爸,冲他耳朵小声说:"爸,是我不对,我向你认错。可我现在心里有点儿烦,这会儿先别训我哈,以后想怎么训我都行……"

我老爸一动不动地呆住了一会儿,也小声说:"自己反省去。"

我回到自己房间,仰躺床上,进而想到了"门当户对"四个字。我虽非名门望族之子,但如果非与徐冉做成了夫妻,是否属于门不当户不对呢?并且我顿悟——那将会使我以后的人生面临诸多操心之事。而操心事多,烦恼也必多……

想到这些,我情绪变糟了。

当天夜里我又做了一个梦——梦到我与徐冉在什么地方举行婚礼,那地方显得挺神秘,云雾缭绕着,除了主持人,根本看不到别的。

而主持人竟是王文琪!

他一脸庄严地问我:"从此以后,你们将同甘共苦,执否?"

我转脸看徐冉——她也正看我,并且也问:"执否?"

"共苦共苦共苦……"

我耳边不断回响着"共苦"二字的回音。

再看文琪时,他竟变成了和尚,像电影《青蛇》中年轻的法海,脸上的表情不但庄严,简直还可以用威严来形容了!

他厉声问:"李晓东!汝执否?"

我干张了几次嘴没说出话来。

"法海"恼怒了,连续高喝:"执否?!执否?!执否?!!"

一阵急骤的、仿佛百千木鱼被同时敲响的、使人怵然的和声响起……

"法海"又变成了怒目金刚,而且他的脸比我的脸可大多了!

"金刚"与我脸对脸地怒吼:"汝执否?!"

我惊醒,睡不着了——起身溜到客厅,东找西找,找到了我老爸的烟斗和烟丝袋。

我回到卧室,坐在桌前,为自己装了一斗烟丝,犹犹豫豫地点着,吸了一小口。吸得太轻,没吐出烟来。又深吸一口,不承想呛着了。

我赶紧扑到床上,用枕头捂住脸,无声地咳嗽不止。

第二天将近中午时,我骑上自行车,将刘川为我预备好的一份饭菜挂车把上,去到了市人民医院。

咨询台那儿的护士告诉我,骨科门诊已经分出去了,单独成立了一家骨科医院。

在骨科医院某病房门口,我见到了徐冉,她正从病房出来。

我笑着问:"你哪儿去?"

她惊讶地反问:"你家也有人在这儿住院?"

我说:"你先回答我的话。"

她说:"我父亲的脚踝扭伤了,不是太严重,一般性骨裂,过几天就可以出院,我去给他买饭。"

我说:"别去了,我正是给你们父女俩送饭来的。"并将怎么手机联系不上她,怎么去了她家那个村子怎么去到镇上,又怎么怎么买光了她妈那些菜的过程,一五一十地讲给她听了。

我原本没打算告诉她的。进一步说,忍不住告诉了所有我认识的人,唯独不想告诉的就是她。但一见到她竟挺激动,一激动嘴上"搂不住闸",一股脑儿全说了。

她听得大呀,下巴都合不上了,良久才又问出一句话:"可……可你为什么要那么做啊?"

我说:"可你为什么要这么问啊?咱俩是同学关系,我是男生,你是女生,我家离你家最近,我主动关心你一下还不应该的吗?"

我的道理振振有词。

她眨巴着眼睛又愣了一会儿才说:"那,那进来见一下我父亲吧。"

那是一间较大的普通病房,有六个床位,却只有三名患者,空着三个床。她父亲是个黑瘦的高个儿菜农,很腼腆。也许并不腼腆,我的突然出现使他腼腆了,除了连说"谢谢",再就对我没话了。

徐冉说医院允许她晚上睡一张病床,但要交钱,反正闲着也是闲着。她因而感到很庆幸,否则她得找旅馆住。

她说完那些,一时也没话了,连目光都不知该看哪儿了;似乎总看着我不对劲,不看我只看她父亲更不对劲。

她的样子特窘,窘得不知所措,因而也窘得有几分可怜。

我也陷入了不知再说什么好的境地,而且我看出,我如果不离去,他们父女俩是绝不会开始吃我送去的饭的。

我明智地说:"那,我先走呗?你要是需要人帮忙,随时打我手机。"

她点了一下头。

我冲她笑笑,转身便走。一到走廊里,不禁长出一口气,如释重负。忽然想起成龙唱过一首关于爱情的歌,别的歌词都记不住了,记住的只是"好辛苦"三个字。

我不禁在心里问自己——既然好辛苦,那又何苦?

正这么边想边走,听到徐冉叫我名字:"李晓东!"

我转过身去。

她在病房门口大声说:"谢谢你啊!"

在我听来,那一个"啊"字,流露着无限的真情实意,并且具有明显的缠绵意味。

我朝她招招手,忽又觉得一切辛苦都是值得的。何况也谈不上多辛苦,比较累心而已。我之"处男心"首次往爱情这方面启用,毫无经验,也无人可以请教;不善于用巧劲儿,只会用笨法,便觉得累。

第二天我再去送饭时，徐冉陪我在楼梯口那儿聊了一会儿。我问她家所在那个村为什么人家那么少了，她说有经济能力的人家都在镇里或县里买了房子，有的人家甚至在市里买了房子，菜地也租出去了，不再是农户了。

我说："那，还住在村里的人家，肯定是没那种经济条件的人家呗？"

话一出口，顿觉得自己问得讨厌——岂不是哪壶不开偏提哪壶，明摆着问到她痛处了吗？！

她没回答我的话，只是笑了笑，笑得有点儿无奈有点苦。随之扭转话题，问我父母的身体可好。

我说："他们好着呢，比我还好！"

这句话将她逗乐了，表情也随之开朗。

我临走时她说："明天千万别送了啊！"

我说："看情况吧。"说完跑下楼去。

她的声音追着我："绝对不许！"

可第三天我还是去了。

她一见到我照例露出欢迎的微笑，但一背对她父亲，立刻板起了冷脸。

我说："我不是闲着没事儿嘛。"

她没接话，快步走出去了。

我愣了愣，笑着对她父亲说："我希望每天给您送的不重样，您快趁热吃吧。"

她父亲说："冉有时候爱使小性子，你多担待呀。"

我说："我没觉得。"说完也走出去了。

冉已经背对走廊站在楼梯口那儿了，我走到她跟前她才转过身，脸上竟有泪。

"李晓东你怎么这样啊！我都要求你别再来了，你怎么还来呀？！"

我说："我以为你那不是认真的话。"

"我是认真的!"她嚷起来。

我吃惊地瞪着她,一时无语。

"你使我没法儿跟我父亲说清咱俩的关系,我讨厌这样的情况!"她双手捂脸,低声哭了。

我生气了,冷冷地说:"徐冉,那么我也有必要反问一句了,你怎么这样?我作为你的一名大学男同学,在你需要帮助的时候主动关心和帮助你,这事儿它怎么在你那儿就成了我的罪过似了?有什么说不清的啊?!"

她又嚷起来:"我在大学期间不需要任何男生的关心和帮助,尤其不需要你的!我说得够明白吗?"

"见你的鬼去!"我掷下这么一句话,悻悻而去。

这次追随我的不是她的话,而是她的哭声。

以后数日,我闷闷不乐,觉得自己对徐冉的追求不但彻底失败了,而且具有很高的可笑性。这很伤我的自尊心,也很打击我在爱情方面的自信。如果说我确实配不上徐冉吧,分明又有点儿说不通。我自认为,无论从哪方面讲,配她徐冉还是绰绰有余啊!她既非如花似玉,也不是什么名门佳丽,只不过是一户菜农的女儿嘛!肯定是在哪个步骤出了问题,造成了她对我的误解。可左思右想,想来想去,不但没想明白自己究竟在哪点上做法不得体,而且越想越气。

幸而有刘川这个朋友在。于是我三天两头去他那儿,由他约上"星爷"和"肥仔",一块儿去什么地方买醉,以消胸中块垒。

一天晚上我快十点了才回到家里,进门后,见老爸老妈坐在餐桌那儿说话。他俩都不再说下去,一齐默默地扭头看我。他俩之前在说什么,我也没心思猜。反正他们那样子,肯定在议论我。

老爸说:"儿子,过来坐下。"

我刚坐下,老妈单刀直入地问:"儿子,失恋了?"

我说:"我有过对象吗?你给我介绍的?"

老爸皱了一下眉,隐忍地批评:"你妈那么问你是关心你,跟你妈好好说话不行?非跟抬杠似的?"

我说:"老妈,请原谅。我不是成心气你,是想跟你来两句冷幽默。你没笑,证明儿子的幽默水平不高。你多包涵,我下次再不了。"

老妈撇撇嘴说:"怎么我听起来,像你在挖苦你妈没有幽默感似的?你给我记住了儿子,咱们这三口之家,应该永远是温暖之家。所以呢,幽默在咱们这个家里,那也应该是温暖的,有热乎气儿的。"

我像乖乖仔似的点着头庄重地说:"妈,儿子记住了。"

与徐冉的关系看来已经彻底告吹了,我可不愿再将与父母的关系搞僵了,那我众叛亲离,成孤家寡人了嘛!这点儿明智我还是有的。

老爸又表扬地说:"儿子,你总是这么跟爸妈说话多好啊。爸妈愉快,你也愉快嘛。家应该是愉快的港湾,对不对?"

我说:"是的。爸你说得完全正确。感谢爸的勉励,今后,我会自觉维护咱们这个港湾的愉快指数的。"

我妈扑哧笑出了声,摸了我的手一下,高兴地说:"儿子,这种幽默妈还是喜欢接受的。"

我则仗着几分醉而在老爸老妈面前装模作样,一本正经地说:"爸,妈,我的态度可是认真严肃的。"

老爸也笑了,随即庄重起来,和风细雨地说:"得了,别贫了。刘川到过咱家多次了,你上大学后,人家也来看望过我和你妈,问有没有什么活儿需要帮着做做。我和你妈,我们一致认为他是个好孩子。可人家现在是肩上有生活担子的人,而你是一个在假期里的学生,你应该考虑到自己和人家的不同,常去找人家聚,人家又不便拒绝,那对人家不成了一种干扰吗?所以,适可而止吧。"

我觉得老爸提醒得有道理,表示愿意接受。

老爸继续说:"我一位老友的儿子,高二了,作文成绩总是上不去。你不但考上的是大学文学专业,而且又当上了学生刊物的主编,所以人家想到了你,希望你能辅导一下他儿子。也不是要你白尽义务,一小时十元,每次两小时,隔一天辅导一次。老友之间,人家主动把那点儿意思表示到了。而我,已经替你应下了。希望你这个儿子，能给我这个老爸一点儿面子，别拒绝。"

老妈接着老爸的话说："这是好事。对人对己都有益，免得你整天闲得找不着北似的。"

这当然是我求之不得的事，简直令我喜出望外。闲不闲的姑且不论，有钱可挣的事干吗要推开去啊？长到那么大我还没自己挣到过钱呢！离开学尚近一个月，少说能挣三四百！

我满口答应了。起身离开时，见爸妈交换了一下会心的眼神。我估计到了他俩还会在我背后议论我，进入自己的房间后贴门倾听。

听到老妈说："我猜得没错！他准是在闹那事儿。"

也听到老爸说："小声点儿！那也不许你挑明了问。总之他不主动说，咱俩都装二百五就是了！"

以后的日子里，我就为挣那笔钱而投入精力了。提高作文分数，往往是所有辅导中最费力不讨好的事，因为太因人而异了，根本没有普遍经验可言。辅导两次后，觉得那孩子的问题主要出在难以正确理解题意方面，于是我专门针对这一点制订了辅导计划，循序渐进。

多亏有此事可做，在后来的日子里，我以一名一对一的辅导老师的责任感为"武器"，将徐冉从我心里"逼"了出去。有时连续几天，我居然做到了一次都没想起过她。这使我获得了一种从没有过的自信——那就是我认为自己可以成为一个拿得起放得下的男人，包括对爱情这件极其黏人的事。

开学前几天，徐冉连续给我发短信——问我确定了返校日期没有，她想与我同车返校，顺便到我家当面感谢我父亲。我看过后就删了，一条都没回。

一天我和老爸老妈吃晚饭时，我的手机响了。一接听，竟是徐冉打来的。她首先向我认错，说那天在医院里她情绪失控了，自己也不明白她当时怎么了，请我原谅她。

我一边听，一边起身走向自己的房间。真怪，一听到她那么说，我对她耿耿于怀的不满，居然一扫而光了。

我又坐在餐桌旁时，老爸与老妈也又交换了一次心照不宣的眼神。通常这种情况下，总是我妈先发问，而老爸负责掌控局面的走向。

老妈装出心不在焉的样子问："什么人？"

我也装出寻常一事的样子回答："这不要开学了嘛，我们班一名同学返校必经市里，我爸为她的文章画过插图，她想到咱家当面表示感谢。"

老爸问："徐冉？"

我说："是的。"

老妈紧接着说："我看过那篇文章，应该算散文吧？"

我说："实际上只不过是她的一篇大学作文，我们刊物当散文发的。"

老妈又说："我也觉得写得好，可徐冉不是女的吗？"

我说："不错。对于她，正确的用词应该是女生。我说她是男生了吗？"

我说罢最后一句话，转脸看老爸。

我老爸没接我最后那句话，只是愉快地说："甚好。我正希望认识一下她。她那篇散文，使我也有机会尝试了一次插图画风，同样应该感谢她……"

我不悦地说："就没我什么事儿了吗？"

老爸笑了，拍着我肩说："儿子，当然首先应该感谢你啰。归根结底，机会是你给我的，我代表你妈欢迎她。"

老妈说："咱家好久没来过客人了，何况是你的大学同学，儿子放心，妈一定尽好女主人的义务。"

我说："可别热情过度啊，没那必要。我和她，也就是一般男女同学的关系而已。"

不知道这一点是不是有普遍性——独生子女与父母之间的话题一旦涉及自身就业方向，气氛就会变得较为凝重，而一涉及儿女恋情，气氛就会变得暧昧起来——儿女一方闪烁其词，顾左右而言他，步步为营，唯恐隐私堡垒失守；父母一方则旁敲侧击，频频试探，巴不得制造一个突破口，于是可以打破砂锅问到底。又于是呢，气氛不但暧昧，还往往显得有几分吊诡。

简短截说，徐冉居然成了我家的座上客。我老爸老妈招待自如，言语得体。徐冉也落落大方，坦荡无拘束，仿佛我俩真的是一般男女同学之间的关系似的。只有我内心忐忑，怀揣小兔一般，唯恐出现什么不快的僵局。

徐冉给我老爸老妈各带了两双鞋垫，是她和她妈手工做的，其上还有花，像工艺品；也带了两塑料袋新鲜蔬菜。我老爸送给了徐冉几册他自己的签名画册，我老妈送给了她一张内存一百元的手机卡，那是她教过的一名后来在电信局工作的学生送给她的，每年都送。

吃饭时，我老妈问徐冉她带来的菜是在哪儿买的，不但新鲜，还干净，洗起来省事儿。

徐冉说她临行前亲自到她家菜地里选了一篮子，她家菜地施的是农家肥，"绿色"肯定是"绿色"，但长势并不齐。装袋前，她妈替她在水龙头下冲洗了几遍，所以干净。

"你家有菜地？"

我老妈一副"友邦惊诧"的样子。

"是啊，我家是菜农啊……"

徐冉则一副无所隐瞒的样子，以责备的目光看我，如在无声地问："你连这一点都没告诉你妈？"

我只得打着哈哈说："妈你问的就多此一举！她的散文你不是也读过了还认为写得好吗？"

"啊……误会了误会了，我还以为徐冉你是虚构的呐，原来，哈哈……生活中误会是经常发生的嘛……"

我觉得我老妈那一声拖音挺长的"啊"和两声勉强的干笑都显得挺虚伪，她自己分明也感觉到了，否则不会脸红。

徐冉也脸红了，嘴上却说："我也忘了告诉您我家是菜农了……"

因为她俩的脸红，我脸上的表情估计一时变得挺难看。

我爸的脚在桌子底下暗踩了我一下，不动声色地说："徐冉，虽然你阿姨当过中学校长，可她当老师时一直教的是化学，她不明白散文是写真人真事的。"

我老妈笑道："是啊是啊，徐冉，让你见笑啦！"

她那种虚伪的样子还没隐去。

徐冉的脸也一直红着。

幸而我老爸适时做出了快速反应，没话找话地说这说那，才使气氛没陷入沉默，各自也没成为难堪的俘虏。

除了那几分钟内的节外生枝，不论从徐冉之做客还是从我们一家三口的待客两方面来讲，全过程还是比较轻松愉快的。

我帮我妈在厨房洗碗时，她小声说："如果你想自己单独返校，妈觉得也行。"

我说："这是什么话？你都当着徐冉的面力主我和她一起走了，我也表示愿意了，忽然又变卦，让人家怎么想？"

在列车上，我与徐冉几乎一路无话，各自补觉，如同两个关系一般得不能再一般，关系绝对不可能再进一步——连半步也不可能再进的男女同学。

新学期开始不久，我们的第二期刊物也印出来了。由于没有好的头条，也就反响平平。但本专业同学的投稿多了，学兄学姐们的投稿积极性被调动了起来，稿源不愁了。看来，好稿被转载，考研可加分这一点，诱惑力大得很。

我与徐冉的关系却"夹生"了。我没约过她，对她的感觉变得怪怪的，仿佛心里有她那么一件事儿，又仿佛心里没那么一件事儿，像拍过胸片的人对肺小结节的感觉。她更没约过我，然而每次见着了都会朝我笑笑，或说几句可说可不说的话，主动表示我们之间的关系其实还是有点儿不一般的——道似无情却有情，有情每被无情蔽。但她对《文理》的参与热度高了。我分析那是因为她希望自己能再发一篇有影响的头条，果而如此，她考研的成功性不就胜券在握了吗？

我俩的关系就那么不凉不热温吞水似的维系到了大三上学期。

我俩再没同车回过家，也没一起返过校。两次是她主动告诉我某种原因，后一次是我主动告诉了她某种原因。我想也别总是她主动而我总是被动，像我期待着同行的荣幸似的。

2003年新学期开学不久，我们大学发现了一例"非典"病例，是男生，别的专业的，还是一名文学发烧友。他被送往定点医院进行救治后，学校开始对接触者进行排查，结果我被隔离观察了。我们省是南方省份，"非典"起先漫延于南方，学校的重视在情理之中。被隔离观察的学生挺多，男女生都有。学校因而腾空了一幢三层的小教研楼，一层由校外派来的医护人员利用，二、三层临时打了隔断，每小间一人收容疑似学生感染者。我与那名被确诊的男生谈过两次对他的投稿的修改意见，所以被视为重点观察对象。或许由于我是"重点"，竟受到了优待——我住的小间有阳台。多么小呢，也就一张半单人床那么宽。我第一次被限制在那么小的空间里，而且隔离期要二十天之久，不但使我体会到了被"囚禁"是什么感觉，而且使我终日心怀恐惧，如同随时将被宣布执行的死刑犯。那楼的四周拉起了黄带，非医护人员不得越过。好在考虑到我们是学生，允许用手机和笔记本电脑。学校在那小楼对面的电线杆上安装了广播喇叭，不是以前在农村常见的那种大个的，而是新产品。不大，音质也好，经常向被隔离的同学播放轻音乐、抒情歌曲、相声或诗朗诵。

几天后我发低烧了。

我骗爸妈，说我与几名同学在进行社会实习，而且我是带队，希望他们没什么重要的事别常打我手机，连没必要的关心性的短信也最好少发。

我爸妈信以为真，态度可嘉地做了保证。与他们结束通话后我从腋下抽出体温计，一看还是37.8度。我仰躺床上流泪了，随之一翻身无声地哭了——据说那名被确诊的男生病故了，这在被隔离的同学中间造成了不小的恐慌。我本凡夫俗子，而非视死如归之士。何况我明明在发低烧，根本不可能不在乎。

这时我的手机响了。

我以为是爸妈打来的，不想接，怕一接哭出声来。

手机响个不停。

我只得坐起来接听，却是王文琪打来的。

他问："贤弟，干什么呢？"

我强作平静地说："躺着养神呢。"

他说："好。心态好很可喜。现在请移尊步到阳台上来。徐冉想出了一个会使你高兴的点子，大家采纳了。"

我走到阳台上，但见全班同学几乎全到了，围站在黄带以外。女生们一看见我，纷纷向我抛吻，而男生们则喊"晓东必胜"。一只大红气球升在阳台上空，悬垂的竖幅上，两行红字是——"铜城春深深几许，战罢疫情会小乔"。

王文琪朝我喊："小乔何许人也，心里明镜似的吧？"

郝春风等几名女生就将徐冉从后排拽到了前排，不许她后退，嘻嘻哈哈笑。徐冉也难为情地喊："两行歪诗与我无关，是春风胡诌出来的！"

我听到门响，一转身，是医生查房，同时出现的还有汪先生。

医生说我的各项化验结果出来了，都挺正常的，证明我发低烧的原因也就是一般的伤风感冒。而汪先生说，关于那名被确诊的男生之死，纯属在手机上乱传的谣言，人家的状况很好，正在康复之中。

这使我心情大安。

不久后一个星期日的清晨，我听到了徐冉的声音，千真万确是她的声音，从广播喇叭里传出来的。

她亲自朗读《致某同学的公开信》，不消说，我明白"某同学"是我李晓东。她坦率地承认自己从小是一个比较自闭的女孩，由于亲戚少，几乎是在孤独的环境中长大的。上学后，只知努力学习，将来能考上大学，毕业后成为一个有出息的女儿，使父母过上比较闲适的晚年……

"上了中学以后，我才去过几次市里。城乡生活水平的差距使我惊讶，那些住在高档社区的人家令我产生了强烈的向往，还产生了自卑。同学啊，如果我只说前一点，那就不够坦诚。我更愿意对你特别坦诚地来讲我自己，以使你明白，我之前对你的一切古怪的言和行，其实都是另有原因的。自从进过几次市里，我变得更不愿与人交往，更不合群了。是的，以前只不过是不善于，后来是不愿意。你看过的小说，有的我也看过，比如《红与黑》，你以为只在男青年身上才有于连性格吗？错！女青年身上也有的。还记得那一情节吗？——在酒馆中，于连装扮成有身份的青年出现了，当别人仅仅多打量了他几眼，他便以为人家是在用目光向他挑衅，于是荒唐地提出要与人家决斗。像我这样一个菜农的女儿入了大学，心理上是很奇怪的。一方面，在与大学缘悭的青年面前我的心理是优越的；另一方面又常常觉得自己是在冒充有身份的青年，如同于连。所以，我不愿别人，当然也包括你，了解我的家，了解我的父母。这种意图，对于我意味着冒犯。我说了这些以后，你也许就能明白，我主动登门做客，那需要鼓起多大的勇气啊！可我认为，当面道谢，又是我所必须做的。因为我的父母对我最主要的教育之一是——君子报恩，十年不晚，但道谢却是越及时越好的事。

"同学啊，我因我以前对你的种种不对而真诚地向你道歉。道歉更要及时，这也是我父母对我的教育。很惭愧，我拖得太久了。但是如果我说，在你受了伤害的同时，我其实也伤害了自己。我承认此点，你心理上是否会平衡一些呢？

"对于你给予我的种种帮助，我这厢公开表示感谢了！包括你在小镇的集市上买了我家好些菜那事儿。我母亲对我一讲，我立刻猜到了那就是你。

"今天，我对你敞开心扉，是为了带给你一份快乐。听别人向自己交心，难道不是件快乐的事吗？你的隔离期已过去了一半，愿我带给你的快乐伴你度过以后的十天！下面，我要露一小手，为你献唱一段京剧《苏三起解》。也没伴奏，我只能清唱了……"

我也坦率承认，我听得完全呆住了。她的嗓音很好，使我如沐春风。可她，她她也太有勇气了吧！我被她那种很"爷们儿"的做法震撼到了。

我的手机又响了，还是文琪打来的。

"我听到了。"

不待文琪开口，我已先自说话了。

文琪说："我收到的短信快爆机了，咱们专业很多同学都在不同的地方听了。有同学发短信说自己听哭了，哎等会儿，春风要抢着跟你说几句……"

"李晓东，你不要强人所难！"

郝春风的问罪之言使我困惑。

我说："我怎么了啊？强谁所难了呀？"

她说："徐冉！你别装糊涂！"

我说："我真糊涂了，我刚才也听得很感动啊。"

她说："只感动就行了？她爱你！如果你非等她当你面说出来，那就明摆着是强人所难！好了，点到为止，你听戏吧！"

她把手机挂了。

我走到阳台上听起来——在小楼的前后左右，凡有窗子的地方，都有悬垂着竖幅的各色气球升在半空。徐冉的点子也被其他专业的同学所效仿，有多少同学被隔离了，便有多少气球陆续升在空中。

我一边听，一边不由自主地击掌为拍。并且，似乎还能同时听到郝春风的话声在重复："她爱你！她爱你！她爱你！……"

像是为徐冉伴唱的副调。

几天后我被提前解除了隔离，那时仍被隔离的学生已不多了。我是"老疑似"的最后一名，因为发过低烧。仍被隔离的都是"新疑似"，他们已不多么的惶恐不安了，尽管楼外的黄带没取消。也是由于徐冉带了个头，几乎每天都有他们的同学在广播室向他们朗读慰问信或公开的情书。是的，有的就是情书，却也不言一个"爱"字。校园里于是流传一种说法，曰"徐冉体爱情之告白"。

王文琪与我通话时强调:"人家徐冉否认她那是爱情告白。"

我问:"你这话与春风的话恰恰相反,我究竟该听你俩谁的呢?"

文琪说:"当然还是得听春风的。难道你不明白?在爱情方面,女孩子说'否',其实是相反的意思。"

我走出隔离楼时,同学们已经迎在黄带以外,王文琪胸前还吊着相机。我王者归来似的走到黄带以外,同学们争着将我的东西接过去。

我用目光寻找徐冉,春风等几名女同学将她推到了我面前。

我拥抱她,她没拒绝。

我小声问:"允许我当众吻你吗?"

她小声说:"不。"

我想起了文琪的话,坚决果断地吻她——一阵深吻,也是我的初吻。她轻轻推了我一下,随即顺从了,配合了。

同学们齐声喝彩,有人振臂高呼"爱情万岁"!

我终于体会到,爱情果然美妙!

而王文琪不失时机地抓拍到了那一瞬间——也不能说是瞬间,我觉得我俩的吻起码有半分钟那么长。

后来——那还用说吗?上课、吃饭、听讲座、看电影,我和徐冉往往形影不离了。上课时因为有我和她坐在一起,她再也不好意思低头看书了,偶尔也举手参与讨论了。

但她强调地说:"我可有言在先,这并不意味着我打算考咱们这个专业的研究生。"

我说:"你当然有自己的决定权。你已经表现得很好了,我绝不横加干涉。"

她开心地吻了我一下。

我问过她:"咱俩关系都这样了,以后你可以常到我家了吧?"

她说:"正因为咱俩关系这样了,也许等我考上研以后再去会更好吧?我想,那时你爸妈,特别是你妈,大约会更欢迎我的。"

她的话自有她的道理。

我没反驳，只不过又说："假期结束后，你到我家找我，像上次那样，一块儿返校。"

她说："行。听你的。"

公开信改题《爱的告白》，又成为了《文理》的头条。

徐冉起初坚决不同意。我跟她已经是"一伙"的了，态度就暧昧，没明确立场。

编委们一致说服徐冉。

文琪质问她："你都被公认开创了一种徐冉体了，如果不发头条，不是显得我们编委太没水平了吗？"

她不给面子地说："不是头条不头条的问题，是我根本就不同意发！"

大家无奈的情况下，文琪又请郝春风出面说服，徐冉这才同意了。倒也不是因为春风的面子更大，而是她的说服理由更具有力度。

郝春风当着我们编委的面问徐冉："不打算考研了？"

徐冉说："没变啊。"

春风又问："你要考的那个专业现在被炒得有多热你不知道？竞争有多激烈你完全蒙在鼓里？你在暗地里用功别人就没用功？你就那么自信自己靠分数肯定名列前茅？……"

她的一番话使徐冉恍然大悟，连说："忘了忘了，把优先那茬儿给忘了！"

王文琪也拍着脑门说："怎么咱们几个也给忘了？"

徐冉反问春风："可，《读者》已经选过我一篇了，又选一篇的可能太小了呀！你认为呢？"

春风说："正因为已经选过一篇了，咱们的《文理》和你的名字已入了他们的法眼，就会继续关注，所以我认为起码有一半的可能。为了一半的可能，还不值得配合一下文琪和晓东他们几个吗？何况对你有损失吗？"

徐冉终于被说服，但一听文琪主张配上他为我俩拍的亲吻照，又炸了，宁死不从。

王文琪生气了。他很少当面对谁甩脸子，对女生尤其不会那样。即使摆出生气的样子，那也是半真半假的事儿。别人给个台阶或自己找到了台阶，转眼气脸又会变成笑脸了。

"得得得，都住嘴歇会儿！一个人明明不愿意的事儿，多少人相劝都没用。只不过我实在想不通，明明好处都将是她自己的，她偏跟咱们别股劲儿干什么？我不掺和了！何必呢！大家也都散了吧，别在这儿瞎耽误工夫了，吃饱了撑的呀！"

他一说完，转身便走。

我想叫住他，张了张嘴没叫出声。我看徐冉，冉颇尴尬。

由于我和她的特殊关系，我比她还尴尬。

别的同学寻思着王文琪的话，一个个显然都觉出了无趣，便也纷纷走了。有的走时还拍拍我肩，说句与那事儿不相干的话。有的走时连话都没说，默默地转身就走了，既不看我一眼，也不看冉一眼。

"明明好处都将是她自己的"——我几乎可以肯定，王文琪那番话中的这一句，在"好处"方面击中了他们的痛穴。仔细想想，"好处"确实都将是徐冉自己的，别人任何"好处"都得不到。换位思考，我也会暗问自己："何苦呢？""吃饱了撑的呀！"

片刻，只有郝春风还没走。

我说："春风，那就这样吧，你也走吧。"

我不能说什么责怪冉的话，老实说我也觉得登那么一张照片并无太大必要。配照片固然好些，却不必非登那一张，完全可以从哪儿选一张。男女拥抱亲吻的照片，选十张也有处可选嘛。

春风却不走，看着我毫不委婉地说："也并非好处都是徐冉的。你是主编，她的文章如果又一次被转载了，你脸上不也又光彩了一次吗？好处都是你俩的。"

我的脸颊顿时红到了脖子，讪讪地说："是啊是啊，你和文琪说的都是大实话。这样行不？你负责劝文琪别生气，我负责另外选一张照片。"

郝春风说:"那肯定不行。现在有些人版权意识特强,随便选用外国的照片都有个侵权问题。如果被追究起来,再炒到网上去,多闹心啊,也有损咱们刊物的形象啊。"

我张张嘴,又不知道说什么好了。

冉说:"你俩都别劝我啊。再劝,我也要生气的。"

郝春风说:"不敢。我只不过是要向你俩解释一下,文琪他忽然心血来潮,爱好上了摄影,照相机是花一万多元刚买的。他对抢拍你俩的那张照片特得意,跟我说了几次,如果能登在咱们的《文理》上,那他就等于发表了第一幅摄影作品了,零的突破啊,希望你俩也能多少理解理解他那种心情。"

我说:"是这样啊,理解。"

冉看着郝春风,张了张嘴没说出话来。

郝春风又毫不委婉地说:"晓东你最清楚,文琪为刊物操了多少心?如果没有他热诚投入,刊物能办下去吗?"

我也又张口结舌无言以对。

"那我也走了啊。我会劝他别生气的,你俩也别纠结了。大不了,刊物办几期就别办了嘛,反正你俩该得到的好处都得到了,是不是?"

她冲我笑笑,也冲冉笑笑,转身快快地走了。

我和冉一时大眼瞪小眼。虽然已无第三者在,我俩却陷入了更大的尴尬。

冉低声说:"刚才没明白,现在才明白。"

我低声问:"明白什么了?"

冉说:"原来人家文琪对刊物也是有利益诉求的,我竟根本没往这方面想。"

我说:"还多亏春风把话说得那么直。"

冉说:"她那不叫直,那是在用话敲打咱俩。"

我说:"她有理由那样。文琪生气了,她内心里估计也不太高兴。"

她说:"对谁?"

我说:"还能对谁？对咱俩呗。她和文琪什么关系你又不是不知道。"

她说:"是啊，那就不是得罪一个人的问题了。你和文琪很哥们儿，我和春风很姐们儿，咱俩不能使那样的事成为事实。"

我说:"你的话把我搞糊涂了。你什么意思啊？"

她说:"我的意思是，我无条件地同意了。"

我不由得瞪大了眼睛看着她。

冉那篇《爱的告白》又被《读者》选载了，并且又是头条。

这意味着，冉如果考我们校的研究生，优先录取已成定局。

王文琪买了二十几份刊物，寄给他方方面面的朋友——因为《读者》连他的摄影也同时选登了，还寄给了他稿费。他实现了"零的突破"，并且是突破在《读者》上，自信燃烧，那些日子里总是激情洋溢的。

我和冉的日子却不太好过了——我俩走在校园里，一块儿出现在食堂里时，总会发现有人以不友好的，甚至是蔑视的目光看我俩。有些人一边以那样的目光看着我俩，一边在我俩也看着他们时成心做交头接耳窃窃私语之状。

那种情况使我俩如芒在背——他们的目光里羡慕嫉妒恨，哪样都不少。

平心而论，这也难怪他们。

所谓"好事儿"第一次降临在某人头上时，大多数人是会乐见其幸的。即使内心并非如此，也会明智地止于羡慕或嫉妒。往往都会告诫自己不应有恨。但如果好事第二次降临在同一个人身上，那么其人之幸运就等于挑战了许多人心理的承受底线。

一日，我与冉刚一出现在食堂，一名端着托盘用目光找座位的男生忽然阴阳怪气地高唱:"妹妹你大胆地往前走呀，莫回呀头！考研那事儿有哥哥呀，一四七，三六九，九九归一安排妥呀……"

傻瓜都听得出来，那是唱给我和冉听的。

冉小声说:"别理他。"

我不想引起冲突,装聋。

可他成心挡在我和冉的前边——我俩左走,他左挡;我俩右走,他右挡。

坐着吃饭的,排除买饭的,一半的人看我和冉的笑话。

倏然的,我怒从心底起,恶向胆边生,手臂一扬,抡飞了对方端着的托盘,结果当然是一地狼藉。

对方愣了一下,一拳击中了我鼻子。

转眼间,我和对方已翻滚在地,扭打作一团,但听冉在尖叫:"别打了!李晓东你先给我住手!"

幸而王文琪和我们班的几名男生及时来到食堂,费了好大的劲儿才将我和对方分开。

那时鼻血已染红了我的脸。

在宿舍里,洗罢脸的我躺在王文琪的下铺,王文琪坐在铺前的椅子上开导我。班里另外五名男生站在椅后。

王文琪说:"哎,请把鞋脱了行不?我刚换的褥单。"

我不说话,也不动。

一名同学替我脱掉了鞋。

我仍平躺着,将膝盖支了起来。

文琪问:"第几次打架啊?"

我没好气地说:"以前从没有过的事儿,你当我是街头小混混啊?"

文琪笑道:"第一次,水平不赖嘛!鼻子出血了不证明你是弱势的一方,我听徐冉说因为对方先动的手。我们拉架时,可都看到了你骑在对方身上。"

我没好气地说:"如果我不打那一架,以后没脸到食堂去吃饭了。"

文琪说:"打架这事儿,在忍无可忍的情况下,情理可谅。该出手时不出手,那也不对。那不太怂了?咱们班的男生被视为'七条汉子',你被看得太怂了,我们六个脸上也不光彩。你今天证明了咱们'七条汉子'个个都不是好欺负的,所以我不批评你,他们几个也不批评你。"

他回头看另外几个,他们皆点头。

我不由得坐了起来,向文琪也向另外几名"汉子"抱拳示谢。

他们就都微笑了。

文琪问:"买过彩票没?"

我说:"我才不想天上掉馅饼的事儿。"说完,又仰躺下去。

文琪说:"买过没买过,都要虚心听我讲讲'彩票哲学'。兄弟你想哈,头三等奖,资金都很可观。特别是头等奖,谁中了,那是很刺激别人的。可实际上呢,羡慕嫉妒恨的人很少。为什么呢?天上掉馅饼的事儿嘛,百年不遇。而且呢,绝大多数别人,并不认识中奖者。幸运不会两次降临在同一个人身上,绝大多数人不认识幸运者,这是'彩票哲学'的两大法门。靠了这两大法门,奖金虽高,天下太平。并非每开一奖,就使人们的情绪炸一次窝。可是兄弟,好事可是在不长的时间内两次落到了徐冉头上。第一次大家乐见其幸,为什么?因为也替咱们校争了光,本校学生都觉得脸上有光嘛。可第二次太不同了,徐冉不但又因而出了名,得了稿酬,考研时,还会优先录取。这后一点,使太多的人心理不平衡了。兄弟,全校小一千人铆足了劲儿一心要考研啊!何况徐冉这个幸运者,不是一个远在千里之外的陌生的名字,而是每天都可以见到的大活人!你和徐冉关系特殊,你又是主编,你非不许别人生气那也不对啊是不是?……"

我光火地说:"发徐冉那篇东西不是你们首先强烈主张的吗?"

王文琪站起来,绕到那几条"汉子"身后,将他们分开,居中而立,伸展双臂搂着左右两个,看定我说:"第一,那不是东西。既然发表了,就是文学作品了。你身为主编,将文学作品说成东西,是对文学的亵渎。第二,正因为首先是我们的主张,所以对你和徐冉的挑衅,也是对我们大家的挑衅。在咱们学校,咱们是文学的守望者。又所以,那事儿不算完,得迫使对方道歉。不是为了维护咱们的尊严,是为了维护文学的尊严,维护《文理》的尊严。兹事体大,既已发生,不维护不行。"

那名羞辱我和徐冉的男生是计算机专业的大四学生,当然也算是我们的学长。据说也打算考研,却又信心不足。对徐冉的嫉妒,是由于心理失衡造成的。

虽然对方是学长,王文琪并没管那些,向对方递送了"白皮书"——指出对方有两种选择,要么道歉,方式可以坐下来谈;要么在校外什么地方"会一会",进行一次"文明的武力解决"。"文明"者,以双方都不伤筋动骨为前提。

对方选择了后一种方式。

到了约定的某日某时,在学校围墙外的小河边,对方出现了——不,是"对方们"出现了。我们七人,对方十二个人。

看来,那名与我打过架的学长在自己的专业人缘不赖,否则不会有人为他"参战"。他没上前与我们说话,上前搭言的是另一名学长。

那学长教训地说:"你们懂不懂点儿校园规矩啊?我们是学兄,你们是学弟,有学弟们向学兄们叫阵的吗?你们现在后悔还来得及。"

他一边说一边脱下上衣,搭在树杈上,之后向我们炫肌肉。他是络腮胡子,几天没刮了,样子挺威猛。因为他们人多,他的话说得特傲慢。

王文琪说:"来都来了,那就不后悔了,后悔多没面子。我们学弟的面子也是面子啊。"

"络腮胡子"笑道:"那你代表他们表态吧,单挑还是齐上?"

王文琪说:"单挑太耗时间。齐上吧,齐上结束的快。"

听文琪这么说,对方们全都笑了,都开始脱下衣服往树上搭。

除了王文琪,我们六个也那么做。

"络腮胡子"说:"那你们可准吃亏啊。"

文琪问:"你们的人都到齐了?"

"络腮胡子"说:"齐是齐了,可我觉得不好意思了,要不我们只上七个，那样人数公平些。"

文琪也笑道："我们还差几个没到，请允许我们等会儿呗。等我们的人都到齐了，你们究竟上几个再议行不？"

"络腮胡子"爽快地说："没问题。这点儿学长该有的风格，我们还是有的。"

听他俩那么说话，像听两位互相尊敬的教练在协商。而接下来，双方要进行什么友谊比赛似的。

王文琪打手机时，对方们聚在一起轻松地聊天，不时发出笑声。

我们其余六人也聚一起说话，一个个不免有些紧张。特别是我，此事由我引起，不知会闹出什么后果，忐忑不安。但事情已经到了这一步，我又不能带头认怂，内心十分纠结。

我问一名"兄弟"："女生都不知道吧？"

他说："这事儿哪能让她们知道！你也没告诉徐冉吧？"

我说："我怎么会告诉她呢！"

另一名"兄弟"说："今天这事儿和徐冉一点关系都没有，咱们可是为《文理》才来到这儿的。"

忽然响起了摩托声。我们循声望去，见两辆摩托驶了过来，后座都坐着人。摩托驶近后，四人下了摩托，跟文琪打过招呼，也斜着"络腮胡子"他们，都一脸的不屑。

"络腮胡子"说："现在你们也十一个人了，可以开始了吧？"

文琪说："对不起，给个全乎脸儿，还得再等会儿。"

他话音刚落，摩托声又传来，河对岸一下子出现了十几辆摩托组成的摩托队，每一辆后边都坐着人。

有人朝河这边喊："文琪，到底在哪边呀？"

文琪也大声喊："这边这边！往前二十米有座小桥，你们快过来吧，对方都等急了。"

此时，河这边也有十几辆摩托组成的摩托队驶近我们，后座同样都坐着人。其中一人还认识"络腮胡子"，不但与"络腮胡子"打招呼，还走过去与对方亲热拥抱。

王文琪皱眉问他:"你到底哪边的?搞什么名堂啊!"

那哥们儿不好意思地说:"这边的这边的,当然是你们这边的。那是我家老邻居的儿子,我从小叫过人家哥的,不打个招呼多失礼!忠不忠看行动,一会儿就能证明我是咱们这边的了。"

我从他们中也认出了熟脸——曾与我和文琪吃过一顿午饭的几名外校男生都来了。

我向他们一一抱拳。

他们围住我纷纷说:"为了什么文琪已经跟我们讲明白了,你们的《文理》办得不错,我们当初既然支持你俩办那刊物,我们不来谁来!"

"放心,来这么多人是为了造成种声势。文琪已约法三章了,谁都不会动真格的,即使对方们先下手我们都不会的。"

"感谢你们这期发了我们学校同学那篇稿子啊,否则我们都没有替你们约稿的积极性了。"

听了他们的话,我心稍安,又对他们抱拳作揖。

河那边的摩托已过河了。幸而河这边有片荒地,容得下那么多人那么多摩托,但那也快人满为患,车多停不下了。

对方们望着我们这边的人,先后从树上取下了衣服,看去随时准备逃跑,可逃跑已有点儿来不及了,我们这边的人将他们围住了。

"络腮胡子"又走到了文琪跟前,我看到他对文琪说了几句什么,文琪朝我招手。

我走了过去。

文琪说:"这位学长的想法变了,你也一块儿听听呗。"

我点头。

"络腮胡子"谦卑地说:"我可以对你俩表现得友爱点儿吗?"

我愣了一下,点头。

文琪说:"当然可以。你是学长嘛,你对我俩的友爱表现,是我俩的荣幸。"

"络腮胡子"就将一只手搭我肩上,另一只手搭文琪肩上,居中搂着我俩乐乐呵呵地说:"两位亲爱的学弟,玩笑开大了。我们是学长,哪能与你们学弟真的约架呢!那不就枉为学长了嘛!你俩看这样行不?咱们有什么矛盾商量着解决,也算你们今天给足了我们几个学长面子。"

文琪说:"同意。"看着我问:"你呢?"

我赶紧说:"能那样最好。"

文琪对"络腮胡子"说:"将另外几位学长请过来吧。"

"络腮胡子"转身招招手,那十一个惴惴不安地过来了。

文琪说:"刚才这位学兄认为,咱们双方玩笑都开大了,其实误会也大了。我先认个错,误会首先是我方造成的,不该给你们下那份通牒书。我们那么做,是为了挽回点儿面子。对不起了,请各位学长原谅!"

他郑重地向他们鞠躬。

他已经那么做了,我没得选择,随之鞠躬。

"络腮胡子"也赶紧向我俩鞠躬,并说:"我也代表他们认错,我们没选择坐下来谈的方式,而选择了这么一种方式,也是为了面子。我们太意气用事了,觉得我们学长的面子当然要比你们学弟的面子金贵,而这是完全错误的,我们……"

文琪打断他的话说:"我刚才没表达全面。我们所顾及的,还有《文理》的面子。我们学弟的面子无所谓,但《文理》的面子很金贵,比你们几名学长的面子更金贵。如果我们对你们的羞辱不做出反应,以后再接连发生类似情况,我们还能将《文理》好好办下去吗?……"

文琪一番话,说得对方低头耷拉脑的了。

文琪接着说:"学长们看这样行不,谁羞辱了我们主编,谁写一篇评论,认真评评徐冉那篇《爱的告白》。不一定非得是吹捧之评,批评之评也可以。"

"络腮胡子"看着那名将我鼻子打出血的学长说:"不是我包庇他,这太为难他了,他根本就没那水平嘛!"

对方懊丧地说:"那还莫如逼我跪地求饶!"

文琪说:"别别别,千万别那样,那对咱们双方都太犯不着了。你评不来,干吗非难为你啊?你们另外十一人中,肯定有一个评得来的嘛!你们中谁评都行,但必须署你名字。只有这样,《文理》的面子才算找回来了。"

他们面面相觑,其中一个说:"就是评了,往哪儿发啊?"

我信誓旦旦地说:"《文理》保证发在醒目的栏目。"

"络腮胡子"说:"那与发表公开道歉书又有什么不同呢?"

文琪说:"学长们的面子还是要考虑。那就不发在《学理》,我负责发在省内有影响的报刊上。"

他们一时都发愣。

文琪说:"各位学长,请这么想啊,那样,坏事岂不就变成好事了吗?你们毕业后,也会将一段不计前嫌的佳话留在学校广为流传了。而且呢,毕业前他还证明了自己也是有文学水平的理科生,你们大家还可以用那笔稿费撮一顿,多好的事儿嘛!"

"王文琪,你在那儿磨叽什么呢?有状况了你没看到啊!"

听到喊声,我和文琪与"络腮胡子"们才发现,河那边不知什么时候停了一辆警车,三名公安正朝这边看。

"络腮胡子"说:"那什么,既然达成和解了,就散了吧。"

文琪将指头放嘴里,吹了一长声口哨,朝他召集来的人挥挥手,他们一个个跨上摩托,鱼贯而去。

我们一伙和"络腮胡子"他们一伙走到桥上时,三名公安也走到了桥上,在桥中间将我们拦住了。

一名公安问:"刚才你们那么多人在干什么?"

不待我们这边的人开口,"络腮胡子"抢先说:"我们学校一名同学不幸淹死在河里了,我们刚刚凭吊了一番。"

那公安说:"撒谎!我们三个负责这一片儿的治安快两年了,从没听说过那种事!"

文琪说:"两年前的事。"

那公安又问:"来那么多骑摩托的又怎么回事?"

"络腮胡子"说:"都是死者的初中同学和高中同学,他人缘好。这年头,自行车过时了,谁家还没辆摩托?"

另一名公安说:"这河水才一米多深,怎么能淹死一名大学生?"

文琪说:"他是小个子,不会游泳,估计先是被呛昏了。"

第三名公安这才说:"如果你们明年还凭吊,先到派出所备个案。"

我们两伙人过了桥,顺大路往学校走时,王文琪对"络腮胡子"说:"你有文学创作的潜质。"

"络腮胡子"说:"过奖,你配合得也天衣无缝。"

文琪说:"希望你也给《文理》写篇稿。"

"络腮胡子"说:"快毕业了,没那份心思了。"拍了那名惹事的学长的后脑勺一下,埋怨地说:"你也是!人家文科生考研又不会占到咱们理科的研究生名额,你心理不平衡个什么劲儿!"

那学长窘窘地笑道:"不顺心的事儿扎堆儿了,总得找个出气口呗!"

大家便都笑了。

第八章

王文琪就是王文琪——不久,一篇评论文章登在了省报副刊上,还加了编者按,按语中说:"该校学生刊物,犹如一匹黑马横空出世,给全省高校的校园文学带来了一股清新之风。"

学校奖励了《文理》编辑部一万元钱。我考虑到编辑的同学业余办刊付出了不少精力和时间,问可不可以作为奖金分一部分。

校方的答复是当然可以,全分了也行,由我们自主来定。

我为此召开了一次编辑会议,会上大家都表现出了高风亮节,一致决定,还是留作办刊基金为好。

我代表徐冉,将她的稿费也捐作基金了。

汪先生为我们上最后一堂课时说,他已经决定退休了——那堂课不仅是为我们上的最后一堂课,也将是他执教生涯的最后一堂课。

他以主持讨论的方式来画他执教生涯的句号。

他指着讲台旁的纸篓问:"都满成那样了,为什么没有同学去倒一下呀?"

的确,纸篓已经满得冒尖了。许多同学顾不上吃早饭,将牛奶面包带到了教室里,包装纸包装盒都往纸篓里扔,可不转眼就满了。满了就往地上扔,结果纸篓那儿形成了小小的垃圾堆,有碍观瞻。

一名女生说:"下课后我去找清扫垃圾的女工,让她立刻来倒一下。"

汪先生问:"你知道她那时在哪儿吗?"

那女生说:"到处找找看呗。"

汪先生又问:"如果下课那十分钟内没找到呢?"

另一名女生说:"那就在纸上写几行字,贴纸篓那儿的墙上,要求她课间也来倒一次。"

汪先生问:"为什么就不能由我们同学中的哪一个将纸篓倒了,将地扫干净呢?"

又一名女生说那是不可以的,因为谁那么做了,等于助长了清洁女工的懒惰。长此以往,她的工作态度就会懈怠了。

汪先生说:"明白了,原来你们是这么想的啊。"

他刚说完,徐冉离开座位走到了前边。

她说:"老师,我也在教室里吃过东西,也往这儿的地上乱扔过包装,请允许我现在就去倒吧。"

汪先生点了点头。

冉拎起纸篓离开了教室。

我也起身走到前边,拿起笤帚将地上的垃圾扫到撮子里,无言而出。

我和冉回到教室后,汪先生请我俩站一下。

他问冉:"你们平时怎么叫那名清洁女工啊?"

冉说:"我们都叫她薛阿姨。"

汪先生说:"这是很亲的叫法。她一个人负责这幢四层教学楼的卫生,劳动量很大,也很辛苦。我们来上课前,她已经将教室打扫过一遍了,当然将纸篓也倒了,换上了新的垃圾袋。我一向叫她小薛。我觉得她的工作态度是认真的。但是有一点我就想不明白了,将纸篓再倒一次,对于诸位只不过是举手之劳,几分钟就做完了的事,为什么那么多同学会认为如果做了,就会使她变得懒惰了呢?"

冉说:"想多了呗。有时一往多了想,简简单单的事也变得复杂了。"

汪先生请冉回到座位,接着对我说:"晓东同学,现在,你就当自己是那个要求小薛第二次倒纸篓的同学,而我是小薛同志。你找到了我，你怎么说？"

我说："薛阿姨，纸篓又满了，请您去把我们教室的纸篓倒了。"

汪先生说："可你们上课之前我已经倒过了。"

我说："但现在确实已经满了，地上都是垃圾了，所以还是请您再去倒一次。"

汪先生说："我这刚歇下来一会儿，又满了你们自己不会再倒一次吗？"

我说："但您别忘了，那是您分内的工作，是您应该做的，不是我们应该做的。"

汪先生说："同学，你还别这么跟我咬死理。我分内的工作我不是没做，我早上七点之前就将每个教室的纸篓都倒过一次了，而且将纸篓用水冲刷过了。学校规定，学生不可以在教室内吃东西。你们违反校规，上课前又往纸篓里扔满了东西。如果都像你们那样，我一个人忙得过来吗？你怎么还好意思来找我去倒纸篓？好意思跟我说那种话？"

我被撑得一愣一愣的。

汪先生说："有什么道理，接着说呀。"

我说："无话可说了。"

汪先生说："那你请回吧。"

我刚一落座，汪先生看着大家说："哪位同学如果比李晓东善辩，也可以站起来和我这名清洁工理论理论。"

一阵肃静，没人站起来说什么。

汪先生说："那么，碰了钉子的同学，肯定不会倒纸篓了吧？李晓东，你会吗？"

我摇头。

汪先生说："没在教室里吃过东西，也就是没往纸篓里扔过什么的同学，肯定也不会吧？他们会想，又不是我将纸篓和地上搞成那样的，凭什么是我啊？对不对？"

几名同学点头。

汪先生说:"而经常在教室里吃东西的同学则会想,又不是我一个人将纸篓和地上搞成那样的,他们装看不见,我也装看不见!但是,难道就没有一个人这么想一想吗?——两节课后,别的老师还要给别的班的同学上课,纸篓那儿太不成样子了,举手之劳,让我来倒了吧……"

王文琪忽然站起来说:"老师,您分析的都对,可我是属于根本没想那么多的同学。我承认,我压根儿就没那种意识。"

汪先生说:"想多了的同学也罢,压根儿就没那种意识的也罢,都使一种不好的现象长期存在,那就是——别的老师别的同学,一进入教室,首先看到的就是纸篓那儿的不成样子。如果他们因而指责小薛同志,我认为对小薛同志不公平。如果他们因而对我们班的同学印象不佳而我们竟全体浑然不知,我认为是汉语言文学专业的悲哀。因为,我们的专业,不能教出的是一批眼前垃圾近在咫尺,举手之劳亦不屑做却夸夸其谈'人学'的人。老实说,有多次我想亲自清除,但每一次我都打消了念头,期待某一天会有哪一名同学看不下去的。亲爱的同学们,请原谅我在给你们上最后两节课时,似乎对你们表达了不满。实际上我很喜欢你们这一届同学。我只是就事论事,和大家就一种现象讨论我们与'人学'的关系而已。我的外孙是小学五年级学生,当我与他讨论纸篓该由谁倒的问题时,他十分惊讶。他说他们小学校也有禁止将餐饮食品带入教室的规定,而他们人人能自觉遵守。他们的教室里也有纸篓满了的时候,那时大家会争着去倒。我留给大家的思考题是——为什么我们成了大学生,自认为懂得了许多大道理以后,在面对一些日常小事方面,往往竟表现得不如小学生了,并且此种情况在各大学相当普遍……"

我们听得如坐针毡。

第二堂课汪先生讲的内容是"理与歪理邪说"。

他举了几个例子分析两者关系。

给我留下深刻印象的是这样一个例子——正是公园里鲜花盛开的季节,有一位看去不是奶奶就是姥姥的女人在折花,折断了就给一个小孩子，而那小孩子手中已有将近一捧了。

公园管理人员发现了，阻止道："哎哎哎，不许折了，再折我要罚你款了。您这么大岁数的人了，怎么连点儿起码的公德意识都没有啊？"

女人说："嚷嚷什么嚷嚷什么？！这周围又没别人看着，你较什么真啊，还跟我老太太扯什么公德，装看不见不行啊？"

公园管理人员说："我怎么能装看不见呢？我的工作之一就是禁止你这种行为啊！"

女人说："嚄，你还来劲儿了，这儿又没竖着禁止的牌子，归根到底是你们失职！"

公园管理人员说："可公园门口还有别处的牌子都清清楚楚地写着禁止啊！"

女人说："我没看见！我又没在竖着牌子的地方折！"

汪先生说："公园管理人员的话，体现的是理，或曰社会共识。那女人的话分明是歪理。在生活中，讲歪理的人常常比讲道理的人还理直气壮。这乃因为，讲歪理的人清楚，讲道理的人往往是比自己有修养的人，而修养又往往使人顾及种种身份。故所以言，文明的作用，最终要体现于一个人的言行。如果讲歪理的人多过了讲道理的人，那么对于有修养的人就是悲哀了。'人学'所以为'人学'，也是要使人明白总讲歪理不可取，成为有修养的人才活得更自然。还是这个例子，如果那小孩子哭起来怎么办？那女人肯定更有理了，她或许会反过来大加指责：'你吹胡子瞪眼的逞什么威风啊，就因为我折了几枝花给孩子玩，你至于把这么小的孩子都吓哭了吗？！'如果这时候有一个第三者出现，目睹了那一幕，回到家里写了一篇文章，题目是《公园见闻》之类的，即使公园管理人员并没吹胡子瞪眼的，他也非那么写，因为他特在乎自己那篇文章引起关注的程度。他借题发挥，在文中如此言论：'看，权力会将人异化到何等程度啊！一个人哪怕只不过拥有极小的权力，往往也会以权压人，变得不可理喻。'他这么议论，或者是在恶意地发泄个人的种种不满；

或者其实并没什么恶意，只不过以一篇文章刷存在感而已。这篇文章被读到了，的确引起了关注。某些也心怀种种不满的人，觉得他是自己的代言人。某些不明真相的人，觉得他言之有理。客观地说，他的议论本身没什么失当之处，因为掌握了一定的权力而自身毫无公仆意识者，在现实中不乏其例。但一个问题是，当我们的目光回望事情的原点，于是发现，他完全歪曲了真相。这种罔顾事实，完全歪曲真相的借题发挥，在语言和文学现象中多的时候，几乎比比皆是。在我看来，具有邪说的性质。亲爱的同学们，往后的时代，将越来越是言论纷喧的时代。学过我们这个专业的人，应该成为讲理之人，而不应成为善于讲歪理的人，更不应成为靠了一点儿文字技巧兜售邪说的人。这是我对大家的希望。汪某有幸与诸君结下师生之谊，备觉光荣。快下课了，就此与诸君作别也！……"

下课铃恰在那时响起。

汪先生向大家深鞠一躬，踏下讲台，朝门外走去。

斯时教室里简直可以说一片死寂，大家全都沉浸在他的话中，一个个呆望着他即将走出教室，皆无任何反应。

当他刚要推开门时，王文琪大声说："汪先生请留步！"

汪先生在门口站住，朝大家转过了身。

文琪又大声说："全体起立！"

大家站起后，文琪紧接着说："鼓掌！"

在掌声中，汪先生朝大家微笑着挥挥手，消失在我们面前。

同学们也都走出教学楼时，郝春风小声对冉说："主动去跟姜倩说句话，估计她生你的气了。"

冉奇怪地问："为什么呀？"

春风说："你不是说了句'想多了'吗？她肯定以为你是在当众挖苦她。"

冉说："汪老师问我，我也不过就那么随口一答，怎么会是挖苦她呢。"

我从旁说："别对春风解释了，要解释也得去对姜倩解释嘛。"

于是冉就向姜倩的背影走去。

而我与文琪说话。

文琪说:"以后再听不到汪先生的课了,心里好失落。"

我说:"我也是。"

忽听哪个女生在叫嚷:"少跟我搭讪,本姑娘懒得理你!"

我和文琪与春风扭头望去,见姜倩正与冉对面而站。

我们三个赶紧走了过去。

姜倩看着文琪说:"对汪先生我是尊敬的。我也往起站了,我也鼓掌了。可是对他俩……"

她指指我,指指冉又说:"我瞧不起他俩!当别人都是白痴呀?看不明白你俩一幕一幕演的哪出戏呀?有本事靠分数考研,靠捷径算什么能耐?!瞧不起瞧不起就是瞧不起!明明自己老谋深算,还有脸当众讽刺我!虚伪!……"

姜倩悻悻而去,冉的脸忽红忽白,最后变得刷白如纸,仿佛再也不可能出现血色了。她一动不动呆望姜倩的背影,如同被定身法定住。

我找不出话来劝她别生气,因为我也气得说不出话。

文琪问春风:"她也考研?"

春风说:"和冉一样,铆足了劲要考'对外汉'。"

我终于说出一句话:"那就至于那样啊?"

文琪对我耸耸肩,同情地说:"看来心理不平衡的不止那几位学兄,咱们班也有啊。"

冉突然说:"我先走了。"

她说罢拔腿就走,我在她转身之际,发现她脸有泪痕。

文琪又说:"你也要劝劝她别生气。走好运的人要让着羡慕嫉妒恨的。她是走好运的,你和她关系特殊,所以……"

我生气地说:"我不劝!"

从那一天起,我的心情糟透了。除了文琪、春风和几名关系最好的同学,再见到其他同学,包括个别男同学,只不过打个招呼,不愿多说话了，连笑也笑得不自然了。并且，觉得他们对我的笑似乎也不自然，他们的话都有弦外之音。

我变得多疑了，像《狂人日记》中的那个"我"了。

我变得胸有城府了，话到唇边留三分，单方面拉远了与大多数同学的关系，学会与同学隔心且有了防人之心。

冉也开始变得像我一样了。

那一个暑假，我没敢往家带《文理》。

我回到家里以后，见到的是我妈的冷脸，而不是欢迎的笑脸。

我困惑地问："妈，家里发生什么使你不高兴的事了？"

我妈没好气地说："这话问的，家里就我和你爸，他一向哄着我，就为了使我整天开心，能有什么不高兴的事？"

我说："那就好。"

她反问："你没有什么该向爸妈交代而从没交代的事吗？"

我说："我的校园生活波澜不惊，怎么会有那种事呢。"

我妈问："真没有？"

我说："确实没有。"

"那你乖乖坐那儿，妈去拿证据来。"

我妈说完进卧室去了，而我在餐桌旁坐下。

转眼，她从卧室出来，手拿一份刊物坐我对面，将刊物放我面前，冷眼看着我说："这怎么回事？"

那刊物是我们的《文理》。

我不禁暗暗叫苦，打着哈哈说："那事儿啊，只不过是作秀，为了配徐冉那篇文章作的秀，你别往多了想嘛！"

我觉得"想多了"那句话在那时挺管用。如果谁被对方的质问陷入了被动之境，那话能使自己摆脱窘境。

我妈说："儿子，你是要使妈相信，你和徐冉，你俩那样，还由别人照了相，还登出来了，纯粹是演戏吗？"

我说："你不妨那么理解。"

我妈的表情非但没放松，反而一脸冰霜了，步步紧逼地问："儿子，你也要使妈相信，徐冉那种明确的对于你的《爱的告白》方式，也纯粹是儿戏啰？"

"这……"

我支吾起来了。

"你们大学生，男女生之间，都不把拥抱亲吻当一回事儿了？"

我妈的身子往后一仰，交抱双臂，研究地看着我，如同使出了杀手锏后，乐见她亲儿子没法接招的狼狈，享受一快。

我更加黔驴技穷，边说边站了起来："妈，说你想多了吧，你还就是想多了，拥抱接吻又不是杀人放火，你何必看得太严重呢！"

我妈厉声道："你给我坐下！"

我只得又乖乖坐下了。

"男女生之间，如果不是恋爱关系，在你和徐冉那儿已经特随便了吗？咱们母子二人不说你们大学生了，只说你。如果是这样，妈禁止你如此随便地看待拥抱和接吻，以后也不许徐冉再进咱家的门了！"

她最后那句话的语气特别重。

我一时哑口无言。

正在这当儿，门一开，我爸夹着画筒进门了。

我妈看着我爸说："我们母子正谈到白热化的阶段，接下来这一轮唇枪舌剑该你上场了。"

她嘴上这么说，却没起身离开。

我爸闷声不响地换上拖鞋，放下画筒，坐在我妈旁边后，低头摸左兜，摸右兜。

我妈斜眼看着他问："干什么呢？"

我爸也看着她说："烟斗不知哪儿去了。"

我妈不耐烦地说："不是让你少吸烟吗？这时候找的什么烟斗！"

我爸说："这时候更需要烟斗，否则都不知道话该怎么说。"

他成心不看我。

我妈说:"毛病!你没带走,我去给你拿来!"

我妈起身去找烟斗时,我爸的目光这才看向我,大摇其头,那种爱莫能助的表情,三分同情,七分谴责。

同情分明少于谴责,使我倍觉自己的处境大为不妙。

我妈拿着烟斗又坐下,将烟斗啪地往桌上一拍,又斜眼看着我爸。

我爸拿起烟斗握着,正欲往嘴里放,我妈失去耐心地大声说:"说话!空烟斗你能吞吐出烟吗?会变魔术了吗?"

我爸不高兴地撑她:"你总得允许我过过心瘾吧!"

我妈将身子一扭,背对我爸了。

我爸自欺欺人地吸了一下烟斗,瞪着我说:"事情是这样的——是你表哥给你妈打电话,告诉你妈省报发了一篇与你有关的文章。你妈及时找来省报看了,又设法找来你们的学生刊物。于是呢,你妈和我,我们就都明白了,在你和徐冉之间已经发生了什么事……"

他不说下去了,不眨眼地看着我——那意思是,你对自己的行为做何解释?

我故作镇定地问:"爸,那么,你认为我和徐冉之间发生了什么事?"

我的一只手那时放在桌上,我爸用烟斗使劲儿砸了我的手一下,疼得我龇牙咧嘴,眼泪都快疼出来了。

"你那么问不是装糊涂吗?我们是你爸妈!当年也都是受过高等教育的人,智商一点儿不比你低!你俩之间发生了什么事还用我说吗?你再装糊涂,我就不是敲你的手,而是敲你的头了!"

我爸的表情变得严厉了。

我揉着手说:"究竟算是什么事,观念不同,结论当然也不同。"

我妈忍不住又开口了,冲我嚷嚷:"别给我们扯什么观念不观念的!古今中外,男女之间,拥抱亲吻那就证明关系不一般了!一些亲戚朋友也看了你们那刊物,纷纷打电话来祝贺我们快当公公婆婆了,搞得我们做父母的不尴不尬的你还有理了吗?!"她推了我爸一下,生气地说:"跟他说重点,别尽说那些不咸不淡的!"

我也没好气地说:"既然都到这份儿上了,那咱们双方干脆摊开来说重点好啦!"

我爸放下烟斗,站起来,双手叉腰瞪着我说:"你以为我们怕跟你说重点啊?明确告诉你,你妈她不愿将来做徐冉的婆婆!你妈不愿意,难道我会单方面成了徐冉的公公吗?!"

我仰脸看着他问:"她来咱家时,我觉得你对她印象挺好的呀,怎么忽然态度变了?说说看,你觉得她哪点不好了?"

我爸一挥胳膊:"先别问我!先问你妈!"

我转脸看着我妈,尽量以平静的语调问:"妈,我记得,你以前常说,亲家是农村人家也挺好的,城市农村互相走动着,日子还多了份不同呢!徐冉家是农村的,不正对了你的心思吗?"

我妈双手一拍,冲我爸说:"听到了吧?不打自招了吧?图穷匕首见了吧?这是明摆要逼咱们接受既成事实嘛!预先连毛毛雨都没下过,有他这么当儿子的吗?"

我爸说:"我最生气的就是这一点,太不尊重父母了!"

他一说完气得转身离开了。

我妈拿起烟斗要敲我的头,我一偏头闪开。

我妈用烟斗指着我说:"李晓东,你休想得逞!我说的农村人家,是指在农村有体面的家园,院子里有花有树的!而且,是我亲家的人,他们也得是健健康康的人!还得是年收入颇丰的健健康康的人!那村子也应该是美丽乡村!徐冉家那个村子我去侦察过了!那个村子哪点美又哪点丽?她那个家谈得上体面吗?那不过就是一户小菜农的家院!听明白了,我说的是家院不是家园!她爸身体一点儿都不好你不知道吗?咱家不是富豪之前,往后拖累得起吗?!"

我爸又在椅子上坐下了,仰脸看着屋顶,叹口气后自言自语地说:"还欠着七八万元的债。"

我妈说:"是啊是啊!她父亲常年以来不是这儿病就是那儿病的,往后她家欠债的日子看来那也是常态了……"

我反感地皱眉撑了一句:"那又怎么样呢?我爸买下画室那一年,

咱们家没欠过债吗？妈你刚才的话终于使我明白了，你以前想象之中的农村的亲家，基本上就是新型的地主人家！但你们想找什么样的亲家，与我要找什么样的妻子是风马牛不相及的事！……"

我妈愣了愣，转脸看着我爸说："怎么样？生米做成熟饭了吧？我没猜错吧？"

我说："你们怎么能背着我像特务那样去侦察人家徐冉的家庭情况呢？这么做合适吗？"

我妈不是愣了愣，而是完全愣住了，有话将说没说半张着的嘴合不上了。

我爸拍了下桌子，怒道："放肆透顶！供你上大学，你反倒学会了怎么样用难听的话羞辱父母吗？！第一，你妈是单独行动，我根本没参与，事先也不知道！第二，我们是你父母，你是我们的独生子，你处对象了，而且关系非同一般了，还公开了，我们却一直蒙在鼓里，知道后大为惊讶，你妈她出于对你婚后生活的关心，去了解一下徐冉的家庭情况何罪之有？！……"

我妈紧接着说："李晓东，我何罪之有？！"

我愤怒地说："我没说你有罪！但我可以肯定地说，妈你满脑子嫌贫爱富的臭思想！你俩一个唱白脸，一个唱红脸，说来道去，无非就是一个共同的态度，企图将我和徐冉的关系给彻底剪断！今天我把话明明白白地搁这儿，用我妈刚才的话说那就是休想！休想！休……"

我的话还没说完，脸上已啪地挨了我妈一个大嘴巴子！

那一记耳光将我扇火了，腾地往起一站，瞪了我妈片刻，再看看我爸，转身往门口便走。我走到门口，换了鞋，背起背包时，悻悻地说："今晚我不回家住了，哪天回来预先告诉你们！"

我听到我妈说："李晓东，你有志气就永远别再回来！"

我扭回头，见我妈已站了起来，正以指剑指着我。

我爸一边扯她衣服一边说："哎呀你！给我坐下！他一时不开窍，你一句句地撮他的火起好作用吗？"

我妈使劲儿拨开了他的手,同时说:"你别和稀泥!"

我带着股大的火气闯出了家门……

走到街上,我逐渐放慢了脚步,心想该往哪儿去呢?

除了刘川家,我也没处可去呀。

我在去往"刘记煲仔饭店"的半路碰到了吕玉。

她那一头马尾披背的发式,变成了大波浪卷儿的民国美女的发式,还染成了金黄色。身上穿的,已是那身炫耀过的女式牛仔夹克和短裤了。

她说她刚离开美发店,一家新开的美发店做头发打五折。

"本来不想改发式的,人家把宣传单都发在我手上了,打那么低的折,这便宜不占白不占!好看吗?"

我的心情糟透了,并无与她攀谈的意愿。可她是刘川的心上人呀,虽然我觉得刘川有点儿单相思,不管多么煞费功夫地追求,到头来那也很可能是竹篮打水一场空。但是不看僧面看佛面,我必须表现出一股子绝对该有的亲近劲儿啊!何况,我不是正要去住在刘川家嘛。如果我对她态度冷淡,她告诉了刘川,刘川不是会认为我太不够朋友了吗?

我强作欢颜地说:"岂止好看,简直是妖娆动人!"

她大为开心地笑道:"真的假的呀?!"

我意识到自己奉承过了,确实不太可信了,又往回找补地说:"只不过呢,时髦的牛仔套装与你那种民国女郎的发式,有那么一点点不搭调。"

她说:"不吃麻花,要的就是那种不搭调的劲儿!"话题一转,郑重地说:"感谢你哈。"

我丈二和尚摸不着头脑,困惑地问:"什么事啊?"

她说:"画的事儿呗。刘川带我到你家去过了,你爸特意为我画了一幅画。不是那种应酬画,而是完全可以明码标价的画,还没要我钱。"

我说:"我爸从不画应酬画,即使白送人的画,也一向画得很认真。"

我这么说明,心情更不好了——我爸对吕玉那么真诚,还不是为了给足我的面子吗?可我因为徐冉的事儿,却到家不久就惹他也生了一顿气,细想想太内疚了。说是因为徐冉的事儿不对了,已经不是什么徐冉的事儿了,而是我和徐冉的事儿了!话赶话说到了那儿,就算我再是一个好儿子,在父母面前再会说话,那也没法不使他们生气啊!原则问题上,立场截然不同,我已经被逼到了毫无退路的地步!

吕玉一点儿也没看出我情绪很糟,心不在焉,偏偏哪壶不开提哪壶,瞥着我说:"很幸福吧?祝贺你哈。"

我更摸不着头脑了,奇怪地问:"怎么扯到我身上了?从何谈起呢?"

她笑着说:"你不是找到你的另一半了嘛,别装,这是应该祝贺的。作为朋友,不祝贺是不对的。"

我不由得站住,严肃地问:"你从哪儿知道的?"

她说:"当然是刘川告诉我的。你那另一半叫徐冉对不对?省报副刊一发评论,不认识你的人都感兴趣了。你和你的徐冉,你俩都成人们茶余饭后的话题了,你们那一期刊物都有收藏价值了。刘川想方设法才搞到了两份,一份给了我,一份他说他自己要好好保存。"

刘川听我说想在他家住些日子,喜出望外,连说:"欢迎,欢迎!"

他告诉我他父亲和他小姑到外省旅游去了,其实是干脆离开一段时间,由他全权掌管业务,进一步提升他独当一面的能力。而他已经"上道了",开始应付自如了。

"大厨还是原先那位大厨,知根知底,老雇主关系了。我叫他叔,你住下来也得随我那么叫他,否则他会挑你的礼,挑你的礼还不就等于挑我的礼?只要有他在,后厨的事一点儿都不必我操心,我每天早上为他把食材买好就行。我爸招那名服务员也干熟了,我又招了一名,她俩都是乡下姑娘,对工资也算满意,干得都挺勤快。忙时,我帮帮她俩,也就是中午下午那两阵。晚上八点以后,店里清静下来了,我和她俩就都没什么事了,你住下来后,正好解了我的闷心,咱俩可以彻夜长聊了。"

刘川边说边搂我上楼。

他家那四间住屋,大小差不多。楼上三间,每间一个人住都挺宽裕,摆两张床住两个人也不算挤。楼下只一间,由两名服务员姑娘住。刘川说,她俩一个叫小娜,一个叫小芹。小娜是刘川他爸亲自从乡下老家招的,与他们刘家沾着五服以内的亲,也与刘川同岁,长得还挺中看,性格也挺开朗。小芹二十五六,各方面看去都很成熟了,长相也不难看。楼上的三间屋,刘川和他爸他小姑各住一间。刘川那间屋是单人床,他放下我的背包坐在床边说:"这是我家老床,我从小睡的就是这张床,对它有感情了。"

我说:"那你还是睡床,我睡地上。"

我说着走到了窗前。虽然仅仅是二楼的窗,街面的情形差不多也尽收眼底。那时三点多钟,小巷静悄悄的,唯有一位老婆婆坐在自家门前挑菜,还有一只泰迪狗,脖子下扎着红色布结,像扎着领结似的,闲庭信步地走过。

我的坏情绪好了一点点。转过身时,见刘川在往地板上铺凉席,并说:"不能让你睡地上,还是我睡地上吧。"

他屋里有一张八仙桌、两把太师椅,看去年头相当长了,却并没怎么脱漆,保存得颇好,依然油光锃亮。

我在一张椅上坐下,坚持道:"我睡地上。"

刘川说:"别争,晚上再说。"说着,在另一张椅上坐下,轻拍着扶手说:"这一桌两椅,是我家传家宝。我爷爷死前,明确对我爸讲,算他留给我的遗产。起先在我爸那屋,我怕他哪天自作主张给卖了,趁他不在家的时候,让小娜小芹帮我搬过来了。隔几天我就用茶籽油擦一遍,用别的油效果不好,茶籽油效果最佳,当天就吸进去了。吕玉总打这套桌椅的主意，经常念经似的说想买，我就是不松口。万一我碍于情面，很便宜地卖给她了，她最终又没成为我老婆，我反而失去了传家宝，那还不后悔得肠子都青了呀？你估计能值多少钱？"

我说："这我可是外行，你还真得找位专家给鉴定鉴定。既然当成传家宝，对其价值就要心中有数。"

忽然楼下传来一个女子的尖叫："别烦我！"

接着是两个女子咯咯嘎嘎的笑。

刘川听着也无声地笑了，问："你觉得小娜和小芹哪个更可爱？"

我也忍不住笑了，奚落地说："你这话问得就怪，我还没见过她俩呀！"

半个多小时后我见到了那俩姑娘——小娜细皮嫩肉的，白而偏于瘦小。小芹窈窕丰满，虽然肤色略黄，整个人却极为性感。

她俩对生人倒不见外，很快就敢与我说说笑笑了。

陆续有客人上门了。

刘川只管坐柜台那儿收钱。我闲着没事儿，自觉充当店小二，在厨房窗口那儿接一道手，将托盘递给小娜或小芹，再由她俩端着送到各桌去。

刘川看着我说："你站那儿就纯属多余，还莫如回楼上去待着。"

不待我开口，小娜笑道："不多余啊，起码我俩可以省省腿脚。"

刘川说："那才少走几步？"

小芹说："不许再让他上楼去，少走几步是几步。"

我看得出来，她俩是对一名大学生感到好奇，希望有机会发生亲密接触。很可能我是她俩近距离见到的第一名大学生，为了满足她俩的好奇心，我主动找话和她俩说。

我问："川儿对你俩好不好啊？"

小芹抢着说："敢不好！那我俩就半夜把他结果了，细细地剁了包到小笼包子里！"

小娜接着说:"骨头也不浪费,炖几大锅高汤,免费随便喝!"

刘川对我说:"听到了吧?我的处境危机四伏啊,你看到的良好关系是假象。幸亏你来陪我住了,从此可以高枕无忧也。"

顾客中有人大声抗议:"你们两个死妞子胡说什么呢!还让不让我吃这屉刚上来的小笼包了?"

同桌人连声附和:

"就是!"

"两个妮子今天怎么话这么多啊?"

"再说让人倒胃的话,找胶带来把她俩的嘴封上。"

小娜又说:"都放心哈,人肉馅的想吃也没有,中午都卖完了。"

小芹说:"可以预订,送上门去。"

刘川拍了一下桌子,佯怒道:"还说!成心砸我的牌子啊!"

于是店里一阵笑声,其乐融融。

顾客都是家住附近的熟人,也都是回头客。有的在这几条小巷子里摆摊做点儿小买卖,吃过了晚饭,接着还可以摆夜摊儿。并且,可以喝两盅,比在家里吃得更顺口,也比与儿女同桌吃饭更自便。

八点以后,刘川让小娜小芹先冲澡,让我帮着将地扫干净,拖一遍,将桌子用消毒液擦过后,摆上了麻将、扑克、象棋。

从那时起到十点钟,饭店基本上免费对外开放,并且免费供应茶水。门口的高脚凳上放一纸箱,光顾之人走时,爱往纸箱里放钱就放,不放就不放,随便。

洗过澡的小娜和小芹,想陪客人玩就陪,不想陪爱回房间回房间,爱去哪儿也行,但十点之前必须回来。

刘川说他对两个姑娘在这个问题上要求特严,绝不许她俩在外过夜。

他说:"作为老板,我那么要求也是爱护她俩,对不?"

我说:"对。"

他说两个姑娘都愿陪客人玩儿。因为纸箱里的钱不全归他,而是与两个姑娘平分。

"每天晚上起码有五六十，麻将扑克，她俩玩得都挺好，再加上嘴也甜，很能吸引住人，一晚上各分十几元，一个月不就多了三四百元的收入吗？"

他说完看着我，期待我予以评论。

我庄重地说："作为老板，你很善于笼络人心。"

他不高兴了，沉下脸问："你那是什么鸟话？"

我一愣，反问："那我该怎么说？"

他说："是情怀！是一位老板对员工的情怀体现，应该照事实说的话还用我教你吗？别忘了你是位大主编！"

我不禁笑了，赶紧说："对对，是情怀，首先是情怀。"

他不依不饶地说："没什么首先不首先的，百分百是情怀！"

小娜小芹冲罢澡互相吹头发时，我俩轮流冲澡。

我冲罢澡，已有人先到，小娜小芹各自陪一桌客人打扑克打麻将。

我上楼去，进了房间，见刘川仰躺于席，高架二郎腿，忽嗒忽嗒地扇着大蒲扇。

我说："那我只好躺床上了啊。"

他说："想开空调自己关窗，不想的话枕头底下有扇子。"

我说："免了吧，自然风挺好。"从枕下摸出折扇，也仰躺下扇了起来。

他说："每天就这时候，觉得生活中毕竟有点儿小幸福。"

我说："别装可怜，我都羡慕你了，早早地就有了属于自己的店，当上了小老板，还不必交租金。忙是忙点儿，但我看你忙得挺开心，都想和你换换人生了。"

他说："比起'星爷'和'肥仔'来，我对自己现在的人生是挺知足的。"

我问："他俩又'走穴'去了？"

他说："现在不叫'走穴'了，叫商演了。他俩有他俩的苦恼，毕竟不是真的'星爷'和'肥仔'，唯恐哪天人们对他俩那种冒牌的表演不感兴趣了，没了收入。干别的吧，万事开头难，他俩散漫惯了，都不知道再干什么好。"

我只有叹气，以表同情。

刘川忽然没头没脑地问："晓东，你觉得我是好人吗？"

我说："那当然啦！连我爸妈也觉得你是好青年，对人诚恳，对朋友实心实意的。"

他说："有时候我也认为自己是好人，可另外一些时候，我又觉得自己很邪性，很坏，是无耻之徒，坏得每天晚上临睡前，真想扇自己几个大嘴巴子。"

"这我就不明白了。"

我不由得坐了起来，俯视他。他并没侧脸看我，望着屋顶自说自话："我们父子俩，加上我小姑，都要靠这个店来养，还要给厨师和小娜开工资，按说从收入和支出两方面来讲，是一种恰好的状态……"

刘川不说下去了。

我忍不住问："那你为什么还要招进一个小芹呢？"

他这才接着说："小芹吧，我小时候就认识她，叫她姐，住前一条巷子里。她出去打工多年了，有个弟，前年考上了南京大学。她父亲去世早，她母亲有点儿退休金，她用打工挣的钱供她弟上学，我觉得当姐当到这份儿上，很无私，所以我敬她几分。去年她母亲去世了，她回来发送了母亲，想将房子租出去，在本市找份工作，不再外出打工了。她把房子租出去，肯定也是为了继续供她弟上大学嘛，对不？"

我说："对，这我清楚，现在供一个大学生比以前费钱了。"

他说："可是对于她不再外出打工了，一个时期内传言挺多，传来传去，都牵扯到男女关系。说她这方面不检点，在外地结下了情敌，怕再外出遭报复，觉得还是留在当地安全。我爸也听到过那些传言，起初坚决反对我招聘她……"

"你怎么说服了你爸的呢？"

"我说她究竟怎么样，可以先用一段，观察观察再做结论。虽然多支出了一个人的工资,爸你还可以少干或者干脆什么都不做了呢!辛苦一辈子了,也该歇歇,安享晚年。现在,我爸认为小芹挺不错的了,开始喜欢她了。街面上那些传言,也自生自灭了。我们这儿为她提供了住处,她家房子也顺利租出去了……"

我下了床,坐在他身边,低头看着他说:"川儿你做得很仁义嘛,怎么刚才那么贬损自己的人格呢?"

他说:"我讲的只是事情能摆到台面上的那部分。摆不到台面上那部分是——先前,不知从哪天开始,我忽然对小娜起了坏心思。那种坏心思一起,简直没法儿压下去。小娜人家叫我表舅,兔子还不吃窝边草呢,我不是比兔子还不如吗?我生怕哪一天自己做出丢人现眼的事,所以想,干脆再招一个姑娘进来吧,俩姑娘住一屋,形影不离的,我不是就没了侵犯小娜的机会了吗?……"

我扑哧笑出了声。

刘川嗔怒道:"咱俩是哥们儿,我跟你说掏心窝子的话,你取笑我?"

我更笑得忍不住了,起身坐到太师椅上。我和刘川一样,当时只着短裤。我想,我以那种"座山雕"式的"三爷"的坐姿俯视,样子肯定使他觉得十分搞怪。

他竟真生气了,一侧身,不看我了,也不扇蒲扇了。

我以一种过来人开导小青年的口吻说:"刘川同志,发生在你身上的情况,往往也发生在别的青年身上嘛!荷尔蒙旺盛的时期,哪个小伙子不思春呢?常事儿,没什么可自我鄙薄的。你对我这个朋友彻底敞开胸怀,严厉地进行自我剖析和批评,这是知耻近乎勇的表现嘛,恰恰证明了你品质的高洁啊!我不是在取笑你,我是高兴地笑,因为有你这样具有自省能力的朋友而高兴!"

他一下子坐了起来,瞪着我恨恨地说:"你表扬得太早了,我还没说完!"

分明,他并不是在恨我,而是在恨他自己。

"还有下文?够曲折的,继续讲来,本爷洗耳恭听。"

我不免讶异了。

他说:"可自从小芹住到了店里,我的坏心思又从小娜身上转到她身上了!"

"可……可你不是希望吕玉将来成为你那口子吗?!"

我由讶异而惊愕了。

他说:"是啊是啊,可吕玉总是对我忽冷忽热的,我也没把握能把她追到手啊!我现在的情形吧,好像一只猴子,看着远处的桃子直流口水,可是那棵桃树却离我太远了,所以想先尝一口身边的桃子,解解馋再说。即使目的达到了,最终的目的还是要把远处那颗桃子弄到手……"

我不知说什么好了。

他问:"这是不是太无耻了?"

我吭吭哧哧地说:"反正吧,那个……以一只猴子而论,倒也谈不上耻不耻的。猴子嘛,咱们不应该以人应该怎样来要求它们。但是呢,论到人,尤其是咱们自己,你的心思确实不太好。从对自己负责的角度考虑,也不太妙……"

他说:"咱们男人怎么都这么混蛋啊?"

我赶紧说:"且慢哥们儿,先别把我捎上。我可没那种心思,起码你面临的情况,目前还没发生在我身上。"

他问:"你认为,我刘川还有救吗?"

我想了想,以神医般的语气说:"有救肯定是有救的……嗯,我有法子了,放心,包我身上了,灵不灵,明天就能见分晓!"

"那,哥们儿拜托了!"

他朝我抱了抱拳,又仰躺下去了。

我舒一口气,有意改善一下气氛,低声说:"现在,该听我讲讲,我为什么要住到你这儿了吧?"

他断然地说:"不听。"

我也不高兴了,质问:"有你这样的吗?轮到我也倾吐一下自己的苦恼,你就这种态度了?"

"你不必倾吐,我也料到是怎么回事了。你爸妈反对你和那个徐冉的关系,经过一场争论,你败下阵来,赌气离开了家,想想也没哪儿可去躲几天,于是跑我这儿来了。之后,肯定是旷日持久的冷战。我还不了解你?你是那种认准了一条道走到黑的人。放心,想在我这儿住几天就住几天,我绝不会慢待你。"

他说完,又开始扇那柄大蒲扇,还架起了二郎腿。

我呆看他片刻,问出一句话是:"那你能不能给我支两招高招呢?"

他说:"没招可支。我要是你爸妈,也坚决反对。"

我又问:"为什么?"

他说:"自己想去!除非那个徐冉花容月貌,另当别论。从你俩亲吻的照片,别人没法看到她的全乎脸,她颜值很高吗?"

我说:"也就一般偏上。"

他说:"还是的!那你就叫任性,我更站在你爸妈一边啦!"

我又愣住了。一愣良久。

楼下忽然传上来女子的大叫:"和啦!和啦!连赢三局了吧?服不服?服不服……"

我听不出是小娜还是小芹的声音。

接着是一阵中老年男人们的叹息和互相埋怨……

那天夜里我失眠了,将一把太师椅搬到窗前,推开纱窗,坐下去双臂重叠于窗台,久久地望着窗下的巷街。街太窄了,若借助一根长竹竿,对面的两户人家,完全可以互相递取东西。斯时所有人家的窗子都黑了,然而巷子并不黑。那夜月光很好,望舒高悬,银辉映巷。加上街的两端有路灯,各家门面的上方,大抵亮着各式各样的红灯笼。"中国红"在这几条巷子里,并非仅仅是逢年过节的现象,而是一年四季的常态。如银的月辉与灯笼的红晕交相映照,使眼下的巷街呈现一片神秘又温馨的光调。有些人家的摊位并没收进去,只不过罩上了塑料布,以防下雨淋湿了。

据刘川说,这几条巷子已多年没发生过偷窃之事了。都是做小本生意的人家,谁家都不怕偷,而且也没什么可偷的。

我忽然想到了一个问题——刘川将来的生活会是怎样的？我将来的生活又会是怎样的？我俩将来还会是朋友吗？

徐冉不知怎么出现在我面前了。

她矜持地问我："执否？"

我莫名其妙地反问："你什么意思啊？"

她仍问："执否？"

我说："我也不明白你的话啊。"

她一味地反复问："执否？执否？"

我急醒了，却是一梦。

一大清早，刘川挑起担子，前后两个竹筐，叫我陪他去买食材。巷街太窄，三轮平板车反而是多余的，家家户户买什么东西，仍习惯于担着担子或挎着篮子前去，就像农村人赶集那样。

他挑着担子往回走时，我让他跟我去一家音像店。

他问："去那儿干什么？"

我说："去给你抓药。"

他说："我看有病的是你。"

我说："别再多问，跟我去就是。"

我在一家音像店买了一盘电影《苔丝》的光碟。

刘川的房间也有一台电视，还有放碟机。独自看影碟是他的一大爱好，他存了两纸箱几十盘光碟。

"这是垃圾，这也是垃圾！哎你当宝贝似的存着这些垃圾影碟干什么？这更是垃圾了，扔，都扔掉！《海上钢琴师》值得保留，《钢琴家》也值得保留……"

和刘川一块儿看《苔丝》之前，我替他清理掉了不少垃圾影碟。

看到一半，他不看了，仰躺到席上去了，将大蒲扇冲着胸扇个不停，仿佛胸中憋股好大的火。

我问："怎么不看了？"

他反问："你当我是傻瓜啊？"

我说："我没当你是傻瓜，但昨天晚上我不是答应了要治你的病吗？《苔丝》是药方啊，你没看完就等于只服了半服药，不见效那就怪不得我了啊！"

他猛地坐起，瞪着我说："李晓东你还少跟我来这一套！你不就是想通过这盘碟影射我是亚雷克吗？我有那么坏吗？！"

我笑着说："你当然没有那么坏，我也不是在影射你就是他。我只不过是想暗示你，不，是使咱俩都受到一番教育……"

他打断了我的话："得得得，免了免了！如果我有那么大庄园，家财万贯，我他妈也会成为一位可敬的好人，专做乐善好施的事，比现而今中国的有钱人都好一百倍，首先会使小娜和小芹将来过上幸福的生活！……"

我耐心地说："你虽然不是大庄园主，可你是她俩的老板，从人物关系上讲，好比亚雷克和苔丝姑娘……"

门忽然开了，小娜探进头来。

刘川吼道："死丫头！敲门了吗你？！"

小娜吐下舌头，笑盈盈地说："小芹姐和我去看晚场的电影。"

刘川皱起眉说："你这是告知呢，还是请示呢？如果是告知，那我不允许。"

小娜的笑容立刻消失，急忙表白地说："是请示，当然是请示。表舅，给我个面子呗。"

刘川这才改变了语气："去吧。看完就很晚了，直接回来，别再瞎逛，使我惦着！"

小娜说："表舅放心！"说完缩回头，将门关上了。

刘川又问我："那个苔丝，到最后怎么样了？"

我说："亚雷克根本不打算娶她，不但使她怀了孕，还要长期霸占她，结果被她和她丈夫杀了，她和她丈夫也就上了断头台。"

他垂下目光，沉吟片刻，幽幽地说："那什么，那还是看完吧。"
……

一晃我在刘川家住了五六天，日子倒也过得快快乐乐的。仿佛在本市并没家，是一个外地的打工者，而刘川这位老板对我挺好，我也乐于以店为家。经常的，会想家。但由于一个儿子的面子问题，赌气偏不回去。

刘川曾劝我回去与父母和解。

我说："矛盾还在，怎么和解？"

他说："是啊，可怜天下父母心。"

我说："我这个儿子就不可怜吗？"

他说："我不同情你，你自找的。"

徐冉忽然与我通了一次手机，希望我去她家见她一次。

我听她的语气怪忧郁的，不安地问："什么事？"

她说："一言难尽，见面再告诉你吧。"

我情知她家肯定遇到了困难，急她所急，跟刘川打了声招呼，骑上他的自行车就去了。

徐冉的父母没在家。

她一见到我，搂抱住我就流泪。

倒也不是多么不幸的事，只不过是——她家一位亲戚的儿子要结婚了，她家欠对方钱；人家多次上门要，她家却一直没钱还……

我问多少钱。

她说一万两千元。

我悬着的一颗心这才稳定了。

她解释："按说四处借借，也是能借到的。可肯借给我们钱的人家，我家刚还清前债不久。我爸不是身体不好嘛，都是治病欠下的，我爸妈不好意思再向他们开口借了。我整天看着爸妈发愁，心里难受……"

我猜，她爸妈一定是知道我会来，躲出去了，安慰她："也不是多大一笔钱，包我身上了。"

她说："我家肯定会尽快还你。秋菜下来时，我家地里的菜就能卖六七千元。镇上几家饭店，总共也欠我家四五千元的菜钱。"

我说:"咱俩什么关系啊?别说那些我不爱听的话。"

我没在她家待多久。我俩甚至也没怎么亲热。我因为心里多了一桩大包大揽的责任,喝了杯水就走了。一见到刘川,开口便说:"川儿,你得帮我过一道坎儿。"

他吃惊地问:"摊上什么不好的事了?"

我说:"你得借我一笔钱,这个忙你无论如何要帮我,求你了!"

"多多多……多少啊?"

他结巴了。

我说:"一万二。"

"吓我一跳!多了我可拿不出,家里的钱由我爸管着。可我有小金库,一万二没问题。"

我说:"年底还你。"

他说:"什么时候还随你。"

我搂抱了他一下,心里不禁这么想——有朋友真好!可我俩究竟谁该羡慕谁呢?我自从上了大学以后,每年至少要花家里几千元,可刘川已经有小金库了,一下子借给我一万二仿佛小事一桩!

我向他如实讲了借钱的原因。

他说:"我怎么说来着?这可是刚开始啊!理解我为什么站在你妈一边了吧?哥们儿也是为你好。你和徐冉的关系,劝你还是重新掂量掂量吧!"

我一时不知说什么好。

我俩午睡时,小芹的敲门声将我俩敲醒,她上楼来告诉我,我爸找来了,就坐在楼下。

我先是一惊,继而暗自庆幸——还好,找上门来的是爸,不是妈。我妈容易冲动,而我爸比较冷静。

我匆匆穿外衣,刘川坐起来问:"要不要陪你下去啊?"

我说:"你陪我下去干什么?我爸又不是仇人。"

他又问:"肯定?"

我说:"你睡你的。"

他说:"那你代我问好。"

我爸一手习惯地攥着烟斗,如钟而坐,面无表情地看着我走过去。

我在他对面坐下,若无其事地说:"刘川问你好。"

他这才说:"跟我走,咱俩找地方谈谈。"

我说:"在这儿谈不行?"

我的语气像是一名谈判代表。

斯时小巷安静,店外无人过往。

我爸说:"我不习惯。"

我说:"我觉得在这儿谈挺好。"

我爸说:"如果你还当我是你父亲,那就跟着我。"说完,起身往外便走。

我发愣片刻,正不知如何是好,但见刘川也下楼了。

他说:"发什么愣呀,我全听到了,去,去!你爸都把那话搁下了,你还想怎么着?"

他边说边往外推我。

出了那条老巷,迎面是一条近年拓宽的马路,车流不息,无人行横道,有跨街天桥,但见我爸的背影已匆匆走在天桥上了,仿佛只不过是一个要去办什么急事的赶路人,刚才并没与自己的儿子互撑过——不知他心里怎么想的。

马路对面是公园,内有假山、凉亭。我下天桥时,我爸的背影已进了公园。

我忽然联想到了朱自清的《背影》,内心所产生的思绪,与当年听中学老师声情并茂地读课文时截然相反。当年我内心里有过一点点感动,一点点而已;那时我只觉可笑,像一个盯梢之人明明知道自己盯错了人,却继续跟踪下去,仿佛那种低级错误会有某种料想不到的好结果似的。

我爸在凉亭中坐下了。

我走过去坐在他对面,故作轻松地说:"爸,谢谢你给了我一个大面子,吕玉很喜欢那幅画,刘川也让我代他谢谢你。"

我爸冷着脸说:"也谢谢你给了我个大面子,使我明白,我还有资格再做你父亲。"

我一时羞愧难当,朝别处转过脸去。

我爸问:"我那幅画,对刘川和吕玉的关系,能起到一点儿促进作用吗?"

我说:"估计也能吧。"

我爸说:"但愿如此。但我认为,刘川和吕玉,各方面都不适合,他俩的成功率,也就十之一二。即使一时成了,那也长不了。"

我说:"我和徐冉的关系,与他俩的关系不同。我俩……"

我爸竖起一只手打断我的话,严肃地说:"停。现在不和你谈那事儿。人家刘川家,有爸,有小姑,还有服务员住在那儿,你也挤住在他家,朋友不言不便,你住得心安理得吗?"

我说:"他爸和他小姑旅游去了,我住在他的房间里,他高兴我能陪他住几日。"

"他爸和他小姑一去不返了吗?省内旅游才多长时间?"

我被问得哑口无言,我爸的话使我相信,他找我之前是掌握了某些"情报"的。

"你刚才说陪他住几日,到今天为止几日了?"

"六七天了吧。"

"错。九天了。再住下去就不是几日,而是十几日了。"

我无言以对。

"你妈被你气病了。"

我低下了头。

"我把你大姨请到咱家住来了,明天你表哥也会从省城赶来,晚上大家总要一块儿吃顿饭吧?你出现不出现,自己掂量吧。如果你能再给我一个面子,吃完饭可以跟我去画室睡……"

我爸说完,起身离开了凉亭。就像他起身离开刘川家那饭店一样，缓缓而起，蓦然而转，大步而去。

他起身后看着我的目光十分冷峻，如同两束电子冷激光。

他此前从没那么看过我。即使在他生气时，目光也是不失温度的。老实讲，我长那么大，其实从没惹他真的生气过。

我望着他走下假山的直挺的背影，又一次联想到了朱自清的《背影》。与朱自清的父亲相比，我爸那颀长的背影很具有观赏性，不论谁是他的儿子都会感到自豪。

然而我内心当时却充满忧伤。我也联想到了屠格涅夫的《父与子》——巴扎罗夫不认为自己对父母应有任何感恩之心，他认为自己和父母的关系只不过是偶然的生命现象而已。我不是他那种彻底的理性主义者——我是百分之八十以上的"感性成分"的人，一个那样的儿子。故我如果真的使父母伤心了，我会十分自责。惹他们生气了倒不要紧，哪个儿子没惹父母生气过呢？关键是别使他们伤心。使父母伤心了则我自己不可能不产生内疚。我怀着一种类似罪过感的心情望着我父亲的背影。我看出了他是特别伤心的，尽管他掩饰得相当成功，丝毫未失一位父亲的尊严。是的，我看出来了。我想我的母亲病了肯定也是由于伤心，而不仅仅是由于生气。

这是不同的。

我如此想着的时候，他们对于我是父亲是母亲，而不复是"我爸""我妈"了。

这似乎又有些不同。

我很奇怪于我对自己的敏感，却又不明白为什么会那样。

我父亲的背影在下山的台阶上趔趄了一下。

我猛地往起一站，情不自禁地喊："爸，小心点儿！"

刘川还坐在店里。

我说："川儿，那什么，你爸你小姑也快回来了，我……我想我应该……"

刘川说："别往我爸我小姑身上扯，你的包我都替你拎下来了……"

我无奈地一笑。

那晚我们一家三口和我大姨、表哥的聚餐其乐融融，起码给我表哥的印象是那样。

我大姨肯定已经知道我妈为什么病了。

我妈对她的姐和她的外甥强作欢颜，却尽量不看我。偶尔飞快地看我一眼，目光里也充满了深怨。

我爸几次踩我的脚。

他每踩我一次，我便主动跟我妈说一次话，说时必先叫"妈"，尽量叫得甜味十分，像一个特别会使妈开心的大儿子。

我表哥被蒙在鼓里，哪壶不开偏提哪壶。

他举杯向我祝贺——说他也找到了最新的一期《文理》，不但祝贺我这位主编当得卓有成就，还祝贺我有了自己的另一半。

"《爱的告白》是一封出色的情书，那幅照片配得尤其好。大学生之间的爱情，就应该浪漫情调浓浓的！……"

表哥这么表扬我时，我使劲踩他的脚；而我妈垂下目光谁也不看，像是就要进入了禅定状态。

我大姨则对我表哥说："聊点儿别的行不？别总聊我们三位长辈插不上嘴的话题！"

我爸也说："是啊是啊，聊点儿有议论价值的话题嘛。"

多亏我大姨及时打断和我爸的圆场，才没勾起我妈的火儿。否则，她一旦失控又冲我发作，还真可能使那次亲人之间的聚餐不欢而散。我表哥是极善于察言观色的人，虽然几轮酒下肚话不免多，却也意识到了不和谐因素的存在，于是不停地引起新的话题调节气氛。

我们离开饭店后，我爸妈和我大姨走在前边，我表哥有意陪我走在后边。

他小声问："什么情况？"

我装糊涂地反问："你指哪方面的事儿？"

他站住，瞪着我说："跟我还来这套？快如实相告，也许我能为你支招。"

我只得说："徐冉是农家女，我妈坚决反对我俩进行下去，我爸态度暧昧。"

我表哥愣了愣，竟也爱莫能助地说："你们大学女生不少嘛，干吗非找个农家女？你以为当农民的女婿很来劲儿吗？那很可能使你一辈子受拖累！"

他的话也使我愣住了。

他拍拍我肩又说："听我的，运用点儿智慧，好合好散地把关系了断了。知道咱们两家的日子为什么都过得比较省心吗？"

我问："为什么？"

他对着我耳朵小声说："因为都没有了农村的亲戚。入土的入土了，进城的进城了。"

我推开他又问："你说的是清醒话还是醉话？"

他说："即使是醉话，那你也要当清醒话来听。除非家财万贯，否则你凭什么敢找农家女为妻？"

我原指望他会挺我，没想到他也成了一个反对派，一生气不再理他，独自往前走了。

我随我爸去到了他的画室。

我爸也不看我，沉着脸说："你先睡吧，我要再画一会儿。"

他一说完就走向他的画案了。

他那样，我也不想非跟他说什么了，何况也不知说什么好。

我躺在床上时，我妈发来了一条短信："我当妈的主动退一步，你和徐冉的关系，最终要由她能否考上研究生来定。"

我回的短信是："我当儿子的向你保证，在她考研之前我俩维持现状。"

我妈又发来一条短信："我因为着急上火牙疼了，明天陪我去看牙。"

她这分明是希望结束冷战的表示，我不能不识时务。

我回的短信是："遵命。谢谢妈的高姿态。"

当天夜里，我又梦见了徐冉。真奇怪，她穿的还是我第一次梦到她时那身衣服，反复说的也是同样的话："李晓东，执否？执否？执否？……"

我也又被她问醒了。

第二天我陪我妈看完牙，与她一块儿回到了家里。

我又可以迈入家门，睡在自己睡惯的床上了。

我们一家三口又可以在同一张饭桌上吃饭了。

然而相互间的关系终究不如以往，好像三个住合租房的人，关系客气又生分。

第九章

　　一名大学学子与同学之间的友情深浅或真假，到毕业那天就见分晓了。

　　我们七名男生竟没有一个考研的。王文琪毕业后要到北京去发展；有两个决定结伴去闯深圳；另外三名同学毕业前已经在省城找好了工作——他们三个对我和文琪都很感激，因为找工作时，曾是《文理》的编委使他们被刮目相看。

　　中文学到大学本科毕业以后，如果不打算再朝当教授当学者的方向努力，其实学历便已经没了什么实际的意义。要么能创，要么能评，究竟有没有两把刷子，得靠作品和文章来证明——这是我们毕业前的共识，我们的兴趣都在创与评两方面，谁都没有当教授当学者的志向，也就都没有继续在大学里过上几年学子生活的长性了。

　　然而女生们是那么的不同——除了几名由于这样那样的家庭原因而不得不就业的，十之八九都铁了心地继续考研，包括郝春风在内。而且，有的还发誓不达目的决不罢休，一次考不上，来年再考，直到考上为止。

　　她们似乎个个都是天生就喜欢大学校园生活的"动物"，当教授是她们孜孜不倦的追求。不论报考哪一专业，说到底都与兴趣无关，而只不过是出于对教授人生的抉择。当然啰，那就得继续考博。想想吧，于是得继续再当六年学生啊！我们"七条汉子"一想到这一点头都会大，可她们竟都自信满满，矢志不渝。如果考不上博士，当不成教授，当初中或高中老师她们也会挺高兴。若能执教于重点中学，工资与大学副教授相差无几。只要每年有两次假期，教初中还是教高中对她们都无所谓。

比起我们，她们考虑问题要现实得多。我们"七条汉子"已不同程度地中了"文学之毒"，都想日后践行"为文学"的人生，而且似乎都将无怨无悔。这似乎是很理想主义的。但某些女生其实也是理想主义者，只不过她们的理想与我们的理想甚为不同——她们是"为人生"的理想主义，"为人生"在她们那儿又几乎完全等于是为一种自己"中意"的生活；那么，专业兴趣也无关紧要了。只要能引导自己走在通往一种好生活的路上，她们根本不在乎所上的是什么专业。进言之，她们选择考什么专业，首先考虑的是什么专业热门；或恰恰相反，很冷门，报考的人少容易考。

冉和她们多少有些不同。冉要报考的仍是"对外汉语教学"，简称"对外汉"。"字形学"与这一专业有关，但并不考。她曾认认真真地补这方面的知识，完全是缘于一种自学的动力。她是专执一念非考上"对外汉"的研究生不可的。在她那儿，"中意"的生活是与从事自己喜欢的职业联在一起密不可分的。所以，可以认为她是有专业兴趣的，也可以认为她对自己的人生比一般理想主义者更理想主义。

在考研这件事上我与她深谈过一次，对她的想法有所了解，因而才会觉得她与别的女生考虑得不同；而我不禁心存敬意——我不喜欢将人生设计得毫无兴趣在内的女生；也包括男生，尤其是女生。

冉说她不会接受"保研"的。

我不解地问为什么。依我想来，那她的作品两次被《读者》选载这一事实，以及我因此所付出的代价，岂非多此一举了吗？

她却说："在我这儿，那些事和考研无关。当时似乎还有点儿关系，现在半点儿关系都没有了，我要完全凭分数成为'对外汉'的研究生。"

我当时无法理解她的态度，却并没跟她争论，以为她那就是一时志强气傲的话。

开完毕业典礼时我才明白她为什么说那种话。

之后各班照毕业照。

分别在即，我们"七条汉子"都动了真情，依依不舍。穿戴着学士的袍帽一块儿照过，三三两两的也搂肩搭背地照过了，脱袍摘帽之后仍照起来没完，使王文琪照得大过其瘾，不亦乐乎。

女生们也走过来要求和我们男生照。令我奇怪的是——与文琪他们几名男生合影的女生多，与我合影的女生寥寥无几，还包括郝春风等几位编委。

我正纳闷，文琪走过来对我说："看那儿。"

我扭头看去，见冉孤零零地被干在一个地方，正望着别的女生们一帮一伙地在合影。

她刚欲转身离开，文琪叫了她一声，接着将另外几名男生叫到了身边。

他小声说："咱们都过去和徐冉合影，这是任务。"

我们几个走到徐冉身旁时，郝春风和几名女生也走到了她身旁。

冉一时泪汪汪的了，却也强作欢颜，服从命令听指挥，合影了几次就借故走掉了。

我问春风："怎么会这样？那些女生为什么偏在这种时候孤立她？"

春风看一眼文琪，犹犹豫豫不愿说。

文琪催促她："快说呀！"

春风这才说："大家不都决心考研嘛，平时那种失衡的心理，终于等到了今天，可以变相地释放一下啊。"

文琪说："明白了，还是为考研的事儿。唉，你们女生呀。"

春风不高兴地说："别把我扯进去。我是她朋友，怎么会那样！"

我还是不解，生气地说："她不是早就当众声明过，不占保研名额，要凭分数考吗？"

文琪说："她接受了保研，肯定会有人暗存妒心。她不接受保研，如果居然还考上了，那也会使没考上的女生的自尊心大受挫伤，认为她是成心气别人。"

我说:"那就怎么做都不对啦?"

文琪拍着我肩说:"有时生活就是如此,一个风光一时的人怎么做都不对,这是必须付出的代价。你就当成是文学惹的祸,多担待吧,谁叫咱们当时心血来潮办了么一份刊物,还办得风生水起呢?"

我无话可说了。

将《文理》继续办下去的交接班诸事进行得很伤脑筋。

首先是——我们专业的下一届仅四名男生,他们也是要考研的。我们毕业后,下一届大三了,都怕影响考研,没谁乐于接手。所以,只能从大二的学生和新生中物色"接班人"了。新生中不乏愿意者,但我们了解下来觉得太嫩,不敢放心地交班了事。大二学生中倒有合适的人选,经过动员,也都表示愿意接了,但一听说没留下经费,又皆反悔了。

最终还是由文琪出头,不知从哪儿搞到了两万元钱,事情才又柳暗花明有了转机。

我问文琪怎么搞到的钱。

他苦笑道:"单凭我哪有那么大的神通?还不是再打一次我老爸的招牌,你就当成是敲诈来的吧。"

交接仪式搞得还挺正式,全体编委都参加了。我讲了话,文琪也讲了话,无非是鼓励他们一番。

我们离校前的最后一个心愿,是与汪先生吃一顿饭,也可以说是都想举办一次"谢师宴"。汪先生已正式退休,连学校的一切活动也不参加了,但我和文琪提前登门向他表示了我们的心愿时,他竟很高兴地答应了。

"不是还有几名女同学也曾经是编委吗?也请她们参加了吗?"

我和文琪都没想到汪先生会这么问。

关于要不要请女生参加,我们"七条汉子"是讨论过的,全体决定一个都不请。

为什么呢？

因为女生中没有一个报考"汉语言文学"专业研究生的。

我们怕汪先生当面一一问起来，她们会觉尴尬，而汪先生会伤心。

正如网语所说——"理想很丰腴，现实很骨感"。虽然，她们都很尊敬汪先生，但她们更尊重现实；连找对象她们都不考虑学中文的了，自己还会报考"汉语言文学"专业的研究生吗？

在我们所处的当年，曾经的"中文系"已开始被边缘化。

这是由收入多少决定的。

"中文系"的一切专业的毕业生们，如果就业时还没改行，那么终其一生，收入都不会高到哪儿去。

这似乎已经成了一种时代定局。

也正是由于这一点，"中文系"之一切专业，男生一年比一年少。

此时代之定局，绝非汪先生凭一己的理想热忱所能改变的——我们都清楚这一点，都认为汪先生自己也是清楚的。他是明知自己的努力于事无补而竭诚为之，我们对他的敬意主要也是基于此点。并且，又得说"毕竟"了，我们这七名认认真真地听他的每一堂课的男生，受益匪浅。

在我们的人生中，他是必须感激的"恩师"。

那日在汪先生家中，我和王文琪听了他的话，都有点儿不知如何回答才好。

文琪的反应比我机敏。

他怔了一下，笑着说："我们七名男生不是想跟您一起稍微地放纵一下嘛，有女生在场不方便啊。"

汪先生笑道："那就一切由你们做主，我准时出现。"

与汪先生的聚餐我们很开心，他也很开心，还起身唱了一段《萧何月下追韩信》。

他的临别叮嘱只有两条——一要成为读书种子，于是成为爱读书的丈夫、爱读书的父亲；又于是，使中国多一个室有书香的家庭。

二要争取成为将来的学者……

他说第一条时，我们皆频频点头。

他说第二条时，我们互相看着，谁都十分困惑了。

汪先生笑着说："学者不是一种职业，甚至也不是一种职称，只不过是指某人在某个知识领域特别爱自学，具有钻研精神，并且钻研出了一定的成果而已。你们已经结束大学中文的学习生活了，不妨选择一个有兴趣的领域，有闲暇时，日后深入进去，发挥自学的潜力……"

在真正分别那日，我们"七条汉子"互相拥抱，都用"争取成为学者"彼此勉励。

郝春风进入了一所省城的技校，成为辅导员老师，一心要使京剧走入那所技校的校园。她是女生中唯一不考研的，对父母为她安排工作特满意。

的确，谁若有在自己人生的关键时候特给力的父母，比仅凭自己的努力顺遂多了。

文琪希望我和他一起去北京。

他说："你放心，工作、住处，起初的一切都由我来安排。"

我说："那冉不就一个人留在学校了？她很快就考研了啊！"

他说："她考她的，你走你的嘛。北京工资高，你定期给她寄钱就是了。"

我心动了一下，立刻又冷静下来，说容我考虑考虑，遂问："那你和春风的关系怎么办呢？"

他一笑，淡淡地说："画上句号呗。"

我张了张嘴，没说出话来。

他又郑重地说："别以为她会受伤，没那事儿。春风多现代啊，她不伤咱们男人，那就等于她大发慈悲了。她还说以后会去北京找我玩儿呢，你要与她保持联系，争取陪她一块儿去。"

我愣了半天才说出一个字："好。"

我经过考虑，决定在省城租房子，找工作，陪冉读完研究生……

第十章

打算考研的外地同学几乎全都就近在我们大学的周边租房住下了，一收到录取通知书就可以及时办理住校手续。没考上的，如果打算来年接着考，则会继续租住下去。年复一年，抬高了学校周边的房租。

我没在学校周边租房子——文琪去北京前帮了我一个大忙，使我租到一间三十多平米的大房子，而且价格相当便宜。那房子原是一处粮店的仓库，买粮凭粮本儿的时代过去了，粮店成为超市了，仓库就空闲着了。经过修缮，曾租给过一对摊煎饼的农村夫妇。他们走后，又空闲着了，我要租，超市的承包人很高兴。

我第一次看房时，里外的脏乱使我不禁却步，连门都没进。

承包人问："你先别说租不租，先说你打算租多久吧。如果时间够长，其他一切好商量。"

我说："三年吧。"

他说："OK！一星期后你再来一次，保你满意。文琪介绍你找我的，不使你满意还成？"

我再去时，带上了冉，房子里外果然大为改观，床啊桌子啊，该有的家具都有了。

承包人说："文琪在北京与我通话了，我呢，指示人立马把单人床换成了双人床。看，煤气罐和灶盘摆这儿行不？不行我现在就找人重新摆，你俩说放哪儿咱放哪儿！我是那么大超市的老板，才不在乎这间小破房子的租金。依我自己的想法早把它推了,可也不能那么做啊,房产不属于我啊。租给你们,我是为了做好对文琪的承诺。换了别人来租,我才不操这份心呢,爱租不租,我一大老板不缺那点租金过生活!……"

那爷们儿喋喋不休,听得我心烦。

我问冉:"我没主意了,你拿主意吧。"

冉痛快地说:"就这儿,定了。"

"让您费心了,多谢啦!"

我朝对方深鞠一躬。

"不必如此!你俩谢文琪好了,谁叫我和他爸有交情呢。那我走了,有事儿随时到超市找我……"

对方终于离去。

我又问冉:"你真满意?"

她说:"当然。够大,买东西也方便。"

我说:"就是离学校远。"

她说:"非离学校那么近干什么?我又不是别的同学。我落榜的可能为零,一接到通知书,很快不就可以住校了吗?"

我转身看着窗子说:"窗子太脏了,咱俩把窗擦出来?量好尺寸,明天我就定做窗帘……"

没听到冉接我的话,我转身看她时,见她背对着我,双手捂脸,无声地哭。

我不悦地说:"你别哭啊!还有哪方面要求,只管提,你一哭我心烦。"

"对不起,给你添麻烦了……"

她忽然搂住我脖子,给了我一阵长吻,她的泪也弄湿了我的脸。

我拥抱了她片刻,轻轻推开她,掏出纸巾,一边替她擦脸一边说:"不要再问我执否了,对爱情这事儿我是认真负责的。再郑重地回答一次,我执。"

她眯起眼,寻思着说:"我那么问过你吗?好俗的话,我不记得我那么问过呀……"

我说:"我一点儿都不认为那是俗话,你也确实反复那么问过……"

我忽然意识到自己是将梦境当真了,不禁笑了。

她还陷在困惑之中,纠结地说:"可我就是想不起来。"

我只好解释:"不是值得不值得那个值,是执行不执行的执,我几次梦到你那么问我……"

"真内疚,不但在现实中使你不省心,还在你的梦中道德绑架你,惭愧惭愧。"

她也笑了。

我俩分了一下工——我负责擦窗子,她去定做窗帘。我干什么活儿都是耐心的,将窗子擦得透明似无之后,她还没回来。那屋子虽经过了一次打扫,表面看挺干净了,却经不起细看。定睛往细了看,哪儿哪儿都有灰。我又犄角旮旯地扫了一遍,然后拖地,再然后擦一切不怕湿的地方,连门框上和墙围子、煤气罐和灶盘都擦了一遍,图的是内心里彻底地干净一番。我已经开始将那屋子当成我和冉的家了,既然已是家,为什么不住得舒畅一些呢?对于我,干净就比较舒畅。别的实现不了,干净是不嫌费事就容易实现的啊。至于临时不临时,那则不多想了,到哪时说哪时吧。

我坐下来东张西望,以享受的心情目验自己的劳动成果时,听到冉在门外叫我。出门一看,见她坐在一辆平板车上,车上除了她买的被褥,还有锅碗瓢盆等等其他生活用品。

蹬平板车的师傅往屋里搬东西时,冉小声说:"我的钱快花光了,还欠二百多元呢,只得由你出了。"

我说:"有。"

我谢过那师傅进屋时,冉已铺好了床,站在椅子上安装窗帘。她说半截普通布的窗帘是小活儿,卖家没让她久等,一会儿就为她做好了。

她问:"我选的窗帘布还行吗?"

我说:"挺好看。"

冉将窗帘拉上，斯时已是黄昏，窗口朝西，夕晒映窗，使黄绿搭配的窗帘布透亮之极，也使屋里的光线具有了格外悦目的色调，确实好看。我们的家里还缺少许多东西，而那是唯一好看之处。

我和冉在附近的小饭店各吃了一碗面条，又回家归整归整这儿，归整归整那儿，天就黑下来了。

学校放假了，大部分学生宿舍有空床位，冉为了省钱，尚借住在学生宿舍里。

我说："你快回学校吧。"

冉问："那你呢？"

我说："我今晚住下了，明天再用一天的时间，尽量把这里搞得像个家样。"

她又问："决定了？"

我说："没什么可犹豫的，决定了。"

她说："我陪你住。"

我不由得诧异地看着她。

她断然地说："我也决定了，无须再议。"

她兑了盆热水，使我得以舒舒服服地洗了脚。等她坐在她买的塑料小凳子上洗脚时，我已躺在床上了。

她自言自语："购物方便，吃饭方便，家门口就有自来水龙头，而且屋子够大，夏天还用热水洗脚，幸福啊。"

我没接她的话，拉开了窗帘，为的是能清楚地看到对面不远处的楼群——那是省城一处高档小区，据说住在那里的人家非贵即富。我曾几次路经那里，每次心里都会产生一种奢望——哪天能住到那里多好！

如今却住在了它对面，而且是一间孤零零的老仓库改成的屋子！——冉那种幸福感，我是丝毫也没有的。

老实讲，我内心倒是充满了一名大学毕业生对人生的迷惘和惝惶，如同电影《海上钢琴师》的主人公对陆地所有的那种复杂心理。

冉说："你跟文琪通次话呗，也得代表咱俩谢谢他啊。"

王文琪已经去往北京了。他那边很热闹，分明在聚餐。

他大声说："甭谢。朋友之间不言谢。那地方我亲自去看过，为你俩选那儿主要是因为便宜、方便。向冉转我的话，等她读完研，我在北京欢迎你俩。你如果真想成为学者，不来北京是不行的，北京才是出产学者的地方！"

我与文琪通完话，冉也上了床。

我向她转告文琪的话后，她向往地说："北京倒是我从小就向往的城市，以后一定要陪我去啊，即使去玩几天也了了一大心愿嘛。"

我说："等你研究生毕业了再议。"

她就坐在窗前，望着对面的楼群发起呆来。

那一夜，是我俩第二夜同宿之夜——第一次在她家，虽宿于同一屋顶之下，却是分室而眠。也正因为是在她家，我俩谁都没敢轻举妄动，规规矩矩"相安无事"地度过了一夜。此夜却不同，我俩已在一张床上了。

我欠起身来，正要从后搂抱她，她忽然说："快看，对面的阳台有情况。"

我顺着她指的方向看去，见对面的阳台上有个男人的身影，正举着望远镜朝我们这儿望。

我说："也许不是在望咱们，别理他。"

"讨厌！"

冉拉上了窗帘，之后问："不管是不是在望咱们，反正心里别扭，关了灯呗？"

我问："闩门了吗？"

她说："闩了。"

她关了灯后，开始脱衣服。

我也坐起来迫不及待地脱衣服——这件事儿对男人一向利落。我已赤身裸体了，她却还在"进行"中，那当然也是她的初次，她的举动显得迟缓又犹豫。

我立刻帮她，三下两下就使她和我一样了。

当我俩坐拥在一起时,她呻吟了一声,同时搂住了我的脖子,主动深吻我。

这使我陷入了迷幻。

我发乎本能地将她压倒在身下,如同在船上压住一条美人鱼,而床下是大海,生怕一不小心她跃入"海"中转眼消失得无影无踪。

她冲我耳朵细声说:"我在安全期,……"

我明白"安全期"是什么意思,顿时打消了任何顾虑,暗想"谢天谢地"。

过后,我从她背后搂抱着她,想到了"男人的一半是女人"那句话,觉得自己搂抱着的,千真万确是自己的另一半,比本我柔软妙不可言而又更生动的另一半——若没了那一半,本我会变成行尸走肉似的。

她一动不动,以更细小的声音问:"我好极了,你呢?"

我脱口而出的两个字竟是:"我执。"

"这可不是在梦里。"

她咻咻笑了。

我的第一份工作原本挺不错的——在省电视台的一档访谈节目担任专写提纲的主笔。写访谈提纲本身并不需要多高的文学水平,也根本不需要有什么文采——问题提得好,调动起被采访者的参与热情,乐于谈,那就 OK 了。我被录用得很顺利,曾任过《文理》的主编是我的金字招牌,我一亮出这块招牌,面试匆匆就结束了,或也可以说之后就免试了。起初我也胜任愉快,由我替访谈主持人提出的问题每次效果都挺好。

主持人在省台特红,比我大几岁,但还不到三十岁。她出身于干部家族,是一位房地产商的娇妻,她丈夫大她两轮左右,据说特宠她。她出行所乘不是一般的豪车,而是豪华型房车,车内有化妆台,还有能挂一排衣服的衣架。经常,她上车时穿的是一套衣服,下车时却是另一身衣服了。

我的工资也令我比较满意。这人生第一份工作，使我对以后的人生充满了憧憬。欠刘川的钱还差几千元没还，我得赶紧挣钱。

我写了三次访谈提纲后，还没与主持人说过一次话。每次都是她的助理提前告诉我要访谈的是何许人，由我自己收集对方的资讯，完成提纲后交给她的助理。若她有什么意见，会通过助理转告我。她所提的意见，归纳起来就两个字——"笑点"。

"没笑点的节目还做它干什么？"此话是她的口头禅，全组奉为圭臬。

我在组里交了几个朋友，他们是我踏入社会后所交的第一批朋友。有次同吃夜宵，我喝了两杯啤酒，有几分醉，而他们都喝高了，起码在我看来是那样。

不知谁引的头，话题聊到了"老板"身上，我们背地里都叫她"老板"。我们的工资虽然不是她定的，奖金多少却基本上由她说了算。

一个哥们儿说："我长这么大就佩服一个人，那就是咱们老板！太有才了！"

我忍不住皱眉问："何以见得？"

那哥们儿说："她已经与多少人物对谈过了呀！而且不管面对什么人，一向那么的自信满满，谈笑风生，是吧？这还不能证明有才吗？"

我又忍不住问了一句："如果没有人预先为她写好访谈提纲，只怕每次都会是鸭对鸡问，使对方不得不鸡对鸭说吧？"

我的话使大家一阵沉默。

过后我极后悔。以至于躺在床上时，我还在对自己懊恼不已。那时冉已接到录取通知书了，在我们的大学母校也有床位了，周末总是回家陪我住两天。

冉一边洗衣服一边安慰我："说了也就说了，别总放在心上。你们当时都喝酒了，估计除了你自己，别人都把你的话忘了。但以后确实要注意，背后贬低是自己老板的人，肯定生是非。"

我说："我没成心贬低她，那是事实。"

冉擦了擦手，走到床边坐下，俯视着我温柔地说："有些事实，没有说的必要。没必要的话，以不说为好，记住了？"

我说："你很像在三娘教子，使我想到了我老妈。"

"忘了什么时候看到过这么一句话——好女人是男人的学校。"

她笑了，低头吻我。

忽然有人敲门。

冉开了门，但见一位胖胖的大妈伫立门外，自称是街道主任。

我坐了起来。

冉问："大妈，有事？"

大妈说："我可以进屋吗？"

冉默默将她让进了屋。

大妈看着我说："这儿好久没人住了，群众反映又有人住进来了，所以我得询问问你们，这也是例行公事。"

我不快地问："租住在这儿违法吗？"

大妈说："那倒不。你俩谁租下的呀？"

我说："我俩合租的。"

大妈又问："你俩什么关系呢？"

冉说："大学同学。"说完看我，表情也别扭了。

"仅仅是大学同学吗？"

大妈问时，目光四下环视了一番。

我双手抱腿，瞪着她说："她在读研，我已经毕业了，我们是同居关系。现而今，同居关系法律已经不干涉了，这一点您知道吧？"

她说："知道，知道，社会进步了。法律都不干涉了，我们街道上当然也不管。谁吃饱了撑的非爱管那闲事啊。不过呢，你们得把这张表填一下，是区里的要求，必须的。"

她说罢，缓缓从布袋里取出了有硬夹的登记册，冉刚伸手要接，我抢先说："我填。"

冉却还是接了过去，低头看看，走过来递给了我。

我说:"找支笔来。"

冉说:"夹子上别着一支。"

我之所以亲自填写,是怕表上有哪一栏会使冉填时为难,更加影响她的好心情。她有时候对某些事过于敏感,我不得不考虑得多一点儿。

将那位大妈打发走后,我又躺下,冉接着洗衣服。

她忽然边洗边问:"那一栏你怎么填的?"

我反问:"哪一栏?"

她说:"关系那一栏。"

我说:"都当面说了同居关系,当然也那么填啰。"

她说:"说归说,白纸黑字的,那么填多不好。"

我不由得又坐了起来,看着她问:"不那么填该怎么填?"

冉没立刻回答,出门泼了次水,回来坐在小凳上发呆。

我说:"你歇歇,过会儿我晾。"

她却垂着目光问:"咱俩结婚的事,你想过没有?"

"能不想吗?"

她的话比那大妈的话还令我不快。

她接着问:"怎么想的呢?"

"一切都得等你研究生毕业了再议吧,现在懒得讨论这个问题。"

我说完又躺下了。

我俩在一起的好心情,那时完全被破坏了,分明,她也和我一样。

那天她没陪我住下,不到天黑就返校了。

星期一我到了单位,正与几位同事在小会议室讨论工作,"老板"出现了。

她也不坐,看着我说:"李晓东,我亲自来给你提个醒。"

我受宠若惊地说:"您请指示。"随即做出准备记录的样子。

她冷冷地说:"不必往纸上记,希望你牢记在心里,那就是——

以后，关于鸡啊鸭啊那类话，你少说为佳。如果再传到我耳朵里，请你走人！"

她说完，猛转身怫然而去。

会议室一时肃静无声。

良久，才有人说："对你够客气的了，没直接说让你滚。"

另一人说："是啊，还用了个'请'字。"

第三个人说："可不是我打的小报告。"

第四个人说："也不是我。"

我用手指环指他们，一时说不出话。

过后我仍想搞清楚，他们四人中究竟是谁出卖了我？可他们四个对我反而比以前更亲热了，跟我说话时都一脸的坦荡和清白，使我根本无从判断。

那事也影响了我起初对那份工作的好感觉。

后来，有位居京的老作家，到省城来举办新书发布会，还签售、搞讲座，搞得挺有响动的。

"老板"当然不会错过访谈的机会，对方正中下怀地答应了。

助手要我准备采访提纲时叮嘱："老板特重视这次访谈，上心点儿。"

我也确实很认真地对待了。为了不受干扰，通知徐冉周末别回家了。

可那次访谈还是一开始就不顺，我在现场看着，干着急束手无策，帮不上忙。

"请您谈谈，您小的时候，最喜欢读哪一类童书？"

当她这么问后，老作家皱眉道："还真问住我了。但似乎也证明，你们没太做好前期功课啊……"

尽管他是微笑着说的，语调特别温和，带点儿长辈对晚辈的友好的揶揄口吻，但那对主持人也等于是变相的批评啊！

我在台下看着，听着，心中暗说两个字是："坏了。"前期功课做得不够，主要责任在我啊。

我"老板"愣了一下,不知说什么好了,也只得不自然地微笑而已。

幸而,老作家无须再问,继续做了解释:"我这个岁数的人中的多数,从前不可能面对童书的海洋,那个年代的中国,童书作家仅仅几位,童书甚少,所以我们没有多大的选择余地,也就是几乎跃过了阅读童书的时期,通过看小人书,直接与成人书接轨了……"

我"老板"稳住神后又问:"那,哪些文学作品影响您,立志长大后要当作家的呢?"

她仍在按提纲发问,她也只能按提纲发问。

老作家也被问得一愣,笑道:"我这一代人中的大多数,不可能从小确立将来要当作家的人生方向,我也不例外……"

他又不得不解释。

于是情况成了这样——每一个问题都问不到点子上,访谈成了双方的自说自话。尽管也能进行下去,但"没太做好前期功课"似乎成了公论。

是的——是公论。尽管不是直播,但现场有二百多特邀听众啊!

结束后,我听人说,我"老板"在卸妆时哭了。

她怎么能不哭呢?搁我也会哭的——那期节目不播是不可能的;而只要一播,对于她就绝不会是加分的节目,使她的访谈水平大减其分已成定数。

我留下一封道歉性质的辞职信悄悄走人了。

我就那么失去了我的第一份工作,一份起初使我感觉良好的工作。

周末傍晚,我光着膀子只穿短裤在炒菜时,猛听到有人在旁边咳嗽了一声。我吓一跳,扭头一看是我爸。

因为煤气灶在屋里,不论烧水做饭,都不得不开着门。又由于门大敞大开的,我爸直接进来了。

我关了煤气,傻傻地看着我爸,良久才说出句话:"爸,炒菜对我已不是个事了。"

我爸笑笑，朝灶盘翘翘下巴，猜测地问："葱爆羊肉？"

我点点头，转身去穿背心。一转身，见我爸替我炒起来。

我赶紧阻止："爸，你这是何苦的呢？"

我爸说："别推我，让我炒好。"

虽然，自从我有了"家"以后，一直与我爸保持着手机联系，但那是他第一次光临。

我问："爸你怎么也不先打个招呼？搞得像突然袭击似的！"

我爸反问："你手机为什么总是关着呢？"

我这才想到我手机出毛病了。

我爸听了我的解释后说："你那手机也该换了，我替你买台新的吧，想要什么牌子的？"

我说："我自己能挣钱了，不必你替我买。"

不料他说："你参加工作才一个多月，几天前又没工作了，父子之间，你要的什么志气呢？"

我看着他，眼神又有点儿发傻了。

他关上煤气后说："吃的时候别再炒了，加加热就行，再炒羊肉老了。"

我"嗯"了一声，鼻子有点儿发酸，朝屋顶仰起了头。

我爸看着我说："你刚才一脸汗，去接盆水，干脆洗把脸吧。"

我觉得他那么说是因为不愿看到我流泪，替我找个台阶下。

我赶紧拿起盆走到外边，而我爸在屋里说："那天我正巧到省城办事，也想听听那场访谈，所以我也在现场，只不过没跟你这个儿子打招呼。"

我正往脸上捧水，闻言双手捧脸，泪如泉涌。

我爸也出来了，要过去香皂，边搓边说："每次炒完菜，不能只洗炒锅，得连锅把也用洗洁精洗洗，你那锅把都粘手了。"

我一捧接一捧地往脸上捧水，没接他的话。

门旁的老柳树枝上挂着一个布袋子。我爸取下布袋又说："我已经吃过晚饭了，为你俩捎来了一斤饺子。"

我几乎又流下泪来，因为"你俩"二字。

我坐在床边，我爸坐在椅子上时，他看着灶盘那儿又说："那儿缺个桶。"

我说："那儿摆只桶干什么？"

他说："你这屋又没下水道，脏水问题怎么解决？"

我说："直接泼外边。"

他说："乱泼脏水，那不招蚊蝇吗？别忘了你是城里人，生活在省城。有些事，等别人指责起来不是就不好了吗？"

我说："记住了，听你的。"

他说："还要添上抽油烟机，否则屋里总有油烟味儿。"

我说："也听你的，手头宽裕了就买。"

他掏出钱包，点了几百元钱递向我："我带得不多，这些够你买二手的了。"

我不接，倔倔地说："不想花你的，我正在找工作。"

"现在不是还没找到嘛。"

他俯身将钱放到了床上。

我说："爸，从现在开始，聊点儿别的。"

他说："好，聊点儿别的。知道你们这一代在对中国的知识方面缺什么吗？缺对前三十年的起码了解！即使对于八十年代，头脑里也只保存了点儿有限的家庭记忆，而家庭记忆和时代状况往往是两码事明白不？你从小到大吃鸡蛋喝牛奶是日常事，可那时候还有不少地方一年到头以粗粮为主呢。那位老作家是从前三十年过来的人，你们不了解前三十年，日后怎么与上几代人对谈成长话题？……"

我说："我不再干那行就得了嘛！"

他说："你这是什么话！我大老远来看你，你成心撑我？"

我赶紧说："爸，我没那个意思。"

门忽然一开，徐冉进来了，愣在门口。

我爸也起身看着她愣住了。

连我也下意识地站了起来，赶紧又说："那什么，我爸代表我妈来看看咱俩，还给咱俩带来了饺子！"

冉窘窘地说："叔，坐吧坐吧，我又不是生人。"

当时那情形，像我们父子的一位顶头上司忽然出现了似的。

我爸坐下后，冉坐到了我旁边，低声说："叔，向您汇报，我找到了一份儿较长期的家教工作，每个月也可以挣钱了。"

我爸说："好，好。你胖了点儿，气色也挺好。"

冉不安地说："可是我把晓东拖累瘦了。"

我爸看着我说："他也没瘦，只不过像是缺觉。"转脸看着冉又说："记住，往后再也不要说你拖累了他那种话，不论对他还是对别人，都不要再那么说。你说的次数多了，他会以为自己为你做了多大牺牲，那对你俩的关系不是好事。"

冉点点头，把头低下了。

我爸又说："一起生活的两个人，谁付出的多一点儿都是应该的……那什么，我得走了……"

他说罢站了起来。

我认真地说："爸，冉刚回来，再坐会儿吧。"

冉也说："叔，一块儿吃饭吧，我带回了主食，省事儿。"

我爸说："我吃过了，也来半天了，灵泉那边明天上午还有事儿，今晚必须赶回去，让晓东送送我吧。"

冉就不再说什么，默默起身替我从衣架上取下了上衣。

我爸在门口对冉说："我有空儿就会来看你俩，下次再一块儿吃饭。"

冉笑笑，仍没说什么。

我们父子走在路上时，也半晌没话。

我打破沉默，主动说："爸，再聊点儿什么吧。"

我爸轻轻叹口气，忧郁地说："想说的已经对你说过了，这会儿再没什么想说的了，你有话就直说。"

"好，那我就直说。我妈郑重声明过，冉如果考上了研究生，她会重新对待我们的关系。现在冉已经考上了研究生,她为什么还迟迟不给我个新的说法?"

我的话说得有几分气恼。

我爸说:"你不问,我差点儿忘了。你妈嘱咐我给你捎话,你俩随时可以一块儿回咱们的家。她对你非留在省城陪冉读研持保留态度,认为大可不必。实际上,你妈希望你回咱们那儿去当中学老师,那将很稳定,她替你联系过了,把握性很大……我该怎么转告你的态度呢?"

我说:"让爸费心了,我得想想,以后自己告诉她吧。"

我爸站住了,微微皱了一下眉,眯起眼看了我几秒钟,分明想说什么,却又在犹豫究竟要不要说。

"你想说什么只管直说好了,何必在乎我的感受?"

我的话一出口,顿觉太不应该。毕竟,我爸他是坐了两个多小时火车来到省城看我的,而且一直在好言好语地跟我交谈,没说一句使我难以接受的话,我的话却显然是在抢白他,我的态度毫无道理嘛!实际上,在我们父子二人就要分手时,我原本也是乐于好好跟他说话的,可不知怎么舌头一秃噜,竟吐出两句很容易撮起我爸火来的话。

我一时惘然。

我爸并没生气,苦笑道:"儿子,搂你老爸一下。"

他的话使我一怔。

我抓住良机,立刻回报了一个笑脸,以在正式演出中说台词般的腔调说:"你可曾经禁止我叫你老爸来着,现在怎么又自称老爸了?"

我想使他笑得开朗点儿,他刚才那种苦笑令我深觉内疚。

他脸上却连苦笑也没再出现,庄严地说:"别跟我扯那事儿,照我的话做。"

我照做了,那不是第一次。以往几次,有时是我爸要求的,有时是我主动的,都是在愉快的气氛下,他愉快,我那么做也愉快。而当时,不论他还是我,心情都不能说是愉快的。相反,都有点儿不愉快，都有点儿有苦难言，谁都装不出愉快来。何况，我俩不是在家里，而是在人行道上。身边人来人往，马路上的车川流不息。我忽然心生出一种很奇怪的感觉，好像我们父子的关系反了过来，我成了一位父亲，我爸成了我儿子似的——一位备感无奈的父亲和一个备觉委屈的儿子；或反过来，一位备觉委屈的父亲和一个备感无奈的儿子。而之所以这样，完全是由于我和父母之间出现了个冉；她如果不是菜农的女儿或许会皆大欢喜。可她偏偏是菜农的女儿，用我妈的话说，"她父亲还一身病"。此话未免夸大其词，但她父亲是老胃病，身体不好却是事实。而且，她家是欠债人家，既欠银行的，也欠个人的，这一点也是事实。

"做你们'八〇后'的父母很不容易，等你自己也做了父亲，就理解我和你妈了。"

我爸低声说了以上话后，轻轻推开我，转身便走。

实际上对于我爸的为难我是比较理解的——作为父亲和丈夫，由于冉的出现，使他夹在我和我妈之间左也不是右也不是。他不愿选边站试图保持明智的中立，却每使我妈认为那就等于站在我一边了，也常使我那么认为。分明，他自己并不清楚究竟应该怎么表态才对，才好。对的自然是好的，但因为我是他唯一的儿子，对与不对，在他那儿似乎没有正确答案。

我望着他的背影，忽然又心生出一种对于他的莫大的同情，想和他再多聊几句。聊什么都行，在人行道上也无所谓。

"爸！……"

我大叫一声，使走过我身边的人扭头看我。

我爸站住了，转过了身。

他问："还有话？"

我摇头。

我实际上已无话可说，内心一阵茫然。

我爸就又转身走了，加快了步子。

我往回走时，耳畔似乎一直有一个声音在不停地说："执否？执否……执否……"

像是我自己的声音。也像是冉的声音。还像陌生人的声音,就是不像我爸妈的声音。那两个字一会儿像是问话,一会儿像是念咒之声,并无问的意味。

我的头都快被那两个字搞疼了,忍不住大叫:"停止!"

人行道上的数人站住,一齐看我,像看着一个精神病人。

我回到"家"里,见冉坐在床边低头沉思,显然满腹心事。床边两米来长呢,她却坐在一端,斜靠着墙,塌着双肩,使她的样子看去有点儿佝偻,像长期承受生活压力且又孤独惯了的老妪,又像受气包类型的小媳妇。

我心顿生一片怜爱。

恋爱中的男子都是多情得有几分找不着北的,甚至也简直可以说爱得有点儿贱;往往仅是被爱女子的某种状态,也会使他们怀疑自己还爱得很不够。

我当时正是那样。

"你怎么了?"

我的语调别提有多温柔。

她抬头看着我说:"没怎么啊。"

我又问:"你为什么那么坐着?"

她说:"应该怎么坐着呢?"

她那种令我怜爱的状态仍未改变。

我正想问:"没什么不高兴的吧?"

她却抢先这么问了,问得我一愣,不知我脸上当时是一种怎样的表情,竟会使她也那么问。

我笑着说:"没有啊。"

"没有就好。"

她说完也笑了一下。我看出她笑得挺勉强,估计我自己的笑也是那样。

"怎么没热一热饭菜?"

"也不知你会把咱爸送多远,什么时候才回来呀……我可以叫他咱爸了吧?"

"瞧你问的!当然可以。热饭吧,我都饿了。"

"好,我热,你歇会儿。"

吃过饭,她收拾桌子那会儿,又冲我示爱地笑了一下,而我则又里里外外干这干那——如果一间屋子客观上成了谁的家,不论是租的还是买的,如果那个"谁"还是个特爱干净的人,那么在起初的日子里,"谁"几乎会满眼都是活儿。非常不幸,我妈有洁癖。她擦灰时,连门框上方都会擦一下。她拖地时,总是会蹲下去,将拖头伸到床底下柜橱底下,拖出别人包括她自己根本看不到的灰来。我因而深受其苦,连我刷牙,我妈有时都会批评:"那么三下两下就把牙刷干净了?真看不惯!"有次甚至看不惯到直接干预的地步,横身挡在洗漱室门口不许我离开非让我"再刷刷",并且一脸痛苦地说:"就算是为了照顾照顾妈的感觉!"我妈每次去到我爸的卧室,总是大皱其眉地指责他的画案"一片狼藉"。我爸曾反驳过:"画家的画案又不是你那厨房的操作台,都这样,你装看不见不行吗?"我妈却振振有词:"我又不是瞎子,明明看见了能非装看不见吗?别人都这样,你就不能不这样吗?还有门口的拖鞋,你就不能摆顺它吗?"后来,我妈去到画室前,我爸总是先整理一番画案,并将拖鞋摆顺。受我妈的影响,我从小耳濡目染的,也成了一个多少有点儿洁癖的人了,以我的眼看我和冉的"家",仍然哪儿哪儿的卫生情况都不达标。比如当时,我发现了屋顶的一角有一处蛛网。前几天还没有,不知什么时候却有了。在"家"里呀,不是在家门外呀,是可忍,孰不可忍?于是我拿起了笤帚。

冉奇怪地问:"地挺干净的,你拿笤帚干什么呀?"

我指着说:"你看那儿。"

冉看着说:"不许破坏,那也是人家小蜘蛛的家,你不能装看不见吗?被你破坏了,它还会在别处织,你犯得着与一只小蜘蛛较劲吗?"

我说:"在我的家里,不许有蜘蛛的家存在!"

"也是我的家,我包容它的存在。"

她夺下了笤帚。

从小在农村长大的冉,另有一套关于家里家外干净不干净的标准,与我这个有洁癖成性的妈的儿子相比,她那标准委实太低了。

可我一转身,又发现门外有鸟屎——两只"乌鸦"在树上呱呱直叫。

我又拿起了笤帚。

她瞪着我问:"你又扫哪儿啊?"

我没好气地说:"门外的乌鸦屎,讨厌!"

她说:"那不是乌鸦,是一对喜鹊,它们在树上搭窝了,估计以后会有喜鹊宝宝了。"

她再次夺下笤帚。

我有点儿来气地说:"喜鹊的屎也是屎!"

她说:"那你一扫不全沾笤帚上了?屎干了,用锨铲走不是更好?"

我说:"咱家哪儿有锨?"

她说:"我买了一把小的。刚才咱爸在,我没往屋里带,放外边了。"

我说:"这日子过的!以前从没想过我以后的家里得有锨!"

她又瞪着我说:"你什么意思啊?"

我赶紧说:"没别的意思,当我没说。"

的的确确,我以前从没想过,我的家会是那么一间平房,隐蔽在楼房之间,门前还有片需要经常打扫的土地。更没想到,我的家里会有蜘蛛网,门前会有鸟屎,而且我得习惯于这两点。

睡前,冉说现而今的喜鹊进化了,起码城市里的喜鹊进化了。从前的它们自己是不搭窝的,总是将蛋下在别的鸟窝里。在城市,别的喜鹊那么大的鸟很少,生存所迫,使它们自己也无师自通地会搭窝了。人应该向喜鹊学习,在什么样的条件下过什么样的生活,适应条件并不等于向生活妥协,反而体现着一种能力。

我觉得她是在用话点我,充聋作哑不接她那茬儿。

她警告地说:"不许破坏树上的喜鹊窝啊,如果你敢把它们的窝捅掉了,我可就不再回来了。在我们农村,那种做法是不吉利的。"

我说:"好好好,但你买回来的小铁锨也别只我一个人用,好像铲屎那活儿完全是我的活儿似的。时不时的,你也应该亲自用一用。"

她笑着说:"没问题,公平。"

她又说她看过一册丰子恺的画集,其中一幅配文字的画给她留下很深的印象——大蜘蛛在结网时,"成心"将几条蛛丝拉得很长,为的是使小蜘蛛们结网时省点儿事,借借力,容易点儿……

我觉得她又是在点我,便又充聋作哑不接茬儿。

她问:"你送咱爸时,你俩一路聊什么了?"

我说:"没聊什么。"

她说:"不可能。送了那么半天,能什么都没聊?"

我说:"送得远,可不时间长呗。"

她说:"我就不信你们父子俩会像两个哑巴,默默无言地走了一路。"

这话就使我很不爱听了。我坐起来俯视着她问:"你究竟想从我这儿套出什么话?"

她说:"我也只不过随口那么一说,你想多了,我不是有心术的女人。"

我更不爱听了,撑了她一句:"我说你有心术了吗?是我想多了还是你想多了?"

她当然也不爱听了,一翻身不理我了。

我重新躺下,也不再理她。经常是这样——她好像总觉得,归根结底我和我爸我妈是一伙的,我们总是会在她背后议论她,而她是没有同盟的孤独者,面对的是我和我爸我妈实际上的"统一战线"。但我明明和她是一伙的嘛!和她一伙就应该将我爸我妈背后议论她的话全都一五一十地告诉她吗?那我又成了一个什么样的儿子呢?有那必要吗?我那么做对我俩的事又有什么益处呢?比如我搂着我爸时他说的那番话，虽然不是在议论她，能告诉她吗？她听了心里会舒服吗？连那样的话都不能告诉她，遑论别的话了！我总不能处处与她保持一致，将我爸我妈当成敌对派吧？我爱她，并没将我与她的关系当成一场游戏，既已执子之手，无怨无悔还不够吗？我是大学生，她是研究生，非得我经常用些海誓山盟之类的酸话哄她，她才高兴吗？至于那个证，急什么急啊？她不是才研一吗？不是得给我妈一个接受过程吗？……

我越想越觉得理全在自己这一边，我俩之间的多次不快，每次都是由于她的多疑和小心眼造成的。

并且，越想越来气。

冉是反省意识很强的女子。某些女子只有小心眼儿，缺乏甚或完全没有反省意识。即使反省，往往也是在别人的提醒或劝导之下进行的，非主观意识使然。冉不同，冉的反省往往是主动的。虽然不像孔子所主张的那样一日三省，但三五日一省差不多是做到了。特殊情况下，几乎能做到转身即省。如果不用"省"这么高尚的字，那就是能做到转而一想。无论如何，这是优点。对于女子，尤其是优点。倘一个女子不但小心眼儿，而且常常一味儿顺着自己的想法想到天黑，断无转而一想，特别是站在别人的角度一想的自觉，那是多么的难以相处？幸而，冉不是那样，千真万确不是那样。有两三次，她仰躺床上大瞪双眼望着屋顶发呆时，我忍不住问她在想什么，而她说："想想自己最近有什么做得不对的方面。"她这一大优点每令我刮目相看，也能相当及时地抵消掉她的小心眼儿使我感到的不快。实际上，冉在与别人相处时并不多么的小心眼儿，相反，还很包容，很有襟怀。她那小心眼儿主要表现在与我的关系中，以及她的任性。正如我们大多数男人往往习惯于甚至是本能地将好的方面展示给别人，将缺点留给亲人。关于这一点，我俩也讨论过。

我曾问她："女人为什么也会那样？"

她反问："男人呢？"

我说："由于压力吧，压力是不愿意让别人看出来的。"

她说:"女人有女人的压力,各种各样的,一点儿也不比男人少。"

我说:"我们男人有时是因为你们女人而多了一种压力。"

她说:"彼此彼此。"

我不得要领地继续问:"难道你会因为爱我而多了压力?"

她说:"你以为不是啊?!"

我因为爱她而多了诸种压力,是一个不争的事实。她怎么会因为爱我而多了什么压力呢?这可是我万没料到的——我以为那等于她将她的人生托付给了我,她应该觉得自己的人生从此减少了压力才对嘛!

我要求她解我的惑。

她说:"自己想。"

说完嫣然一笑,仿佛答案尽在她那一笑之中。

我还想说什么,她用深吻封住了我的口……

我爸来看过我的那个晚上,冉的自省反应表现得尤其快。她立刻感觉到我不高兴了,主动与我亲爱起来。

几天前失业了的我,想有好心情不容易。实际上我很需要她用爱来安慰我,多多益善。但当时我生气了,自然就是另一种反应了。

我轻轻推开她,冷淡地说:"我累了……"

她愣了一下,明智地作罢,却握住了我一只手。

我抽出手,转过身去。

她小声说:"那……不烦你了,睡个好觉吧。"

她也转过了身去,同时我听到一声微叹。

第二天我醒来时,见她坐在床边俯视我,眼里含情脉脉。

那是我的幸福时刻,昨天晚上的不快一扫而光。

她笑问:"睡得怎么样?"

似乎,她也完全不记得昨天晚上我对她的冷淡了。

年轻人之间的爱像小猫小狗之间的关系似的,忽而恼了忽而好了是常态。

我说:"还行。"

她说:"我把早点买回来了,你爱吃的豆腐脑,还有甜油饼。我自己吃了一碗馄饨,你愿睡再睡会儿,可我得走了,上午有课。"

我说:"你快走吧,别迟到。"

她俯身亲我一下就走了。

我起床后做的第一件事,是将小蜘蛛"请"了出去——我喜欢丰子恺的漫画书,冉讲的那只大蜘蛛的"事迹"也很令我感动。但我毕竟是人不是蛛,做不到冉那么包容,绝对不习惯自己的"家"里有蛛网。但我对小蜘蛛也够仁慈的,先使它爬到一截小棍上,拿着小棍走到了外边,近乎提笼架鸟的一种做法。我也没将它直接放到门前那棵树上,因为那棵树上已经有喜鹊窝了,我怕它被喜鹊吃了。我拿着小棍走出很远,将它放到公园里去了。公园里树多,它可以为自己选个更好的地点再"安家"嘛!

第十一章

我的第二份工作有点损害我的面子。

一天我在"家"附近看到了一则招人告示,所招是一名清洁工,负责清扫那一片的三条街,其中一条是早市街。那工作对我毫无吸引力,怎么可能吸引我呢!但告示上的最后一行字大动我心——做满三年,可获省城户口。

那时,省城虽然并非北上广深,户口也是香饽饽。除了应届大学毕业生,一般人若想落户省城,也要托关系走后门大费周章的。即使应届毕业生,如果录用单位没有落户名额,那也是白想。比如我吧,如果想落户省城,就非进入有落户名额的单位不可,而那样的单位,要么是行政编制的单位,要么是事业编,要么是国企。如果进入不了那样的单位而要落户省城,则就非得拼爸妈比关系了。我爸妈在我们那个市自然是人脉较广的,但在省城其实并无很硬的人脉关系。若指望靠爸妈的能力解决省城户口,肯定对他们也是件得舍下颜面硬求生蹚之事。我想,如果我能坚持当三年街道清洁工,冉毕业前,我不是已有省城户口了吗?至于冉,凭她的能力和研究生学历,估计获得省城户口不成问题。

为什么在户口这事儿上,省城的政策会对清洁工大为青睐呢?这乃因为——省城太缺清洁工了。我们省经济状况较好,与当年次发达省份的省城相比,我们省城清洁工的工资算挺高了。但省城人断不会为了每月挣一千二百元而扫街,怕丢面子。何况,与多少有点儿技术含量的行业相比，那份儿工资还是低。省内别的城市的年轻人犯不着到省城来当环卫工人，他们宁愿到离家远的南方沿海城市去，那些城市可选择的工作比省城多得多，工资也高。连省内农民也不愿当省城的环卫工人，主要还是因为工资低。户口不户口的，对他们没有吸引力。又不是给全家，而是给自己一人，还不能转让。身为农民，若在省城买不起房子，要省城户口何用呢？他们也宁肯舍近求远，到挣钱多的地方去。

然而我看了那招人告示，不但心动，还付诸了行动。

招不招我由街道委员会决定——两名街道干部同时与我面谈。他们听我说自己是去年毕业的大学生，表情都不以为然起来。

男的说："小伙子，我们招的虽是扫街人，但那告示上可盖着我们街道的公章，这事对于我们并非儿戏，希望你也别当成儿戏。"

我说："我没当成儿戏，我需要省城户口。"

女的是位副主任，她说："这样吧，你先干十天试试。念在你是大学生的分儿上，如果十天都没坚持下来，按实际天数给你工资。"

我说："我是诚心诚意的，我住超市后边，除了需要省城户口，还因为每天省了上下班的时间了，咱们干脆把合同签了吧。"

那副主任审慎地说："不行。即使你是诚心诚意的，我们也得看你干得如何。如果你干得令我们满意，一个月后签合同。"

人家已经把话说到那份上了，我也就不再坚持自己的主张了。告示上写的是模糊的"一千多元"，多或不多也由街道干部实际掌握。同样念在我是大学毕业生的分儿上，两位街道干部对我挺好，每月给我定了最高的工资，一千三——比我在省电视台工作时仅少三百多。

我对那份工资挺满意，高出我的预期。

于是当天我拥有了一套环卫工人的工作服，橘色的，包括同色的帽子，不包括鞋。

我接过一把钥匙，在办公室外开一辆垃圾车上的锁时，听到那男的在屋里说："但愿他能干长，那么以后早市收摊后，就不必咱们再组织居民带头扫街了。"垃圾车是新的，还没用过，车膛里有新的大扫帚、大板锨。

十几分钟后我将垃圾车慢悠悠地骑回到了"家"门口。我挺愉快，没想到那事儿谈成得那么顺利。

三条街中的一条，也是最长的一条，六七百米那么长吧，每周二、四、六是早市。

第二天是周五，我由于兴奋，四点多就醒了，再也睡不着。明知没必要起得那么早，硬闭着双眼又在床上躺了半个多小时。

快五点时，我决定出工了。那时外边还没行人，连一个晨练的人也见不着。我先将车骑到离"家"近的那条小街的街头，一扫帚一扫帚地往街尾扫。从没干过那活儿，但却多次见过环卫工人怎么扫。无非就是先将垃圾一堆儿一堆儿地扫在一起，再用锨撮到车里拉走。以前我总是出了家门拐个弯直接走上大马路的人行道，没走过那三条小街，第一条小街干净得使我意外，不到一个小时我就将它认真地扫了一遍，扫成堆儿的垃圾也不多。将垃圾撮到车里后，回望着那条更干净了的小街，很有成就感。倾倒垃圾的一处垃圾场不远不近，要骑二十几分钟。

第二条小街也挺干净。我连那条小街也扫过了，才七点多，太阳升起来了，街上有匆匆去上班的行人和晨练者了。有人好奇地边走边看我，这一点证明两位街道干部所言不虚，三条小街确实许久没出现过环卫工人了。第三条小街不像前两条小街那么干净了，放眼望去，这里那里，纸片、烟头、树叶菜叶、塑料袋残余随处可见。走近才看出，是被油污粘住了，扫是扫不掉的，得用铁锨铲除。有的地方，油污颇厚，一铲能铲起或厚或薄的"油饼"来。显然，那条早市街上，也有人支灶架锅，卖油炸食品，且已是无人干涉旷日持久的现象。

我铲除时，有人向我竖拇指。

那街令我看着头疼，某些人的手语表扬，并不能使我觉得我的劳动是光荣的，但我回以微笑。因为自己在试用期嘛，附近居民对我的印象怎样，可能也关乎我能否将正式合同签下来啊，而这进一步关乎我能否较顺利地获得省城户口啊！

一个半小时后，我才将那条早市街清扫了一遍，使它看去不那么脏了。斯时已经八点半多了，我倒掉最后一车垃圾，直接将垃圾车骑到了居委会门前，向见过的那位副主任郑重提出意见，希望以后由他们出面，禁止在早市街上煎煎炸炸动火用油现做现卖。

副主任说居委会无权禁止，因为不是执法单位。何况，那些卖煎炸食品的小贩是有营业执照的，也大抵是受抚恤的困难户，那营生也许是他们唯一的收入来源。

我默然了。

我将垃圾车骑回到"家"门前，在水龙头那儿接了几盆水，将车刷洗干净。那时也不过才九点多，还来得及去吃早餐。吃罢早餐回到"家"里十点了。仰躺床上，双手枕于脑下，架起二郎腿，优哉游哉地休息，同时想——这份工作还不错嘛，虽然是许多人不愿干的，也必须起得早，但工时很短。一下午时间都属于个人了，能做多少自己想做的事啊！在任何单位上班的人，哪能享受到此种清福呢？

正这么愉快地想着，听到门外有人叫我。出门一看，见是居委会那位男同志。

他表扬我把三条街清扫得挺干净。

我说："多谢您的鼓励。"

他说："昨天忘了对你讲清楚了，下午你还得再扫一遍。什么时候扫，你自己决定。"

我愣了愣，反对地说："没必要吧？那不成一天扫两遍了？"

他说："就是得一天扫两遍。"

我说："这样行不行？你们别管我一天扫几遍，我保证三条小街天亮以后天黑以前是干净的不就得了吗？"

他说："那当然是必须的。但你在三条小街上出现两次也是必须的。哪怕实际上你下午没扫，只不过蹬着垃圾车在三条小街上又转了一圈儿，那也得再出现一次！总之下午没出现是不行的。怎么能让你只干了半个上午就轻轻松松地把一份工资挣了呢？我们街道干部每天起码还得工作八小时呢！……"

我激动地说："那活儿不轻松！我起得还早呢，我背心都湿透了，要不要我给你看？"

他说："不看不看，跟我讲那些没用，要求就是要求，任何工作都是有要求的。你可当回事，反正我们提醒过你了！……"

他说完便走。

我的好心情又被彻底破坏了。

我活到二十几岁，起那么早的时候不多，回到屋里，又躺床上没多一会儿，竟酣酣地睡过去了……

下午我又扫了一次街。虽然上午已经很认真地扫过，但三点多时，还是出现了小塑料袋儿、食品包装盒以及纸袋儿，以烟头为多；因为三条小街都是通往一个地铁站出入口的抄近之路——地铁站内不允许吃东西，有人就边走边吃，或驻足于街边吃完。男人吃完喝完再吸支烟，若几个吸烟的男人同行，地上便会有几个烟头。同一地方，除了遍地烟头，还有雪糕柄。

尽管还得动扫帚，但毕竟不用一扫帚接一扫帚从这一端扫到那一端，左一扫帚右一扫帚的，哪儿有乱扔乱弃的东西，扫起来撮入垃圾车就是。

一个半小时后，我又往回蹬车了。上午虽然出汗了，却并没累着我。下午连汗也没出，还没费多长时间，我的心情又好转了，竟忍不住吹起了口哨。

"嗨，我扫第二遍了哈！"

遇到那位副主任时，我主动打招呼，她大声说："看到啦！"从声音听得出来，对我的工作表现也挺满意。

能在第一天就给干部和群众留下好印象，我对自己同样满意。不必别人讲我也清楚——中国的上班族居然能在五点以前下班，实在是一种福分。我在省电视台工作的那些日子里，往往八九点钟了还在继续加班呢，十点钟走在回家的路上是常事。现在，我五点之前就到"家"了，给我发工资的人还对我挺满意，上下班还不必打卡，时间完全由我自己来决定；并且，全无单位人之间的矛盾和纠葛，这使我又愉快起来。

"人贵有自知之明"一句话，应该也包括这样的意思——明白自己几斤几两，知道自己还应具备哪些能力——能力是好人生的保障。但我其实并没有多少自知之明，除了觉得自己英语水平差了点，那时的我从没认为自己是一个缺乏能力的人。我当过学生刊物主编这一点，使我认为在同代人中，自己是一个有能力资本的、比较出类拔萃的人。可我的英语确实不怎么样，毕业前努了好大的劲儿才通过四级考试，而且考了两次。

我想我得补上自己这一能力短板。当天晚上我就开始学起英语来，还为自己制订了学习计划。

冉与我通了一次手机，说她三五天内不能回家了，在备考，准备向英语八级冲刺。

我说你一个学语言学的，非要达到那么高的英语水平干什么？

她说："为了好人生，有备无患呗，谁知走向社会以后，究竟会用到哪一种能力呢？"

我佩服她的自我要求，也认为她的话有道理，欣然准了她的假。榜样的力量是无穷的，受她的影响，我发誓也要将英语六级作为努力目标——妻子在学历和英语水平两方面都比丈夫高，这会使丈夫很没面子的。不管别的丈夫们在乎不在乎，反正我是在乎的。

然而第二天我良好的工作感觉受到了严重打击——第二天是星期六，是有早市的日子。这一点我没忘，并且有心理准备。我想早市怎么也得九点以后才结束，那就没必要早起，早起也早扫不成。我八点钟才不慌不忙地蹬上垃圾车，先将另外两条小街扫了一遍。昨天用扫帚已经用得自如顺手了，扫得比昨天还快，再说那两条小街的路面新铺不久，道牙子整齐，脏东西也不多。扫完后，我还坐道牙子上休息了一会儿，与王文琪通了一次手机。

文琪接电话的语调懒洋洋的。

我问他在哪里，在干什么。

他说在家里，在睡觉。

"都几点了你还在睡觉？怎么了？为什么没去上班？生病了还是失业了？"

他的话使我大为吃惊，不由得表示关心。

他说："一大早的，别咒我行不行？有没有搞错啊，今天可是星期六！"

我这才意识到，敢情我干的活儿是没有公休日的，那我不是等于每月多上了八天班吗？还一分钱加班费都没有！这忽然才想到的一点，顿时又使我觉得亏死了。

文琪反问我在哪里，在干什么。

我没告诉他我在扫街，以在"加班"搪塞过去了。那一时刻，我的自尊心猝不及防地冒了出来，撒谎成了当然之事。

我又问："你有另一半了？"

他说："我是那种急着有另一半的男人吗？我还没过够单身生活呢。"

我说："可你刚才明明说自己在家里。"

他说："家是什么？不就是属于自己的屋子吗？单身汉就不能有属于自己的屋子了？"

我问："买的还是租的啊？"

他又以反问的口吻说："我都决心扎根北京了，还租房子呀，那也太没有长久眼光了吧？"

"可……北京……北京的房价不是很贵吗？"

我口吃了。

他说："可不！才一百多平米的小三居，算上购置税，一百万出头了。不过地段挺好，在三环边儿上。我住进来不久，又涨价了，我老爸认为买得值。不跟你瞎聊了，哥们儿还困呢。"

结束了与他的通话，我在道牙子上又呆坐了十几分钟。一百万啊！当年对于我和冉也是天文数字。忽然想到了"人比人气死人"这句民间老话，结果竟有点儿不愿往起站了，那是一种打算干脆"躺平"的念头。我倒不生文琪的气。怎么会生他的气呢？他是我朋友啊，有恩于我啊——我生"命"的气。人的"命"如此不同，这一点当时使我很生气。

"小伙子，早市过去了。"一位大爷从我眼前走过，双手都拎着装满东西的塑料袋。

按说人家好心地告诉了我一句，我起码应该用"谢谢"两个字作为回答才对。

可我当时毫无表示，也没将目光看向他，装没听到。

那大爷并没站住挑理，话说完了，人也走过去了，大概他以为我耳背。像我这么年轻的人而扫街，使人误以为我有某种生理障碍实属正常。

还有一条街等着我去扫呢，扫帚不到，脏东西照例不会自己跑掉。拿哪份钱，必须干哪份活儿啊！不愿意也得愿意呀！

"一、二、三！"

我终于站了起来——像举重运动员似的，往起站的那一瞬间，给自己加了把暗劲。

那条有早市的小街脏乱差的状况令我暗吃一惊，心中叫苦不迭——街两边到处是菜叶子、苞谷皮、鱼内脏、鸡鸭毛、烂果子糠萝卜，总之，汤汤水水的，黏黏糊糊的，还有鸡粪鸭屎。除了没有人屎人尿，想象得到的脏东西差不多都有了。

我在心里暗暗叫苦，一时不知该从哪儿扫起，刹住车愣住了。

"小伙子，过来一下！"

叫我的是一个四十多岁的男人。街的一边是公园，由铁栅栏围着；公园的那边是大马路，他站在栅栏内。

我仍装没听到。

"聋啦？！你不帮我，我怎么帮你！"

他的声音听来有些生气。

"我怎么帮你"这句话对我起了作用，赶紧将车蹬过去。

他从栅栏内输出一端水管子,命我往外拽。

我说:"先告诉我你怎么帮我。"

他说:"你到底想不想让我帮你?"

我当然想啊,太想啦!于是明智地下了车。

那水管子不知到底有多长,我自己还有点拽不动。他也没闲着,隔着铁栅栏帮我拽。拽出十几米长以后,他说:"等我从出口出去。"

我等时,忽觉手中管子一沉,管口喷出水来——不,哪里是喷,简直是射;或曰"喷射",力度极大。我猝不及防,也着实吓了一跳,管子掉到了地上,管口如蛇尾,受到重创的垂死的蛇尾,在地上乱甩,不但喷湿了我的鞋和裤腿,掉下之前也喷湿了我的上衣和头脸。

我的样子当时肯定如落水狗。

"你怎么把自己弄成这个鸟样子?"

那位"叔"出现在我面前时,忍不住笑了,笑得幸灾乐祸。

我光火地吼:"你放水前为什么不告诉我?"

他说:"你一直拿着它来吧?它又不是活物,能跑了吗?你倒是一直拿着它干什么呢?"

原来,他是正式的环卫工人,负责公园内的卫生,归区环卫公司管。他帮我,并非是单纯的学雷锋做好事,是有一定报酬的,也是在做区环卫公司另外交给他的事。每周二、四、六,对于他也是必须的。区环卫公司与街道有协议,他是那协议的具体执行者,给他的报酬由街道出。

铁栅栏那边有三处地下水出水龙头,水管近三十米长。他的工作是接上水管,开了水龙头,负责用管子将脏物冲到一处,并将太脏的街面冲冲。要想使那条街重新变得干净一些,我自己根本做不到,他一个人也不行。必须我俩同时做,而且要配合好。

怎么干那活儿会快些,他已有经验了,我则甘愿服从,他说怎么干我就怎么干,让我往东我往东,让我往西我往西。都想早点儿把活干完早点儿离开,那么当然谁有经验听谁的,我为什么不好好配合他,非要与他别着股劲儿呢?

幸亏有他用水管子进行喷射,否则某些脏物根本扫不起来。经过喷射,再用扫帚多扫几下,连街面也变得干净了。三十几米长的管子,在三处出水口重新接了三次,才勉强使那条小街的街面基本上过了一次水。他一边尽量往远处喷射,我一边用扫帚往前赶水,否则也不行。我运垃圾时,他休息;他接水管子时,我休息。他那人不错,知道主动与我轮换一下,也就是他扫我喷。

两小时后,街面终于干净了。道牙子已湿了,没法一块儿坐下歇会儿。我看出他有话想说,陪他站着聊。

他掏出烟问我吸不吸。

我说不会。

他问:"我的表现怎么样?"

我说:"挺好啊。"

他问:"那你不会向街道告我的状啰?"

我说:"那不成背后告刁状了吗?我可不是那类小人。"

他说:"谢天谢地。下午我就不能帮你了,对我的要求只是二、四、六的上午帮你。"

我说:"我已经很庆幸了,也得谢天谢地呀。"

我本想问他——他那份额外的收入,是不是从我的工资中预先扣除了再给予他的?我认为完全可能是那么回事,但忍住了没问。是又如何?既然他是一个不错的人,我为什么哪壶不开提哪壶呢?即使的确是那样,难道我还能去与街道的干部理论一番,为自己多争到几百元钱?没有一个人帮我,我自己根本扫不清那条早市后的脏街呀,估计他每星期三个上午帮我的报酬也就是一个月多挣了几百元而已。

下个星期二我俩干完活儿后,对彼此的印象更好了。他弄破了手。伤得并不严重,却毕竟破了。他是个考虑周到的人,兜里居然装着几片创口贴,及时用上了。我怕他把创口贴弄湿,替他往公园里收起了水管子。

他指着长椅说:"坐会儿吧。"

我坐下了。

"收下。"他掏出创口贴,撕下几片给我。

我说:"不必。我也得去买,经常带在身上几片。"

同时想,还真应该学学他这种有备无患的意识。

他说:"那不也得抽空儿去买吗?你现在兜里不是没有吗?"

我笑笑,收下了。

公园不大,游人不多,很静。在我俩的视域内,只有几位老人在打太极拳。

他说公园的卫生由他一个人负责,包括修剪花树、剃草坪。

我说:"怎么也应该两个人,他们用你用得太狠了。"

他说:"理解万岁吧,不是招不上临时工嘛。在你之前,有一个扫街的小伙子,农村来的,为人挺憨厚的,活儿也干得认真,街道干部和居民对他印象都挺好,已经干了两年多了,不久就可以在省城落户了……唉,好人怎么就没有好报呢,老天爷有时真他妈是个睁眼瞎……"

他的话引起了我的好奇心,请他讲给我听。

他说——那小伙子姓张,是从他农村老家出来的,是带着老家亲戚的信来投奔他的,也是由他推荐负责扫这三条街的。

"我不认识他,但很关照他,他叫我叔,也很给我长脸。我老家出来的青年,如果能在我的关照之下获得省城的户口,那是多使我高兴的事?何况还有亲戚的嘱托呢。可两年以后,村里又来了一个姓赵的小伙子,和我同姓,算是本家,他爸与我还是发小。他也求我给找工作,可我一名环卫工人,哪有多广的人脉呢,心有余力不足呀,没太理他那茬儿。也不是成心冷淡他,是因为那一时期我自己家也摊上件愁事。有天小赵来见我,非送给我一条烟,央求我找个借口把小张搞走。我一听就火了,训了他一顿,坚决不留他那条烟。人家小张再干半年多就会有省城户口啊,我干吗背地里坏人家的事?那我不成坏人了吗?可后来小张就不断摊上了吓人的事,早上一出门,门上方会吊着一个脏兮兮的布娃娃,或一只死耗子,一只死鸟，最后发展成了死猫死狗……"

老赵讲到这里双手抖抖地吸起烟来。

我问："是小赵干的？"

他点头。

我问："小张为什么不报案？"

老赵说："他猜到了是小赵干的。他和小赵也认识，怕一报案，小赵有罪行了。"

"他也没告诉你？"

"没。"

"那是他错。"

"是啊。非说是他的错，也算是吧。他如果告诉了我，结果会不同。可我一无所知，完全蒙在鼓里。直至有一天，那坏小子被公安逮捕了，公安的人来向我了解情况。活该那坏小子被判了四年刑，因为一而再再而三，情节十分恶劣，属于重判。他把一位老太太心爱的小狗残忍地弄死了，而人家老太太的儿子是派出所所长。你说他怎么那么坏啊？同一个村长大的年轻人，又怎么那么不一样啊……"

"后……后来呢？"

"后来我也冲小张发火了，责怪他为什么一直不告诉我。他哭了，说怕我训骂小赵。那么一个结果，使小张不敢回村了。小赵的一些亲戚扬言，只要在村里见到了他，非教训他不可。他们认为是小张报的案，我写信替小张洗冤可是没起太大作用。再后来小张怕小赵那些二虎吧唧的亲戚找到省城来报复他，悄没声地辞了这活走人了，都没跟我打声招呼，连我也不知他哪儿去了。不定哪天我也会请求调到别处去的。我每天眼见着这条街，总是会想到小张，人家孩子就差半年多就获得省城户口了，我觉得我反而坑了他，一这么想心里就不好受……"

我请求地说："你别调走啊，咱俩配合得多好呀。"

他没再接我的话，眼望着远处发呆……

那天傍晚，我正做饭时，冉回来了，买回了不少蔬菜水果。

她问："谁把垃圾车停咱家门旁边了？"

她和我不一样，对于我们租的那屋子，我一向只用"咱们住的地方"来说，而她却从一开始就用"咱家"二字来说，似乎那确实是我俩的家。而我即使也说"回家"，却绝不说"咱家"。

对于并非自己买下只不过是租住的屋子，不论中意还是不中意，我都不会当成家来看待。在此点上我和冉太不同了，她是那种只要所做之事与自己的人生方向一致，那么可以将任何居所视为家的人。这是我根本做不到的——我是那种天生为生活本身而活的人，进言之是对家究竟如何很在乎的人。委曲求全一时可以，时间长了不行。

我正一边低头炒菜，一边考虑该怎样回答，她又问："那是怎么回事？"

我关了火，转身看她，见她面向衣架，在看我那一套橘色工作服。

我说："正是那样。"

她向我转过了身，困惑地看着我问："哪样？"

我说："我又找到了一份工作。"

她问："扫街？"

我说："尊敬的说法是环卫工人，临时的。正式的得有省城的户口，我还没那资格。每月一千三，负责扫咱们这儿的三条街，每天扫两次，星期日休息，比别的工作少休一天，但下班早，也不必加班。"

她看着我，默默向床那儿退去——退到床边，缓缓坐下，双手搂着挎包，低头无声而泣。

我坐到她旁边，想替她挂起挎包，她一再摆晃肩膀，将我的手晃开了。

我说："你这是演的哪一出嘛！"

她还不说话，却哭出了声。

我只得任她哭，接着炒菜。等我将西红柿炒鸡蛋铲到盘子里了，她终于不哭了。

我站在她跟前,交抱双臂,研究地看着她问:"哭够了?"

她掏出纸巾擤鼻子,之后也不看我,低头将纸团递向我。我接过去,替她扔在篓里。

她这才抬头瞪着我问:"李晓东,为什么?"

我反问:"什么为什么啊?你莫名其妙嘛。"

她说:"别打太极拳。如果,你不爱我了,为什么不能坦率地向我声明,而是来这么一招?"

我说:"哪一招啊?你扯哪儿去了?我当环卫工人就能证明我不爱你了?挨得着边吗?"

她说:"我认为你是在用这种作践自己的方式暗示我,是我把你拖累到如此地步的。"

我说:"哪种地步啊?我当环卫工人就是作践自己了?你一哭,把我哭得心乱劲儿的。刚才忘告诉你了,如果我干满三年,就可以顺利地解决省城户口。你那时已经研究生毕业了,估计解决省城户口不是多难的事儿。那咱俩不是都有省城户口了吗?将来我们的孩子不也一出生就是省城人了吗?"

她半信半疑地问:"你真这么想的?"

我说:"头上三尺有神明,骗你是小狗。"

她又将挎包递向我,我替她挂到了衣架上。

她拍拍床,我坐到了她旁边。

她小声问:"你爸妈知道会怎么想?特别是你妈,那还了得?她肯定会怪罪到我头上,我可担待不起。"

我安慰地说:"最好先瞒着他们一个时期,瞒不住了再说。好汉做事好汉当,我会向他们解释的。我觉得将来把家安在省城,不论对咱俩还是对他们,都是两全其美的事。他们在灵泉生活惯了,估计是愿意终老在那儿的。我呢,其实也挺喜欢生活在灵泉的。毕竟爸妈人脉广,将来可以沾光借力。但你不同,你心高,总想往高处走。这我理解,非常理解,灵泉对你这样的女生确实太小了。省城离咱俩的家都很近,咱们看望双方的父母都很方便……"

我尽量软语温声地说,晓之以理,动之以情,说到后来,自己都憧憬起来了。

冉忽然捧住我脸深吻我,吻得我几乎窒息。她对我的爱之举动或曰表现,每令我猝不及防,而且热烈如火,带有极大的率性和任性,但我一直很享受,那是我的极乐时刻。于是,一切误解和不开心,不论在我这儿还是在她那儿,都会顷刻化解。

她深吻我时总是闭着眼睛,自己也很享受。而我总是后闭上眼睛,先欣赏几秒钟她享受的样子,这会使我的享受接近被催眠,那种感觉像是灵魂即将出窍却又尚未出窍。

"屋里有人吗?"

一个男人的大嗓门使我俩的深吻不得不结束。是安装抽油烟机的师傅上门了,我还没来得及买一台旧的,我爸一急之下,替我买了一台新的。事关他儿子独自生活的品质,他总是心急。我不急他也急。那活儿得往墙上铆钉、钻孔,半个多小时后才安装完毕。

我俩躺在床上时,已经八点了。

她说:"你爸真好。"

我说:"是啊。"

她说:"如果你妈能像你爸那么包容我,我的爱情幸福指数就高达百分百了。"

我说:"不仅是你的,是咱俩的爱情就会那样了。"

她说:"我得去冲个澡,把窗帘拉上哈。"

我刚把窗帘拉上,她已一丝不挂的下了床。望着她那曼妙的背身,我心猿意马。

那天晚上,我强烈地需要她的身体。正如有些男人白天受过累后,晚上需要饱餐一顿好的。

她在浴帘后说:"等我上床了,要告诉你一件小小的高兴事儿。"

我大声说:"我想和你洗鸳鸯浴!"

她也大声说:"我也想。可这么小的地方也容不下咱俩呀,想也白想不是？"

浴帘后传出了咯咯的笑声，证明她内心里那时的快乐就要"爆棚"。

冉很少在别人面前笑出声来，只有和我在一起时才会那样。人们常将爱情这事儿分成"给予"的和"被爱"的双方。在我俩同居之前，尽管是我在追求她，但我实际上给予她的并不多，估计她也并没怎么体会到"被爱"的愉悦。简直也可以说，我爱得挺吃力，她"被爱"得也很累。爱对于我俩而言，似乎更是一件一味在"谈"的事。还在"谈"着，就是在继续进行着。某几天双方都懒得"谈"了，那么就是出现危机了。我俩那时是一对儿"谈恋爱"的刻板的践行者。

以至于王文琪曾调侃我："同志，能不能往实际了进行进行啊！将爱情进行到底，也不是你们那么一种进行法！你是男的，该怎么样时，你得主动那么样。磨磨叽叽的，一次实际行动都没有，连我都替你们着急上火！"

可当时也没各方面成熟的条件具备在那儿，所以我也无法"往实际了"进行。

郝春风也私下里对我说过："我觉得吧，在爱这方面，冉天生的有点儿冷。你别那么看着我，我指的是假冷，不是真冷。冉自己意识不到这一点，她还不怎么会爱呢，所以你得教她，引导她。等她会了，就变成一把火了。那时你就会领教，某个男人为什么会离不开某个女人了！"

直到我和冉同居后，我才明白了郝春风的话。与其说我和冉从此互为对方的另一半了，还莫如说我和她的身体彼此找到了相亲相爱的另一半。它俩互相吸引的程度，似乎远胜于我和冉。似乎，我俩是我俩，它俩是它俩；我俩之间常闹点儿小别扭，它俩之间却总想往一块儿凑，只要一亲爱起来，我俩就谁都做不了它俩的主了。

某次，在它俩的一阵行为放纵之后，仰躺在我身边的冉情不自禁地说："李晓东，我再也离不开你了。"

我说："我更是。"说完情不自禁地吻她鲜润的唇和潮红的脸……

"哎呀，吓死我了，讨厌！"

冉的一只脚刚一探出浴帘，我一下子将她从浴帘后拽了出来。浴巾掉下，而我将"纯粹"的她横抱了起来。

她一只手搂着我的脖子，一只手摸着我的脸颊，娇羞地说："我又获得奖学金了，一等，两万元……"

我说："高兴。得先把欠刘川的钱还了。"随即低头吻她。

一对儿相亲相爱的身体颠鸾倒凤了一阵之后，我俩手握着手，全身松懈地平躺着。

她说："你爸都来过了，也捎来了你妈欢迎咱们回去看她的话，咱俩还是主动回去一次吧。"

我说："同意，时间由你定。"

她说："那就下个星期二吧。"

我说："星期二不行，周二我的活儿累。星期日吧。"

她说："也行，听你的。我想用奖学金给你妈买件礼物，你认为买什么好呢？"

我说："她现在挺注重养颜的，给她买套化妆品吧。哎你帮我分析一下哈，为什么，我扫街时，一点儿都不觉得自卑呢？"

她反问："富家少爷装扮成乞丐，沿街乞讨，只为的是好玩，他会有自卑感吗？如果只要他那么做上三年，就可以进京当官，他可不装乞丐装得乐呵呵的呗。"

我说："第一，我不是富家少爷。第二，我不是在沿街乞讨，而是每天很认真地工作。第三，三年后我得到的好处也不是进京当官，只不过是省城户口，没有可比性。"

她一翻身，斜着伏在我胸上，双手叠放在我颈窝下边，微眯眼俯视着我说："有可比性。在灵泉，你爸是美协主席，足不出户，用半月时间画幅画，用十几分钟写幅字，轻轻松松就把钱挣了，而且有不少人排队等着买到手。与我爸比起来，你爸太不是普通人了吧？你妈呢，不但当过中学校长，还出身于教育世家，灵泉大大小小的官员以及他们的儿女，一多半曾是你妈或你妈的爸妈以及你大姨的学生。对于普通人而言的难事儿，在你妈那儿，往往几通电话就解决了。你常对我说，你爸多么多么清高，最不愿求人。如果你家遇到了什么难事儿，也不需要你爸四处求人呀。与你那位神通广大的妈相比，我妈只不过就是苍生中的女人。你是当过主编的，你应该懂苍生是什么意思，灰不溜秋的，满目皆是的，终生劳碌自生自灭的那部分人。而我，既是菜农的女儿，也是苍生之女。在我眼里，你当然是富家少爷！你见过你爸妈由于什么事发愁的样子吗？经常听他们唉声叹气吗？可我呢，爸妈给我留下的最深印象就是他们发愁的样子，每天晚上半睡没睡的时候，耳边总好像听到了爸妈的唉声叹气。在你们七个男生中，王文琪为什么对你最好？因为在他眼里你也是富家子弟嘛！省城高官的儿子与地方富家子弟的儿子，当然会处得更近一些啰。而我，如果没考上大学，我妈的一生就是我以后的一生，这会儿有可能和你李晓东这样子在一起吗？我的一切努力，都是挣命表现，不挣巴就无法改变。而你不需要挣命，你只要顺命，你的人生就不至于差到哪儿去。你扫街，根本不是命运决定的，也与户口没多大关系。不必你扫街，咱俩以后照样都会有省城户口。那事儿不论对我还是对你，以后还会是难事儿吗？你扫街，纯粹是想拿自己开一次涮，是成年人自己跟自己调皮一次罢了……"

她终于结束了长篇大论，却仍伏在我胸上，仍眯着眼睛，嘴角浮现一抹得意的笑，仿佛在问：怎么样，把你分析得透透的吧？

我爱死她那时的样子了，一翻身将她压在我下边，也像她刚才那般伏在她胸上，俯视着她说："我发誓，执子之手，与子偕老。"

她小声说："何必发誓，咱俩也是有缘。可……我爱你爱得好没自尊。我从没想到过，在对方的父母明明不中意的情况下，我还非和对方在一起，好像我非要纠缠住谁似的。我想要的爱情原本不是这样的……"

她流下泪来。

我一边替她抹泪一边说:"是我非要纠缠住你,你好好享受咱俩这份缘就是了。至于我爸妈,他们最终肯定会喜欢你的……"

她含泪笑了,笑得苦甜参半。

我想吻她,她偏过了脸,语调极郑重地说:"你还不如先发这样一种誓,不论在任何情况之下,在任何人面前,都承认百分百的事实——你扫街跟我一点儿关系都没有,绝对不是为了我,更不是我逼你那么做的……"

我内疚地说:"苍天可鉴,本人发誓,如果……"

她忽然拥住我脸深吻我,那时她泪如泉涌,她的泪又把我的脸都弄湿了……

第二天我俩都起得挺早。

在门口那儿,她也内疚地对我说:"我昨天晚上说了一大通半真半假的话,别往心里去啊。要是伤着了你,千万原谅我。"

我拥抱住她,冲她耳畔说:"冉,我更爱你了。以后对于我的话,你也别那么小心眼儿了,行不?咱俩都要好好地相爱,尽量少闹别扭……"

她说:"行。"

我俩竟都有几分依依不舍起来。

确乎的,从那一天起,我更爱徐冉这个"苍生"的女儿了。与同情无关,是由于她的坦诚。在做爱这件事上,我的感受也不同了——我觉得相互渴望拥有的,已不再是我的身体和她的身体了,我和她两颗心在相爱的成分多了。作家张贤亮有一部中篇小说《灵与肉》,我在上大学时读过,当时不太理解他为什么为自己的小说起那么一个半雅半俗的名,以为是为了多卖。想那许灵均与秀芝之间,起先连爱都是没有的。后来呢,同命相怜,又做了夫妻,自然便有了肉体之爱。同命相怜无疑也会使肉体之爱如鱼得水。男人大抵如鱼,女人大抵如水。如鱼得水是男人感觉,鱼水之欢才是两情相悦的共同感觉。许灵均与秀芝之间的肉体爱,肯定达到了鱼水之欢的层级。姑且就用"层级"这个词吧。但他们的所谓"灵",究竟是在哪一点上结合了呢？一名早年间的大学毕业生，高等知识分子，他与苍生之女秀芝间的爱，可能也有"灵"相结合的时期吗？记得汪先生还在课堂上引导我们讨论过。全班同学基本上都认为不可能，鱼水之欢那种单纯的肉体之爱，对于他俩就是谢天谢地的幸运了。但汪先生却认为他俩实际上也有"灵"之爱。善良是他俩的共同天性，这天性属于"灵"的范畴，而且应该是"灵"的主体。无善可言，灵不美也。他强调，人与人之间，男人与女人之间，所谓"灵犀相通"，在主体上相通就可以了，不必非求"精神的全面认同"，那样就会既没朋友也无爱人了，就会自以为是孤芳自赏最后孤家寡人……

我与徐冉，我俩从没在精神上"全面认同"过，因为到那一天为止，我从没体会过"挣命"式的个人努力，我的家庭决定了我的人生完全不必那样。所以，我的人生态度是颇小资的，是顺其自然的。有家庭做后盾，凡事顺其自然，可以预见，我的人生再差也差不到哪儿去。也可以说，我纯粹就是个"小资男"，只不过不酸而已。用后来的网词儿形容，我也有点儿"佛系"。而我和冉的关系，是我第一次违背父母意愿进行的事。我自己分析，是延后的"叛逆期"表现。大约人生总得经历那么一遭，该经历的时候没经历，乃至延后了。也与徐冉的性格有关，与我俩相识的戏剧性有关。她的家庭她的成长经历决定，她很怕过早地被男性所掌控，成为男性的"俘虏"，进而成为男性的附属品。而我这种"小资男"起初被她那种"孤冷女"所轻视，反而激起了我的征服欲。再加上爸妈对她的排斥，更加使我志在必胜、其人必得了。冉的人生态度是极现实的，现实得几乎难容一星半点的浪漫。一个从少女时期就开始进入"挣命"状态的苍生的女儿，她的人生态度不现实反而奇了怪了。后来的她在实际生活中多少接受了些浪漫情调的影响，那还应该归功于我。是我使她变得在生活中初谙情趣了。对于这一点，我知道她内心其实是感激我的，尽管嘴上从没说过。对于我俩的关系，她其实是顺其自然的。对于一个追求自己而又一定程度上改变了自己的男人那种心怀感激的顺其自然，一种面对现实的顺其自然。对于人生，我是没有什么远大志向和目标的。她肯定有。那是什么，我从没问过，她也从没说过。像我俩这样一对恋人同居了，床笫之亲、鱼水之欢也几乎只能是我和她的身体的互相吸引，所谓的"灵"的相通，不可能不隔着一层。

然而从那一天起，一个"小资男"和一个"挣命女"的"灵"，似乎坦诚对话了。所隔之防渗层消除了。我终于特别理解一个我所爱的女子的灵魂了。我所爱的她的身体，也不仅仅只是鲜活的生命体，同时也是有灵之女体了。这使我在亲爱她的身体的时候，享受感倍增了。她亦如此，我深知她在乎关系的平等，我开始特别尊重这一点了，再也不认为自己是她的命运的拯救者了。以前，我俩一闹别扭，我往往用姿态优上的话敲打她——你以为你是谁？就凭你那点儿本钱，归根到底，你又能活出多么了不起的人样来？我李晓东爱你，你这辈子知足吧！你若想将来过上较好的生活，舍我其谁？——虽然我不至于把话说得那么直白那么难听，但话里话外确实是包含着那种意思的。自然，那无疑会深深地伤着她。

有次她曾问："你几次用话伤过我，自己知道吗？"

我说："知道。但你也用话伤过我，彼此彼此，足以扯平。"

她说："扯不平。你伤我伤得更深。"

我说："那咋办？先欠着，以后你再伤我时，我忍着不反击行了吧？"

她说："少贫。我几次想剪断咱俩的关系，却又没那么试过，知道为什么不？"

我说："不知道，愿听端详。"

她说："因为咱俩的身高样貌是佳配。我喜欢你的样貌，迷恋上了你的身体。估计咱俩的下一代在以上两方面也差不了，以我的情况，再找到一个你这样的佳配不容易。在婚姻方面，我也是一个地道的现实主义者。何况……"

"何况什么？"

"何况你也迷恋上了我的样貌和身体，别瞪着我，还不想承认啊？所以，我一次次原谅你。小不忍则乱大谋。它俩先能相亲相爱也很好，它俩能那样是咱俩之间的爱情基础。至于咱俩，可以从容地培养感情，先结婚后恋爱也无妨……"

她忍俊不禁，扑哧笑了，说得连自己都脸红了。

我当然明白"它俩"之所指，也不禁笑了，脸红了。并且暗自惊奇于她居然和我有相同的感觉，还居然在我面前大大方方地说了出来！似乎，也是在用话敲点我——别以为你没像我这么坦率地说出来过，我就看不透你内心里什么感觉，论做爱这件事儿，女人比男人更善于明察秋毫！……

将冉送出门，我烧开一壶水灌上，穿好我那身行头，早早地出车了。扫街那活儿最差劲的一点是，不但星期六搭上了，连星期日也不休息。因为就我一个人，也没倒休那一说。好在周六我将三条街扫得干净，周日早上三条街都不太脏。基本上等于是骑着垃圾车巡视，发现脏东西才下车扫一扫帚，撮起来。

那日晴空万里，阳光明媚，我因与冉的关系发生了"灵"的变化，心情甚佳。一边大撒把地蹬车，还一边引吭高歌。忽听一声响亮的口哨，扭头望去，见几个小青年站在人行道上，他们认出了我，吹口哨是为引起我注意。我也认出了他们——在校时，曾因买西瓜与他们发生过冲突，后来和好了。

我将车骑过去，刹在他们跟前。

其中一个问我："哥，什么情况啊？被大学开除了，人生沦落了？"

我说："没那么戏剧化，替别人干几天，进行社会体验。"

我说得庄重，他们还都信了。遂问他们在那儿干什么，他们说在等几个哥们儿。

我说："别是聚在一起去约架吧？也都老大不小的了，应该让父母省心了。"

另一个说："放心，我们学好了，是约上一块儿去帮一个哥们儿家修房子。哥，扫街什么感受啊？"

我说:"有钱挣人就高兴,没听到我都唱起来了吗?"

他说:"因为你是在替别人干几天,如果让你一个有大学文凭的人干一辈子,结果连老婆都娶不上了,那你要么会自杀,要么会疯掉,要么会走上报复社会的犯罪道路!"

他的话引起了另外几个的议论。

有的说:"你的话它就不着调,现在的中国不是从前了,没谁有权力能强迫一个大学毕业的人扫街。"

有的说:"老婆还是能娶上的,看娶什么样的了,同样有大学文凭的老婆肯定是娶不上的,扫街的男人也不全是光棍。"

还有的说:"反正给我多少钱我也不会扫街,我太想找个有模有样的老婆了……"

陪他们胡扯了一会儿我才离开,却不再引吭高歌了——再说我是富家公子跟自己调一下皮,我觉得还真有几分被她说对了。也觉得,再显出意气风发的样子引吭高歌,近于作怪了。

我像国王出巡般"巡视"完了三条街,时间还早,便去公园里找老赵,主动与他套近乎。老赵在浇花,我替他浇了一阵。

我俩坐在长椅上休息时,他问我一名大学毕业生为什么要扫街。

我诚实地告诉他是为了户口。

他说:"理解。年轻人嘛,一成了大学毕业生,心就高了。我女儿也一样,到北京去了。"

我问他女儿是哪所大学毕业的。

他说:"我的命里哪出得了那样的女儿呢,高中都没考上,初中一毕业就端盘子了。不过呢,她倒是去对了,不端盘子了,在五星级饭店当大堂接待员了,工作满意了,挣得也多了。对于年轻人,北京还是机会多啊。"

他显出很欣慰的样子。

我试探地问——我俩可以不可以互相关照一下?如果他哪天有什么事儿,我替他干公园里的活儿,我哪天有什么事儿他替我扫扫街。

他说:"有早市那天肯定不行。你也有体会了,一个人干不好那活儿啊。"

我赶紧说:"我指的是星期日。下个星期日我还真有事儿,替替我呗,算我欠你个人情。"

他爽快地说:"那行。"

晚上九点多钟,再使我意外地回来了。

我问:"你不是说今天不回来了吗?"

她说:"是啊,身不由己嘛!"

我又问:"此话怎讲?"

她笑了,羞涩地说:"妹妹想哥了,想得没着没落的。'她'偏往家走,我根本做不了'她'的主,只得依着'她'啰!"

从那天起,我俩都有点儿一日不见,如隔三秋了。而"妹妹""哥哥"也成了我俩之身体的代词。

鱼水之欢结束以后,我问她:"如果我是一个扫街的,你会与我结婚吗?"

她伏在我胸上说:"如果你起初就是扫街的,我认识你和你认识我的概率肯定很小。即使偶然认识了,那也不过就是认识,见着了打声招呼而已。即使你还是你现在的身材和样貌,咱俩每天见十次我也不会与你发生打招呼以外的关系。即使我对你印象再好也不会爱上你。我好不容易考上大学,岂能情愿嫁给一个扫街的?除非……"

"除非怎样?"

"除非在你我之间,发生了小说家和编剧编创出来的离奇情节,比如《卖油郎独占花魁》那类的……"

"也就是说,我真成了扫街人,咱俩即使结婚了,你也非闹离婚不可啰?"

"否!才不会!情况不同,结果自然不同啦。现在的咱俩已经多相爱了呀!……"

她大睁双眼，凝眸视我，背起诗来："不论贫穷／还是富有／我的爱人／我始终爱你／不论健康／还是病残／我的爱人／我始终爱你／不论这样／还是那样／我的爱人／我将永远和你在一起！……"

我问她从哪儿看到的诗。

她说："发在《文理》上的呀，你怎么自己都忘了？"

我还真没印象了，因为诗稿不归我审。

我说："扫街人是社会不能没有的人，你轻蔑他们是不对的。"

她说："我从没轻蔑过他们。有一年我家的菜长势不好，我在镇一中住校的费用又增加了，我爸也在镇里当过一段时期扫街人。我一有空就替我爸扫街，我怎么会轻蔑他们呢？恰恰相反，我尊敬一切为了生活什么工作都肯干的人。但我们说的是男女之爱，两码事。难道你没发现，扫街的基本是中老年人，年轻人极少。年轻人而扫街那是社会劳动力的浪费。"

我说："如果我以后只能扫一辈子街了，咱俩的孩子不都受委屈了？"

她说："那种情况根本不会发生，属于无稽之谈。如果真那样了，要不要孩子就两可了。"

"你……你都不想做母亲了？……"

我确实吃惊起来。

"我说的是两可，得看具体情况。父母必须对孩子尽好责任，如果缺乏能力，那就不应将孩子带到世上来……你认为呢？"

我一时不知说什么好——对她的极现实主义的人生观，我往往失语……

第十二章

星期日那天，我爸我妈对我和冉双双出现在他们面前，基本上持的是欢迎态度。那是我爸一向的态度，他在我和冉的关系上是典型的摇摆分子。有时受我影响，态度会往我这边靠拢一下；有时受我妈影响，态度会往她那边倾斜一下。但不论他的态度怎么变，都是变在内心里，含而不露。尤其面对冉时，外场上绝对是过得去的。所以我对我爸的表现并不奇怪，我妈的表现才令我疑窦丛生，暗自讶然。

她脸上挂着庄重矜持的微笑将我和冉请入家门。是的，千真万确，她做了一个"请"的手势。不是迎宾女郎那种标准的礼仪手势，而是自认为颇有身份的女主人的那种手势——站在门内，往门旁移步一闪，微微弯了一下腰，一手前一手后，在前的右手幅度甚小地摆划了一下。

当冉将化妆品盒双手捧送给她时，她的微笑仍是那么矜持——她朝我爸偏了一下头，我爸会意地替她接了过去。之后她才说"谢谢"，并象征性地与冉拥抱了一下，贴了贴脸颊。

我们没到外边去吃饭。

我爸说："我是主张到外边去吃的，可你妈怕遇到熟人……"

"我不是怕遇到熟人。'怕'字可是你说的，绝不是我的原话。我的原话是不愿遇到熟人，遇到了总得没话找话聊上一会儿吧，那不是影响咱们相聚的气氛吗？"

我妈以一番解释将我爸的话遮过去了。

我爸附和地说:"是啊是啊,家庭聚会,还是在家里更好些。"

我妈白了他一眼,嗔道:"你话还真多。"

我爸不自然地笑了。

我从他俩的话中听出了一种难以令我高兴的原委——实际上我妈是不想使冉有机会出现在我家的熟人面前,那显然会令她因不知如何介绍徐冉而为难。如果说冉是我"同学",明知我俩会不高兴,而且无异于"此地无银三百两";如果说是"未来的儿媳",对于她又等于牛不喝水强按头。连我这个思想一点儿也不复杂的儿子都寻思到了,估计小心眼儿的冉更不会毫无所想。

我偷觑徐冉,见她一副失聪未闻的样子,正在欣赏墙上的画。她上次到我家时,我家餐厅那儿已经挂着我爸画的水彩石榴了,那日她已欣赏良久——一个人一般不会在同一个地方对同一幅画久久凝视。为了使自己的样子在我和我爸妈看来确实其耳未闻,她还多此一举地扶了一下挂得很正的画框。

她一转身,见我在看她,笑着说:"我喜欢这幅画。"

我爸说:"等你们有了自己的家,可以取走。"

我妈说:"先别扯那么远,我刚收拾完鱼,还没来得及洗,你手干净,你给徐冉沏茶吧。"

我爸冲冉笑笑,转身到客厅去了。

我妈对冉说:"都别坐这儿了,客厅宽敞,还是都到客厅吧。"

客厅的大茶几上,几个盘子里盛着切成块儿的西瓜、苹果,剥开了皮的橘子,连香蕉也切成了段,葡萄摆了颜色和大小不同的两种,小叉子和餐巾纸各在其位。

看来,我带着冉回家这件事,我妈是认真对待的。认真得已不像是对待自家人,而像是欢迎客人了。

我爸刚沏好茶坐下,站在我和冉旁边的我妈说:"老李,你到厨房去帮帮我呗。"

我爸便又起身到厨房去了。

冉说:"婶儿,还是我去吧。"

我妈笑着说:"那怎么可以!绝对不可以。你才来第二次,好好当客人吧!"

她还是那么矜持地笑笑,又对我说:"儿子,替爸妈把你同学陪好。徐冉,像在家里一样啊,别太拘束,一回生,两回熟嘛!"

她一说完就转身离开了,客厅里只剩下我和冉。

冉小声问:"知道电视剧的主要拍摄流程吗?"

我耸耸肩。

她说:"换地方说话。"

我说:"电影就不是那么拍的了?"

她说:"还是有些不同。某些电影有大量外景,可某些几十集的电视剧,几乎从始到终都是内景戏。"

我无话可接,又耸耸肩。

她自言自语:"感觉像是在拍那样的电视剧,却又入不了戏,不知道自己该演主角还是该演配角……你妈这位导演好像把我当主角了……"

我终于憋出一句话:"吃!"

冉笑着说:"那我不客气了。"

她爱吃西瓜,连盘子端在手。

我就更不客气,也吃起来,同时开了电视,锁定一个电影网站,调出了一屏电影。

我问:"《海上钢琴师》和《钢琴家》,想看哪部?"

她说:"大本时全看过了。"

我说:"也就这两部还值得再看。"

她说:"《钢琴家》太悲惨了,还是《海上钢琴师》吧。"

我俩边吃边看时,冉问:"生活也可以分为歌类的、诗类的、小说类的、散文类的、报告文学类的、史诗类的,你憧憬哪一类生活?"

我想了想,认真地说:"歌类的就排除吧,没谁的生活可以始终如歌。"

她说:"同意。愁苦的生活与歌更是相反,是被唱成歌的。其实史诗类的也应该排除。现而今,和平年代,人参与宏大壮烈的事件的可能性太小了。"

我说:"赞成。那么,在剩下的几种生活中,我选择诗类的。"

她说:"诗类的生活后来往往会走向反面,'1911'的命运不就是那样吗?'月有阴晴圆缺,人有悲欢离合,此事古难全。'世界并不永远诗意盎然,作为匆匆过客的人而憧憬始终不变的诗性生活,太理想主义太脱离现实了。"

我反问:"那你选择哪一类?"

她不假思索地说:"小说类的太难把控了,一波三折,又是悬念又是翻转,主线副线的。不复杂不来劲儿,太复杂活得累人。散文类的呢,更适合老年生活,而我们现在正年轻。我选择报告文学类的吧。每个人的生活,不就是由自己一直往下续、自己对自己的一场报告吗?由不得异想天开,由不得任何虚构自欺欺人。当然了,人在世上走一遭,而且只能走一遭,绝无第二遭,也绝无重拍一段那一说,完全像报告太乏味了。所以,得多少有点儿文学性,将小说啦、散文啦、诗啦那些元素不斤不厘地往生活里加点儿,就像往菜里汤里加'十三香'那样。这就是我理解的生活,这就是我给自己设计的生活。不妨随心所欲一下,不逾矩。"

我不禁大声说:"行啊,几天没见,老婆你更加能说会道啦!"

她推了我一下,嗔道:"小声点儿,让你妈听到了多不好。"

我是故意大声说的。

厨房里快速切菜的声音停了一下——做菜一向是我妈的事儿,显然她还真听到了,而这正中我下怀。

那时,我对冉真的开始刮目相看了——大学使她这个农家女变了。本科的时候,我也能感觉到她的变。但变得不是很明显。自从读研以后,见解方面发生了相当大的变化,与是大本生时几乎判若两人了。大本时的她凡事只有态度,往往没有见解。有见解她也不轻易表达,等于没有。王文琪曾对我说:"没有见解的妻子对于是丈夫的男人未尝不是一种福分。好比袭人，本质上是乐于夫唱妇随的。宝钗那种妻子难以驾驭，一不坚持就会被反控制，变成妇唱夫随的关系了。黛玉更会使咱们男人头疼，多难哄啊！"那时我倒也不认为没有见解是冉的优点，更没打算在我成了丈夫后全面控制她。那时我认为，我是完全有能力使她成为有见解的妻子的，起码可使她的见解水平达到能与我在同一层次讨论讨论的程度。并且，对这一点我是有事功心的。现在看来，我不必多此一举了，也应该自行泯灭我的事功心了。但我推测不可能是她的导师和同学使她变的。自从汪先生正式退休了，在我们那样一所大学，也没哪一位老师教书育人的水平比汪先生更高了。她的研究生同学多半是女生，死记硬背型的多，喜欢讨论问题的少，对她也不会有什么见解影响。我想主要还是书籍使她变了——已经成为研究生了，第二个人生的努力目标实现了。她并不打算考博，所以第二个实际上也就是学历方面的最后一个目标，一经实现，整个人的状态松弛了，有好心情看闲书了。常有关于她的"情报"汇集到我这里，"泡图书馆时间最长的女生"是共识。每次她回"家"，包里总是会装着一本书。如果并非住一个晚上就走，那么往往会用纸袋拎回两三本，有的还挺厚，并且不再是语言学方面的书了，基本是文史哲方面的书了。有次她居然带回了一部《中国民俗史》，使我大为诧异。我问她怎么会有闲心看那种书，她说："一时兴趣而已，挺有意思的。"

既然我俩在我家客厅里讨论起了生活，我就不愿仅停留于形而上的讨论了，又大声说："过几天咱们也得买一台电视，老没电视看我可受不了！"

我那话也是成心说给我爸妈听的——主要是说给我爸听的，那也许会使他又受爱子之心的驱使，再为我买一台电视的。与当时的我相比，我爸挣钱多容易呀，我那份工资挣得太难了点儿吧？该啃老时就得抹下脸来啃一口，没什么可羞愧的。该啃不啃未免迂腐，而且呢，我觉得我爸也愿意被我啃。我一口不啃，他心里还会犯嘀咕，找不到当爸的感觉了。

"你干什么你？！成心的是不是？没别的话可说了？"

冉瞪起了眼睛，有点儿生气了。

我嬉皮笑脸地说："在我家，我还不能想说什么就说什么，想大声说就大声说吗？"

她小声训道："你那话使我尴尬！你以为我不知道你肚子里打的什么小算盘啊？你的想法很可耻，而且还会使你爸妈对我产生不好的看法。"

我说："你又想多了。"

她却也忽然大声说："叔、婶，我俩实在坐不住了，到厨房去帮忙了啊！"

厨房立刻传出我妈的声音："不许！千万别过来。半熟食多，午饭马上就好。"

我笑道："一厢情愿了吧？"

她说："反正我得做点儿什么，要不心里太别扭了。"说罢站起来，四处观看。可我家客厅干干净净的，根本没有她可做的事。

她看着我小声问："你说，我该干点儿什么活儿？"

我又嬉皮笑脸地说："门口鞋柜里有我爸我妈的几双皮鞋，替他们打鞋油是我小时候的活儿，如果你非想……"

我的话尚未说完，她已转身朝门口走去。我叫了她一声，她没理我。

那时，《海上钢琴师》已播过好一会儿了——电影中的"1911"正独自在游轮舞厅里弹那架他至爱的钢琴，它对于他如同精神上的唯一情人，好比古代美人儿是骑士们的精神偶像。风高浪大，游轮颠簸，钢琴滑动，"1911"的弹奏却没停止。他与钢琴那时如同在跳华尔兹的一对舞伴——如醉如痴，很享受那种肯定会使别人大为头晕甚至呕吐的滑动中，仿佛转瞬即可坐化成仙。

我目不转睛地看着，同时吃着葡萄，忽然明白了"1911"为什么选择了与游轮共存亡。这一点在学校时我们"七条汉子"之间讨论过一次，都觉得"1911"的人生态度不但甚不足取，而且甚难理解。那时我明白了——游轮对于他如同奥林匹斯之山，上上下下的都是游人，在他看来仿佛皆言行斯文的绅男淑女，又仿佛是朝圣的各路诸神。只有他一个人是不必下轮上岸的，那么他好似永住山顶的宙斯，人们对他的尊敬也确如诸神对宙斯的尊敬。底舱的劳工们虽然生活得十分辛苦，但自从他成了轮上的钢琴师，特别是他的养父去世以后，他就不再下到底舱去了，底舱对于他近乎不存在了——他生活在上层了，吃得好穿得好睡得好。"人是社会关系的总和"这句具有真理性的名言，对于他是毫无意义的。他与石头缝里蹦出来的差不多，没有任何亲情责任，也没有任何人值得思念。爱情对于他可有可无，钱对于他也是那样，起码当时是那样。进言之，他是一个没有任何社会关系的人，他也不需要社会关系。只要他完成好自己那份本职工作，船长和大副们从不干涉他的存在，他也可以只当他们并不真的存在——一位黑人钢琴家到船上来"挑战"他的水平，是他成年以后遇到的第一次人生考验，并出色地"战胜"了对方。何况那"挑战"一点儿也不严峻。人家不是来夺他的工作的，"挑战"的方式又是那么的文艺范儿，非刀光剑影你死我活那一类。即使获胜的是对方，人家也还是要下船去的——人家的人生在岸上，精彩也在岸上，游轮的舞厅还是他的"地盘"。如此看来，说他是那豪华大船上的无冕之王亦非夸大其词。总之，他的人生简直算得上是诗一般的人生了。虽然没有史诗性，每一天却都具有抒情性。而他一上岸则不同了，岸上的日子是每天都离不开钱的，没有钱就只能沦为乞丐。为了有钱生存下去他得有经纪人。有了经纪人他也未必能始终当无冕之王。一旦当不成而又没攒下多少钱，他的人生也还是会难以为继……

"想过诗一般生活的普通人当死，死不足惜！"

我头脑中冷不丁冒出了这么一句寒气逼人的话，不是任何名人的名言，是我自己头脑中产生出来的。一想到自己刚才还很郑重地对冉说憧憬如诗的生活，我不禁打了个寒颤。立马的，我全盘接受了冉关于生活的"报告文学说"——主体是报告，好歹能加点儿文学色彩就不错了。

我正独自胡思乱想呢,猛听到我妈在吼我:"李晓东,没你这样的!你怎么可以让徐冉擦我和你爸的皮鞋?!你怎么还能心安理得地坐在那儿看电视?!看得下去吗?!……"

我一扭头,见我妈双手端盘子,恨不得把盘子朝我摔过来的样子。

我不由得站了起来,无辜地分辩:"怨不得我啊,是她自己非要找点儿活干,表现表现嘛!……"

我爸也从厨房里出来了,双手端着砂锅,瞪着我大摇其头。

"快去洗手吃饭!警告你啊,别再惹我生气!"

我妈虽在我眼前消失了,但她从餐桌那儿传过来的话似乎是在宣示:"这个家可是我的地盘儿,你当儿子的也不可以使我生气。"

冉此时于事无补地解释:"确实是我自己非要找点儿事做。这几天潮,给皮鞋打打油,仔细擦擦,那也是必要的,现在我已经全擦过了。"

我俩一块儿洗手时,她小声说:"对不起,没承想会使你挨训。"说完亲了我一下。

我小声说:"值了。"

我爸妈合做了一桌挺丰盛的饭菜,还开了瓶红酒。

我妈对冉说:"这是晓东他爸的老友从国外带回来的,绝对不假的法国高级葡萄酒。"

我爸说:"在酒柜里摆了两年多了,以前也没想到要喝,今天喝气氛很对。"

他说完,亲自往四只杯里倒酒。

我妈对我说:"你找个碰第一杯的理由吧。"

我举杯郑重其事地说:"爸,妈,我代表冉,我俩共同祝愿你们身体健康,永远健康!"

于是我们一家四口——不,确切的说法应该是,我们李家一家三口,与冉共同碰了一下杯,因为到那时为止,我爸妈还谁都没说过一句承认冉是我们李家一口人的话,尽管我与冉已经同居了。

接下来我妈表现得很好,让冉吃这道菜尝那道汤的,还为冉夹了两次菜。

饭间,我妈关心地问起了冉的父母的身体情况。

冉说她父母的身体都挺好,她父亲的老病没再犯过。

我妈说:"咱们还得再碰一下杯。这次我提议,也祝徐冉她爸妈身体健康,永远健康。"

我爸连说:"应该,应该。"

我妈率先举起了杯。

各自饮了一小口酒后,冉的眼睛都感动得泪汪汪的了。我心里也热了一阵,因为我妈那种暖心的表现。

快吃完那顿午饭时,我妈忽然想到似的说:"几次到嘴边的话,一转脸就忘了,还是老了呀,现在非说不可了,要不又忘……"

她的话顿时令我紧张起来,而徐冉简直都显出不安的样子了。

我爸不无告诫意味地说:"就是那么重要的话?非在饭桌上说不可?"

我妈说:"刚才饭桌上谁都说了不少话,我再说几句你就有意见了?"

我爸一时无言以对,顾全大局地沉默了。

"说吧说吧,最好别说不祥和的话。"我装出洗耳恭听的样子。

"你妈有那么使人反感吗?打你!"

她佯举了一下手,我也佯躲了一下,为了消弭一时凝重的气氛。

"儿子,我说的话跟你有关,你那儿不是缺一台电视吗?不必自己破费了,妈给你买。"

我妈的话一说完,我因自己的紧张没忍住扑哧笑了,见冉分明地暗舒了一口气。

我妈瞪着我问:"你笑什么,你妈的话很可笑吗?"

我赶紧说:"不不不,妈给我买电视,我高兴,是高兴的笑。"

我爸说:"还是由我来买吧,我哪天去省城,捎带着就把事儿办

258

了，就算我完成你交给我的任务。"

我妈说："别跟我争，我也需要讨好儿子的机会，机会得均等，不能全被你当爸的独占了。我教过的一名学生，如今是省城最大家电商场的老总了，在他那儿买会打很低的折，我也得给他一次表现的机会。"

我爸笑笑，又明智地沉默了。

冉却表示强烈反对。

她说："婶，我和晓东各自都有笔记本电脑，那不也等于有电视吗？您何必对他的话当真呢？我们真的不需要。晓东在客厅说的是玩笑话，晓东，你别事不关己似的！你倒是也声明一下啊！"

我说："不就一台电视嘛，咱们那儿又不是没地方摆，我声的什么明啊！"

我妈说："OK，停止讨论，就这么定了。"

饭后，冉争着洗碗。

我妈说："那好，我可得去躺几分钟，儿子，你没资格闲着，和徐冉一块儿洗，洗完叫我一声，咱们都去画室那边午睡。"见我爸坐着不动，我妈又说："你别干坐这儿，又没你什么事儿，陪我躺会儿！"

我爸笑笑，和我妈同时进了他俩的卧室。

我和冉在厨房洗碗时，冉小声说："你在你爸妈面前，一向那么怪里怪气的吗？"

我说："我怎么怪里怪气的了？"

冉说："反正我两次到你家，你的表现都有点怪里怪气的。"

我说："以前我并不那样，后来觉得我妈的表现往往有点儿不同寻常了，我才不知不觉地变得那样了。"

冉沉默片刻，叹了口气。

我问："叹什么气啊？"

她内疚地说："还不都是因为出现了一个我嘛。"

我愣了一下，想吻她，她一扭身躲开了。

我爸的画室令冉大开眼界，如同简第一次进入罗切斯特的庄园。

我爸的画室其实也不是多么的豪华，只不过在灵泉市还有档次罢了。但对冉来说，那分明是一大宗"资产"，因而我也似乎由一个家境较好的青年变成了一个"资产阶级"子弟了，正所谓"贫穷限制了想象"。我妈请她在楼上楼下参观时，我自然陪着。她几次不拿好眼色看我，仿佛我俩的关系是从前年代相爱的一对青年，可我向她隐瞒了自己是敌对阶级的家庭成分，而这已不是诚实不诚实的问题了，是会影响我俩的关系成与不成的事了。

我爸似乎看出了她的心灵所受到的冲击，轻描淡写地说："不是买的，是租的，只不过租期比较长。"

我以开玩笑的口吻说："放心，每一分钱都是干净的，是我爸以一位画家的艺术心血换来的。"

我和我爸的话，并没使冉的表情恢复自然。

偏偏我妈那时又说："看来，你和晓东，你们是打算在省城安家了，那样也好。只要你们觉得好，我们没意见。到那时，晓东他爸会把画室卖了，用那笔钱为你们在省城买房子，争取买得大一点儿，一步到位，不但你们有了孩子再请个阿姨能住得开，我们临时去住两天，也住得开。"

冉立刻说："绝对不可以！我绝对不能接受那样的情况！……"

她竟说得有些激动，使我爸和我妈都愣愣地看她，接着又愣愣地互看。

我说："冉，有话好好说，别那么激动。"

冉脸红了。

她说："叔，婶，我和晓东以后在哪儿安家还没决定，但有一点是可以肯定的，我们应该做独立自主的人。不应该因为我们要追求好生活，而对叔和婶的晚年生活造成负面影响。叔是一位画家，他以后的画龄还会很长，没有一处好的画室怎么行呢？不论在任何时候，我都坚决反对叔为我们卖画室……"

她说的是绝对真诚的话，真诚得快哭了。

我爸说："好好好，待定，待定。今天不议那时的事，走一步看一步，到那时再说。"

冉的话使他挺受感动。他情不自禁地拥抱了冉一下，还拍了拍她的背。

冉的话却使我妈困惑了，她不解地看看我，又看看冉说："我还当你们决定要在省城安家了呢。经济独立我是赞成的，那是有志气的表现。但是自主嘛，那就得分什么事儿了。在我们还活着的时候，我们的意见也应该受到起码的尊重吧？晓东，妈可就你这么一个儿子，妈不愿意你将来离妈太远，一年见不到你几次！"

她说最后几句话时才将脸转向我，以不满的目光看着我，好像我已经决定远走高飞了似的。

我和稀泥地说："我同意我爸的话，现在不讨论那时的事，走一步看一步，到哪时就说哪时，待议吧。"

我爸附和地说："是啊是啊，他俩这不是第二次一块儿回来嘛，别搞得像外交会晤似的。"

我妈愣了愣，笑了，自辩地说："不是话赶话说到了嘛，我也没别的意思，只不过随口宣示一下家长的权利罢了。现在我给你俩分房间，你俩在楼上休息还是在楼下休息？"

当时我们是在楼上说话，我代徐冉选择了楼上。

我妈临下楼时说："画室这儿也没张双人床，你俩只能各睡各的了，将就一下吧。"

我躺在床上时，不由得长出了一口气。冉说得没错，由于她的存在，我妈的言语总是有些使我听着不顺耳，所以我的言语也每每的确有些古里古怪。我和我爸单独在一起时，并不总是那样，因为我爸尽量不说我不爱听的话。我和冉同时和我爸在一起时——其实也就我爸到省城去看我那么一次——分明的，我爸开口前总是会考虑到冉的感受。在这一点上，同是家长，我爸的修养比我妈高多了。这使我每次见到我妈之前，心理上都会产生一种潜在的压力，而"会晤"一结束，确实有点儿像会晤了，我精神感觉挺累。

我一时睡不着，胡思乱想。虽然我对我妈下楼前说的话极为不满——非来那么一句干什么呢？完全没必要嘛！但对我妈的总体表现，还是公正地给出了及格以上的分数。她竟开始认可我和冉的关系了，这等于给了我一份惊喜啊！毫无疑问，我爸肯定对她进行了耐心可嘉不厌其烦的说服工作。

我对我爸不禁心生感激。默默地做好自认为是分内的工作而又从不表功，他不论在单位还是在家里一向如此。真是位好父亲，值得我学习。

但冉今天的感受如何呢？是像我一样毕竟觉得欣喜，还是又被伤着了呢？

唉，好累。

那么一想，我躺不住了，起身去看她的状态。

冉居然将门闩上了。

我贴着门小声问："你闩门干什么啊？"

她立刻起身开了门。我刚一进屋，她又躺到床上去了。

她说："你不敲门我还不知道闩上了，不是成心的。"

"睡不着，想跟你聊聊。"

我也躺到了她身边。

"如果没什么重要的话，这会儿让我补一小觉行不？我困死了。"

她翻过身去，背朝着我了。

"那……你睡吧！"

我识趣地起身离开了，从走廊里的小书架上顺手拿起了一部画册。

我正在床上百无聊赖而又心不在焉地翻看画册，门一开，冉反倒溜进来了。她一言不发地上了床，搂住我，将头埋我怀里，无声而泣。

我放下画册，有点不悦地说："又怎么了啊？你就不能多理解我一下，让我省省心吗？"

她说："你爸妈打算卖画室的想法使我惭愧。"

我说："那你惭的什么愧呢？他们的想法是他们的想法，到时候咱们坚决反对不就得了嘛。"

她说:"你可要在态度上和我保持一致,我想要的生活绝不是那样的,啃老会使我无地自容的。"

我说:"行行行,我也不认为啃老很光荣啊。我妈已经开始认可咱俩的关系了,你对这一点就很麻木吗?"

她说:"我高兴。总体来讲,我这次到你家是特别高兴的。你务必要代我谢谢你爸,你爸肯定做了你妈不少思想工作,我不好意思亲口对你爸说感谢的话。"

我说:"没问题,你高兴我就高兴。"

"那我回我那边去了。"

她吻了我一下,猫似的溜走了。

晚上,我俩没住下。我星期一早上得扫街,必须连夜赶回省城。我不能住下,冉不住下的理由更充分——她要回她家去看望她的爸妈。我爸妈并不知道我在扫街,我哪敢实话实说啊!我妈问我在电视台工作得顺心不顺心,我用"渐入佳境"四个字骗过了她,她听了挺高兴,而我爸那时借故走开了。估计是怕走得不及时,日后负有欺骗我妈的连带罪名。我的策略是能瞒到哪一天就瞒到哪一天,实在瞒不住了,真相大白的时候再说。

临出家门时,我抓住个机会对我爸悄悄说:"冉让我代她谢谢你,我也要谢谢你。"

我爸怔了一下,随即领悟,也小声说:"那还不是应该的?谢什么。"

火车站和长途汽车站在不同的方向,我和冉分手时,她拥抱了我,也吻了我,并说:"我那话是真心话。"

我问:"哪句?"

她说:"我说我高兴那句。"

星期一我扫完街,我到公园去帮老赵干活儿。

他说他的申请报告已经被批准了,星期三就到别处上班去了。

"这么快?"

我难免有几分怅然。

他说在我接手扫那三条街之前他早已申请调走了，到别处去也得和我一样扫街了，好处是离家近，不必每天骑自行车上下班。

我问接替他的人好处不好处。

他说那人是个欺软怕硬的主儿，每每犯混。不是个真"二杆子"，是假"二杆子"，装"二杆子"是为了给人一种不好惹的假象。

"记住，你可别在第一天配合你干活儿时就被他降住了，那你以后就没法再让他好好配合你了。"

老赵如此告诫我，使我心情沉重。

到了星期四，我开始扫那条早市街时，却不见有什么人配合我。没人配合，我就无法将那条街扫干净。

我只得到公园里去找，见一个穿老赵那种工作服的人，正一腿压一腿坐在石礅上听收音机。石礅在一棵大树底下，小收音机里传出的是京剧花脸唱段。那人听得入迷，悬足随着行板晃动不止。该处在公厕旁边，他头顶的树冠巨大而茂密，有的树枝低垂着，几乎将他完全隐住。我东找西找，找了好一会儿才发现他。

我断定他正是我要找的人后，尽量压着火，走到他跟前礼貌地问："叔，你是接替我赵叔的管理员吗？"

他装没听到，反而闭上了双眼。

我耐着性子又问了一次。

他这才睁开了眼，睥睨地看着我反问："你谁啊？"

那口气如同"牛二"之类泼皮，一副不将任何人放在眼里的样子。

我笑着说："我是清扫早市街的小李。"

他冷着脸说："你姓什么跟我一点儿关系没有，我也不知道你赵叔是谁。"

"我赵叔是今天以前的公园管理员，如果你是接替他的人，那么请你现在就去配合我清扫那条早市街。"

我不笑了，也冷下脸来。

他瞪着我，掂量我的斤两。

我又说："如果你成心拿糖，我就不扫那条街了，直接把垃圾车骑到街道办去，告诉他们不扫责任不在我，是因为你根本不配合！"

我的话起到了警告作用，他这才关了收音机，也不架着二郎腿了，支使地说："那什么，你去把水管子接上吧！"

我说："你少支使我，谁的活儿谁自己干。"

我说罢转身便走。走两步站住了一下，头也不回地说："别以为我好欺负啊，我可是在江湖的青年，你要是敢撮我的火，哪天被人打断了腿公安都破不了案！"

"我说什么不中听的话了吗？你何必这样冲呢？"

他的话听来有点认尿。

"我等你五分钟。五分钟后你如果还没出现在早市街上，我就当你是成心和我找碴！"

我一说完又大步往前走。

虽然我的话对他起到了几分震慑作用，但两个人干起活儿来，他还真敢不好好配合我。我和老赵一块儿清扫时，老赵与我的配合十分默契。我的扫帚到哪儿了，他就会将水柱冲到哪儿。那厮却并非如此，只顾自己忽东忽西地乱冲，肯定是想早点儿冲冲大面上的脏东西，早点儿结束他不情愿的配合。也不知他是成心使坏还是不注意的结果，总之我被他冲了一下，顿时变成了落汤鸡。

我大为光火，冲他骂起来："你他妈的会不会干这活儿啊？！"

他将管子一扔，撸胳膊挽袖子地吼叫："哎你怎么骂人啊？你找修理啊？！……"

那时刻，我顿觉怒火中烧，一转身从垃圾车上抽下大板锨，双手横握胸前，毫不示弱地瞪着他叫阵："我就骂你了，还偏不道歉！今天你想怎么着吧？我奉陪啦！……"

那人是个车轴汉子，虽然瓷实，却毕竟比我矮一头。我占着身高的绝对优势，又有铁锨在手，颇不将他放在眼里。他呢，也算明智，并不敢贸然欺近身来耍"二杆子"，假的就是假的，假的真不了。却仍不肯罢休,大声嚷嚷:"你骂了我就得道歉!不道歉这事儿他就没个完!你一个上过大学的,啊,不到别处去找一种体面的工作,非混到我们环卫工人堆里来扫街,抢我们的饭碗,你图的什么啊你?!我今天要代表我们环卫工人跟你理论到底!……"

我说:"你别不要脸!你这样的谁也代表不了,只能代表你自己!我当然有所图!我图什么没必要告诉你!我是按招聘程序来扫街的,我抢谁的饭碗了?你说你说!你今天说不清楚我这儿还没完呢!……"

他被我抢得哑口无言了。

"李晓东!……"

忽听有个女人的声音叫我。由于激动,那女人的声音都变调了。

我转身看去,见路边停辆平板车,其上放个大纸箱,一女人悬腿坐车上。

我不禁暗暗叫苦——是我妈!

"妈,你怎么……"

我的话还没说完,车轴汉子立刻冲我妈嚷嚷:"好!好!你当妈的来得太好了!你这儿子,他刚才骂我了,你说这事儿怎么了结吧!"

我说:"妈,别理他,我的事我自己摆平!"

我妈不再看我,掏出钱包,抽出钱后下了车,径直走到那汉子跟前,一边往他手里塞钱,一边说:"我替他道歉。是我教子无方,请原谅。消消气儿,消消气儿……"

那汉子低头看看手中的钱,一声不吭,什么事儿都没发生似的转身上了几级台阶,消失在公园里了。

我埋怨地说:"妈你给他钱干什么呀,他那种浑人就得我这种人克克他!"

我妈怒道:"住口。把铁锹放下!"

我乖乖把铁锹放车上了。

"李晓东,你是哪种人?"

我妈开始训我了。

266

我嘟哝："普通人呗。"

"可你也是大学毕业生！"

我妈的语调又变了。

"那怎么了？我……我只不过临时体验体验生活……"

"别骗我！当我没听明白吗？李晓东啊李晓东，你叫我这当妈的说你什么好？就是你爸看到了刚才那一幕他也会生气的。我们哪点对不起你了，使你非跑这儿来作践自己？你不是我们亲生的吗？"

我妈说着说着眼泪在眼眶里打转了——她是来给我送电视的，我把那茬儿忘了。

那时我冷静下来了，明智地低头不语。

我以为我妈会训我半天，她却并没有那样，转身走向平板车，又坐上去了，对送货的蹬车人说："麻烦您师傅，咱们再回商场，退货。"

望着平板车越去越远，我联想到了冉关于人生的比喻，认为那件事在我的人生中，已超出了报告文学的范畴，属于小说或戏剧之情节了。

我再看水管子，水管子已不出水了，那活儿我是没法干了。我直接把垃圾车骑到了街道办，向他们陈述了情况，最后声明我不干了——责任在那汉子不在我。不知为什么，街道办的人并没怎么诧异，竟很痛快地承诺会按实际天数发给我工资。

那天冉回来得特早，五点多钟就进家门了。我一看她脸色，就猜到了她有重要的事要告诉我。

果然，她一边挂包一边说："今天我见到你妈了。"

我心中咯噔一下，结结巴巴地问："在……在在在哪儿？……"

她一边换拖鞋一边说："在学校。"

"她……她竟去学校找你了？"

"是的。"

冉在床边坐下，冲我笑笑。笑得虽不是那么勉强，但显然也不是多么愉快。被采访者面对镜头回答不愿回答又不得不回答的问题，想证明自己完全可以用胸襟来将那一问题包容并妥善消化掉时，往往都会面露同样笑容。

我内心不禁地又暗暗叫苦。

当时我正坐在小凳上洗衣服，冉坐在我对面。我不愿再看她，确切地说是不敢再看她。她那笑使我浑身不自在，仿佛我是一个麻烦制造者，而她是一个无辜的被麻烦之网罩住的人。

我看着自己双手，双手互相往下捋着皂沫，内疚地问："你俩吵架了？"

她说："那倒没有。怎么会呢。她是将来要做我婆婆的人，我应该尽量与她处好关系，这个道理我明白。我请她在学校咖啡厅喝了杯咖啡，过后她争着把账结了。"

冉笑出了声。

我终于有勇气抬头看她，也笑了笑，故作轻松地问："这么说你俩聊得挺愉快啰？"

冉说："别装没自己什么事儿似的！她到学校去找我，还不是因为看到了你在扫街吗？我想她肯定以为是我控制你那么作践自己的，所以要向我当面问罪。'作践自己'可是她说的，不是我说的，我没编瞎话。但事实是，那是你自作主张的事儿，我当然要替自己辩护啦，我才不替你背黑锅。可我也没如实告诉她，你是为了省城户口。如果我那么一说，你的做法就等于为咱俩了，我又摆脱不掉干系了。我说你是临时体验一下生活，为了写一篇社会调查，是北京一家大刊物约的稿。没想到她信了。"

我说："甚好甚好，咱俩的说法比较一致，没穿帮，只不过我没编约稿那句。"

"你起来，我洗。看来你就不常洗衣服，洗上衣要认真搓袖口、领子……"

她起身走到了我旁边。

我说："你就别上手了，指导一下就行了嘛。"

她说："洗衣服还是女人在行，你多把时间用在提高英语方面吧。不常用连学过的那点儿单词也会渐渐忘光。"

于是我让开了，她接着洗，我坐床边看着她洗。

我说："咱们也得买一台二手洗衣机。"

她说："我已经买好了，过几天就送来。"

我说："二手的还得过几天？"

她说："不是二手的，是新的。正赶上促销打折，我就买了。该花的钱就花吧。"

我一时没话，憋了半天憋出一句蠢话："遗憾的是我妈把为咱们买的电视又退了。"

她说："别想电视那事儿了。说正事儿吧，你不能再扫街了。省城户口也不必非那么去获得，难怪你妈亲眼看到了会生气。我要是一位母亲，看到自己是大学毕业生的儿子在扫街，也会来气的。"

我说："我已把那活儿辞了。"

她说："你接着找什么工作，我不干涉。挣多少钱，我也不在乎。多点儿好，少点儿就少点儿。但也不等于你自己愿意就行，你也得考虑到你妈的感受。通过和你妈长聊一次，我有点儿懂她了。她从没指望你成龙，出人头地。但她是位要面子的母亲，你的工作也与她的面子有关，这一点你做儿子的应该顾全到。"

冉吃完饭就回学校去了，晚上有一场她想听的讲座。

第二天上午，我用手机联系上了几个小哥们儿，就是我扫街时见到的那几个。他们那天加了我的微信。特给我面子，准时出现在公园门口。我率领他们进入公园，各处寻找假"二杆子"。我那么做并不是想要教训他——即使他昨天很好地配合我，还是会被我妈看到，结果也必然还是那么一种尴尬结果。我那么做是要向他显示一下实力，因为我和冉临时的家离公园太近了，我怕如果我不那么做，他那种欺软怕硬的家伙反而会找人经常闹上门来滋事，使我和冉以后殊少宁日。我们没找多一会儿就发现他了，他又坐在公厕旁那棵大树底下听半导体，听的还是京剧，还是花脸。也许假"二杆子"们都经常想象自己是"力拔山兮气盖世"的英雄好汉吧？

那家伙望见我率领五六名小弟兄奔他而去，情知不妙，连收音机也顾不上拿，吓得跑入了公厕，起初跑入的还是女厕，被一个女人骂了出来，之后才跑入了男厕。

两个小弟兄将他架了出来。

我心平气和地说："放心，我们不会把你怎么样。先回答我，昨天我妈给了你多少钱？"

他惊魂甫定地说："二百。我一分也没少说，绝对是二百。"

"我信你，但必须还我，因为你没理由接受那二百元钱。"

我坚决地朝他伸出手，而他立刻掏兜，可他的手伸入兜里后，却像被万能胶牢牢地粘住了。

"快点儿！"

"我兜里也没二百元钱啊，只有三十几元，是中午买盒饭的钱……"

他显出了一副可怜模样。分明，说的是真话。

"把他收音机拿走！"

"那东西也不值二百元啊。"

两名小兄弟也替我觉得索然了。

我几乎笑起来。但戏既已演到了那份儿上，是断不可以笑场的。演砸了，也对不起几位"配角"哇。没辙，"情节"变了也得继续演下去不是？

"今天不难为你了，明天我单独来要钱，看你明天的实际表现吧。"

我说完转身便走，到底没忍住，还是扑哧笑了，笑得几名"配角"莫名其妙。

晚上，老赵找到了我。

我请他进屋，他不进。说就几句话的事儿，在门口讲讲就行。他给了我二百元钱，告诉我是那假"二杆子"求他办的。

他问："那么，你俩的事，就这么过去了行吗？"

我反问："谁保证我和我妻子以后住这儿是安全的？"

他说："我保证。"

我说："那行。"

老赵的说法是——那假"二杆子"想替自己的一个农村亲戚长期承包扫那三条街的活儿,所以成心要将我挤走。他已经达到目的了,自然不会再找我什么麻烦。

"他敢找你什么麻烦,我这个调解人也绝不答应。"

"可,我听说,农村人并不需要省城户口啊。"

"农村人和农村人不都一样,分哪类农村人。现在省城户口忽然金贵了,批到一般人手里得花不少钱呢。扫三年街也不行了,延长到五年了。你有大学文凭,获得省城户口机会多,何必非扫街呢?"

老赵的话使我彻底释然,不再因自己的辞职而遗憾了。

那日,对我而言,乃是一个值得纪念的重要的日子——因为我之所"演",在更大的程度上是为了冉的安全,怕她经过那条小街时遭到报复。在我头脑中,生出了保护的意识。并且,那日我第一次对别人说她是我"妻子"……

第十三章

　　以后两年多，也就是直到冉研究生毕业后，我俩一直住在那地方。因为那地方交通方便，离公园近，离我俩的大学母校和火车站也都不远。我和冉一样，在那里住出了感情。
　　我考了一次公务员，没考上，连面试的名次都没进入。
　　冉知道了以后，问我："你真想当公务员？"
　　我说："老实讲还真不想，我觉得我的性格不那么适合当公务员，但当上了公务员不是等于端上了铁饭碗吗？"
　　她说："那你就不必勉强自己，我更愿意你从事你喜欢的工作。"
　　我说："喜欢的工作我是能找到的，不求关系不走后门也能找到，但不给解决省城户口。"
　　她说："那就先别想户口的事，顺其自然吧。"
　　有了她这句话，找工作对我不再是一件犯纠结的事了。我又换了三次工作，前两次因为招聘广告有欺骗性，没上班多久就看出种种的不靠谱来。后一次是由于我的原因，一家拍影视广告的老板的妹妹一次次非单独请我吃饭不可，我又不傻，明白那是什么意思，怕闹出绯闻使自己和冉蒙羞，只得一走了之。
　　我离开省城前那份工作是我做得最愉快的工作，也是做得最久的工作。是由省出版社招聘的，工资还可以，就是上班的地点离我住那儿挺远，也不是在什么单位或写字楼上班——而是每天按时去到一位八十几岁高龄的老人家里，用电脑记录他的口述人生。他有两个哥哥,一个在延安革命根据地当过侦察连长,反"扫荡"时牺牲了。一个当过抗日游击队队长,作战时负了重伤,拉响手雷与日寇同归于尽。解放大军解放他老家时,他才十四岁,指战员们一听说他有两位哥哥是烈士,而且在村中已无直系亲人,开拔时将他带走了。

他是全省依然健在而且头脑依然清楚的经历过抗日战争的"红小鬼"之一。省委宣传部指示出版社整理他们的回忆录,早日印刷成书,并拨专款支持。出版社人手不够,向社会公开招聘数人。竞争蛮激烈的,仅我那一拨就面试了十九人,我是唯一留用者。我又沾了汪先生的光,三名面试者问我听没听过汪先生的课,我斗胆地说我算是汪先生的爱徒之一,他们互相看看,显然都认为我在"顺着杆儿爬",其中一个便又问:"那么,在《文理》上发过作品吗?"

我说:"没发过,但我是《文理》的主编,差不多每期都写卷首语。"

另外两个同时"啊"了一声。其中一个问:"那你为什么不写入简历呢?"

我说:"怕看简历的人反而嘲笑我太当回事了。"

那女同志说:"该写还是要写,写了还是会起到一定的作用。"

之后他们就不再问什么了,互相聊起汪先生的情况来。看来汪先生在出版社也大有名在,从他们的话中我才知道——汪先生患了癌症,动了手术,术后状态尚好。而《文理》停刊了,他们都因而表示遗憾。之后的之后,那位女同志就带我去人事部门签了一份协议。

冉又回到家里时,因我受聘的事而喜悦,吻了我。

我说:"不值得你这么高兴,又不是正式录用。"

她说:"现在正式录用的工作关系太少了,除了公务员,事业单位也基本上是合同制,老人和新人的待遇是分开的。但是你能找到自己喜欢的工作,我当然为你高兴啦!"

我问她是否知道汪先生动过手术。

她说完全不知道。我俩推测,也许学校怕去探望他的师生太多,替他封锁了消息。

我又问她为什么不告诉我《文理》停刊了。

她说怕影响我的情绪，说汉语言文学专业今非昔比了，最新一届同学中男生更少，只得由校方出面动员几名其他专业的男生转到文学专业来；而女生们，"身在曹营心在汉"的更多了，总之再没有学生肯把时间和精力投入到办好《文理》的事上了。都明白学历对人生的重要性，都铆足了劲儿一门心思考成别的专业的研究生，谁还在乎一份学生刊物的有无呢？

"你和文琪，你们几名男生，尽量团结我们几名女生，做了你们想做的事、爱做的事，而且做得口碑良好，当成一种人生的经历，就知足吧。对于现在的女生，你也应该理解，啊？……"

她一边说着安慰我的话，一边又温柔地吻我。

我问："现在的女生，是不是更不愿嫁给文学专业出身的男士了？"

她说："真人面前不说假话，的确如此。即使是文学专业的博士，即使还是名校的文学博士，如果并非家境较好，如果不肯穷追不舍，也注定会成为婚姻方面的困难户……"

她一边说一边洗她带回来的苹果。

我坐在床边看着她好看的背影，一时顿生自卑，面试时获得的良好感觉，被冉的话一扫而光，如秋风扫落叶，如风卷残云。长到那么大，我对于自己将来的人生，也就持有那么几片叶子，还成了落叶，我觉得自己仿佛就是一抹残云，被冉的语言罡风吹得无处遁形。

我一时情绪极为低落，陷于郁闷之境。

冉洗好苹果，手拿一个，转身笑问："为什么傻呆呆地看着我？"

我说："喜欢看你背影，好看。"

她说："爱听。"走到我跟前，将苹果伸到我嘴边。

我拨开她的手，摇摇头，苦笑着说："幸亏我已经有了你。"

她说："也幸亏你的家境也较好。"

我张张嘴没再说出话来，看着她愣住了。

她说:"别不爱听。我生活在现实中,我考虑问题不可能不是现实主义的,包括对待爱情的态度……"

说罢,咬了一口苹果。

大实话往往也是打开天窗才来说的"亮话"。在民间,"亮话"是指最接近真相符合事实的那类话,好比亮堂堂的阳光之下那赤裸裸的婴儿,是怎么样就是怎么样,不论多少人发表看法,结论想不一致都不可能。而所谓"天窗",既是实指,也是比喻,意味排除一切虚与委蛇之言,往根子上来表态的言语。许多人不爱听这类话,乃因现实中的真相往往不怎么美妙。

我被冉的话吓着了。但那仅是几秒钟内的事。随即我就释怀了,因为我与冉同居的时间越长,她呈现给我的越是她本身的一面,我也越开始喜欢她的坦率,如同爱看她的背影。本来嘛,如果我是一个菜农的儿子,她为什么非得接受我的爱呢?一对儿普通大学毕业的各家靠几亩菜地维持生活的菜农的儿女,不论在哪儿,想要组成一个幸福的家庭,并且还想要给双方父母一种无忧无虑的晚年生活的话,谈何容易啊!我这方面家境较好,未尝不是我俩之幸运。为了表彰冉的"亮话",我张开了嘴,冉又咬了一口苹果,含情脉脉地哺入我嘴。

我俩躺在床上时,商议要不要一块儿去探望汪先生,最后达成共识还是不去为好。但决定代表我们全班同学给汪先生写一封信,并且说写就写,由我口述,冉伏床执笔。

忽然我手机响了,是王文琪打来的。他问我在干什么,我就向他汇报了汪先生动过手术的事,说我和冉正代表同学们给汪先生写信。

他良久不言语了。

我说:"你那头怎么了?说话呀!"

他这才说:"不知说什么好了,太接受不了啦,我在北京能为他做些什么?比如买进口的药。"

我说:"我会把你的话写上。"

他说:"务必写上。即使在北京那点儿能量我也还是有的。"

每半个月左右,文琪总是会与我通一次手机。有时是我主动拨过去,更多的时候是他拨过来,基本是晚上。"你俩在一起吗?"他的第一句话也总是这样的问话。如果冉不在,他就说:"又想你了。"若冉也在,则说:"想死你们啦!"并会与冉也聊上一会儿。他学冯巩的表演腔调学得特像。虽然是逗乐的话,但我和冉很享受那一乐。

"晓东,要不你先来北京吧!"

"徐冉,你一毕业就拽着晓东来北京啊!北京的人生平台还是大嘛,他偏不来你干脆把他蹬了,我在北京为你介绍一个更好的!"

每次结束通话前,他最后说的每每也是以上两句,或前一句,或后一句。

我曾问他在北京肯定已朋友不少了,为什么总盼着我俩去北京。

他说:"朋友和朋友不一样,没有好朋友在同一座城市我内心孤独。"

我问怎么不一样。

他说:"有些话是不能说透的,说透了就没意思了。"

那晚与文琪结束通话,我和冉都陷入了沉默,各想心事。

此时的沉默对我和冉都有点尴尬。

我首先说:"有文琪这样的朋友真好。"

冉说:"是啊。"

她张张嘴还想说什么,却又没说。

我说:"有话说嘛。"

她说:"算了,这会儿不说也罢。"

我猜她想说的是我俩到底去不去北京,而她没说是明智的,我不接茬儿也是明智的。毕竟,讨论那件事对于我俩为时尚早,若再引起哪一方的不快,岂非自寻烦恼吗?何必呢!

我说:"接着写信吧。"

冉说:"同意。"

我的新工作进行得很顺——每天上午到那位老人家里,听他口述两小时,我不但边听边用笔记本电脑记录,同时还用录音笔录音。老人家头脑清晰,也很愿回忆——什么事,时间、地点、人物,起先怎样,后来发生了何种意外情况,都能口述得有条不紊,娓娓道来,我基本上不必问什么。

下午我回到住的地方加以整理,有不明白之处在约定的时间内可以用通话的方式再问明白。

出版社的责编和领导对我的工作成果很满意,老人家也不止一次对社里看望他的人表扬我,说与我的合作非常愉快。

半个月后,回忆录开始在省报连载,每期一千五百字,我的姓名当然也同时见报了。

某日在出版社的走廊偶然遇到了一位社领导,旁边的人介绍对方是社长。

社长将我请到了办公室,与我简短地交谈了几句。

他勉励我戒骄戒躁,更加出色圆满地画上句号。并说,那样社里就有理由将我留下了,编制啊,户口啊,社里都可以从容地帮我解决……

那日是我毕业后最高兴的一天。往回走的半路,买了几瓶啤酒和几样肉食品。一回到住的地方,就迫不及待地给冉打手机,要求她晚上务必回来。

冉捎回了几份省报,说我在大学母校又出名了,她脸上也颇光彩。见我已将晚饭和啤酒摆在桌上了,又笑着说:"确实值得庆贺一番!"

我将社长的话对她说了一遍,她双手搂住我脖子,给了我一阵深吻。

我俩都有点儿喝高了。

冉不但为我唱京剧,还边唱边舞——毕业后,那日她完全放开了,可以用"快乐到忘形"来点评。

我的手机响了,对方是我爸。

我爸说:"传达你妈的诚意,欢迎你俩回灵泉过周末。"

我拿糖地问:"你什么态度呢?"

我爸说:"我会亲自掌勺,做你俩都爱吃的清蒸鲑鱼,你大姨和你表哥也会来咱家。"

显然,我爸妈都从省报上看到了我的名字,但我爸没说,我也没问,更没说出版社社长对我说的话。得意的事不能通过手机抖搂光了,那见面时不就再没同乐乐的话题了吗?合上手机,见冉已将上半身仰躺床上,垂着双腿,一只脚的拖鞋不知哪儿去了,醉眼迷瞪地说:"献丑,献丑,怎么没人鼓掌啊?……"

四天后我和冉双双出现在我爸妈面前时,我妈又与冉拥抱、贴脸,并小声说:"谢谢你。"

冉受宠若惊,然而我看出她相当困惑,未明白我妈何以谢她。

我则立刻就明白我妈的意思了——她认为我的上进也有冉的一半功劳呗!到底有还是没有呢?我认为也是有的吧。若我只对自己的人生负责,早就不在省城待着了。比之于灵泉,我并不觉得省城对我有多大的吸引力。我也许已经成了灵泉哪一所中学的语文老师,或市报的记者、电台电视台的编导。不必借助我爸妈的什么社会关系,凭我自己的能力也不难实现那一愿望。别看我们灵泉只是一个地级市,若论城市之美反而排在省城前边,在全国也排在十名之内,早就是国家评出的最美城市之一了。而且呢,灵泉的电视纪实片颇有名气,在国内外频频获奖。热爱那项事业的一些灵泉青年,也曾热诚地希望我加入他们的团队。以后呢,找一个漂亮的灵泉姑娘为妻,百依百顺那种类型。再以后呢,四十多岁时,或成了灵泉著名的中学语文老师,或像我表哥那样成了资深记者。能一直和那个团队搞纪录片也不错,那是我最喜欢的职业,终生从事也不会烦。如果谁认为这样的人生很平庸,那我的回答就是你管得着我乐意吗?其实我妈对我的人生期望也是如此,那么一来我和我妈的关系也不至于紧张了。只要我和我妈的关系不紧张了,我爸也就不会左右为难了。我爸他对我的人生期望比我妈高一些,却也就是略高一点点而已。他支持我去往更大的城市演绎人生，但如果我十分眷恋灵泉，他也会很赞成。总之，作为父亲，他特尊重我自己的选择。

可自从我和冉的关系成为那样一种关系了，事实上我已经没有所谓自己的人生选择了。进一步说，我已经只剩半个自己了，我的另一半已经属于冉了，冉的另一半也属于我了。我俩都已不是从前的自己了，都是你中有我、我中有你的复合型的自己了。当事关人生选择时，我已经不能再说"我决定"这种话了，附加一句"无怨无悔"也不行了，只能说"我们决定"了。这么说时，即使那主要是冉的决定，我只不过是服从的一方，我也得表明是我俩共同的决定，必要时还真得加上"无怨无悔"一句。如果导致不良后果，我不可能不承担更多些的压力。

因为，我不止一次对自己说过"我执"呀！

这两个字能是随便说的吗？

何况还是我主动追求的冉呢。

我可不愿像张君瑞似的，始乱之终弃之。冉可负我，我决不负冉——这是我给自己定下的关系原则。

冉和我爸我妈坐客厅里说话时，我走到阳台去假装看花。我妈将花养得很好，但我其实心不在焉。我妈对冉的一反常态，使我又有点犯嘀咕——她对冉的亲近，似乎更像是公司总裁对最大股东的示好；我想独自梳理一下思绪，分析清楚她俩之间的关系到底发生了何种变化。

我妈大声叫我："晓东过来，一个人躲阳台上干什么？"

我走入客厅，我妈又说："坐我旁边。"

她坐在双人沙发上，冉和我爸各坐她对面的单人沙发。

我顺从地坐在了她旁边，我要么不坐，要么只能坐那儿。

她扭头看着我说："儿子你胖了点，证明徐冉把你照顾得好。"

冉难为情地说："我哪有时间照顾他呢，是他近来心情好，吃得香睡得实，所以气色也好了。"

我不失时机地，随口搭言似的，将出版社社长对我说过的话对我妈说了一遍；故意说得无足轻重，好像那事儿对我是说不说两可的小事儿一桩。自从毕业后，我在我妈面前还没什么既给自己长脸又能给她长脸的事可说，在工作着落方面很走背字。终于有一件可以替自己争回点儿面子的事可说了，我当然希望看到她惊喜的样子。

我妈高兴地接连问："真的吗？真的吗？"

冉替我回答："真的，这他不会骗您。"

我妈还问："社长保证了没有啊？"

我又被问得怔住——如果回答"保证了"，可社长并没那么说，等于我真的骗了她。如果照实回答社长并没那么说呢，又会使她的高兴大打折扣。明摆着她就没惊喜，只不过高兴而已。若连高兴也打了折扣，那我不是纯属自娱自乐了吗？没下保证的事就等于八字只有一撇还没一捺的事儿，那折扣不就三七开了？我妈的高兴会由十分而顿减为三分了呀！

我求援地将目光望向冉，指望她凭她的机智及时给我搭个台阶下——可冉同情而又爱莫能助地耸耸肩。

倒是我爸该见义勇为的时候见义勇为了。

他说："没你那么问的。哪个当领导的会轻易说'我保证'那种话呢？再有把握的事也得留够了回旋余地吧？你当校长的时候不是也那样吗？"

我妈这才又堆下笑说："是啊是啊！儿子，好好干，干出了被公认的成绩，让他们想不留你都找不出理由！"

她说罢在我脸上亲了一下，一手搂着我肩命令我爸："我们母子好久没这么亲密过了，快去找相机，为我和儿子拍一张！"

那年月的手机还没有拍照功能，我爸起身去找相机，找到了再回来对一通焦，再嫌光线这样那样的——使我特不耐烦，觉得那几分钟挺漫长。

"妈，多热啊！"

我企图摆脱她搂在我肩上那只手。

"开着空调呢，热什么热！别动，坚持一下！"

她将我的肩膀搂得更紧了。

那时我觉得我妈那样子是成心做给旁边的冉看的——似乎在向冉宣示主权：看明白了，李晓东首先是我儿子，其次才是你们哪个小女子的丈夫！不管对于你徐冉还是对于别的小女子，这一点是不可改变的。

"那个瓷瓶好漂亮！"

冉忽然站起，走到多宝槅那儿弯腰欣赏去了。我已经步入社会了，已经善于察言观色了，也快是个眼里容不下沙子的人了。我发现冉起身时，嘴角浮现一抹忍俊不禁的笑。毫无疑问，她也揣摩到了我妈那时的心思。

吃饭时我爸才说，我大姨我大姨父和我表哥一家三口来不了啦。

我当然奇怪，就问为什么。

我妈说，我表哥不知怎么想的，心血来潮，居然也辞职了，不当《灵泉时报》的"首席记者"了，而要去《深圳日报》当一名普通记者……

我爸说："乐队才有首席琴手首席指挥，报社没有什么首席记者。他表哥是头牌记者，而且也不是哪儿评的哪儿封的，是同事之间的戏称。"

我妈说："别跟我抬杠。头牌、首席，还不都是一个意思？同事们的公认，与哪儿评的哪儿封的又有多大差别？"她话锋一转，瞪着我又说："儿子，妈和你大姨一样，也就你这么一个，你可别像你表哥似的，哪天也对妈搞突然袭击！"

我没接她那茬儿，不好当着冉的面表什么态。

我妈却不肯罢休地问："听到没有？"

冉踩我的脚。

我只得拖长音调说："听到了！"

我爸将半导体收音机取来放桌上，一本正经地说："听新闻，一边吃饭一边听新闻是个好习惯。两家人的饭菜一家人吃，都多吃点儿。"

接下来，饭桌上的话题就相当集中了，要么是谁对晚间新闻发表观点，要么是谁点评一下哪道菜的味道如何。

我却很少主动开口说话，一直在想象我大姨家的形势，估计那边的家庭关系肯定变得特紧绷了。在他们那边，关系刚好相反——我大姨对我表哥一向采取的是放任自由的策略，比我爸对我的态度还开明。倒是我大姨父极像我妈，比我妈对我的主权拥有意识还强。他比我大姨大八岁，快七十了。每过一次生日，就更加怕我表哥远走高飞。设身处地地替我表哥想想，他在灵泉也有他的郁闷。他是头牌记者这一点没错，同事们的公认毕竟也是公认。正因为是头牌，报社就将报道灵泉新闻的重担压在他一个人肩上了，而且对灵泉新闻登上省报的稿件数量是有要求的，件数一年比一年多，并且每每要求上省报头版。如果哪一年任务完成得少，领导就吊脸子。可一个地级市的灵泉，哪会产生那么多新闻呢？上省报的头版又谈何容易呢？全省的地级市又不只有一个灵泉！所以他经常往省城跑，也是去省城搞关系。为了一份千把字的新闻稿能上省报，有时得往省城跑几次。没心情好好地浪漫地谈一次恋爱，三十大几了还单身呢？！

我爸想出的点子很好，是一高招，边吃边听新闻，确保了我家"两国四方"关系较为正常了——我和冉好比是一"国"的，我爸和我妈又是一"国"。我和冉虽是一"国"的，但我往往也要顾及我妈的感受。她毕竟是我妈。正如我爸不可能不时时处处也顾及我和冉的感受，不会因为同是家长就完全和我妈一个鼻孔出气。

饭后，我妈表现出了少有的主动，问我和冉愿意在哪边睡，如果我和冉愿意在家里睡，那么她和我爸过画室那边去。

她还强调地说："画室那边可没双人床。"

他的话使我爸一愕，以一种"友邦惊诧"的目光看她。

冉的脸红了一下，小声说："让叔和婶省省腿吧，还是应该咱们过画室那边去。"

在画室，我问冉怎么睡。

她反问："还能怎么睡呢？各睡一个房间呗。"

我说:"动动手,也可以睡一块儿,行不?"
她说:"有什么不行?听你的。"
于是我俩将床垫拼在二楼的厅里,一块躺下了。
我说:"有点儿不习惯和你分开睡了。"
她握住了我一只手。
我又说:"今天感觉如何?"
她说:"挺愉快的。"说完亲了我一下,往我怀里一偎……

第十四章

既然冉的感觉变得挺愉快了,我俩往后也就经常回我家了。有时也一道回她家,在她家我眼里总有活儿,闲不住。我和冉还一块儿替她爸妈卖过菜,从镇上拉着空车往回走时,我总是让冉坐车上,她也高兴坐车上,一路为我唱个不停。在冉家我是高兴的,因为冉的爸妈没那么多事,我和她爸妈的关系处得很敞亮,心理上超放松。同时遇到别人时,不论她爸还是她妈,都会介绍我是他们未来的女婿。他们第一次那么介绍时,冉也在旁边,过后她私下问我:没不高兴吧?

我说:"为什么不高兴啊,本来就是那么回事嘛!"

冉则幸福地亲我。

在冉家,我俩做爱都做得水荡鱼欢,快活极了。

岁月匆匆,第二年"七一"前,红色回忆录正式出版,举行了相当隆重的座谈会,出版社受到了省委宣传部的表彰。我超额完成任务,不但提前交付了我所负责的书稿,还加班加点协助完成了另外四卷的校对和文字润色,保证了一套九卷书稿按时下厂。但我没参加座谈会,社里放了我三天假,外加部门领导对我的口头表扬。

我又上班后,有了自己的一张办公桌,每天便必须按时上下班了,还得打卡。即使仅仅迟到两分钟,打卡机也会发出林志玲嗲嗲的声音:"您今天迟到了,下次请注意噢!"如果迟到一分钟,那娇滴滴的声音则说:"才迟到一分钟,给您个面子,算正点吧!"

每次听到那声音，我都想把打卡机砸了。

部门对我挺关照，不压给我组稿任务，交给我完成的都是指派性稿件。好处是不会因组不到稿而苦恼，弊端是往往时间紧，任务量大，即使按时下班，回去后也得加班，否则很难如期完成任务。

于是加班对于我成了家常便饭。有几次我到"家"太晚，冉已经睡下了。

我很怀念帮那位老革命整理回忆录的日子，那样的日子肯定再也不会有了。也很怀念扫街那些日子，那种上班方式太自由了，每天属于自己的时间真多啊！

为了省城户口，为了转正，我早去晚归，勤勤恳恳，任劳任怨。部门的老同志都说，我交审的稿件，几乎挑不出错别字来。

那话使我欣慰。

冉快度过研三上学期的一天，我单独回了一次家。那一阵子我工作得挺累，到家不一会儿就躺床上睡过去了。

等我醒来时，听到我爸和我妈在餐厅那儿说话。我家餐厅那儿是最拢音的地方，而我房间的门又半掩半开，所以我爸我妈说些什么，我躺在床上听得一清二楚。

我爸说想跟我妈聊聊我和冉的事儿。

我妈说："不急。那事急什么？顺其自然吧。"

"你当母亲的怎么能这么说呢？他俩都同居两年半了，看来打算在省城安家了。有些事儿，比如房子的事儿，咱们有责任替他们考虑在前边啊。该买就得先买下，你不知道省城房价涨得多快吗？"

我爸的声音听来很是不满，显然那些话他憋了很久了。

"我说不急就不急。"

我妈脚步轻轻地走到了我的房间的门口，将门推开了一下，探进头看我。

我装出还在熟睡的样子，一动不动地背朝她，发出一声轻微的鼾。

我妈回到餐桌那儿，压低声音向我爸讲起了她和冉在学校那次谈话——她说冉发自内心地表示,她不妨将我和冉的关系看成一般恋爱关系。既然如此,结果就可成可没成。即使没成,冉也会理性接受那么一种结果,不论对我还是对她和我爸保证没有半句怨言……

"正因为她那么保证了,我才转变了态度,对她的到来尽量欢迎,一块心病也不再是心病了。顺其自然是她当时说的话。她自己都那么说了,那就顺其自然呗……"

我妈的话听来全占理,有种"与我何干"的意味。

"你!……她那么说明明是一种姿态嘛!事到如今,怎么还能往不成方面去想呢?……"

"谁又能肯定非成不可呢?结了婚的离婚不也是常事吗?现在的年轻人一高兴就同居了,因此咱们就非得用绳把他俩牢牢拴在一起?反正晓东是咱们儿子不是咱们女儿,同居多久也不吃亏!"

"你这话它就很成问题,我不爱听!"

"你哪儿去?"

"散步!"

家门一响,我爸出去了。关门声很重,证明我爸是生着气出去的。

餐厅那儿静了一会儿,门又一响,我妈也出去了。

家里一时悄无声息,我仰躺床上如同植物人,只有头脑还正常着。我妈的话解开了我心中那个谜团,也终于明白了,那日我妈和冉在学校一边喝着咖啡,一边重点谈了什么。

好一个"不急"!

好一个"不吃亏"!

我妈呀!我的亲妈呀!她怎么能把我和冉的关系看得那么随随便便?!内心里怎么能装着一种那么丑陋的想法,而且心安理得?!

可耻呀可耻!

虚伪呀虚伪。

我觉得我妈那种"不吃亏"的想法,着实地侮辱了我这个儿子,用现而今的网语说那就是"伤害性不大,侮辱性极强"!这话的逻辑不牢固,难道极强的侮辱性就不构成严重的伤害性了?非得肉体上受伤了才构成伤害性?

我忽然对我家产生了一种不适的感觉——除了我自己的房间,因为我妈的存在,仿佛哪儿哪儿都变得不洁了:我妈碰过的一切东西,以及空气。最不洁的地方是餐厅那儿,因为我妈的话是在那儿说的。

我的肢体终于恢复了功能。不愿继续躺在床上,起身匆匆收拾一下东西也离开了家。

我在刘川那儿喝多了,又醉睡了两个小时,之后返省城。

临行时刘川问我:"又与你妈闹别扭了?"

我说:"没有啊。"

他言之凿凿地说:"可你说了不少对你妈大为不满的话,虚伪、可耻这种词儿都用上了。哥们儿,我可得批评你啊,那么说妈说爸都不可以!我还常和我爸闹别扭呢,可过后冷静一想,即使他们也有不对的地方,出发点那不也是为咱们儿子好吗?"

"喝高了,喝高了,一派胡言乱语,你千万别当真!"

我不禁拥抱了他一下,为自己的失态羞愧不已。

回省城的路上,我的气消了一些,但还是因"不吃亏"三个字耿耿于怀,那三个字如同三根"倒戗刺",深深地扎在我心上了。

当天晚上,冉回来后,我对她超乎以往地亲爱,讲笑话给她听,甚至反过来唱歌给她听,使她开心得有点找不着北。因为觉得自己的家有些不洁了,我开始觉得我们住的地方才更是家,而不再仅仅是临时住所了。因为冉对我的爱那么的纯粹,在任何情况下都不愿使我为难,爱得下了一种别的姑娘绝不肯下的决心——宁我负她,决不负我;我便也暗下决心,宁负我妈,决不负冉。不论任何情况下,我李晓东非冉不娶!

我没告诉冉我妈对我爸说了些什么,我怕那会使她瞧不起我妈。还是那句话,妈毕竟是妈,一个儿子该维护妈的形象的时候,那就必须有维护的意识。

我俩回灵泉的次数并没减少。有时我不想回去,冉还想回去呢！她总惦记着家，很愿意多回家几次帮她父母多干些活儿。我们一块儿回我家也等于成全了她回她家的念头。

"还是回去一次吧，常回去你爸妈都高兴，不常回去他们会有想法……"

只要冉一说此类话，我就无条件服从。

我从没因为偷听到了我妈的话而表现得不同以往，更没对她无礼过。相反，我对我妈越发包容了，不论她说什么我不爱听的话，我都一笑了之，决不动辄撑她。我承认，刘川的话对我起到了卤水点豆腐的作用。细想想，她可不是为我这个儿子好嘛！我承认母爱的自私性，但体现在她身上的母爱自私，居然自私到那么一种程度，着实是我这个被爱的独生子万没想到的。不但使我吃惊，也使我没法打内心里敬爱她了。

列车一到灵泉我想去往的竟非自己的家，而是冉的家。如果说家也是一种单位，那么我家的一把手是我妈。对外对内，表面上是我爸，实际掌权的是我妈。多少年来，凡事总是我妈说了算，我爸为了"维稳"一向让着她。以前我对此点没感觉，上大学后才看得越来越清了。而我好比是这样一名家庭单位的成员——无意中发现一把手的道德觉悟居然低于自己，却不能挑明了与之理论一番，因为她同时还是我妈，妈的面子到什么时候都得顾全。何况关于一位妈道德怎样的事，是不能摆到台面上理论的。一那么做，就会使我妈感到，她在我这个儿子心目中"人设"彻底崩塌了。简直也可以说，等于由我这个儿子宣布了她在家庭单位中的"设死"。我爸也会因而无所适从，既难再做好父亲，也难再做好丈夫，而那两点是他一向对自己的高标准，严要求。使他也间接"挂彩"，对他是多么的委屈！后果如此不堪，我怎么能那么做呢？并且我也不能"跳槽"，世界再大，众生芸芸，可谁不都是只有一父一母一个家吗？从自己的家里"跳槽"了，那同自绝于父母自绝于家庭又有什么区别呢？

但在冉家我的感受就不一样了。她家没有一把手，当然也就没有二把手。只有分工不同，没有权力一说。分工也历来明确，她爸负责大田和大棚里的活儿，她妈负责卖。其他一概屋里院里的活儿，她爸她妈一向互相抢着干。她家也没路线分歧，更没路线斗争。即使对于冉这个独生女的人生，她爸妈也从不参与设计，更不充当责无旁贷的决策人。比如她考研前征求她爸妈意见，她爸妈都这么表态——愿考就考呗，能考上自然好，没考上也别对自己失望。想多读几年书我们永远支持。至于以后她和什么人结婚，把家安在哪儿，她爸妈就更不干涉了。

我曾听到她爸对她说过这样的话："你小时候是爸妈的孩子，现在你已经不是孩子了，长大成人了，还受过了高等教育，那么你主要做好自己就是了。你们这代人，面对的是和我们不一样的社会。情况不同了，你们的人生怎么走，爸妈给不出好建议了，大方向得你自己为自己做主了。"

而她妈从旁附和："是啊是啊，我们的人生就剩三分之一了，还是往多了说。可你的人生刚开始，长着呢，所以别为我们多考虑，那爸妈不是反而成你的累赘了？……"

又比如对于冉的个人问题——倘若我非我，而是另一个小伙子，她爸妈肯定也会对人家很亲。因为他们相信，自己女儿爱上的，肯定是一个好小伙子无疑，只不过偏偏是我罢了。在我看来，她爸妈对她都有这么一种信任——他们的女儿是有正事的好女儿，绝不会任性地在人生路上走歪道，所以他们不必操太多不必要的心。

有这样的父母真好。做这样的父母的儿女真简单。不论家庭关系还是社会关系，简单则好。那时我的人生感悟之一是——简单难求。

然而，正如我无意间听到了我爸妈之间的对话，竟也无意间听到了冉的爸妈和她的一次对话。

她爸问："女儿，你俩什么时候把关系确定了呀？"

冉说："结婚的事现在议还早，怎么也得等我研究生毕业了，我俩的工作都稳定了，攒下了些钱，共同决定把家安在哪儿了再议。"

她妈说："我和你爸都觉得，晓东那孩子是个好孩子。你爸指的不是结婚，是领证。先把证领了，你俩关系不是也就定下了嘛，爸妈也安心了呀。"

冉说："等我跟晓东商议商议。"

"你俩都……你俩从没商议过领证的事儿？"

她妈的话听来有点儿急了。

冉说："爸，妈，那证早领晚领没什么，我俩现在都有点儿忙，顾不上，他爱我，这我心里有数。"

她妈说："领证很简单呀，最多不就一个半天的事儿吗？"

听她妈那口气，不但急，而且疑惑了。

她爸却说："她妈，别问了。他俩相爱，那就比什么都好，由他俩按自己的想法去做吧。咱们呢，平时祝福他俩，需要时尽力帮他俩就是了。"

她爸那话一说完，我出现在他们面前了，搂着冉的肩信誓旦旦地说："请叔和婶一百个放心，我和冉已经是一辈子分不开的关系了。领证不是个问题，冉说什么时候去办，我就什么时候陪她去办！"

她爸对她妈说："听听，人家晓东的话说得多那个……"

她妈看着我俩笑了，然而也流下泪来。

过后冉对我说："谢谢你对我爸妈那么说。"

我说："谢什么啊，我不是无意间听到了嘛。听到了而不及时那么说，我还算是个男人吗？"

冉当时也感动得泪汪汪的了。

返回省城后，我主动提出要和冉去办证。

她却说："不急。"

我说："你不急我急。"

她说："你也别急。再给你妈一段接受我的过程。咱们要由事实来证明，你和我生活在一起，我不但不会成为你的人生累赘，而且会使你一天比一天更加幸福。"

她那么一说，我又陷于无语之境了。

半年的光阴几乎一眨眼就过去了。冉毕业后，她在省城要找到一份较稳定的工作比以往任何一年都难了。而所谓稳定的工作，无非三类——公务员，教师，银行和医院。冉不是学医的，进医院想都别想。尽管她有研究生学历，即使进了银行也只能坐柜台，整天点钱是冉不喜欢的工作。她的愿望是当教师，当一辈子也不烦。但今非昔比了，冉考研那一年，凭硕士学历还有进入大学校门的可能。到她毕业那年，门槛一下子抬高了。没有博士学历，对于后门不硬的学子，投递多少份简历也没用了，白投，据说连看都没人认真看一下。冉也绝不打算考博了，她心疼她父母供她上学之不易，反哺之念迫切。从我们的大学母校反馈到我这儿的"情报"是——冉本是可以留校先在学办工作几年，然后读在职博士，再然后转向教职岗位的，却很遗憾被后门顶了。她自己联系了一所中学，面试都通过了，校领导还见了她，与她谈了话，可后来又通知她，有关方面要求优先录用有省城户口的应届本、硕毕业生。至于考公务员，冉有自知之明，她太不适合在党政机关工作。在我们那座省城，稳定工作的资源太有限了，而且几年前就开始年轻化了，不再是中老年人压着年轻人，而是前几年的毕业生几乎把岗位都占据了，年轻人压着年轻人成普遍现象了。除了以上那几方面工作，再有的就都是没必要非上大学才能干的工作了。

上大学的好处自不必说，但往往也会因而使自己陷入郁闷——那就是面对某些甚至也可以说许多几乎谁都能行的工作时，难免会迷惘地问自己：早知如此，我当年又何必冲锋陷阵似的非考大学不可呢？

我的工作也陷入了尴尬——承诺日后将我转正的社长提前退休了，一种说法传遍了全社——是他一手提拔起来的副社长把他搞下去的，搞的材料是莫须有的男女问题和证据确凿的经济问题。经济问题经查实肯定是有的，但数额甚小，性质也不严重，无非是用公款买过礼品赠送作者并宴请过几次作者，而作者中有人是他的老同学。至于男女问题，没有人证，也没物证，他矢口否认，也就不了了之。他却已被搞得灰头土脸，提前退休近似于择径而逃。他一退休，我转正的事渺茫了。我对他既同情也暗自怨恼。如果他真将承诺我的事当成件认真对待的事来办，我也不至于到那时还没转正。他对不起我为社里勤勤恳恳的工作态度，正所谓可怜之人必有可恨之处。

然而这对于我还不是最糟的，更使我觉得在社里很难再待下去的原因是——成为代理社长的那位副社长居然无端地认为我是他的前任的人，相遇了从不正眼看我，我主动问好他也待搭不理的，还总在工作上找我的碴儿，总之我在社里的日子变得非常不妙。

我一句也没对冉讲过，对她讲又有什么用呢？

某日，主任拿着一部稿子对我说："小李，你可真不懂事，我对你交代得清清楚楚，只要求你再校对一遍错别字就行了，你还非落红改个什么劲儿呢！他都看过了，一字未改，你不是多此一举吗？快把你改过的几处再改过来吧！"

他指的是这么几处——"背在背上""拿在手里""开口说道"，被我改成了"背起来""握手中""严厉地说"。

"难道我改得不对吗？根据相关情节，那么改一下总比不改好吧？"

我据理力争。

门忽然开了，代理社长闯入，鼻子不是鼻子脸不是脸地训我："叫你改过来你就改过来，哪儿那么多废话啊？全社就你有文字水平吗？我偏偏认为不改比你那么一改还好！怎么，不行吗？"敢情他在门外偷听来着。

我举双手做投降状，连说："不敢不敢，服从服从。"

他悻悻地转身往外走，一边嘟哝："打着汪尔森的旗号充大瓣蒜！姓汪的在别人眼里算个人物，在我眼里他根本就没什么斤两！"

"你他妈的站住！"

我满胸膛的怒火腾地蹿到了脑门。他刚一转身，尚未来得及发作，我已将厚厚的一部书稿朝他头上砸去。他一躲，没砸中，夹子开了，纸页散落一地。

"你敢再说对我老师不敬的话，我打得你满地找牙，你信不信？！"

我离开座位，奔他而去。

他吓呆了，被主任保护着推出了门。

而我，那日离开了出版社。

我回到家不一会儿，冉也无精打采地回来了。

她说："有一所在郊区的小学愿意录用我，还承诺帮助解决省城户口，你替我拿拿主意吧。"

我说："在郊区的小学怎么能解决省城户口？'帮助'二字那是种含糊其词的意思！别信他们那套，我吃过亏上过当，不去！"

冉低头说："可也是。我当时没反应过来，也没往细了问。"

她在床边坐下，我也坐了过去，一五一十，原原本本地将我辞职的事告诉了她。

她握住我一只手细声细语地说："理解，搁我也生气，小事一桩，想开点儿。"

那时王文琪又打过来手机。

他说："现在冉已经毕业了。省城那边大学应届毕业生难以找到合适的工作了，这一点你俩不向我汇报我也掌握情况！都别再跟我找借口，赶快给我双双地来到北京！北京那是多大的平台？是咱们省城能比的吗？……"

我嗫嗫嚅嚅地说："可……北京的房价……"

"可北京的工资什么水平？比省城高一半！以你俩的能力，我保证你俩一来就挣个五千六千的！从今天起，我要每天跟你俩通几次手机，直到你俩出现在我面前为止！……"

文琪的话听来有股子不达目的誓不罢休的劲儿，挂断他的手机，冉告诉了我一件令我吃惊不小的事——我爸将他的画室挂到中介公司的出售榜上了。

我问她怎么会知道。

她说她路上遇到了郝春风，郝春风有闲钱急着投资，到处看二手房交易信息，包括灵泉的信息。

我说："我爸肯定是为了咱俩。"

冉说："是啊。"

她又握住了我的手。

我说:"瞧人家活的,都有闲钱投资房地产了。"

冉说:"也许我当初不考研反而好了,三年前本科生比研究生还好找工作。"

我说:"别后悔。"

除了那三个字,再无别的话可说。

我俩都沉默片刻,冉又细声细语地说:"春风怀孕了,看去挺幸福的。"

我为了使二人气氛不那么压抑,装傻地问:"是文琪的吗?"

冉果然笑了,打了我一下,嗔道:"说什么呢!她和文琪一毕业就画句号了,怎么会是文琪的!"

我口中忽然蹦出了一句短话:"找文琪去!"

冉转脸愣愣地看我。

我主意已定地说:"到北京去!我们为什么偏不到北京去?"

她说:"我倒不是偏不去。实际上我早有此念了,刚才文琪一说北京比省城的工资高那么多,我更动心了。"

我说:"既然你也这么想过,咱俩达成一致了,都不许变卦!"

她说:"这会儿先别决定,都考虑一个晚上,明早再议。"

第二天一早,我醒后立刻也推醒了冉。

她说她其实醒半天了,只不过一直在闭着眼睛想事。

我说:"我未改初衷!"

她朝我转过身,表情严肃地说:"这是咱俩的重大抉择,为了报恩我爸妈,我做梦都想找到挣钱多的工作。所以,我是一往无前、破釜沉舟了。你看这样行不,你得回灵泉征求你爸妈的同意,如果他们没异议,咱俩一块儿去。如果他们反对,我先自己一个人去闯闯……"

我不以为然地说:"你就没必要与父母告别一下了?"

她说:"我以前与爸妈议过,他们不反对。"

我又无话可说了。

上午我动身回了次灵泉,却没回家,直接去了刘川那儿,正撞上了他和吕玉腻腻乎乎地边嗑瓜子边闲聊,看来他俩关系有了飞跃,我不禁在心里祝福刘川。

刘川告诉我,"星爷"和"肥仔"已"流窜"到北京去了,他前几天刚与那两个通过手机,那两个告诉他,他俩有可能会上央视的一档什么节目。

吕玉说:"可盼着他俩早点混出名,大红大紫了,那我和川儿就有明星朋友了,这辈子也算有了点吹嘘的资本!"

我没心思听他俩说那些,急切地扭转了话题,求刘川替我转告我爸妈,我要去北京了。

"和那个……就是你和她登过亲嘴照的那个一块儿去?"

吕玉白了他一眼,批评道:"人家叫徐冉,连我都记住了,你却那个那个的,算哪门子哥们儿呀!那是张艺术照,他俩那也不是一般的亲嘴,要说拥吻!……"

我毫不害羞地说:"对,就是跟她一块儿去!"

"可……为什么?省城不好待,那也该回灵泉啊!咱们灵泉城市多美,远可望山,近可观水,房价又低,爸妈还在这儿,你爸妈在这儿人脉又广,非跑北京去干吗呀?"

刘川的话似乎就是我妈的话——如果我面对的是我妈,结果肯定是一谈就崩啊!

连吕玉也说:"川儿的话对着呢!我也听说了,许多'京漂族',漂了多年,孩子都大了,却一家三口还没混到北京户口!孩子都上初中了还得借读,高考的时候仍得叽叽歪歪地回原籍去考,何苦的啊?北京是全中国人的北京这话不假,但那也不必全中国人非得都成为北京人啊,人不是应该在哪儿活得容易才在哪儿生活吗?"

她的话听来有批判的意味,边说边拨弄盘子里的瓜子,好像那都是些人,命运任由她的拨弄。

刘川温柔地说:"宝贝儿,说话就好好说话,把手闲一会儿行不?我明白了,晓东和徐冉,他俩和咱俩不一样了,人往高处走,可以理解。但晓东你交给我的任务，未免也太难了点儿。不过呢，我一定完成……"

那次见面不同以往，川儿显出很伤感的样子，我也有点儿。他一直把我送到小巷口。

他说："那，以后就是一个时期的长别啰，祝你俩在北京一切顺利。"

我说："祝你和吕玉幸福。"

我俩不禁拥抱了一下。

我骗徐冉，说我爸我妈对我俩的抉择表示赞同。

冉问："怎么就赞同了呢？我知道你妈一直以来的主张，希望咱们把家安在灵泉，那样她就会经常见到你，只不过为了暂时的和气关系，一直忍着不谈这事儿罢了。"

我说："谁都得面对现实，我一告诉她省城不容易找到合适的工作，而我又离开了出版社，她就想通了。"

冉说："那就剩咱俩的问题了——到了北京，不管遇到什么困难，谁也不许埋怨谁。"

我说："当然啦。"

她说："三击掌。"

我就与她击了一下掌。

她说："一下不郑重，三下。"

"搞得和过家家似的。"

她不放下手，我只得又与她补了两下。

她庄严地说："在中国的古代，汉人与汉人之间，这可是跟海誓山盟一样具有约束力的仪式，不郑重其事的还行？"

王文琪亲自到北京站迎接我和冉。我俩出站时三点多了，文琪使我俩都吃了一惊——三年没见，他留起了连鬓胡子，而且黑白参半。穿件西服，看去挺高档的，裤子却皱巴巴的，普通布的，农民工干活儿时才穿的无须扎皮带的便裤，分明早该洗一次了。他居然赤脚穿双快顶出大脚趾的旧布鞋！那种鞋即使在农村也该扔了。也很久没理发了，头发长而乱。

冉面对着他目瞪口呆，良久才说出话来。

"你……你怎么变成这样了？……"

我也着实暗自吃惊。

他苦笑着说："唉，北京的日子不好混呀。"

"那你还一次次催我俩过来！"

我一时觉得上当了，同时发现冉咧了下嘴——她乱了方寸时总是会那样。

文琪说："一言难尽，到车上再聊吧。"

我以为他要带我俩去乘公交，没想到他将我俩领到了一辆"奔驰"旁边。

"二位请。"

他打开车门时，冉忽然笑了。当时我正看北京站的大钟，听到冉的笑声，再看文琪时，也像冉刚才似的目瞪口呆——文琪一边的连鬓胡子掉了一半，耷拉在他腮旁，而他浑然不觉。

冉笑道："王文琪，你搞什么名堂啊！"

文琪问："我哪点可笑了？"

我说："自己摸摸胡子，莫名其妙！"

他一摸脸，也笑了，将胡子扯下，用纸巾包好揣兜里了。

我不悦地说："接我俩还需要摆谱吗？干吗非租辆'奔驰'啊，为自己省下笔钱不行？"

他说："你外行了不是？表面看着还新，其实是八十年代的老款了，现在都哪年了，真有身份的人谁还开这种车呀？朋友的，见我不嫌弃，给我了。上车上车！"

那老款"奔驰"里边宽大，坐着很舒服。

文琪一边开车一边说——他目前在一家明星代理公司上班，他一位"叔"是老板，他算是老板助理，也算股东之一。

冉惊讶地问："你已经有钱入股了？"

文琪笑道:"我哪儿来那么多钱!那叔是咱们省人,人家看我爸面子,给了我一份儿干股。"

他又说自己偶尔也串串戏,已经出过多次镜了,露脸时间最长的一个角色是演一位医生,五句半台词呢。

"虽然就那么几句台词,那也是一角儿呀,也要化妆,也得进组候戏呀。大主角们一部戏几十万近百万地挣,再少也得给我几万吧?有时我一高兴,说不要钱就不要钱了。进组还是很开心的,像我演那种几句台词的角色,玩儿似的就把几万元挣了!我不嫉妒大牌演员们明星们,全中国不就那么几十个嘛!老天爷偏就给了人家一台印钞机,谁嫉妒得吐血都没用,恨也没用。他们挣得多,代理公司的分成也多。如果还是我们公司代理的,那我的年终奖不也多吗?……"

文琪说话依然慢条斯理,这时我才如从电影或电视剧情节中挣巴着回到了现实,不再怀疑他是个冒牌的王文琪。而冉已经心安了,已不再听他说什么,一直看不够似的望街景。

文琪将我俩送入他预先为我俩安排好的房间里,匆匆就走了。他说他又在一部电影里客串一个角色,但这次是正面的、挺讨喜的角色,他很喜欢。

"明天我没时间见你俩了,后天陪你俩吃午饭。你俩先休息一天,熟悉熟悉周边环境……"

说以上话时,他已在门外了。

那是一处老小区里一幢老楼的一居室,也就四十几平米,但毕竟有厨房有卫生间,还有处小小的吃饭的地方,一桌二椅,除了吃饭,我俩还可以在那儿聊天。

冉说:"真好。"

我说:"是啊,又让文琪费心了……"

我还想说什么,冉看着那儿的小横窗突然尖叫起来,有只男人的大脚踏在外面的窗台上,同时可见多毛的小腿。

"什么人?!"

我大吼一声，想找件东西握在手里，可一时眼里没有可做武器的东西。

还是冉反应快，从卫生间将通下水道的撅子拿出来递给了我。

"别开窗！千万别开窗！一开窗我掉下去了……"

随着话音，那只脚和小腿落下去了，一个四十来岁的男人的上半身出现在小窗外——他一手扳着雨水管，一手撑窗台上，像在表演杂技，隔窗对我和冉喊："不是坏人，二楼的，钥匙锁屋里了！"

我和冉哪里会信！我握着撅子，与冉离开房间下到二楼，见一户人家门外站着一名小学女生，估计三四年级了，不但戴红领巾还是"二道杠"，一问，可疑者是她爸——那幢楼是一幢八十年代建的老楼，也是皮革厂宿舍楼。六层，没电梯。每一单元从一楼到六楼，家家户户的厨房和饭厅都有可向天井敞开的窗。她爸不止一次将钥匙锁屋里了，每次都得从四楼老邻居家厨房钻到天井里，借助雨水管子的可扳扶和外窗台这一落脚点，经过三层降落到二层，从她家厨房窗钻入家里。好在她爸是复员兵，颇有那种能耐……

冉问："要是你家厨房窗从里面闩上了呢？"

女孩笑着说："我爸就怕会那样，所以我家的厨房窗总是虚掩着……"

正那时，她家的门从里边开了，穿大裤衩和塑料凉鞋的她爸从屋里出来。

"对不起对不起，惊着你们了……"

那男人一个劲儿向我俩道歉。他说三楼空着有些日子了，如果知道我俩已经入住了，那他就从三楼而不是四楼往下降了。

我说我俩刚刚才入住。

冉忽然摸着兜大变其色地说："糟了，咱俩也把钥匙锁屋里了！"

我也又吃一惊，第一反应就是——那么我也不得不露一手了！可我的双脚才刚刚踏上北京的地面啊！坐在"奔驰"里的时候，那是车轮一直代替吾人双脚，不算的嘛！而我以前也没练过那么一手呀，北京这不是拿我开涮，太难为我了嘛！我只得请求那男人，允许我也从他家厨房钻天井里去。

那男人却说:"得了吧,你是头一次,万一掉下去不惨啦?我都有经验了,替你吧。从二楼往三楼爬,反而比自上而下容易,几分钟的事!"

我怎么会同意呢,坚持要亲力亲为。

这便又使冉为难了。由那男人代替我,她也觉得于心不安。刚刚才认识,凭什么欠对方那么一种人情呢?那么一种人情说大不大,说小也不小呀,起码不属于举手之劳吧?万一人家有个闪失呢?那不是后果严重了?而眼看着我冒险,她又不免替我捏把汗。

我安慰她两句,脱了鞋和袜子让她拿着,接着挽起袖子和裤腿。那男子见我难以阻止,只得将我引入他家厨房,同时向我传授他的经验。

我的表现还挺不错,也多亏冉一进入我们的房间,觉出有异味,立刻将厨房的窗推开了。

当我洗过手脚,穿好鞋袜,与冉面对面坐在小饭厅那儿时,冉幽幽地说:"你还真给自己长脸。"

我说:"难道就没给你长脸吗?"

我俩都没忍住,同时大笑了一通。

自从我俩认识以后,不论在学校还是后来同居的三年里,从没那么开怀大笑过。

冉又说:"到北京的第一天就能一块儿这么笑,是个好兆头。"

我问:"听到文琪在车上说的那些话了吗?"

冉反问:"哪些话?他一路说了不少话,我左耳听右耳冒的,一句也想不起来了。"

我说:"就是他每月挣两万多元,年终还另有奖金那几句。"

冉说:"是吗?我一点印象都没有。"

我看出了她在撒谎——她不但听到了那几句话,还印象深刻。

冉也看出了我不信她的话,掩饰地说:"咱们初来乍到找工作的时候可不能跟文琪攀比。他跟咱们不同,何况他三年前就到北京了,咱俩第一年能挣到一万左右就应该心满意足。"

我说："是啊。"

除了那两个字，再也无话说。

冉握住我的手小声说："慢慢来。"

我俩吃了点儿火车上没吃完的东西，都冲了冲澡，看了会儿电视，天刚一黑就睡下了。来北京前各自都有不顺心的事，也都多思少眠，都很缺觉。

"文琪替咱俩想得太周到了，连牙膏洗发液什么的都是新买的，有这样的朋友，真是福。"

"是啊。"

除了那两个字，我仍无话可说。

小区特安静，晚上毫无噪音。不像我俩在省城住那地方，夜里常能听到超市卸货的响声，公园里那些放着音响歌声嘹亮的男女，也往往不过十点不离去。

我俩怀着对共同的好友王文琪的感激，都一觉睡到日上三竿才醒来。出了门，在小区内外转一圈接近中午了。周边的饭店和商店挺多，还有理发店、邮局、照相馆、打印社甚至歌厅和洗浴中心。

我不禁说："住这儿太方便了。"

冉说："我喜欢这儿，就在这儿常住下去吧。"

我说："行啊，那文琪一定会很高兴的，也不枉费他的一片心意。"

冉说："每月该交多少房租，咱们一分不少照交就是。"

我说："那当然，他已经为咱们做得太多太周到了。"

转眼到了吃午饭的时候。

饭后我俩商量好了，睡过午觉再往远处逛逛，继续熟悉那一带的交通路线，晚上逛到哪儿了在哪儿吃饭。不料我俩一觉睡过了头，醒来五点多了。正要出门，却有人敲门。打开门见是二楼那男人，一手一只大碗，说是刚煮好的花生和青豆，送给我俩尝尝。

冉便热情地请人家坐会儿。

那男人倒也没客气，坐下与我俩聊了十几分钟就走了。他姓张，在地铁当保安,对我俩的入住坦诚地表示高兴,说不论从哪方面讲,他家楼上的房子有人住总比一直空着好。

他走后,我和冉坐在饭厅那儿,都低着头谁也不看谁,各自的好心情一丁点儿都没有了。

老张的父亲早年间是皮革厂的老工人,后来厂子黄了,他父亲下岗了,他家那几年着实过了一段苦日子。也可以说是否极泰来吧,他父亲名下七十多平米的一套两居室由他继承了,不但他沾了他父亲的大光,连他女儿也深获爷爷的福祉——因为这个小区的住房全是学区房,附近既有区重点小学和中学,还有市重点小学和中学,户口在这个小区的人家的孩子,如果不是太笨,上区重点小学和中学是断无问题的。可以说,此小区家家户户住的都是学区房中的极品房,房价已由几年前的一万多一平米炒到两万多一平米了。像我和冉住的这种一居室起码也值一百多万,而且会一挂牌就被抢。他劝我俩砸锅卖铁加上各处举债最好也要买下来,因为只要买下来了,以后上户口就容易了,将来孩子上好学校也省心了。

良久,我打破二人间那种难以忍受的沉默低声说:"他说低于六千元,做梦都别想租到这里的一居室,是吧?"

轮到冉仅说"是啊"二字了。显然,除了那么说,她也不知再说什么好了。

我又说:"咱们绝对不能在这儿住下去,必须搬走,越快越好。"
我的话说得无比坚决。

冉又说:"是啊。"

我终于抬起头,看着她问:"除了'是啊',你就不能说点儿别的?"

话一出口,我很自责,连自己都听得出来,我的话有种不满的意味。可我凭什么可以对她不满呢?

冉抬头看着我,有点儿可怜地一笑,细声说:"我不是一时不知说什么好了嘛,我觉得……我的意思是,明天中午文琪陪咱们吃饭时,咱们先别提搬不搬的事,那不好,等咱们自己找到住的地方再提也不迟,你觉得呢?……"

我说:"行。"

我俩那时的话,像某单位一、二把手在做决策,我的口气是一把手的口气,而且那是我有意显示出来的。实际上我觉得我俩面临的情况突然变复杂了,我想我是男人,该由我做主时我必须表现出舍我其谁的姿态——那是一种男人的本能,我认为自己那么表现能给予冉一种安全感……和力量。

冉的表现像极了善于摆正自己位置的二把手,一向明智的二把手——即使自己的主张是正确的,也得以建议的口吻来说,由我这一把手决定采纳与否。

我俩说完那些话,一时又都无话可说,各自低下头陷于沉思,同时也就再次陷于沉默。都在沉默中沉思,都因沉思而沉默,却又都不愿把自己的沉思先亮出来。

昨天下午我俩还在同一个地方开怀大笑,那时怎会料到今天下午我俩会都在心中暗暗叫苦?

冉在想什么我不知道,也不打算知道。而我在想的只不过是这么一个问题——如果我妈能够发自内心地喜欢冉,冉是否愿意和我回灵泉?如果我俩双双回灵泉,又哪里会面临眼前这种令人英雄气短的事?

轮到冉打破沉默了。

她小声问:"还出去走吗?"

我小声回答:"算了吧。"

我没说出来的话是——还有熟悉环境的必要吗?

几秒钟后,冉又问我吃不吃晚饭了。

我说我不饿,冰箱里有中午买回来的面包牛奶什么的,饿了吃那些就行。如果她饿了又不想吃那些,就只能自己出去,想吃什么吃什么了。

她说她也不饿,饿的时候吃那些也行。

又过了几秒钟,她说:"别干坐在这儿了,看会儿电视吧。"

我说:"好。"

我俩就同时起身到屋里看电视去了。没看多一会儿，我说我还是缺觉想睡了。

她也说："行。"

当她往我怀里偎时，我搂住了她。

她说："虽然特别意外，但也不是多么糟的事儿，情绪好点儿。你得这么想，如果老张没告诉咱们实情，咱们就会一直在这儿住下去，那不是稀里糊涂地就使文琪作难了吗？"

我又说："是啊。"

隔几秒钟，觉得只说那么两个字太不男人了，便补充了几句："放心，我情绪没太受影响。明天上午，我要照样理发，你也要照样做头发，咱俩要以更好的精神状态出现在文琪面前。"

她说："这才对。"

第二天见到文琪时，他果然夸我俩状态好。

文琪说我们住的那套一居室是他和朋友一起投资买下的，各出了一半的钱。当然他也没那么多钱，用的是他家的钱，只不过挂在他名下了。而且，从严格意义上说，那朋友起先并非他的朋友，是他父亲的朋友，只不过年轻，才四十出头。后来因为与他性情相投，渐渐也成了他的朋友。

文琪先说关于房子的事儿，显然是为了打消我和冉的困惑。

冉问："一个人住那儿多舒服呀，你怎么以前不住，一直空在那儿呢？"

文琪笑道："没一直空着，也出租来着。为你们到北京后先有个落脚点，不再续约，才空了三个多月。你们只管安下心来住着，想住多久住多久。虽然是属于两个人的，但或租或卖基本上我一个人说了算。是我催你们来的，在你们自己没解决住处之前，绝不能住我的房子还花钱。"

冉不禁看了看我。

我问："你不是总说你在北京最缺的就是朋友吗？你刚才讲到的

朋友跟你的关系不就很铁吗？"

文琪看着我严肃地说："你这位同志吧，有时候净问些废话。大学那四年里，我向你介绍过几位我自己的朋友啊？"

我说："也不少啊。你忘了，一次吃饭就来了那么多。"

他说："那些都叫发小，或者是一个大院里一块长大的，或者是在同一个幼儿园里熟悉的。发小不同于朋友，因为后来各方面的差异，成年了，不再来往是常事儿。只不过咱们中国人特认发小这种关系，有时什么人一召集，互相都碍于情面就聚一块儿了。散了呢，互相谁也不想念谁了，都热衷于结交新朋友了。如果说入了大学的门就是成年人了，那么你李晓东是我成年后实心实意结交的第一个朋友。当年咱们之间的友谊是以一个共同的良好目标为基础的……"

他转脸看着冉又说："抱歉，忘了加上你，你也是我那样的朋友。"

冉不好意思地说："我沾了晓东的光呗。"

文琪说："你是他的另一半儿，我得承认，我……"

冉打断道："不许说'爱屋及乌'那破词儿！"

文琪笑出了声，亦庄亦谐地说："我怎么会用到那词儿呢？我是爱屋及嫂！不是我当年极力撮合，你俩也许成不了。我第一次做月下老人就成功了，你俩是我这方面的成果！我要看着我的成果巩固，再巩固，铸就为我的一份人生功劳……"

"你这叫他妈的控制欲！"冉倒竖柳眉打断了他的话。

我吃惊地看着她，她不好意思了。

文琪却笑出了声，以夸奖的口吻说："骂得好，该表扬。"转脸看着我又说："咱们冉吧，其实骨子里是有股爷们儿劲的，只不过没机会释放罢了。咱们这一代，生逢改革开放，活得比父母辈幸福，却也有比他们累的方面。什么什么都不包分配了，都得靠自己挠扯了，所以就累。当年咱们可是'七条汉子'，你与他们五个还有联系吗？"

我说起初有联系，后来中断了，有的没心情联系了，有的联系不上了。

文琪说:"我也是。有两个换手机了也不告诉我,那就是不愿再联系了呗。'七条汉子'中,就咱俩一对哥们儿还亲密着。人呢,特别是男人,一辈子总得控制点什么。我想控制郝春风,可她也不愿让我控制啊,结果我俩只能分手。晓东,咱俩的友谊是我能控制的,与我老爸没任何关系,单纯就是种缘分。我珍惜这种缘分,需要这种友谊,能使我经常回忆起当年的自己,那时候还有种良好的目标,想干成一件与挣钱没什么关系的事,也就大学时代的人会那样……"

我说:"我也很怀念咱们的大学时代。"

冉说:"后来的大学生也不那样了,所以你们创办的《文理》没人接手了。"

文琪耸耸肩说:"理解万岁吧。"

因为我们三个去得比较早,也因为他预先打点了钱,服务员上了壶茶后,任由我们三个在他预订的小包间里从容地聊。

接下来文琪就开始"三娘教子"了。

他嘱咐我,别人不问,千万别主动提自己当过主编那事儿。北京什么地方?国外名牌大学毕业的海归一筐一筐的。不定什么场合,我面对的可能就是一位博士。至于什么"211""985"之类大学毕业的本科生、硕士生,更是司空见惯了。找工作面试时,该吃瘪一样吃瘪。他说我的工作他先不替我找,得锻炼锻炼我,由我自己来试试北京职场的水。

他说对于冉,他还是要先控制一下的,控制也是一种责任。建议冉先到他的明星公司去上班,一来他的公司急需硕士;二来他那儿工资虽然也不是多高,但如果工作开展得顺,奖金挺高。

冉困惑地问一家明星代理公司急着招硕士为哪般。

文琪说:"时代发展得太快了嘛!在北京各行各业的竞争都很激烈。从前,明星的经纪人基本是大学毕业生,为了多挣点儿,或者为了满足虚荣心,就蹭到演艺界的江湖来了。现而今呢,有些明星的虚荣心也更强了,你的经纪人是本科,我的经纪人那一定得是硕士，在这一点上也非比出个高下不可!……"

冉说自己一窍不通，怕根本做不好，使文琪在他公司的形象受损。

文琪开导她："没那么难。经纪人只不过是习惯上的叫法，现而今早没个体的了，演员都是与公司签的约。如果你进组了，那也是公司派的，是演员在剧组的利益代言人，会来事儿就行。你的注意力得始终在演员身上，比如男演员想吸烟了，却没打火机，你看在眼里了，上前几步，按着打火机伸过去了。众目睽睽之下，那对方的感觉多么的良好……"

"还得跟随男的呀，不去不去!"冉大摇其头。

"我只不过是打个比方，怎么会非让你跟随男的呢!又比如女演员出汗了，哪怕一点点微汗，她自己都没觉得呢，你却看出来了，立刻叫来化妆师，要求给演员这里那里拍粉、补妆，弄一弄发型，描描眼圈儿，这么一来，不就给演员留下印象了? 她如果下次进组还要求带你，不就证明你的工作受到肯定了? 如果你发现了一个新人，极力向公司推荐，公司与那新人签约了，忽一日那新人红了、火了、成新星了，能不感激你吗? 那你不就是公司的功臣了吗? 奖金啦，提成啦，不就随之而来吗? 因为你是研究生，我现在就可以做主，一开始给你税后八千，还上各种保险……"

文琪最后两句话极具说服力，也具有极大的吸引力，连我都想替冉表态了。

她看我，显然也大动其心。

我说："别看我，自己的事自己拿主意。"

冉就对文琪说："我听你的。"

文琪笑道："听我的就对了。"

他的手机忽然响了，有人催他赶快回片场去，他便叫来服务员，吩咐上菜，还要了六瓶啤酒。

我说："酒要多了。"

他说这才哪儿到哪儿，不过一人两瓶。为了可以与我俩喝重逢酒，他没开车。

冉高兴地说两瓶她也没问题。

服务员往三只杯里倒酒时，文琪才说，他父亲不是省委秘书长了。

我和冉不由一愣。

他又说他父亲升为常务副省长了。

我俩的神经这才松弛下来，遂举杯祝他父亲与时俱进，接着我们又为友谊干了一杯。

冉虽已同意，文琪还在饭间继续说那事——他强调公司急需研究生是一方面，但更主要的方面是替冉考虑的。如果冉的运气好，一两年内挣的钱，肯定比她父母下半辈子所挣多得多，那她不是就可以替父母在县城买房，使父母不必再在农村辛辛苦苦地劳动，而在县城里安享晚年了吗？

冉听得眼泪汪汪的，隔着我攥了攥文琪的手。

而他又说，就是我们那所大学太不怎么样了，会使冉的研究生学历在北京大打折扣。但英语八级还是一种资本，可以在任何场合不显山不露水地声明一下。

他说他得为冉考虑一种体面点儿的学籍出身。

冉立刻反对造假。

他说："只是供演员们看，范围很小，基本是内部的。不在社会上行骗，那就不能算是造假。"

我和稀泥地说："文琪做事你放心，也听他的吧。"

我和冉回去后，冉发了一次小飙。我俩刚一进门，都还没来得及换鞋，她就借着几分醉意冲我大声说："李晓东你给我听着！"

我吃惊地看她。

她双手叉腰紧接着又大声说："谁控制我，我都得面对现实，那有时毫无办法。但是你李晓东休想！休想休想休想！"

文琪说得不错，冉骨子里确有挺爷们儿的一面，一到北京就藏不住了，不知道为什么，也许因为北京的地理磁场与别处不同吧！

第十五章

冉上班后，我没急着找工作，而是急着另觅住处。在网上搜了一下信息——不搜不知道，一搜吓一跳。三环以内的房租我只匆匆扫了几眼就不再看了。我和冉在省城并没积蓄，那价位对囊中羞涩的我俩如同从身上割肉。即使在远离市区的西三旗、天通苑，一居室的租金也在两千元以上。手中有钱，心中不慌。对还没积蓄的我俩，初来乍到，不慌是不可能的。有一点我心里十分明白，钱不能指望大风刮得满街都是随处可捡，积蓄得靠省出来。房租是我俩以后支出的大头，我一心想租到租金最便宜的住处。

一日，心情郁闷地瞎转时，在回龙观社区那儿注意到了一则小广告，于是大功告成——那是一处半地下室，有几处露天出入口，下了台阶，是一条公共过道，另一侧开出些门窗，门内是面积一样大的房间，每间三十几平米。虽然都是半地下室，原则上不允许租住，都成了小门面房，卖菜卖面食卖凉皮的居多，间或有理发的、按摩的、卖文具的；其上是高层居民楼。

急着要转租的是一个修脚的五十几岁的男人，一口江苏话。

他说自己原本以为，旁边有按摩的、足浴的，会沾点光，生意也许不错。结果不是那么回事儿，可已经签了一年的租期，预交了三个月的租金，傻老婆等负心汉似的，两个月内只剃了几次鸡眼，挣了不到二百元钱，某顾客还认为他欺客宰人，扬言要举报他。所以急着要把房间转租出去，怕往后白搭上的租金更多。

"真是邪门儿了,旁边那家每天晚上洗脚的人排队,忙得几个女孩子一洗洗到半夜,可我这儿冷冷清清,据说北京两千多万人了,难道人人的脚都是格格那种脚,细皮嫩肉的?"

那人唯恐我怀疑他的诚意,向我说明了自己的苦衷之后,又对北京人口出怨言。

我希望他降降价。

他叫起来:"小伙子,你是初来乍到吧?每月一千五够便宜的了,这可是在北京哎!"

我说:"此地也算北京吗?"

他说:"你以为呢!楼上住着几百户,多半人家做梦都想落上北京户口,可那想法只能是梦想!许多户都在北京漂了十来年了,到现在还是临时户口!好吧好吧,上赶着不是买卖,减你一百元,还不行你走你的,我绝不拦你!"

他都把话说到那份儿上了,我一想他也够为难的,就按一千五与他口头约定了。

他信誓旦旦地说他就是一千五租的,一分钱差价没挣我的。这时一卖菜的女人进来讨杯开水,也替他作证他说的是真话。她说房间大小一样,租金也一样。

晚上冉回来后,显出挺累的样子。她说文琪带她到一处拍摄基地先体验体验,也没干什么,那倒不累。是回来路太远,累在途中,在地铁上还转向了,倒错车了。说地铁站的情形很可怕,正是下班高峰,人挤人好比沙丁鱼挤在罐头里。

"文琪要送我回来,我坚决不让他送。一直以来,他为咱们做了那么多,我怎么还好意思让他给我当司机?北京的交通这时候可比省城堵得厉害……"

她显然真累了,上半身仰躺床上,双手叠放胸前,要不是我打断她,肯定还会絮叨下去。在我俩同居的三年里,她第一次那么样躺在床上。那是我一贯的躺法,对于年轻女士,那么一种躺法也很爷们儿,当然也就不雅。

我说:"你先别絮叨你那事儿行不?"

她问:"我哪句话是废话?"问时仍一动不动那么躺着。

我说:"我倒不是认为你哪句话是废话……"

"没有废话就不能算絮叨。"

她也打断了我的话。

我说:"我的意思是,你先听我汇报一下找房子的事儿行不?"

"说吧。"

她还是一动不动。

"你就不能坐起来听我说吗?"

我有点生气。

她说:"我累了,这样也听得到。"

"你累我就不累吗?"我想搡她一句,但忍住了没说。既然我已嫌她絮叨了,自己的话就不能不简明扼要了,遂略去经过,只说了房子的地点、面积和租金。

她说:"北京太大了,首都就不应该小点吗?你说的那地方,我根本不清楚在哪儿,你决定好了。"她还说,明天后她就下剧组了,是文琪考虑来考虑去才为她决定的,她所跟随的演员戏不多,二十几天就完事,其间可以回来一次。

戏不多还二十几天!刚到北京就分开,明天她就走,居然对我这种态度!我能不生气吗?我强忍着没发作,也没再理她,干脆冲澡了。

等我冲完澡,她就那样子睡着了。

我默默为她准备她要随身带的东西。当我替她脱鞋脱衣服时,她醒了,却不睁眼,懒懒地说:"我提前来例假了,浑身像散了架,不想动。"

她一向那样,只要一有压力,例假就会提前,我不禁又对她心生怜悯。她没再往我怀里偎,我也没主动搂她。以前,我们互相闹别扭了才楚河汉界的。现在,我们是都累了;在省城从没经历过的一种累法,我觉得自己整个人仿佛悬在半空了,仿佛北京的地心引力不足以使我双脚落地了似的——难怪社会上将我们这种人叫"京漂族"。

第二天我醒来时，冉已经走了。她给我留言了，字体依然秀丽，几乎写满了一张 A4 纸。王文琪呀王文琪，世上像他这样真心实意做别人朋友的人，估计有也不多了——他居然周到得为我俩备下了半笔筒各式各样的笔和一整包 A4 纸！

"亲爱的，别生我的气，昨晚我不是和你闹别扭，我是确实累了，不但在地底下转向了，走到地面上也分不清东南西北了，走了不少冤枉路才走到家。你得这么想，因为有文琪这一位朋友，咱们不是一切顺顺当当的吗？所以咱们得感激友谊。友谊在生活中，那咱们当然也要感激生活。房子的事你做主就是，我先去替咱俩把钱挣回来。下剧组有补助，还提供一顿午餐，我愿意下剧组……"

我一边看她的留言，一边想象着在我还熟睡之际，她安安静静地坐在小饭厅那儿，从从容容地为我写下那些留言的样子，对她的乐观精神油然而生敬意。相对于她，我的成长史太顺了，我还真就缺少她那么一种面对困难的乐观精神——我爱的是一切顺利心想事成的生活，而她连不顺接着不顺，愿望与现实差距很大的生活也能爱！或者也可以说，她似乎天生就能参透"人生如意二三事，不如意事常八九"的人生玄机。

既然她在留言中又重申由我决定了，那么我只有尽快落实啦。

那事儿也并不复杂，无非约来业主，三个人当场对面把事儿说开了。业主很好说话，只要有人继续向他交房租，那个人是谁都行。

三方在一份协议上签了字，留了手机号码后，我要求修脚的人将门旁立式的灯箱广告拆走。

他说没问题。

好说话的业主这时却坚决反对了。他说还得留在那儿，必须留在那儿，留在那可以起到障眼法的作用。一拆除，门旁什么都没有了，别人一看就猜到里面住人了——而这类统一的门面房是不允许租给人住的，他明知故犯，必定受罚，而且我也住不成了。

我听完他的话，呆呆地看着灯箱，满胸膛都是纠结，别提有多嫌恶了。

业主又让步地说："非拆除也不是不可以，那你就得每天在门两边摆几筐菜，使别人看起来误以为你是租这儿卖菜的……"

这简直是一个愚蠢透顶的建议！

我也预交了一个月的房租，刚刚划到对方的卡上，总不能再让人家划回来吧？而且，事不关钱，对于差钱是一个现实的问题的我——不，我和徐冉俩，只要事不关钱，那基本上就不是个事儿。如果那时我和冉共有一两万元，我也不会图便宜在那种地方租房子，虽说冉已经去为我俩挣钱了，但不是还没把钱挣到手嘛！就是到了手头再紧的时候，她也不会向她爸妈要钱的。别说她自己绝不会了，我也应该反对呀！至于我，原本是可以向爸妈要钱的，啃老这事，我并不觉得羞耻。他们就我一个儿子，而且也有了些积蓄，急需钱的时候，不啃他们啃谁呢？如果他们非不让啃，明摆着是他们不对。可我和冉双双来到北京，并没征得他们的同意，所以我就不好意思啃了。换位思考，他们不许我啃理由也是十分充分的。钱、钱！有钱能使鬼推磨，这话太他妈正确了。不论人类评出几条颠扑不破的真理，此言肯定是其中一条。只要给钱给到位了，只要那磨是法律允许推的磨，当时的我肯定会去推，冉也会去推。

我没采纳业主那愚蠢的建议，也不再计较那灯箱的拆与不拆了。凡事想通了，便一通百通。业主和修脚人走后，我坐在一张床边，忽然联想到了《资本论》。我没读过《资本论》，连翻也没翻过，但在大学里听思政老师阐述过。核心思想，无非就是剥削与被剥削的关系。那会儿我忽然对《资本论》有了另一种感性认识——"一分钱难倒英雄汉""贫贱夫妻百事哀"和"有钱能使鬼推磨""资本家的利益最大化"，这两点，不是也可以看作《资本论》这枚币的正反两面吗？

我与文琪通手机，说我想给他去送钥匙。

他吃惊地问："你俩不在那儿住了？才住了几天啊？有什么不中

意的地方？如实讲我把它解决了不就是了吗？……"

我一再地表示了谢意，一再地解释不是不中意而是很中意。我给出的理由是——我在回龙观那边找到了一份适合自己的工作，也就近租到了住房，所以才得搬。

"哥们儿，回龙观那是什么地方啊！离市区太远啦！请你到北京来，是非让你在那儿找工作吗？你怎么不替冉考虑考虑呢？我们公司在市里，那她以后上班得起多早啊？你只考虑你自己了，太自私了吧？"

文琪一通批评，几乎是在训我。

我只得说："她不是下剧组了嘛，以后不是也会经常下剧组嘛，我这么做她是同意的，我……"

"好啦好啦，我这儿正上妆呢，不听你解释了，反正你怎么说我只能怎么信了。钥匙放脚垫底下就行，我会派人去取的。还有，一切你俩能用的全带走！那是专为你俩买的，留那儿我也不会过去取……"

文琪的语气特不高兴，然而我的回答极为爽快——能替我和冉省钱的事，我干吗不照办呢？

结束了与他的通话，我长出了一口气，如同做完了一件成为大苦恼的事。那学区房每月租金五六千啊，哪是闹着玩儿的事！长住下去，不是等于啃朋友了吗？即使文琪他乐于我俩啃他，感觉被啃很舒坦，我俩也不应该心安理得地啃啊！世上没有这种理嘛！啃爸妈只不过是伦理问题，而啃朋友是道德不道德的问题——我和冉可都是道德感很强的。

我大功告成之际，正站在灯箱旁。买菜买食品的人不少，多是附近居民或农民工兄弟。一大妈在数一瓣子蒜，认真劲儿像数一长串金币。

卖菜的说："哎呀，你耐心数它干吗呢！哪瓣子也不多一头，哪瓣子也不少一头……"

那大妈叽叽歪歪地说："别打我岔儿！不是信不过你，你不也批发来的吗？是信不过别人！去年我买那辫子，就比邻居家少了两头！"

在我租那房间的另一边，一个显然才二十出头的小伙子买了两大塑料袋的馒头和包子，正与卖面食的年轻女子搭搭讪讪地闲聊。那女子也像发面做的，整个人丰腴得简直有点"暄"，令我联想到了莫泊桑笔下的"羊脂球"。小伙子显然是从哪处工地来的，嘴特甜，起码对那女子是那样，一口一个"姐"叫得她很受用，晕晕乎乎的。小伙子临走时，出其不意地在她脸上亲了一口，嬉皮笑脸地拎上塑料袋跑了。

"讨厌，叫我姐还占你姐便宜！"

那姐从别人的菜筐里拿起只大青椒想打过去。

"哎别！这么大一个青椒你倒舍得，敢情不是你的！"

卖菜的老爷子不干了。

"我哪会真打过去呢！"

她不好意思地将青椒放下了，见我在看她，一羞，退入门内。我想自己真算是混迹于草根阶层了，只不过尚未与他们打成一片。打成一片了，不知对我的人生观会有何种影响？

我忽然很想当作家——和我一样租下那一间间小房间的人，肯定各有各的故事吧？如果跟他们混熟了，套他们讲来，我再加以虚构，会否有出版社肯出呢？这想法一经产生，竟挥之不去，也稳定了我在那住下去的心情。他们看去都比我快活，或反过来说，似乎没谁比我还不快活。都是人，他们能做到，我为什么做不到呢？我比他们受教育的程度高，不是更应该随遇而安吗？

这么一想，我心情好多了。

我借了辆自行车分两次将东西从那边驮到这边来了。我的房间有两张单人床，一半可以支起来那种，如医院里的病床，是修脚人的，他卖不掉也不知该拉哪儿去，以很便宜的价格处理给我了。而电视和空调是业主提供的，可以想象得到，来治脚病的人半坐半躺，伸直双脚任人修理，而自己或看电视或看手机，简直也算一种享受。

我认为那床对我和冉很适用，愿意各自独睡就不必挪动，想亲亲密密的同床共枕，推到一块儿就是了。那床也很轻，使它们并在一起绝不费力。关键是，买得便宜，性价比超高。我和冉都还没现代到不爱看书的地步，也可以说都爱看书这一点，使我俩多少还有些古典。我打算再去买一盏立式灯，摆在两张床之间。于是又一幅画面浮现在我脑海——到了晚上，开了立式灯，二床之间的床头柜上摆一摞书，再摆几类零食，都将床调到最舒服的角度，各看各的，偶尔交流几句感想，岂不是很贵族很浪漫吗？谁若想被放松一下解解乏，出了门向左或向右，几步就到了按摩的门面或足浴的门面。仅就生活的方便而言，那地方近似于黄金地段。

我就近吃了晚饭。别看那些门面很小，经营快餐的生意还都挺火，得等。有一家做炒面的老板听我说就住"足疗馆"里，叫我回去等，保证过会儿免费给我送到。我一回去就把电视开了，没看中央新闻，看的是北京新闻。已经来到了北京，当然要关心北京的大事小情。没多会儿炒面果然送来了，还白送了一碗面茶。没来北京之前，我是不怎么看北京台的。我边吃边看，看完北京新闻，又看一档民法案例普及节目。不看则已，一看挺爱看，觉得比大多数电视剧还好看——内容是关于父母的房产究竟应该归几个儿女中的哪一个的事儿，自然而然也就牵扯了儿女们孝与不孝，哪个儿女赡养得多了哪一个儿女赡养得少了哪一个儿女根本没赡养过等等情节细节。那些儿女如对簿于公堂，要搞清楚他们中谁说的是真话谁说的是假话，没有较丰富的判断能力还真不行。我看那一期所涉及的房产并非一般老旧房产，而是面临拆迁的房产，价值七八十万。二子二女又都认为平分反而显失公正，于是争吵不休，几度恶语相对。谁跟谁都非一伙的，谁都认为自己理所当然应该占有最大份额。

我爱看的倒不是那些儿女，也不是他们时而头脑糊涂时而头脑清醒的老爸——那位老爸八十几了，正因为作为主要当事人也是主要证人，他那一句清醒一句糊涂的话，每每使他的儿女们炸起锅来。我爱看的是一男一女两位中年调解员。女的是为配合节目而出镜的，男的则不同了,是位精通法律条款的资深律师。但二人有一点是相同的——看着那些儿女令人不齿的表演,听着他们强词夺理的振振有词,脸上难免会鄙视呈现。将强词夺理的说得振振有词,你不得不承认那也是一种能耐。而争相表演孝心和委屈,似乎已是他们的拿手好戏了。总之他们都像演技派的演员,而两位调解员却无须演,表情和话语一直是真情流露,本色之人的表现。这就好比是会演戏的和根本不会演戏的被"捏咕"到一块儿了来解决现实矛盾,说是戏吧又不是戏,说不是戏吧又具有很特别的一种戏剧性,所以好看。

炒面吃完,面茶喝光,调解也暂时播完,尚无结果,为下期节目留下了悬念。

而我一阵困意袭来,睡过去了。

没睡多一会儿,被一阵吵闹声惊醒,听来是有人在当街耍酒疯,并且反抗治安人员对其"管理"。

那时天完全黑下来了,路灯亮了。一盏高高在上的路灯正对着我的门窗,其光直射床上。我将窗帘拉上后,虽挡住了路灯的光,门外却还有淡红色的光映入进来,是那灯箱发出的。不论我躺在哪张床上都会受到那光的影响难以入眠:如果脸朝向门,还会看到大半截灯箱——红色的,其上画出有多处鸡眼的男人的大脚,脚趾分得很开,那种铲子脚最应被形容为"大脚丫子"。

不解决了那个问题我哪里会睡得着呢?只得将另一张床的床单对折了一下,用来将灯箱罩上。这样房间里的光线才更暗了,我也不会一翻身脸朝一只黄色的令人心理上腻歪的"大脚丫子"了。

半夜我被敲窗声惊醒,睁眼见门外有人影,用手电筒往屋里照。门的上半截也是窗,没安窗帘。

"干什么?"

我没坐起来,躺着问的。斯时外边一片寂静,我却不紧张。这一带毕竟也属于北京市,而且外边各处灯光通明,再胆大包天的坏人,谅也不敢打着手电自己闹出响动地作案。

"治安巡逻员,请您出来说话。"

我又问:"什么事啊?深更半夜的。"

"灯箱是你罩上的吧?那会引起火灾的!"

敢情外面并非一人,而是二人。我一听问题严肃,赶紧起身走到了外边,一高一矮两名巡逻员上下打量我。

高个儿说:"你自己摸摸。"

我一摸,布都有点儿烫手了,赶紧扯下。

矮个儿说:"如果灯箱炸了引燃了线路,那你不得吃官司?"

我连说"罪过",保证绝不那么做了。

高个儿却问:"这一排都是门面房,不允许住人,你怎么睡在这儿?"

我灵机一动,谎说最后一个修脚的离开得太晚了,我住得又远,一时犯困,只睡这一夜。

矮个儿又打量我,半信不信地说:"这儿的修脚师傅也不是你呀。"

我只得继续撒谎,说我是修脚师傅刚收的徒弟。

高个儿说那灯箱应该是有开关的,根本不必用布罩,他打着手电筒观察了一番,发现了开关,把灯箱关了。

矮个儿说:"你师傅也真是的,这事他应该告诉你这位徒弟嘛!"

高个儿说:"让你师傅买块遮光布,门上也做个窗帘,走前拉上,免得别人从外面往屋里看一目了然的。那又费不了多少钱,该花的钱就必须花。提醒他多少次了,他总当耳旁风。出了不好的事,岂不是我们也有责任了?"

我觉人家说得对——我"师傅"认为门上也做窗帘完全没必要,而且他实际上已经亏本了,舍不得再多花那点钱可以理解。但日后常住的不仅我这"徒弟"自己,还有我的冉呢!如果我俩住那儿时,到了晚上,谁隔着门上方的玻璃往里一看,一目了然,成何体统!

我真诚地谢过他俩的好意,目送两位负责任的巡逻员离开。

再躺到床上时,无论如何睡不着了。

我想不论我的经历,还是那几个儿女之间的矛盾,其实都是北京的房价导致的。

北京的房价是不是高得太离谱了呢？其实当年还不算高。

转而又想——北京不仅是首都，还是全国人口最多的超大型都市之一，想成为北京人的人，比想出国的人多得多！如果北京的房价不高，岂非咄咄怪事了吗？

我和冉将来怎么在北京解决房子问题呢？

后半夜我几乎没睡成……

第十六章

第二天上午我的头晕乎乎的，但那也得办事儿呀。从网上就可以买到落地灯，却得几天后才给送。我心急，干脆亲自去买。回来只能坐出租。多花了一百来元钱，但符合我今日事今日毕的想法。住处附近就有做窗帘的，那是小活儿，人家答应我明天就能做好。之后我与"师傅"通了一次手机，他说他想家了，已经订了票，几天后就离京了。我说听那两名治安巡逻员的口气似乎跟他挺熟，所以才与他通话。怕那两位一旦问起他来，我俩说两岔儿了，他否认我是他"徒弟"，日后对我在那儿住下去不利。

"师傅"笑了，说明白我的意思了。又说我最好买两条烟，不必太贵的，中等价的就行，送给那两位一人一条，他俩以后就会睁只眼闭只眼，不管我在那儿住不住了。

我说我接下来会忙着找工作，找到了就会天天早出晚归地去上班，很难再见到那两位呀。

他说我可以将烟交给卖面点的女子。我担心她将烟私吞了，给我造成烦恼，"师傅"那头反感地说："别门缝里看人行不？人家是有道德的人！"

我与"道德"二字已经久违。自从懂事以来，我听到的人对人的正面评价，通常也就是"那人还不坏"，不说"不坏"而说"不错"，也就算人品之肯定了。若谁说谁"是个好人"，那可是至高评价了。而谁说谁"是有道德的人"，这种话我此前闻所未闻。相反的话倒听过多次了，那就是——"你这人还讲不讲点起码的道德了？"足见有道德的人已快成珍品之人了。

与我住的地方近在咫尺，居然就有一个女子是"有道德的人"，这使我内心对她油然而生敬意，同时感到大的幸运，我向她说明了"师傅"的委托，将两条烟交给她时，她爽快地说："放心吧，保证替你转交到，我跟他俩也很熟。"

她问我租下那房子想做点儿什么生意。

既然她是"有道德的人"，我想我也没必要对她隐瞒，遂将自己要常住的真相告诉了她。

她说："住也没事儿。这儿的人有时都住住，如果谁找你麻烦，我替你讲个情儿就是了。我在这儿多年了，我的面子哪方面的人多少都是给点儿的。"

果然是有道德的人。我认为有道德的人首先应该是热心肠助人为乐的人，否则其道德与别人有何相干呢？

她又问："你大学毕业几年了？"

我也如实告诉了她，连自己怕不能顺利找到工作的忧虑都说了——不由自主地对她说了。

她安慰我："北京终究是北京，工作不难找。你既然已经将那间屋子租下了，就应该先在附近找。穿过几个桥洞，高速路对面是西三旗，与西三旗隔一条小路是西二旗，那儿有科技园，公司不少。再往前是上地，公司更多了，你在网上查查，也许你的工作机会就在那一带……"

看去她的年龄与我差不多，可能还比我小点儿，她的热心肠着实感动了我，使我几乎也想叫她"姐"了。

从网上一查，西二旗和上地两处确有多家公司，这令我心情顿时乐观起来。而且，有几家公司正在招像我这样大学毕业后有了几年工作经历的人，我当时就从网上投出了几份简历。

最先对我做出回应的是一家环保公司，他们的二把手要招一位秘书。工资还可以，比冉的工资少一千多，但保证——只要我的表现好，三个月后就涨一千元，那就和冉的收入差不离了。面试我的人对我印象很好。咱嘛，好歹也是做过主编的，谈吐方面起码够档次。但如果我应聘了，那就得经常陪那二把手出差，全国各地到处拉项目。那么一来，冉经常下剧组，我又经常在外地，我俩在北京还租房子干什么呢？若在北京连较稳定的住所都没有，那不就等于连一小块儿可以落足的根据地都没有吗？那我俩岂不就是真的"漂"在北京上空了吗？——不，是像风筝似的，经常"漂"在外地上空，只不过风筝线连在北京，控制我俩的线轮在别人手中。再者，他们的二把手由于喝酒将原本好端端的胃喝坏了，发誓滴酒不沾了。但作为二把手，在某些场合那又基本是不可能的。虽然现实生活中因为喝酒而把胃喝坏了的男人不少，但在场合上，拿不出医院证明是没几个人信的，可谁每次出差带着诊断书呢？所以，我作为秘书，那时就必须替他喝。

我立刻说这一点我肯定做不好，因为我酒量不行。

对方问我究竟能喝多少。

我说一瓶刚好，两瓶就快醉了。

对方说他问的是白酒。

我说我还从没沾过白酒。

他想了想，内行地说："快醉了不等于就醉了，估计三瓶啤酒才是你的界限，四瓶才会真醉。那么，换算成白酒，怎么说也差不多是四两的量。你年轻，常喝还会进步。"

他如同是在点评我的某项技能。

我答应考虑考虑，尽快给他回话。走在路上，我就做出了决定——拉倒吧！别人的胃是胃我的胃也是胃啊！别人能把好端端的胃喝坏了，我的胃也不是特种合金材料的呀！我人生还长着呢，既不但要为自己，也要替冉爱护自己的胃呀！据她讲，她父亲就是由于经常喝酒把胃喝坏了的。她父亲当然不是个需要在场面上应酬的人，而是每每借酒消愁。她父亲已然那样了，我的胃再早早地就坏掉，冉将来还有好日子过吗？她可是个从小到大没过上几天好日子的菜农的女儿!

接下来的两次面试都不顺。或者我因为起薪低,或者对方因为我上那所大学的门槛低。

第四次谋职终于成功——那是一家广告设计公司,在西二旗,占了一幢小写字楼的最上一层,三层。也就二十几人,老板不到四十岁,挺儒雅的一位男士。他亲自面试我,对我彬彬有礼。广告设计大抵由两个步骤完成——文字创意和图形绘画。有能力的资深广告人,大抵两方面都行。他向我坦言,难以招上那样的人,而是分开招的,公司也因此分成了两个部门。他说自己在韩国釜山大学学了三年广告设计,因为是两种能力都具备的人,所以不甘于受雇于人,开创了自己的公司。并说走廊里镜框中那些广告图样,多半是他当老板之前的个人作品,小半是公司的作品。还说,公司刚起步两年多,没资格选择项目,小广告也照接不误。

他的专业能力和他的坦诚态度博得了我的好感。

他给我出了两道题——一是为一家回头客少的小饭店起个新的店名,比较能使人心里一暖的那种;二是给一款新车设计一幅可贴挂的广告,那款新车主打的是四轮超强的"抓地"功能,开起来稳,雨天不打滑。

"一小时够吗?"

他问得很客气,如果我说不够,显然会给我更充分的时间。

我说没问题,表现超自信。

于是他离开了,我在小会客室想,不一会儿有人给我送来了纸笔。

他准时再现,而我也提前完成。

"上心一客"——这是我想的店名。吾国四字话语多也,谁也说不清始于何日,借谐音而换概念之招牌现象比比皆是,随处可见。此法别人用得,我当然也可以用,"上心一客"无非"伤心一刻"的变种。

"想法不错,改了两字,其意大不相同了。"

得到他的肯定,我面有得色。

不料他紧接着又说:"就是'一客'不太好,任何店家都忌讳将顾客与一相联系。"

我反应也快,拿起笔,将"一"勾掉,改成了"异"字。

他大摇其头,连说:"不好不好,更不好了,会使人想到'身在异乡为异客'那句诗。"

他说得也对,我略一寻思,又将"异"改成了"逸"。

他说:"太文了,与小饭店不太搭。"

我又寻思片刻,将"逸"改成了"忆"。

他微笑道:"这次对劲儿,'上心忆客',好,好。你怎么反应这么快?"

我谦虚地说:"学中文的,万金油嘛。我的大学母校虽然毫无名气,但我和同学们当年创办的学生刊物在省内很出名,发表的作品被《读者》和省报选过,我当过它的主编。"

我并没忘王文琪的告诫,但又觉得也不能过于死性,见机行事嘛!

"是这样啊,刚才怎么没讲?"

他果然对我另眼相看了。

我也笑道:"那点儿资本,岂敢在北京人面前显摆。"

他说:"我也是外地人啊,辽宁的,咱俩一样,都是'同在异乡为异客',以后会有共同语言的。"

他那么一说,我心里有底了。我已经喜欢上了西二旗,喜欢上了那幢小小的写字楼,也喜欢上了该公司处处整洁的小环境。二十几人,估计同事关系相对简单,不至于太复杂。不像大公司,领导上面有领导,人事关系往往使新员工蒙圈儿。并且觉得他这位小老板毫无架子,蛮好相处的。

他又看我设想的汽车广告,我连简单的图形也画出来了——一块斜放的玻璃板,倾斜接近八十度角,正中是一辆汽车,下边是一只壁虎。壁虎是可以倒悬着爬行的,速度同样极快。以壁虎的四爪衬托汽车四轮的"抓地"功能,我觉得证明力挺强。

老板很满意，说不改了，可以让呈现部门的人在电脑上制作了。

如此这般，我以后就每天走到那家广告公司去上班了。离我住的地方近，我特满意。我的工资比冉只少五百元，这使我心里挺舒服。在同事中我年龄最大，他们都是近两年的大学毕业生，老板因而对我客气，也使我感觉良好。

卖面点的女子见我上班了，为我高兴，向我表示过祝贺，而我也常在她那儿买早点。有时我加班回来晚了，她还在的话，会白送我一份夜餐。我自然要给她钱，可她不肯接。她爱聊，一来二去的熟了，我了解到她是河北沧州的农村人，在北京年头久了，早年间房价便宜时已在郊区那儿买了一处两居室。往往春节也不回老家了，那么她父母就会前来陪她过春节。她姓韩，名慧芬，大我几个月，我尊称她"韩姐"。

一次她郑重地对我说："才大你几个月，别叫我韩姐了，就叫我名字吧。"

我却怎么也叫不出口，有心理障碍，她已经叫我"晓东"了，如果我再叫她"慧芬"，在我这儿会觉得关系变味儿了似的。

我也曾郑重地对她说："叫我小李就行，我听着更亲。"

她也承认叫不出口。说我是上过大学的人，她只读完了初中，居然仗着自己仅仅大我几个月而叫我"小李"，那也太没点儿深沉劲了。

她给我送吃的似乎送上了瘾，连她自己包给自己吃的饺子和做给自己吃的生日面条也不忘让我分享，这种不拿我当外人的过度的亲热，使我心里不止一次犯嘀咕。

我想，她是不是内心寂寞，对我有了"那种意思"啊？自从犯过这种嘀咕，我对她的态度变得相当谨慎了，唯恐有什么不当言行，使她产生错觉，举动得寸进尺。我刚在北京立稳脚跟，太怕摊上那种说不清道不明的事儿了。

而"韩姐"又似乎是个情商粗拉的人，对我的谨慎毫无察觉。

不久她老公来了，带来了她五岁的虎头虎脑的儿子。她一手拉着儿子一手拉着老公进入我房间,向我做过介绍后,对我说她母亲病了,她得回老家服侍一阵子,她老公只得辞了工地上的活儿,来接替她的铺子。之后叮嘱老公:"我亲自介绍过了,你俩就算熟了哈,晓东叫我姐,那他就是我弟。他是只身在外的人,咱们又是做快餐的,你可别让他饿着!"

她老公比她大十来岁,是个少言寡语之人,听了她的话,只是嘿嘿地笑。

她嗔道:"别光笑,表个态!"

她老公便说:"放心,我把他看成你亲弟不就得了嘛!"

我不禁笑了。

她又叮嘱她儿子不许常到我屋里烦我。最后对我说她儿子快上小学了,希望我在有空儿时,对她儿子进行一下学前辅导。

"我和他爸一辈子也就这样了,不这样还能咋样呢?可我们就这么一个儿子,也不能眼瞅着他输在起跑线上啊!"

她是笑着说的,在我看来,其实分明有几分酸楚。

她老公也说:"是啊。儿子会跟我在这儿住些日子,给你添麻烦了。"

我立刻说没问题,应该的。同时想到了古人那两句话:"殚精竭虑为人子,可怜天下父母心。"

他们一家三口走后,我坐在床边陷入一阵反省——如果说韩慧芬对我之好意味着她对我有什么想法的话,看来也无非就是她刚刚当面说过的那种希望,而那是一位母亲多么正大光明的希望啊,可我却把人家想得很歪,我可真不是个东西!

我差点儿扇自己一耳光。

我老板姓乔,叫乔泰。他几乎从没按时下班过,他那样,公司的年轻人也都不走,却经常互相问:"老板走了没有?"——他还没走,谁都不走。都不走,我也不好意思走。加班成了公司常态,基本上八点以后才下班。那时乔泰已经走了,于是大家被特赦了似的,

326

一哄而散。说是加班，其实心思都不在工作上，而是在挨时间。

我的又一项设计使合作方非常满意，给了公司五万元奖励。老板一分没扣，全发给大家了。参与广告制作的分得多点，没直接参与的也沾光喝汤，皆大欢喜。方案是我想出来的，我分到的最多，大家没意见。广告是为佐料厂设计的，那是一家中外合资企业，各类产品销往世界多国。我的创意并无高明之处——无非一男一女相向跪在榻榻米上，都上身前倾，一手撑在腿边，一手持筷子，两双筷子都伸在面条碗里；碗旁是瓶子，其上商标清晰可见，正是厂里新上市的一种佐料。重点在于两个人物的嘴——嘴里都有一口面条，还都没咬断，一束面条在两张嘴之间抻直着，像两只鸡争食蚯蚓。人物的样貌和服装上我也动了点脑筋，女子穿的是韩服，男子是西方白人，着短裤背心，腿边还有足球，像是刚踢球回来或正准备去踢球，代表一切热爱足球运动的国家的男人；背景墙上有地中海风光的油画，也有咱们中国彤红的同心结，传达出那厂在中国的信息。中、日、韩、西方及地中海地区诸国，综合元素满满的。至于制作，那反而简单了。先让公司一男一女两个小青年摆出姿势，用手机照下来，再传到电脑上细加工一番就大功告成了。

老板和同事们都很喜欢那广告，认为具有明确而又戏剧性的市场意识。老板还让多制作了一幅镶在框子里，挂在走廊显眼处。据老板说，厂家也生产方便面，连方便面的销售都带动了。

有小同事就心理不平衡了："为他们增加了多大的收入啊，才给咱们五万元奖金，太抠门儿了吧？"

我说："那不是奖金嘛！人家一高兴，想到给咱们了，那就值得咱们高兴。人家没这种表示，咱们不也得没脾气吗？"

老板说："是这么个理。"

他随后将我叫到办公室去，客客气气地请我坐下，为我沏茶，说也没什么事儿，只不过是要真诚地向我表示，希望我在公司多干几年，别急着跳槽。

我说我觉得自己对现在的工作挺上道，一个学中文的，有限的想象力居然能在公司发光发热，我挺知足，短时期内不会离开的，因为我愿意工作稳定，从而过上稳定的生活。

他搓着双手说："太好了，太好了，希望咱们的关系长久又良好。以后你就了解我了，我这人对员工没那么多事儿，我也绝不会亏待你。"又说，按我的能力，应该给我个适当的职务，可两个业务部门都有部门经理了，他们当得也都很努力，如果为了提我而免了他们中的谁，怕引起矛盾反为不美。但他认为可以给我个助理当当，不是哪个别人的助理，而是他本人的助理，问我是否肯赏脸担任。

自从毕业后，我第一次被是老板的人当成块好料似的极为看重，内心油然产生知遇之恩实属宝贵的想法，也便说了些荣幸之至，今后愿全心全意为公司效劳的话。趁他高兴，我谈了自己对加班的看法。我说有时为了赶任务，全体加班是必要的，也是必须的。但正常情况下，那种耗时而无实效可言的加班没有必要。又不给加班费，天长日久大家内心就会生出意见来。

他表示吃惊，说自己并不知情。说正常下班的钟点，也是北京哪儿哪儿都堵车的时候。他不那时候走，是为了错过交通高峰，他以为大家留在公司的原因都和他一样……

"你看这样行不？以后呢，需要加班，咱们就正式宣布，当然要给加班费。不需要加班，到下班时间了别管我走没走，都可以走。也想错过晚高峰的，公司给提供免费盒饭。既然如此，也希望吃了公司的免费盒饭的人，别把待在公司的时间白白浪费了，最好自觉做点儿分内的工作，或在一起开次业务研讨会。如果开会，那么我也参加。"

他这样的老板真不错。

我说完全同意，请他及时告知大家。

他笑道："别非得我了，你现在就开始进入助理角色呗，代我告知吧。"

我便欣然代表他去告知了，大家听了都说："老板太人性化了！"

我向他汇报了大家的反应，他又是一阵高兴。

写字楼里不许起火，公司人少，没食堂，中午要么是单独点快餐，要么合伙点。他中午没吃盒饭，请我到附近一家较好的饭店吃的，还要了两瓶凉啤。

饭桌上，他坦诚地告诉我自己是林业工人的儿子，上小学时，正逢林场工人下岗，自己是着实体会过穷日子的滋味的，能有现在的人生，全凭自己铆足了劲儿努力的结果，没有任何背景可言。他说他是有抱负的，但愿公司能一步步做大做强，成功上市。既然搞影视的都可以上市，做广告的为什么不能呢？还许愿，一旦有那么一天，肯定有我的股份。

我做梦都想成为拥有原始股份的人，听了他的话大受鼓舞，也向他保证——忠不忠，看行动。

于是我俩都有点儿相见恨晚，惺惺相惜。

他是满族。他说自己的先祖与多尔衮沾亲带故。虽无血缘上的关系，却是多尔衮原配夫人那一支脉的后裔，也属于正白旗家族。接着给我上了一堂清史课，说后人都认为多尔衮是野心家，企图篡位，其实根本不是那么回事。多尔衮当时是白旗首领，势力甚大。若真想篡位，振臂一呼，应者多矣，不是不可能。但他却没那么做，而是与孝庄共同辅佐福临登基，宁做摄政之王。从这一点上说，多尔衮还是顾全大局的……

我不知他为什么给我上那么一堂清史课——也许纯粹是他感兴趣的话题；也许并不那么纯粹，还另有款曲。不管哪种情况，总之他挺有叙事水平的，娓娓道来，讲得我很爱听。也许我爱听是因为他为我的人生画了一个大大的馅饼。后来小同事们告诉我，他们都听他重新评价过多尔衮了。只要一杯酒下肚，他就会忍不住开讲多尔衮——连这一点我也觉得是他甚为可爱的一面；原始股比现金对人的感情影响力还大。因为现金只会贬值，而原始股却会涨，往往还会几十倍地涨。

我没忘记"韩姐"对我的希望——从小到大，我第一次受人之托，何况对方还是一位"有道德的"母亲。而我并没觉得她明显地异于别的女人，只不过感到她人缘甚好，周边的人提起她都亲切地叫她"韩子"，很少有谁叫她的名。想尽快找到她却不说自己找的是"韩子"而说她的大名，那么八成是会事与愿违的。我想，这也许是因为在民间，人缘往往是与人的德行连在一起的，未见德行很差却人缘很好的人；而人缘在民间亦即所谓口碑——北京使我接触了一些以前没接触过的人，也想了一些以前没想过的问题。

"韩姐"她妈生病的事，使我想自己的爸妈了。别扭归别扭，我爸妈是爱我的，在这一点上我从没糊涂过。想爸妈其实就是想家，在省城我没想过家，某时甚至希望忘了自己有个家。但到了离家千里以外的北京，却时常由于想家而感伤。还是家好哇，在家我过的什么日子！虽然二十五六了，往往还是衣来伸手饭来张口的，一不高兴还吊脸子。在省城我也敢跟别人吊脸子，岂止吊脸子，还敢勃然大怒呢，像在出版社那样。可在北京，除了别人对我吊脸子的份儿，我哪敢对别人吊脸子啊！北京使我学会了夹起尾巴做人，因为王文琪说到底也是外地人，不可能成为我的保护伞。再说还有冉呢，如果我受伤了，不管是身体上或心理上，冉不是也会疼吗？为了冉，我还是夹起尾巴做人的好。

我可以不在公司加班了，可以早回到我住的地方了，却也因而备受孤独的折磨。于是明白了那些小同事为什么到了下班的时候却仍愿泡在公司里——有交通晚高峰的原因，也不是为了白吃公司一份盒饭；而是和我一样，都是有家不能回的"京漂族"。估计，他们住的地方还不如我住的地方呢！我毕竟是自己一处空间，而我从他们互相聊天的话中听出，他们差不多都是合租者，有的还是与陌生人合租一处住房。并且他们的年龄都比我小。一联想到他们，进而又联想到了那两句古语——"殚精竭虑为人子，可怜天下父母心"。依我想来，"殚精竭虑"的也不仅是父母，某些儿女又何尝不是如此呢？那样一些"殚精竭虑"想要实现好人生的儿女，也不能说全是为自己吧？他们中一部分，比如冉，难道不是为了争取带给父母一种好生活吗？后一句也可改为"可怜天下儿女心"啊！

想到冉，我比任何时候都心疼她了，尽管她挣到了在省城根本挣不到的一份工资。八千多元，据说在北京并不算高工资，可在我们省城，差不多等于局级干部的工资了。汪先生教了一辈子书，是二级教授，退休工资也不过就那么多。但冉的感觉真的会很好吗？我了解的她，愿意在朋友的关照之下长期工作吗？短期可以，若从长期而论，是否也等于人生被控制了呢？不知她为什么会将《小王子》带到了北京，因为作家是法国人吗？有利于她提高法语水平吗？可那是汉字版的呀。闲来无事时，我也将《小王子》看完了，有一章的内容使我百思不得其解——小王子与一只狐狸交上了朋友。狐狸说，如果小王子真想与它成为朋友，那么前提是必须先驯化它，而小王子成功地驯化了它。野生的狐狸为什么乐于被人驯化呢？作家的解释是狐狸也孤独。但驯化难道不就是控制吗？极其崇尚自由的法国人，特别是一位法国作家，他写这一段情节时，内心里究竟在想什么呢？又要传达些什么呢？

我觉得大多数在北京买不起房子的"京漂族"，似乎可以用那些被"吊养"的绿色植物来形容，比如吊兰啦、绿萝啦什么什么的。据说这些植物能起到净化空气的作用，而我认为，对于北京，"京漂"们更能起到改变城市基因的作用。城市的基因主要是人口基因。老北京的人口成分，无非满汉两族而已。满族人口，或多或少总会受到血统论和八旗遗风的影响。而汉族从前以皇城子民为荣，后来又将首都户口当成高人一等的优越资本，总之都讨嫌。若北京的人口结构长期不变，它又怎么"现代"得了呢？现在好了，满大街所见几乎都是外地人口了，老北京人反而成了极少数，被边缘化得找不着北了，所谓老北京味儿也被现代化大都市的气息所"逼"，仅仅存在于某几户遗址了。

"吊养"也得有人关心一下。不求像小王子对他唯一的玫瑰那么心心念念地负起一份责任，起码也需要有人给浇浇水、修修叶呀！然而，"京漂"一族中那些买不起房子的，似乎在北京是最不受待见的一族。不但老北京人嫌他们太多了，他们也嫌同类太多了——来得早的看着后来的不顺眼，都这么多了，怎么还他妈的来！后来的看着来得早的生气，来得早也没混出个人样来，那他妈干脆撤啊，把阵地腾给我们后来的呀！而有些，因为缺少起码的水分和阳光，就吊在半空渐渐干枯了。

我和冉，竟也成了"他们"中的一对儿。由于有好友王文琪的关照，我俩不属于"缺水"那类，一切看起来还都比较顺。但以后我俩会怎样呢？每当这么一想，不由我不迷惘。

为了排解孤单，有时我会主动将赵骏也就是"韩姐"的儿子叫到我的房间里，多数时候是在周六或周日。我不想去任何地方玩儿，怕自己越觉得北京好，越会因为自己是买不起房子的"京漂"而自卑。

赵骏是个聪明孩子，我也尽自己所能辅导他，希望他不至于一入学就"输在起跑线上"。"韩姐"常与我通手机，开始改口叫我"他叔"了，听我夸她儿子聪明时，她会惊讶地说："是吗？是吗？我和他爸一直以为他挺笨的，还是你教得好呗！"她老公则经常问我："想吃什么？只管吩咐。咱家做不出来，我去各家饭店为你买回来！"

赵骏表现得越聪明，我的心情反而越忧虑——替他爸妈，也替他。我也只不过是对他进行了某些必要的学前辅导，为了使他的头脑不至于在接受知识方面入学之后刚开窍，那确实太晚了。但国内种种情况表明，等他这一代高考时，竞争将会更加激烈。我是在省里经过那一关的，我们省的考生还不算多，但那我也没勇气再经历一次了。河北也是人口大省之一，每年的考生也如千军万马过独木桥，他能凭现在我所认为的学龄前儿童的那种聪明，在以后的十几年学生时期一往直前，关关胜出吗？若不能，他爸妈岂不是白以一个"骏"字作为他的名字了吗？若竟能，即使大学毕业了，会否亦如我一样也成了"京漂"呢？那时北京的房价会降下来吗？估计不会。"殚精竭虑为人子，可怜天下父母心"是否也将成为他和他爸妈的人生写照呢？

那是我第一次为别人多愁善感，有点儿杞人忧天。

我不敢与我爸妈通话——如逃学的孩子不敢见老师。怕我妈对我痛斥不休，怕我爸一句都不训我，反而问："儿子，你要我怎么做？"

我与刘川通话时，曾问他我要不要主动点。

刘川说："先省省，等你妈的气头过了以后吧。"

我说："那，我对我爸也没点儿主动，太不应该了呀。"

他说："我又去看过你爸妈一次，吕玉陪我一块儿去的。你妈也生徐冉的气，甚于更生你的气，认为你被她洗脑了，变了。你爸送我俩时，让我转告你，也先别与他通话为好。万一你拨了他手机，那会儿他正巧和你妈在一起，他倒是接对呢还是不接对呢？接吧，你没与你妈通话而与你爸通话，你妈肯定以为你们父子俩背着她经常保持联系，那能不挑理啊？岂不是你爸也受冤枉了？不接吧，你爸又怕你误会了他。所以呢，他希望你那边有什么非沟通不可的事，还是由我向他转告的好。我充当一个时期的联络员，你有什么不放心的呢？"

刘川那一大番解释，非但没使我减压，反而更加使我感到问题复杂了。既然并没什么非沟通不可的情况，我也就没正式起用过川儿这位联络员。每次与他通话，先问问我爸妈的状态而已，他说我爸妈都挺好的，我的心情就会随之好些，之后才会与他闲聊。

我与冉通话差不多总是在十点以后。第一次通手机时，她小声说："片场要求所有人都得关机，过会儿给你打过去。"那时八点多，我一等就等到了十点多。她说她的专业身份是"演员助理"，演员演戏时，助理一般不可以待在休息棚或房车里，得守候在拍摄现场外围，万一演员临时需要支使一下，而助理不在附近，那不是就令演员着急了吗？而一名令演员着急的助理不是好助理。她说周期紧，每天都在抢她那位"格格"的戏。又解释说"格格"不是剧中角色，是那一剧组的助理们私底下对各自都要全心全意服务到位的女演员们的戏称。在那次通话中我俩约定，急事互发微信没急事十点以后视频。

我关心地问她那位"格格"性情如何，有没有无端对她发脾气的时候。

她说那倒没有。她那位"格格"比她年长几岁，修养蛮好。再者有王文琪的面子在那儿摆着，对她的态度还算平等。只不过一离开拍摄现场就变成了哑巴似的，从不主动与任何人说什么工作以外的话，这一点令她这名助理有些不适应，所以也不主动与"格格"说话。

我问："那她不会认为你也太傲慢了吗？"

冉说："不会吧，关系是没法颠倒的呀，我觉得她认为我那样挺好，她好我就好呗，我逐渐会适应的。"

我又问："还算平等什么意思啊？"

冉说："别挑字眼行不？"

我就不往下问了，让她讲点剧组里的趣事给我听。

冉说："确实没有，感想倒是有些，等回去讲给你听吧。"

结束视频，我倒先有了感想——我的冉，拥有语言学硕士学位的冉，岂不是在北京做起了丫环吗？

这想法使我心里很不是滋味。

冉回来过一次——周六晚上六点多与我通话，说第二天要回来一次，怕找不到我租的住处，希望我到南站去接她。

南站离回龙观可够远的，我想我俩应该定一个离我那儿近的地方碰头，那对我方便一些。正寻思怎么跟她讲，她那边又说："要是不欢迎就算了，周日剧组没戏，我正想休息休息。"

我赶紧说："欢迎欢迎，想你啦，就照你的指示执行！"

"想你啦"是我的大实话。

从回龙观到南站的路线相当复杂。我在手机上查了一下，怎么去都得倒几次车。我也怕像冉一样倒车倒晕了——一咬牙一跺脚，决定打的前往。屈指算来，我俩分开半个多月了。自从同居以后，我俩从没分开那么久。对于我，半个多月的确太久了。偏说不想她那纯粹是假话。为了顺利接到她，多花点儿出租车费那也值啊。

冉没带其他东西，挎着一个大包儿。我问装了些什么，她说是该洗的衣服，我说坏了，还没买洗衣机。她说反正留给我了，她那边还有可换的衣服。我埋怨她懒，她说不是因为懒，是因为没空儿，没想到拍电视剧还是件累事儿，制片唯恐拖期，昼夜赶着拍，延期一天就会多花二十几万，导演不敢掉以轻心。我说我是打的来的，出租费一百多元，这么说时我直嗗牙花子。

冉说："那也打的回去吧，现在咱们可以花钱大方点儿了。"

回去时由于堵车，花得更多。我想由自己付钱，冉抢先那么做了。我俩经济一体，花了她那么多出租车费我照样心疼。这样的生活成本也太高了，而且也太奢侈了。在我们灵泉二百多元差不多可以将一辆出租车租一天了。

下车后，冉观望着四周问："这什么地方啊？很像我家去卖菜那个镇。"

我说："这地方叫回龙观，你们那个镇还没有十几层的楼，咱们就住楼下。"

冉继续观望，一边说："那幢楼除外，其他方面哪儿哪儿都像，不过回龙观这地名挺不错，以前肯定香火挺旺的。"

我纠正道："用词不当吧？这儿没什么香火，你看到的是人间烟火。"

"是'观'字使我说错了。"

冉自我解嘲地笑了。

我替她挎着包，引领她走到台阶口时，冉有点儿傻眼，疑惑地问："你不是说租的是这幢楼的楼下吗？"

我说："是啊，最下边一层，所以得下台阶嘛！"

她说："这叫地下室。"

我又纠正她："还真不能看成地下室，也不能说是半地下，正确的说法是半地上，你看门窗都能照到阳光，只不过比地上低了这么几台阶。"

"那儿怎么回事？"冉又看着灯箱发愣。

我说:"别管它,就当它不存在,我前任租房者留下的。"

"为什么不要求他拆走?"

"进屋再说行不?"

"讨厌那只丑陋的男人脚,要是画一只好看的女人脚我还能接受。"

"那我就希望它一直存在,出来进去的天天能看见了。"

我俩对话时,我已在台阶下了,而冉仍伫立台阶上,有点儿不情愿下来的意思。我的左邻右舍们,包括"韩姐"她老公,都以猜测的眼光看着冉,似乎我带回的是一个陌生女子。

"别像模特儿似的站那儿了呀!"

经我催促,冉才款款踏下台阶。一进门,我刚放下包,冉就搂住了我的脖子,柔情蜜意地说:"又可以这样了……"

"我决定在这儿住下去起先是由于便宜,到现在为止咱俩还谁都没领到一分钱工资,后来是因为……"

我急于向她解释。

可她用一阵长吻封住了我的嘴……

第十七章

　　我那儿不但尚无洗衣机，也没洗澡的地方——既不如我在省城的住处大，也不如我在省城的住处安静。所幸不远处就有洗浴中心，还有洗衣店。

　　那时已下午三点多了，我俩都想洗个澡，冲冲汗，于是带着冉的衣服一块儿出了门。

　　洗衣店老板娘是位四十多岁的女子，起初不肯收，说没法收钱；都是夏天的薄衣服，收多了不合适，收太少她也不值当的，莫如在自家洗衣机里转转得了。

　　我只得说还没买洗衣机，老板娘却仍无收下的意思。赵骏偏巧在洗衣店门前看一个孩子玩遥控车，听到我的话后替我求情："阿姨，你就收下吧，他是我老师。"

　　老板娘显然知道赵骏是谁的孩子，好奇地问："他怎么成了你老师呢？"

　　我接过话说："他妈是我认的干姐，我有空儿时对他进行学前辅导。"

　　"是这样啊，那放这儿吧，不收钱了。"

　　老板娘的态度顿时一百八十度大转弯。

　　离开后，冉调侃我："行啊，不但认了个干姐，还开馆授课了，难怪你挺喜欢这儿的。究竟什么关系，晚上得如实交代啊！坦白从宽，隐瞒从严。"

分明的，由于又和我在一起了，她心情大好，对那住处也没说不满的话。

在洗浴中心那儿，冉见价格表上显示有鸳鸯浴，竟当着收款姑娘的面一本正经地问我："咱们洗鸳鸯浴如何？我出钱。"

我也一本正经地说："好啊！你敢我有什么不敢的？"

收款姑娘同样一本正经地说："得出示结婚证，否则洗不成。"

冉问："身份证不行吗？"

收款姑娘表情愈加严肃地说："这是北京，不是外地。如果男男女女只要出示一下身份证，多花点儿钱，就可以成双成对的鸳鸯戏水，那我们这儿早被公安给端了！"

"是吗？"

冉故作惊讶，还吐了下舌头。

我俩分开各进"男""女"入口前，她小声问："我是不是变贫了呀？"

我说："挺好。"

她说："跟剧组那些小助理学的，一个个可贫了，都是段子高手，冷幽默大师。"我没再接话，心想——都沦落成"京漂"了，处于"吊着活"的境地了，再不贫点儿，那日子还有法混吗？

出了洗浴中心，我俩在一家京味饭庄吃了晚饭，"京味儿"挺合冉的胃口，她吃得大快朵颐。

回到住的地方，左边一家卖菜的婶儿求我开亮灯箱——她那门面的灯泡坏了，灯箱在她那边和我这边两扇门之间，我把灯箱开了，她那边就借到光了。

于是我将灯箱开了。

冉一进门就要往床上躺，我阻止了她一下，替她将半边床摇了起来。她再躺下后，大发赞美之词："好舒服！好享受！好幸福！再这样看上一本爱看的书，日子美死了！"

我没好气地说："这会儿只不过是这会儿的感觉，别扯什么日子不日子的。"

我是那么的不以为然,她也就不吱声了。而我开了地灯,将《小王子》抛给她。

她问:"读过了?"

我反问:"有何见教?"

她说:"如果读过了,就要像小王子爱他唯一的玫瑰那么爱我,无条件地包容玫瑰的四根刺,而且我的刺也没四根那么多。有爱,人生就有奔头,这才是生活哲学的重点!"

我说:"前提也得是小王子他活着回到他的星球。书里写得明明白白的,他被毒蛇咬死了,回不去了。"

她反驳道:"你看得不认真!书里也明明白白地写着,飞行员并没发现小王子的尸体!……"

门忽然一开,进来一个高大男人,同时带进来一股酒气。他既不看我,也不看冉,见另一张床空着,往床上一坐,蹬掉了鞋,扯去了袜子,直挺挺躺下,同时说:"快点啊。"

我和冉目瞪口呆。

冉小声问:"什么情况?"

我也小声说:"灯箱惹的祸。装没看着,别动就好。"说罢急转身离开,去将"姐夫"也就是赵骏他爸找来了。

"姐夫"进门时,那汉子已发出了轻微的鼾声。

"姐夫"看着笑了,说是熟人,一转身又立刻出去了。

这时已满屋酒气,冉的一只手不停地在面前挥动,皱眉看我,以表情问:"又什么情况?"

我也不明白"姐夫"为什么又出去了,只有耸肩。

而那汉子的鼾声大了。

转眼"姐夫"回来了,身后跟着洗衣店老板娘。

老板娘骂道:"死鬼!不知又跑哪儿喝醉了,到这里来丢人现眼。"

"姐夫"问:"弄哪儿去?我帮你。"

老板娘说:"还能弄哪儿去呀,只能先弄我店里去啊!"

她是身板单薄的女子,"姐夫"虽然强壮,个子却矮于那汉子。

我上前道:"我帮她吧。"

"姐夫"说:"你别过来,看吐你身上。我也不是第一次帮她了,我俩配合出经验了。"

于是"姐夫"和老板娘一左一右将她丈夫上身拥起,"姐夫"机敏地顺势弯下腰,背着汉子就往外走。

"抱歉,实在是抱歉!"

老板娘连连对我鞠躬,慌里慌张地跟了出去。

外边有个女人大声说:"绕着走几步,别吐我这几筐菜上!"

冉听着扑哧笑出了声。我不觉得有什么好笑的,困惑地瞪着她。

她说:"还不开一下窗?"

我默默开了窗,一转身却见她离开了床,站在床边看着床发呆。

我问:"怎么了?"

她反问:"床单洗过吗?"

我说:"也不脏啊。"

她说:"不是脏不脏的问题,我闻着有股臭脚丫子味儿。"

我又问:"心理作用吧?"

她说:"和心理一点儿关系没有,不信你自己闻闻。"

我没料到她会这么说。如果我不闻闻吧,那就等于她说的是事实了,而我不愿意她的话是事实。

我弯下腰之前强调:"我的鼻子可没毛病啊。"

她说:"我承认。"

我只得弯下了腰。

我太不愿意她的话成为事实了——刚刚,一个醉汉突然闯入,这会儿如果床单又有臭脚丫子味儿,让我这个大男人的脸往哪儿搁啊。

不闻不知道,一闻真害臊——看去挺干净的白床单,却果然有股臭脚丫子味儿。或许,事实上并没有,不但是她的心理作用,也是我的心理作用了。心理作用比榜样的作用对人的影响快多了,但心理既然起了作用,不是事实也是事实了呀!有时候,一种事实它是很主观的,客观事实往往干不过主观事实。

但我却说:"没闻出来。"说完往床上一躺。

冉说:"你别嘴硬!"边说边扯下了她那张床的床单,卷了卷扔在地上,接着又命令我起来,要将我那张床的床单也扯下去。

我说:"我明明闻着没有,你这又是何必呢!"

那会儿的我,宁愿想象自己代表客观事实,而冉只不过代表主观事实——我想让客观事实战胜主观事实一次。

偏偏"姐夫"又进门了。他是受洗衣店老板娘的委托再次向我和冉道歉的,老板娘保证那种讨厌的事不会发生第二次了。"姐夫"说她丈夫一到店里就吐了,吐脏了多件快晾干的衣服。

他看着地上的床单说:"扯下来对,千万别睡那床单。虽然躺过的人都是治脚病的,可谁知道他们除了脚病还有没有别的什么皮肤病啊。有些皮肤病很难治的,一旦传染上了一辈子的事儿。刘师傅为了省钱,从不送到洗衣店去洗,自己洗也舍不得多用洗衣粉。要我看只用洗衣粉都不行,每次洗之前都应该用消毒水泡泡才对。"

"姐夫"刚一离开,我立马一跃而起。

冉笑道:"你的表现才是典型的心理反应。"

我没再理她,默默将床单扯下,也卷了卷扔在地上。

冉严肃地说:"我也提醒你啊,我留下那几件要洗的衣服,你如果有空儿就替我洗洗,没空儿送到别处的洗衣店去,千万别送到那家洗衣店去洗!记住了?"

我拖长声音说:"记住了。"

她又说:"我走后,你得去买四条床单,换着用。如果你为了图上班近,还要在这里住一个时期的话,那么就得买洗衣机和冰箱,这两样东西的二手货都不贵,属于生活必需品,该花的钱咱们得花,'京漂'咱俩也得漂在起码的生活水平线上。"

我愣愣地看着她,听着她的话,不知该说什么好。

她又问:"记住了?"

"我觉得,你像是我妈在跟我说话。"

我良久才憋出一种答非所问的回答。

"像谁在跟你说话不重要，重要的是我说得对不对。咱俩既然已经来到北京了，又都有了工作，那就要有较长远的打算。我的话对，还是不对？"

的的确确，那会儿的冉，从表情到语言，全都像极了我妈。我想象之中的年轻时的我妈，在坚持自己的某种态度时肯定就是那么一副样子，特别是在她觉得自己的坚持完全正确，必须落实为自己或别人的行动的时候，而那个别人往往是与她生活在一起的我爸。我的想象就是打从记事的时候起在家里所看到的听到的，她每每与我爸说话时的样子的总印象。一想到以后的冉可能对我也会习以为常，我对我们将来的生活的展望难免顿觉索然。因为我虽遗传了我爸的不少基因，却并非完全是由我爸克隆而成的。甚至可以说，我完全不具备我爸对我妈那种或者绝对服从，或者有理也要让三分的好丈夫的优良品德——我还希望自己的妻子能对我那样呢！好妻子难道不应该也具有那样的优良品德吗？难道那不是贤妻应该起码具有的优良品德吗？难道我李晓东不配有一位贤妻吗？……

以上种种想法同时在我头脑中产生出来，就像草叶会从罩地的塑料薄膜下硬钻出来那样。

我一时不快，弱弱地回了一句："据我所知，北京卖二手车的地方不少，却没有卖旧家电的一处地方。"

冉立刻逼问："据你所知什么意思？你怎么知道的？从网上查了吗？"

我并没从网上查过。

但是我说："查过，没有。即使真有，估计也是收废品的地方，你不会让我去那种地方碰运气吧？"

她愣了一下，缓和气氛地说："我当然并不是那么主张的，咱们也犯不着。建议你问问你'姐夫'，或许他有办法替你买到二手的。如果他也买不到，那就买新的，最便宜的那种。还是我刚才的话，该花的钱就得花。'京漂'不应该是落魄的另一种说法……"

我觉得"京漂"和落魄没什么本质区别，只不过是落魄在北京罢了。对于某些人，只不过是自找的罢了。我顿时来气，想撑她一句。还没想出来，她却又补充她的话："我不能眼见我爱的人生活得太凑合而不心疼。"

她的补充暖到我的骨头里去了，立刻说："宝贝儿，你的话都对，我知道你是为我住得好点儿，保证听你的，让你省心。"

自从来到北京，那日我第一次又叫她"宝贝儿"。

她愉快地笑了，接着下达指示："你把枕套换下来，我去买两条毛巾来做枕巾。"说完亲了我一下，像蹿出笼子的猫似的转眼间已出去了。

我一想到自己枕过的枕头之前已不知有多少人枕过了，而且全是到这里来修脚的人，心里别提有多腻歪了。由于心理作用，从头皮到脸颊，哪儿哪儿都觉得有些痒。

冉出去了半天才回来，拎着两塑料袋东西回来的。

"这地方确实挺方便的，顺着马路往南走二十几分钟有家不小的超市，商品种类很多。"

她不但买回了半打六条毛巾，还买回了四条床单和两个枕头以及枕套。

她问我去过没有。

我承认路过，却没进去过。

"现在我不担心你把日子过成什么样了，以后你缺什么东西最好到那里去买。看，荞麦皮枕头，这枕着多舒服，我希望我宝贝儿在这里住得舒服一些。"

她的话又暖到我骨头里去了。

那一日，对我和冉，都有着几分纪念性的意义——到北京后，不但我第一次又叫她宝贝儿了，她也第一次叫了我宝贝儿。平心而论，她的话她做的事确实都是为我好，她操那么多琐碎的心证明她心里有我。这么一想，我心情好多了。"京漂"也罢，落魄也罢，与相爱的人在一起，似乎一切憋屈都值得了。

我俩同时铺床单套枕套那会儿，冉说她运气好，赶上了促销活动，买的东西都挺便宜。因为便宜，她才一下子买了六条毛巾。毛巾质量不错，纯线的，又大又软。

　　对于商店和商品，女人大抵具有天生的敏感嗅觉，似乎能仅凭嗅觉就找到某家商店或商场，一步到位地买到自己所要买的东西。而一旦买到了便宜货，她们的高兴程度不亚于被爱人深吻了一通，即使并没便宜多少。这一点冉也不例外，而我自愧弗如。

　　她将我带到北京的旧毛巾也扔在地上了，替我挂上了新毛巾。我抱着地上的那堆东西出去了一次，刚一扔到垃圾桶那儿，立刻被捡垃圾的人捡走了。我住的那地方常有捡垃圾的人出现，他们之间往往也会产生同行是冤家的矛盾。

　　我进屋时，冉又躺在床上了，床也仍保持着那种令人舒服的倾斜度。

　　我也像她那样躺在了床上。

　　新的床单，新的枕头、枕套和枕巾，使那个房间看起来似乎面貌一新，我也像又有了一处家，还是在北京。这使我此前的落魄感稍有减缓，只有"漂"的自我暗示仍顽固地存在着。

　　冉在看手机。

　　我问她在看什么。

　　她说在比一下别处的价格，并说她买那些东西总共少花了三十几元。

　　"该省的地方还是应该省，对不？"

　　我心悦诚服地说："对。"

　　她又说："现在感觉好多了，你呢？"

　　我说："同样。"

　　冉是热爱生活的。她对生活的热爱，有股子一往无前的劲头。不论何时，不论何地，但凡有一处栖身之所，都会尽量将它搞得像一处家，于是就会处在一种不是无家可归而是有家可住的人生自信的状态。逐渐的，不论那个家是什么样的家，只要一时挪不了窝儿，她都会对它产生感情，于是不可思议地爱它。冉之热爱生活，似乎更是一种发乎本能的热爱。或简直也可以说，只要并非活在苦难之中，她就认为人没有理由不热爱生活。这一点我也自愧弗如。我当然也是热爱生活的，却一向只热爱稳定的、一切顺风顺水可持续的、心想往往事成的那种生活。对于我俩眼下的生活，老实说我是一点儿也热爱不起来的。我之所以还顺其自然地"漂"在这种生活之中，乃因我爱冉，而冉选择了这种生活。当然啦，我也热爱我在北京的一份工资——多乎哉？不多也！但比起我在省城的工资，那还是高出不老少。

心情好了，我终于想了解一下冉的工作感受了。

她问："想听真话还是假话？"

我反问："你跟我还不讲真话啊？"

她说："有识之士们，不是早都指出了中国收入悬殊的问题吗？不到剧组，那问题与我似乎也没什么相干。而一旦进了剧组，那种巨大的收入差距成了公开的秘密，尽管谁都矢口不谈，但谁心里都明镜似的。好比冰火两重天压缩在一个有限的空间里了，你的冉处在剪刀差的刀口之间。"

她的语调完全是闲聊式的。按她的说法是——她当演员助理的那部剧要拍到四十几集，"一主"的片酬将近四百万，还是税后，还是关系价，还差不多是她和我的同龄人。她的服务对象是"女二主"，比她还小一岁，片酬也高达三百多万，也是税后。她说现在的演员们唯恐自己一个不慎卷入纳税丑闻，才不签税前合同呢，要签就签税后的。仅就她那个剧组而言，其他演职员等，依次在几十万、十几万、几万之间不等……

我问怎么一下子就少了那么多呢。

她说演员和演员之间由于是或不是主角、"主配"，片酬差距极大。摄影师、录音师就是再出名，片酬也只能是主角、"主配"的十分之一左右。至于化妆啦、制景啦、灯光啦、服装啦，属于一般组成人员，一部长剧结束后能挣十几万已经很不错了。还有些杂务人员如随组的清扫工,像她那样的演员助理,属于收入最低的人……"

"不过我们比清扫工收入高,我们是演员到哪儿我们到哪儿,演员跨组我们也跨组……"

她好像因为比清扫工的收入毕竟高些而心满意足,又好像不是在说关于自己的事,只不过是在聊八卦似的。

我细声细气地问:"那么,演员跨组多挣一份片酬,你们也会多挣啰?"只有细声细气地问,我才能掩饰住内心的失衡。

她说:"和我们没关系。演员跨组是另演一部戏,由另外一家出品公司付片酬,而我们的服务对象没变、工作性质没变,依然是明星公司付的那份基本工资,外加补贴和年终奖金……"

不知是她掩饰得好呢,还是她内心的守衡能力比我强大,我从她的话中还是听不出任何情绪意味。而一个男人听自己所爱的女人告诉自己在一种什么界内的收入仅比清扫工高一些,如果他们还是受过大学高等教育的一对儿,如果那女人还是有硕士文凭的,不管那女人的话有没有情绪意味,不管她的话听来多么淡泊,那男人得需要多么具有视金钱如阿堵的超凡脱俗的大境界,才能做到听听而已啊!

他妈的北京!

我不禁对北京光火起来。如果不是成了"京漂",我的冉断不会置身于什么"剪刀差"的"刀口"上!不论在我们的省城还是在我们灵泉,什么剧组不剧组的、演员助理不助理的,肯定都是与我俩八杆子——不,十八杆子也搭不上的关系,而只不过是茶余饭后的谈资,还只限于在少数喜欢摆乌龙聊八卦的追星族之间。可现在与我的冉发生直接的关系了,她被粘在一张收入高低显然的网上了!

该死的王文琪!

虽然他是我俩的朋友,虽然他是出于关照,但我还是觉得他替冉安排的工作实在不是什么好工作!

冉却又说:"不到北京不知道,到了北京才知道,北京最多时有过几万家影视公司,就算平均下来一家公司仅有十几个人吧,那也解决了七八十万年轻人的就业岗位啊。这还没算上相关岗位呢，比如特技替身、音响特效、三维制作等等，就又拉动了一些工作岗位，北京到底是北京啊！也许，北京是世界上从事与影视有关的职业人最多的城市，这也是了不起的一点啊……"

她居然还因而赞美北京，可我却因而怜悯她。

我下了地，走到她的床边，俯身捧住她脸，满心是爱地吻她。

她感受到了我的爱的充盈，一刹那有点儿泪汪汪的了。不知是被我的爱所感动的，还是由于内心的某种压抑终于有机会释放了一点儿。

我又躺到自己床上后她说："亲爱的，我预估了一下，算上补贴、奖金、加班费，八九个月后我总共能拿到十四五万。"

她的话也说得细声细气的，好像高兴的事儿必须那么说才对头似的。

我说："奖金有没有，有多少，那也不是预估的事儿啊。"

她说："肯定有，还会挺高，文琪已经告诉我了，我那位'格格'对我很满意。"

十四五万，这么多钱，估计我得在省城工作两年多才能挣到。而若以上了各类险种之后来论，对于寻常人就等于痴心妄想了。若在灵泉，预交十四五万，可以拎包入住高档小区一百二十多平米的装修好的三居室了——那是我妈对我的理想人生的主要评判标准之一，并且她早已为我攒下了预付款。如果我感到还贷有压力，那么我爸妈则会替我还几年贷。"啃老"这事儿，得两说着，一要看父母是否有那种能力并且情愿；二要看儿女是否属于那种好逸恶劳之辈。在灵泉，我爸妈确实有那种能力，我也不属于那种不啃白不啃，啃起来没商量的逆子……

我胡思乱想之际，冉一偏头，闭上了眼睛。

十四万多元，使我觉得王文琪再次有恩于我和冉，而我和冉简直应该高呼"北京万岁"了！北京、北京，它使我忆起了小时候关于辣椒的谜语："红口袋、绿口袋；有人爱，有人怕。"

我关了灯，不知不觉也睡过去了。

半夜我醒了，斯时外边终于安静。在我们省城，全城安静往往是十二点以后的事。在灵泉，十点以后就逐渐开始安静了，十一点以后，安静得以万籁俱寂来形容也不夸张。但是在北京，即使在回龙观那么偏的地方，安静是与白天相对而言的。人声是没有了，过车的声音却间或可闻。给我这个"京漂"的印象是——北京二十四小时从没有彻底安静的时候。

我扭头看冉，冉不知何时已脱了衣服，只在腹部那搭条毛巾。

我身不由己地下了床，尽量不发出响声地往她那边推我的床。

外边突然响起一阵救护车的鸣笛，显然是从对面的马路驶过。深更半夜的，交通也不堵塞，不知它为什么鸣笛？也许，既为救护车，不鸣白不鸣？

"你干什么？"

冉也醒了，不是被我推床的声音搞醒的，而是被那阵鸣笛声惊醒的，她对我的举动十分不解。

我说："把两张床并在一起。"

她立刻明白了我的动机，坐起身，小声说："宝贝儿，先过来一下。"

我默默走了过去。

她又小声说："弯下腰。"

我困惑地弯下了腰。

她捧住我脸，亲了我一通，之后说："省点儿劲，好好睡觉，乖，听话哈。"我被她轻轻推开，而她又躺下了，还翻过身去背对我。毛巾从她身上掉下，我拿起毛巾替她盖在腰间，呆呆地看着她的身子，很是失意。

"别再弄床了，就那样吧，你可真是的……"

听着她喃喃的话语，除了服从，我没辙了。

那时我想要她想得厉害。躺下后，只得数数。快数到九百时，冉反而自己上了我的床，搂着我小声说："你要是实在睡不着，那就把床并一起吧。"

我立刻说："这就对了。"

那一个夜晚，对于我俩也是有些纪念意义的，甚至应该说更有纪念意义——因为那次是我俩第一次在北京做爱。斯时之我，特别需要借助某种外部能量提振一下我的人生自信——即使我将"北京万岁"或"我爱北京"憋足了劲儿喊出声来，显然也不能起到那么一种作用。简直也可以说，除了冉的身体，没有别的任何一种外部能量确实可以对我起到即使一点点减压的作用。我爱北京这是无须证明的。却也恰恰是在北京，我感受到了前所未有的人生压力和迷惘，是的是的，我那会儿所迫切需要的，除了冉的身体还是冉的身体。我暗自承认此点，丝毫也不觉得自己多么卑污。

至于冉，我不知道她当时是否有和我一样的减压需要。我对她怎样当时全然没了感觉，我当时根本顾不上感觉她的感觉了，那会儿我是完全将她当成我的"充电宝"了。也许，她和我一样，我俩互为"充电宝"。也许，她只不过是晓得了我的需要，为了我能够振作起来应对日后，而激情充沛地相与配合……

不论怎样，我觉得，她也会长久记住，甚至终生不忘那一个夜晚，我俩在北京，在半地下室的小屋里，在两张并起来的、不少修脚人躺过的单人床上的——那一次灵肉互动的做爱……

第二天早上，冉匆匆坐出租车走了。因为没带什么东西，她坚决反对我送她。她的反对还因为，那么就可以省下一笔打的钱，而这符合她一贯"该花就花，该省就省"的主张。如果我非送她，并且再乘公交或地铁回来，她怕我又因多次倒车而转向。如果我打的回来，则又多花了一百几十元。从回龙观到南站，要是堵车的话，一百五十元估计还打不住。

尽管我没送她——但我接她可是打的去的，我俩也是打的回来的，加上她打的而去，总共也花了四百多元了。而她仅仅在我那儿过了一夜。如果我俩昨夜子时竟没做爱，那四百多元花得冤不冤啊！我俩虽做了那次都记忆深刻的"北京之爱"，其成本也太高了呀。

若是在我们省城或灵泉,两个相爱的人聚到一起,才不至于要花那么多钱呢!特别是在灵泉,五十元绰绰有余。

目送出租车消失在远处以后,我一转身,见"姐夫"站在我面前。

"姐夫"郑重地说:"那事儿你可千万别到处讲!"

我摸不着头脑地问:"什么事啊?"

"姐夫"压低声音说:"就是那个醉鬼,吐脏了洗衣店里衣服的事儿。一旦传开,肯定影响她家生意。那女人不容易,她男人不争气,他们还有孩子,还有老人,一家四口全靠洗衣店维持生活,影响了生意还了得!"

"姐夫"一脸替别人感到的忧虑。

我感动地说:"姐夫放心,在我这儿,那事儿它就根本没发生过。"

第十八章

下雪了！

市区的雪足有半尺厚。据说在北京四周，某些地方的雪达到了一尺厚。连老北京人都说，北京有十几年没下那么大的雪了。而我这个第一次在现实生活中见到雪的南方人，却并没多么兴奋。我觉得雪景之所以为景，所以值得观赏，其美所以入诗入画，主要还不是城市现象，而应该是城市以外的任何地方的现象。若非说在城市里也有可观赏的地方，那也得是原本就是景区的地方，比如公园里。那场雪要是下在我们灵泉，特别是灵泉的老城区，值得观赏之处肯定会比北京多——因为我们灵泉那几条老街经过尽量保持原本特点的改造后，看去古色古香的。明清风格的建筑成排呈现，有露天的木结构的廊和梯，耸脊探阁，飞檐吊角的，那要是在雪后，自然别有其美。可北京的雪后，你得往高处看，往远处望，才能欣赏到雪景之美。若看近处，撒过盐的显得脏兮兮的马路和街道有什么可看的呢？但雪还是引起了我的好奇，我捧起一捧细看，发现北京的雪竟不是多么的白，其中存在着不少黑色微粒，分明是雪将空中的粉尘压下来了。我们灵泉一年三百六十几天，绝大多数的日子空气质量非优即良，下在我们那儿的雪绝不会是那么一种情况。我将手中的雪攥成雪球，那雪球的颜色发乌，淌在我指缝的雪水也不洁净。北京的雪放眼远望也挺白，但只要捧起来细看，其白就不是那么回事了。北京的雪颠覆了我对"洁白如雪"一词的理解。或许，只要有人存在的地方雪就不白了？人越多的地方雪中的杂质也多？学过中文的人不但多愁善感，有时还陶醉于胡思乱想，以为自己胡思乱想的能力优于别人，于是陷于得意。没什么可得意的人，这么一种得意也足以使自己得意起来。正如饿极了的人，嚼块口香糖似乎也能充一时之饥。往往的，我一胡思乱想起来，同时也讨厌自己是学过中文的。哑巴哑巴"善感"二字吧——善者，此处作"善于"解，就是特别来得了那一套或那一手呗，便越哑巴越有"演"和作秀的意味。我承认，我也时不时地表现出那种毛病。好在我有自知之明，允许自己演一下多愁，秀一秀善感，却经常提醒自己千万别显摆思想。思想这东西，一显摆，有点儿也俗了。何况我有点也不多，更何况当下之国人，个个都是思想家了，非显摆又显摆给谁看呢？

我扔掉手中的脏雪球，结束了胡思乱想，踏着遍地湿漉漉滑溜溜的融雪，不怎么情愿地往公司走。

那场雪导致多条线路的公交停止运行，出租车也少见了。一半左右的单位人无法按时上班，某些单位和公司干脆通过手机通知放假——也不是真的多放了一天假，而是与周六倒休。其实这对上班族并非什么好事，在这种去哪儿都不方便的日子，不上班也只能整天猫在家里。

老板乔泰天刚一亮就与我通了一通手机，亲自告诉我公司也决定倒休。他没说他昨晚没回家，睡在公司了。紧接着让我十点左右到公司去，他要带我去哪儿玩玩。

我到北京已半年多了，还哪儿也没去玩儿过，也没去过三环以内的北京，最熟悉的也就是回龙观和西二旗两处地方，去得最远的地方也就是上地。那儿是经济开发区，也是各类公司的孵化基地。有一个周日好奇心一动，借辆自行车去兜了一圈。但我对上地那些实力雄厚的公司并不多么向往，因为在那样的公司上班我根本没有机会见到老板，部门经理也就是主管上司们未必会像乔泰那么赏识我，更不可能指望他们也重用我并许我以股票——尽管我老板的许诺有点像天上的馅饼，但天上也不是不可能掉下馅饼来。商界是产生奇迹概率最高的一界，说不定乔泰的当然也就是我的梦想真有成真的一天啊！

王文琪到我那里去了一次，他的"奔驰"后边跟着一辆送货的小货车，为我送来了冰箱和洗衣机，都是小型的，都不太旧，七成新。也许他听冉说了我住那儿的情况，于是急我所急，在我开口求"姐夫"之前，雪中送炭一般将那事儿抢先给办了。其实急的也不是我，我对没有那两样东西并不觉得难以度日。急的主要是冉，当然她也是为我而急。

文琪在我那儿坐了一会儿就坐不住了，说空间太小，压抑得透不过气儿来。

我说："咱俩还没怎么聊呢，你别一走了之啊。"

他说："我也想聊，可我在你那儿太不习惯了，要不你请我吃午饭呗。"

于是我请他吃了一顿午饭，在那一带最上档次的饭店。好朋友给我送来了我那里不应该缺少的东西，我岂能一点儿表示都没有？他由于要开车，不喝酒。在必须自律的方面，文琪一向是自律的。他不喝，我也没兴致独饮，便以茶代酒。我点的都是贵菜，虽然没酒，我俩却也吃得津津有味。

他边吃边说，我居然住在那种地方，使他这位老同学和老友甚觉过意不去，因为是他三番五次催我和冉到北京来的嘛。如果不是考虑我上班远近的问题，这顿饭他是吃不下去的，会干脆将我推上"奔驰"直接拉走。

我就告诉他，我老板乔泰对我如何如何好。

他听后欣慰了，转忧为喜地说："这我心里安生多了，现在国家鼓励中小企业上创业板的股市，广告公司上市的还没有，也许你们公司日后真能通过上市做大做强。那你就为了这一天的到来努力工作吧，我也很高兴我省了一份儿心。"

敢情他还一直在操心我的工作问题！

他谎说要出去接一下手机，其实是去把账结了。

冉又回来了几次,照例归也匆匆,去也匆匆。最长的一次住了三夜,因为剧组资金出了点儿状况,停拍了几天。我那儿有了冰箱和洗衣机,她便也将那儿当家了,住了三夜那次,还替我大洗特洗了一番。每次她走前,都必为我往冰箱里塞满吃的喝的。因为我的状态渐趋稳定,她的状态更好了。而她的状态更好了,我的状态也就更稳定了。她后几次回来已不打的了,能倒车而归了。为了那预估的十四万多元,她仿佛浑身是劲儿,总是显得那么的朝气蓬勃,来去匆匆却也乐在其中。

钱的作用真了不起。比盖茨比还了不起。如果不是钱的衬托,盖茨比有什么了不起的呢?——那一个时期,我买了几本书,包括《了不起的盖茨比》。

半年多里,我跟乔泰的关系更良好了。我俩的关系超出了老板和属下的关系,我不但似乎成了他的心腹,还确实成了他所倚重的高级幕僚。他那位大他七岁的妻子每半个多月就会在公司出现一次。"女大三抱金砖"这话我是听说过的,但女大七意味着抱什么我就缺乏想象了。每次,他那位已经年过半百却仍捯饬得相当摩登并且珠光宝气的妻子到来之前,他都会显得坐立不安紧张兮兮的。他妻子不怎么搭理我们员工,一来就直奔他的办公室,于是二人关上门共处一上午或一下午,究竟谈些什么没任何人晓得。有两次会计小赵被传到老板办公室去了,她是乔泰妻子的亲戚,我们员工当然便都确定无疑地认为她是"女老板"的人,平时有她在时说话都相当谨慎,自然不会有谁自讨没趣地向她打探什么。"女老板"是我们私下里对乔泰妻子的说法,这么说时实际上等于降低了乔泰在我们心目中的老板地位,但真正的老板是他妻子,这一点我们又是心知肚明的。或许,由于他妻子在公司有心腹,他才也要将我笼络为他的心腹,以达到夫妻二人在公司的一种权力平衡——我有时难免会这么想,想时觉得自己很不厚道,未免以小人之心度君子之腹,却又往往没法不那么想。如果乔泰与他妻子一上午或一下午相处得好,他俩就会双双地出去吃饭,之后几天,他也会表情开朗,心情颇佳,每每还能听到他高声唱几嗓子。如果相处的情况相反，之后几天，他则不怎么离开办公室，我们见到的他也会一脸官司，神色凝重，偶尔还会听到他长吁短叹。但那几日对我却是沾光的日子，他要么单独约我去外边吃饭，要么再约上二三员工，一块儿去歌厅嗨歌，之后洗桑拿，由他买单。他爱唱歌，嗓子也不错，我和公司的几个单身男孩女孩都被他带出来了，唱歌水平皆有提高。如果单独请我去外边吃饭，他则必问我又看了什么书，要求我讲给他听，还愿意听我的分析、评价。他读过的小说极少，却能对《资治通鉴》的某些经典内容娓娓道来，对《菜根谭》也倍加推崇。不论对于公司还是对于他本人我都相当重要，这一点我懂。却也正因为懂，有时挺纠结。如果连"女老板"也认为我是她丈夫的人，那我没准儿会引火烧身的。但我也常这么开导自己——相敬如宾的夫妻之间往往也有矛盾，很正常。何况是夫妻创业，即使产生"路线斗争"，那也不至于是不可调和的，故我事实上对公司很重要，意味着对"女老板"也很重要嘛。毕竟，公司是人家夫妻共同的事业。

一路很不好走，不论人行道还是马路边，遍地稀湿溜滑的积雪，我几次险些摔倒，没走多远，鞋就湿透了。

乔泰打我手机问我到哪儿了。

我反问他究竟想到何处。

他说还没决定，等我到了再商量。

我进入他办公室时，见桌上已放着面包、香肠、酸奶和饮料什么的，而他在用放大镜看一张交通图。

他说："咱俩到颐和园去吧，离这儿较近。我在手机上看了一下路况，最顺的公路已经清雪完毕，还不堵车。"

"你要开车去？"我表示讶然。

"有车干吗不开车去？就这么决定了，不议了。"他的话说得特老板。

"可……你前两天刚洗过车……"

我试图动摇他的决定。

"那还算个事儿吗？脏了再洗呗。"

他从衣架上取下外衣，边说边穿。

我呢，则找了一个袋子，开始装桌上那些吃的东西。不再说什么，满脸荣幸之至的样子。其实我内心一百个不情愿，哪儿也不想去，只想在我住的地方美美地补上一大觉。但他是我老板，他的面子我不能不当回事儿。得罪了他不就是得罪了"天上的馅饼"吗？连文琪都说了，天上是完全可能掉下"馅饼"的，明明出现了，也明明可以往我头上掉，最终却没掉在我头上，岂不是悔之晚矣？个中利害，孰轻孰重，我还是掰扯得清的。我觉得自己到北京后，无师自通地开始变成"精致的利己主义者"了。话说回来，在省城，在灵泉，在中国的以及世界的任何地方，人一旦成为社会人，估计谁都没法儿不那么变。甚至也可以说，那么变简直是不可避免的。故所以然，某些老人特别是老男人，逐渐都变得油腻了。但北京确实使我变得快，也愈加有意识地往"精致"了变。而在我们省城特别是在我们灵泉，估计我的变会慢些，估计也不太会对自己有那种往"精致"了变的要求。成为"京漂"以后，我觉得时时处处都要有利己的言行意识已经太不够了，还必须有"精致"的要求，能做到精益求精才好。

我们的车一路上可谓畅行无阻。北京交管部门对积雪的应急反应使我大为佩服。

颐和园居然游人颇多，一半左右带着相机，有的还带着三脚架。没带相机的，也或单独或成双成对地走走停停，用手机拍景或自拍。

颐和园内的情形与外面截然不同。园内的雪路上没撒过盐，因而也没化。连脚印都没踏上的地方，雪态丝毫没被破坏，缀在树上的如棉，铺在路上的似毡。

我和乔泰在长廊内找了个地方坐下，在那里观景位置不错，远望有山，近看临湖。山色亦白亦黛，其上亭阁镶银挂玉。湖面将封未封，残荷的枯枝干叶千姿百态，还有几种水禽在游。

乔泰问："怎么样？"

我说:"好美。"

说的倒也是真话。

他又问:"陪我来一次值了吧?"

我说:"太值了。"

此话多少有些违心。

他轻轻叹了口气,又说:"我经常独自来,总喜欢坐在这儿。历史上的许多名人都在这儿坐过,也许咱俩现在坐的地方正是他们坐过的。"

我没接话,静望远景而已,虽有赏美之心,却无怀古之思。

他问:"此处能否使你联想到什么地方?"

我略有歉意地回答:"我有点儿陶醉,联想力自动关闸了。"

我的话不无拍马屁的成分。其实我一点儿没陶醉,而是心不在焉,懒得说话。那会儿我想的是冉在干什么?如果坐在旁边的是冉,那会儿我肯定特有谈兴。

他提示我,说他指的并非现实中的某处,而是一部电影中的地方。

我还是表现迟钝。

于是我俩之间有了以下对话:

"看过《了不起的盖茨比》吗?"

"在电脑上看过。"

"我也是在电脑上看的,国内没公映过。冲着'了不起'三个字,我要求自己必须看。我从小就想成为一个渊渟岳峙的人物,你呢?"

"我这人属于庸常之辈,至今也没什么远大抱负。但我不仅看过电影,还读过翻译过来的小说。学中文的嘛,不冲'了不起'三个字,冲着是名著也得读啊。"

"亏你还读过小说,难道你就不觉得,这地方很像盖茨比那座豪华庄园的蓝色花园吗?而对面,万寿山那边的古建筑,可以想象为东埃格村,黛西的家就住在那里……"

"嗯,是啊是啊,你一启发,我觉得像了,太像了……"

"盖茨比是我的新偶像，我做梦都想成为他那样的人……"

"可……"

"可他毕竟是个悲剧人物？是作家非使他的命运那样嘛。这是一个资本为王的时代，在现实中，只要掌控了足够的资本，成功建立起了资本帝国，盖茨比的命运才不会是悲剧性的，黛西重归他的怀抱也是非常好解决的事，太好解决了……承认这一点吗？"

"承认。"

"小说和电影有什么不同？"

"也没什么不同。"

"必然还是有些区别的，聊聊嘛，要不干坐着？聊聊，聊聊，就算我求你给我补课了……"

如果他后来没那么说，我们就会转移话题。他既已那么说了，如果我不聊聊，倒像我在端架子了。而我一开始聊，则不由自主地好为人师起来。这是我的也是不少学过中文的男人的臭毛病——在读文学作品比我们少的人面前，我们总是板不住自己要掉掉书袋。这也是我们往往不招人待见甚至令人讨厌的原因，学过中文的女人这种毛病一般不太严重，冉就根本没这一毛病，她只在我面前偶尔掉掉书袋。

我一开始是不得不聊，可一进入状况，臭毛病就左右了我，不免夸夸其谈起来，好像自己真是一位导师，我的老板是我的学生，我在给他补上不可或缺的一课似的。

我说菲茨杰拉德这人吧，出生于商人家庭，家境还是较好的，读的又是普林斯顿大学，那么初高中属于学霸一类学生无疑。他在大学时期就雄心勃勃，发誓要成为最伟大的作家之一，四十四岁病逝以前，仅创作了四部半小说，《了不起的盖茨比》是他的代表作，盖茨比与黛西的关系，有他与他妻子的关系的影子。他俩似乎是天生的享乐主义者，有了钱就纵情享乐，放荡不羁。

"菲氏本人就是一个资本至上主义者，也差不多一度是'垮掉的一代'的先驱人物。他的代表作的内容是由一个平庸的故事构成的，只不过他写得很有才气。创作过程他将前一笔稿费挥霍光了，急待下一笔稿费还债并维持挥霍。这种拮据的状况反而成就了他的代表作，使他能够比较清醒一点儿地睽注现实。在美国的'爵士时代'，资本加剧了各种阶级矛盾。如果摈除此点，他的代表作也就仅仅够得上是写得漂亮的当下中国的网络小说而已。但睽注到了资本为王的后患，并没改变他至死都是一个资本至上主义者。盖茨比身上寄托了他的人生梦想，所以他没法否定自己笔下的主要人物。否定了就是否定自己。盖茨比是阶级矛盾的牺牲品，作者不让他死小说就陷入了没法结束的泥淖。但盖茨比的死难以引起我的同情。估计除了菲氏本人，没几个读者会同情他。他死得冤，但那横死是他自找的，轻如鸿毛。恕我直言，盖茨比也就是一个一旦掌控了大宗资本，便找不着北，人生极其任性了，还认为自己有资格那么任性，没玩好，结果玩砸了的家伙。他给我们的启示应该是，人在任何时候都别太任性，一任性就找不着北，一找不着北就会自食苦果，下场还没人同情，人人都认为咎由自取……"

我喋喋不休地说啊说啊，直说到口干舌燥才打住。

乔泰递给我一瓶矿泉水，看着我喝了一口，不自然地笑道："你肚子里还真有点儿货。"

我又喝口水，意犹未尽地说："盖茨比是美国那一年代的一只白手套罢了，还是可笑可怜的那类。小说不但反映生活，生活往往也复制小说情节。现而今的中国，特别是在北京，估计大大小小的白手套会一茬接一茬地涌现，以后也会有人写出中国的盖茨比……"

由于我老板的表情更不自然，我的话戛然而止。

他看着我问："没说完吧？"

"完了完了。"我咕嘟咕嘟喝起水来，借以掩饰心中的不安。我确实没说完——"盖茨比根本没什么了不起的，他只不过是资本时代的一个私生子而已。"——这句话才是我的长篇大论的结束语。分明的，他的表情当时已经可以用"难看"来形容了，我再来那么一句，

359

不是等于当面指桑骂槐地成心使他难堪了吗？我怎么忘了他有言在先地说过盖茨比是他的新偶像了呢？唉，唉，我这张破嘴啊，我当时恨不得抽自己一耳光。

我老板也喝了一口矿泉水——不，他那种喝法应该算饮，雀饮那种饮。饮入一小口，缓咽如品酒，之后远望他想象之中的贵族庄园。

我俩之间一阵互觉尴尬的沉默之后，他目不转睛地说："想不到你是那么看的。"

我赶紧谦虚之至地说："我那也是一己陋见，你就当我是信口开河得了，一百个读者心目中有……"

"是再坐会儿呢，还是起来走走？"

他打断了我的话。

我以跟班式的口吻说："听您的。"

他笑道："怎么忽然'您'起来了呢？那就走走，活动活动。"

于是我俩离开了长廊。

乔泰这人确实挺不错的，很照顾我的感受，没说一句使我下不来台的话，还不断用我的手机为我拍照。我也要为他拍照时，他拒绝了，说自己来的次数多，已经照够了。

半个小时后，他提议走，我还是说："听您的。"

他却没再因为我又说"您"字而表示诧异。

我想，他原本要在颐和园待的时间肯定比较长，否则不会带那么多吃的喝的。也肯定的，由于我的信口开河扫了他的兴。当面贬低人家心目中的偶像，这种事儿搁谁身上谁都会不高兴。打狗还得看主人呢，何况盖茨比在中国接近是名人，是明星，不是狗。

在回公司的路上，乔泰变得矜持了，不像来时那样主动找话跟我说了。我搭讪着跟他说话，他嗯嗯啊啊的而已。我讲搞笑的段子给他听，他也不怎么笑。也许，他是由于心情不佳，才让我陪他逛颐和园的，结果我将他的心情搞得更不好了。也许他的心情原本挺不错，高兴而来，结果我破坏了他的好心情。不论哪种也许，反正我的表现差劲极了，起码属于愚不可及的表现。

我一路上十分懊恼，既讨厌自己，恨自己，也更低看盖茨比了。在心里发重誓——假如有朝一日我做了老板，一个中文出身的员工都不招！

我一回到住的地方，就将新买的《了不起的盖茨比》撕了。

那日以后，我与老板说话不再"你，你"的了，又改口称他为"您"了，而他也没再表示过异议，仿佛我根本就没"你、你"地跟他说过话。

差半个来月到春节的时候，冉在剧组与我通了次手机。

她问我春节怎么打算的。

我像回答我老板似的回答："听您的。"

她那头十几秒钟没动静了。

我问她怎么不说话了。

她反问："你什么意思啊？"

我也反问："什么什么意思啊？"

"你跟我说话'您'个什么劲儿呀？"

"我'您'了吗？"

"千真万确，不由我心里不嘀咕。"

我只得解释，多日来我经常向老板汇报工作，"您、您"的说顺嘴了，请她千万别误会。自从陪乔泰去了一次颐和园，以往不必汇报，我自己就可以拍板的事，我也不敢擅自做主了，汇报请示渐成习惯。而老板并没嫌烦，仿佛关系本就该那样。我觉得，他似乎认为，应该重新考虑他和我的关系。

而冉那头又挑礼了，对我用了"请"字再次表示不满。换位想想可也是的——一对"准夫妻"之间，一方忽然对另一方又是"您"又是"请"的，另一方心里不可能不别扭。

于是我又进行了一番不厌其烦的解释。

冉欣然地说："能看到你表情就好了，那就不会再挑你的字眼了。"

冉说春节她不能回家了，因为她那位"格格"得重拍几场戏，春节要加班，把耽误的时间补回来。即使请假公司也不会批的，而若硬回去探家，奖金肯定就没了，也有损文琪在公司的面子。并且，她已跟爸妈打过招呼了，她爸妈理解她的难处。

我说既然如此，那我也不回去了，留在北京陪她过春节。

她说那何必，也不好。完全没必要。她的话有道理——即使我留在北京，而她陪演员在剧组，我俩也不可能一块儿过春节。

我说："那我去探班。"

她说："你搞没搞错？当我是大明星啦？别忘了我只不过是演员助理！你探的什么班？你如果出现在剧组，别人不但笑话你，还笑话我。你刚才不是说听我的吗？那就照我的话做，赶紧订票，再晚就订不着了。你离家很久了，单位又会放假，为什么不回家去看看父母？没理由嘛！别让我着急，答应我赶紧订票！……"

纯粹是为了不使她着急，我答应了。

我不是不想家。虽然不像刚到北京时那么想家了，但偶尔还是会梦归灵泉。特别是在春节将至的日子里，往往连白天也有思乡情绪。可冉既然已经肯定不能回去了，我将她自己留在北京又颇不放心。万一她在北京出了什么不好的事比如受了意外伤或生病了，而我却不在北京，别说那会使我对她倍感罪过，就是对她父母也难以交代呀。何况我也怕面对我老妈，如果回去，反而惹她生一肚子气，那不是还莫如不回去吗？

犹犹豫豫地又过了两天，我一直没下决心订票。

第三天是周六，我闷得无聊，想看场电影。正欲买票时，我爸给我打来了手机。

他问我在干什么。

我说在电影院，打算看电影。

他以为冉和我在一起，立刻说："那你俩先看电影吧，晚上再通话。"

我告诉他是我自己想看场电影，冉还在剧组。

他这才说："我和你妈到北京来了，也没什么事儿，就是到北京玩玩，会会我在画界的几位老友。我们后天就走，你妈要跟你说几句。"

情况太突然了，我一时发蒙。

而那头已经传来了我妈的声音，她说："儿子，咱们能不能见一面呀……"

我还在发蒙，张了一下嘴没说出话。

我妈又说："我说的咱们，也包括冉。"

我只得也告诉我妈冉在剧组。

"那，就咱们一家三口在北京聚一聚呗，行吗？"

我妈的语气，完全是慈母的语气。在我记忆中，自从我上高中后，她几乎就从不以那么一种语气跟我说话了。她仿佛是在请求我，而这使我羞愧得无地自容，可我又多么不愿让我爸妈看到我住在什么地方啊！我爸早些年是来过北京几次的，我妈却第一次来北京。对于我爸我妈，我住的地方太偏太难找了。

我妈问："儿子，有什么难处吗？"

我就以我住的地方交通不便，怕他们转向为由，提议还是我去看他们好。

我妈说："我们当然会打的去。你放心吧。"

我一时又不知说什么好了。

几秒钟后，那头说话的变成我爸的声音了。

我爸说："儿子，依你。咱们确定个饭店，明天一块儿吃午饭不成问题吧？"

我和爸妈分开七八个月了，他们来到北京了而且后天就走，行前希望见上我一面，却一个问"行不"，一个说"不成问题吧"——使我羞愧得快掉下泪了。如果这还成什么问题，我算个什么儿子呢？如果我身负重要使命或特殊责任另当别论，可我也不过就是个"京漂"，而且明天是周日！

我说："爸，你和我妈确定一家离你们的住地较近的饭店，发给我，我明天十一点前后准到！"

结束和我爸妈的通话，我发了会儿呆，拨通刘川的手机。

我问："川儿，我爸妈来北京前你知道吗？"

他说："知道啊。"

我又问："那你为什么不告诉我啊？"

他说："你爸妈不许。"

"那又为什么呢？"

他的话使我疑惑起来。

刘川说："可能要给你个惊喜吧？"

我接着问："你知道他们究竟为什么来吗？"

他反问："他们怎么说的？"

我说："他们说纯粹就是到北京来玩儿。"

他说："你那么信不就得了吗？值得疑神疑鬼的吗？"

我说："倒也不是疑神疑鬼，只不过想不明白，为什么来得像搞突然袭击……"

"哎呀你烦不烦啊？李晓东我不是你哥或你弟，也不是你爸和你妈的干儿子，也不是你家雇的联络员！你是他们的亲儿子，不明白你干吗不直接问他们！"

刘川居然挂断了手机。

他突然间的不良情绪大发作，使我又发了半天呆。几经犹豫，还是决定要将我爸妈来到北京的事告诉冉。

冉说那她一定得请一天假见上我爸妈一面，让我将饭店的地址发给她。

我说我已经代她解释过了，她没必要非那么做。

不料她急了，冲我嚷嚷："李晓东你给我听着，有必要没必要，不是由你来决定的，要由我来决定！如果你敢不给我发地址，那咱俩拉倒吧！"

我听出她是真生气了，一分钟都没耽误就给她发过去了地址。又发了会儿呆，再次拨刘川的手机，刘川关机了。

晚上，刘川主动给我打过手机来，刚说了"晓东"二字，呜呜哭了——他向我道歉，求我原谅他。他说吕玉因为和他闹别扭，离家出走了……

"川儿，你家还是她家呀？"

"当然是我家！"

"怎么就当然是你家了呢？你俩什么时候结的婚？为什么不告诉我？"

"别提结婚那茬儿，我这儿正发昏呢！我倒想和她结成婚，可她也不跟我去办证啊！一提办证，她就推三搪四的……"

"可你俩却同居了？"

"也不能算同居，只不过她有时在我这儿过夜。哎你什么意思啊？你和徐冉能做的事儿，我俩就不可以了？你俩是高级人儿呀？！……"

"你别误会嘛！我怎么会有那种王八蛋的意思呢？直说，我能帮上什么忙？"

"问题是，吕玉她怀上了我的种，还是男孩！你想想，要是我儿子以后有个后爸，那我心里什么滋味？你离得太远，我指望不上你。但你得替我求求你爸，请他帮我把吕玉劝回来。我知道吕玉猫哪儿去了，她挺尊敬你爸的，肯定给你爸面子，晓东你必须帮哥们儿这个大忙！……"

他又呜呜哭了。

第二天还是我爸妈先到了饭店。我到不一会儿，冉也到了。她做了新发式——类似高中男生那种三比一的"分头"，我猜她昨天与我结束通话不久就去了发廊。我爸夸她"朝气蓬勃"。她笑着说是为了洗头方便。她脱去剧组发的印有剧名的羽绒服，里边穿的是一件紧身收腰的红色小薄袄，而脚上穿的却是黑色的特男性的战地靴，我妈端详着她说："这么搭配倒也挺好看的。"她又笑着说并非成心搭配，战地靴是单位发的，小袄是一入冬就穿在羽绒服内的，来得匆匆，穿的完全是在剧组工作时的一身，一件都没换。

她分明说谎了——我从没见她穿过那么一件小红袄，她带到北京的衣服中根本没有那么一件小红袄，估计是向剧组里哪个姑娘临时借的。然而我觉得那一身使她看上去很美，美得很酷。她的新发式我也挺喜欢。在样貌方面，头发使女人尽占优势。往往，她们的发式一变，在男人眼里似乎立马就有了一种别样的魅力。而男人就不行，留起女人般的长发或干脆剃个秃瓢，都不能使男人变得更受看，甚至会适得其反。

我一直没说话，也没起身替她挂衣服，只不过欣赏地默默看着她。

我爸批评我："见了冉你怎么连句话都没有？"

不待我开口，冉已说："他不是看我看呆了嘛。"

她的话将我爸妈逗笑了。

包间不大，餐桌不小。我爸妈坐一边，我和冉坐他们对面。

我爸说："咱们还是坐一边吧。坐一边亲热，空出另一边也方便服务员上菜。"

冉说："叔叔说得对。"

于是我俩站了起来。

我爸又说："你俩一边一个，坐你妈左右。"

我妈说："别，你们坐你爸左右吧。"

冉说："服从婶的指示。"

我爸妈又笑了。

我正要坐我爸妈之间，我妈说："儿子你别坐那儿，你坐那儿冉不是坐最边上了吗？那不是离我远了？成你坐爸妈中间了。让冉坐爸妈中间，我跟她说话不必提高嗓门儿，你坐你爸那边。"

经我妈一指示，我和冉既坐在我爸左右了，冉也坐在我爸妈中间了。

冉说："我怎么觉得叔叔清瘦了呢。"她那么一说，我也觉得我爸是明显地瘦了，却又因为瘦而年轻了似的。

直到那时我才说上话。

我说的是："爸你状态极好，红光满面的。"

我爸说他在减肥，也是我妈将他照顾得好。

我妈转移了话题，欣慰地说："看到你俩还处得这么好，我们都高兴。"

冉说:"婶,他不敢对我不好,我现在挣得比他多。过些日子我们单位就该发奖金了,光奖金我就能拿到好几万。"

我说:"冉工作满一年时,总共能挣十四万多。"

这时服务员上来了茶水。

我起身斟茶,我爸提议以茶作酒,为我和冉在北京找到了良好感觉而干杯。

干过那一杯后,我妈说她近来胃不太好,不愿沾酒。如果我俩想喝,那就只我俩喝。

我说:"行。"

冉说:"你说行不算数,叔叔还没表态呢。"

我爸说:"我近来也有点儿酒精过敏,你俩喝,我们以茶相陪吧。"

冉对我说:"叔和婶都不喝,咱俩喝成什么样子!我做主了,都以茶代酒,品茗聊天,不亦乐乎?"

我爸妈都笑着点头。

那日的冉使我好生奇怪。以前在我爸妈面前,她从不主动说那么多话,甚至也不怎么接话。可那日她不但话多了,接话也接得挺快,还挺俏皮,并且大讲笑话,都是她从剧组听来的,属于影视圈"特产"的笑话。别说我爸妈了,连我都没听过,不时逗得我爸妈相视而笑,笑得都怪开心的。我爸妈爱听她讲剧组的见闻,冉也因而越发讲得绘声绘色。我发现,我妈在不知不觉中,竟攥着冉的一只手,而我爸居然笑出了泪。总而言之,那顿饭可以形容为幸福的聚餐。冉已并非第一次与我们一家三口一块儿吃饭了,那次她表现最佳,判若两人,我妈也一反常态,仿佛她和冉的关系一向良好。

饭后,我俩将我爸妈送回了宾馆。那是一家五星级宾馆,我爸妈住的是套间。他们一向在花钱方面很是节省,忽然想开了似的肯高消费了,使我诧异。

冉还要赶火车回到天津,她又陪我爸妈说了会儿话就告辞了。我代表我爸妈将她送到电梯那儿,等电梯时她说:"你要陪你爸妈住一夜。"

我说:"现在宾馆未必还有空房。"

她说:"你睡客厅的长沙发上不行啊?另开一间房还算陪他们住吗?"

我说:"问题是有没有必要。"

她说:"我认为有。你要是不按我的话做,我知道了决不原谅你。"

电梯一停,她吻了我一下,将我往后一推,独自迈入。

我虽陪我爸妈住下了,却没再聊什么。吃饭时聊得够多了,冉一走,我和爸妈之间似乎无话可说了。聊得最久的,倒是刘川和吕玉的事。我代刘川郑重地求我爸了,我爸满口答应,保证尽力而为。我妈说就算这一次的矛盾解决了,以后他俩结婚,估计也过不长久,早晚还得离。

我爸责任感极强地说:"所以需要我出面嘛,你以后见了吕玉,也要多做说服工作。挽救一对年轻人的爱情关系,和救人一命一样,也是胜造七级浮屠之事。"

我妈说:"不是挽救不挽救的问题。吕玉跟我聊过心里话,她认为别的都不论,在样貌方面刘川就配不上她。她还说她之所以怀了孕,是刘川使了个小计谋。他俩不同于晓东和冉,咱们儿子和冉除了门第差别,其他一切方面还是极般配的……"

我爸批评道:"说他俩的事儿就单说他俩的事儿,别扯上儿子和冉的事儿。你是当过中学校长的人,以后在儿子面前说话要注意用词。咱们的家是什么门?什么第?用'门第'二字来说咱们家,我觉得那就是天大的笑话!刘川本质上绝对是个好孩子,所以我才愿意帮他。至于吕玉,你也不要听她的一面之词,我觉得她与刘川还是有感情基础的,从小一块儿长大的,叫哥叫了二十几年了,这种基础对于爱情也很重要,否则我又何必往里掺和呢?儿子你说对不?"

我说不准,却点了下头。

我爸严肃地说时,我妈一直微笑着听。我爸说完,我妈仅又说了一句:"接受你的批评。"

我妈的良好表现使我大为诧异。要是搁在以往,她非与我爸理论个没完。当着我的面，才不会任凭我爸以那种教诲的口吻跟她说话呢！

我趁机讨好地表扬了我妈一句，接着就去泡澡了。连刘川交给我的任务我也顺利完成了，那叫一个大松心！我已经多日没痛痛快快地洗次澡了，也得沾足我爸妈住套间的光啊！直至泡得浑身发软，早早地就躺沙发上睡了。

第二天我要送爸妈去机场，他俩一致反对，我也就没怎么坚持。他俩买的是头等舱，且只带了一个拉杆箱，我非要送的话也确属多此一举。

……

初三晚上九点多，冉从剧组回来了。她跟的那部剧正式杀青，以后一段日子她不会再出差了，每天到单位上班就行。

春节期间的北京，车少人稀，清静异常。三分之一的外地人回原籍了，还有一部分人旅游去了，北京不那么喧嚣不那么嘈杂了，某些街区肃静得仿佛无须拉隔离带，只要摆稳机位就可以从容地拍摄影视桥段似的，还不至于担心吸引了太多的围观者。我住那地方就肃静得更甭提了，从白天到晚上见不到几辆驶过的车或行人的身影。开在半地下室的小店铺皆关门挂锁了，"姐夫"他们那样一些外地的小生意人也全走了。到晚上，远近大楼的楼窗——不论居民楼还是写字楼，十之七八黑着了，连我这种大小伙子，也会因那种不寻常的肃静而睡不踏实了，听到几声猫叫也会醒，而且心里有点儿发毛。

一切没有北京户口的人其实都可以归为"京漂"一族，据说占北京常住人口的近一半，而那估计是一千多万。毫无疑问，没有了"京漂"们的存在，北京的许多行业将面临瘫痪，有北京户口的那部分人连寻常日子都难以为继。也毫无疑问，"京漂"们的存在使北京具有了两种截然不同的气质——多数日子里的气质和春节那几天里的气质。前一种气质仿佛使北京像动车，后一种气质又使北京变成了"绿皮火车"。

身为"京漂",我更喜欢前一种气质的北京,因为终日所见满目的"京漂"行色匆匆,南来北往,能使我体会到属于一个庞大族群的切切实实的存在感。而他们一消失了,我心理上变得空落落的,仿佛全北京只有我自己是"京漂",那真是一种糟透了的、欲说还休的感觉。

初一初二两天,我早上基本不吃什么了,近处也没卖的,我那儿又不能开伙自己做。中午晚上吃的都是外卖。谢天谢地,好在外卖还可以叫到,送得也很及时,估计"京漂"一走,叫外卖的人不多了。但我只能在两家饭店的菜单上进行选择,除那两家,周边没有第三家饭店仍在营业。

除了吃饭,另外可做的无非是看书看电视,出去散散步或睡觉。不知怎么了我变得很能睡,即使在白天,有时看着看着书也会一闭眼就睡过去了,白天我睡得比晚上踏实,因为觉得比晚上安全。

以前我没读过《月亮与六便士》,从网上买了一本,读完之后,大失所望,觉得其价值实在是被炒高了,而且主要是被国内炒高的。与纯文学品质的《老人与海》相比较,《月亮与六便士》之市民小说的特点显然。汪先生当年一再提醒我们——不可因小说的市民爱读性而低看一等,我也承认毛姆比海明威更善于讲故事,悬念设置挺到位,小说起名也起得好,而且,巧妙地蹭了当时人们对画家高更这个现实人物的好奇热度——但他究竟想用那么一个故事向读者传达什么思想呢?"一个平庸的故事,但写得漂亮。"这是国外对《了不起的盖茨比》的评价;一个看似吊人胃口的故事,写得并不比《了不起的盖茨比》更漂亮,却几无作者本人的思想可言。不是隐得深,是根本就没有!故所有对《月亮与六便士》的评论,除了夸毛姆讲故事的技巧,几无分析小说思想性的存文——起码我从网上搜了一下情况是那样。而《了不起的盖茨比》的思想却是昭昭然存在的。很矛盾,但是分明有。故我认为同样是名著,《月亮与六便士》不但在写精神的《老人与海》之下,尤其在写"白手套"命运的《了不起的盖茨比》之下……

初三上午，我一时来瘾，充分运用比较之法，写了将近三千字的读后感，从网上传给了王文琪，希望他能找地方替我发一下，多少挣点儿稿费。文琪打过来了手机，抱歉地说自从来到北京，从没与"文学"二字沾过边，几乎已彻底忘了自己是学中文出身的了，与北京的报刊界也毫无来往。但他称赞我写得好，说他倒是认识几个在网站工作的小青年，希望我"批准"他代转给网站。

"那书我也看了，比你看得还早，当年在校时就看了。因为没看出什么名堂，也就没好意思跟你们几个兄弟讨论。咱俩所见略同，也不是略同啦，完全同意你的高见。我代你转给网站，你没白写，我也落了个人情，两全其美，两全其美……"

听来他还挺兴奋的。

我打断他，问有没有点儿"银子"。

到北京后，由于开销大了，我对自己付出的一切劳动，都相当看重钱这一种方式的回报了——对赵骏进行知识启蒙那事儿例外，他爸妈是我叫"姐夫"和"姐"的人，该讲的情面我还是讲的。

文琪说要看点击量，他估计会有点击量的，所以"银子"最终也是会有的。

为了不扫他的兴，我答应了。

冉在路上买了两份盒饭，用件衣服包着带回来的，我俩吃时还温乎。吃罢我看出她很疲惫，早早地就陪她睡下了。

初四一大早，冉睡足了，精神头恢复了，出去买回两份早点。初四那日，有几家小饭店开始营业了，这使我俩的吃饭问题选择性多了。吃罢，冉像充足了电的发动机，似乎不释放一下能量会烫手的，于是大洗特洗起来。她干得那么欢那么来劲儿，我哪好意思闲着呢，便也配合着忙。左右"邻居"们尚未返回，几条晾衣绳无人占用，我俩一上午将晾衣绳上晒满了衣物。洗衣机虽小虽旧却也好用。只不过一次洗不了太多。即使那样，我俩也还是都发自内心地说了些感激文琪的话。都坐在床上歇息时，冉想起重要的事来，她说自己开始每天到单位上班后，仍住这里那可就离单位太远了，看来她得另租住在离单位较近的地方。可那么一来，我俩不但又得分居，还须每月多花一笔租金，实属下策，却也压根没有上策或中策啊。我理解她的难处，和她一起从网上搜索租房信息。初八就上班了，那事儿是当务之急，不抓紧落实哪行？挺走运，还真被我俩找到了一处待租之房，离冉的单位不是很近，但比起回龙观还是近不少，主要是交通方便，价格面议。一拨联络手机，立刻就有人接了，对方说如果有诚意，那就最好今天定下来。我夺过冉的手机，问有那么急吗。

对方说："你以为呢！外地人一返京，那就跟抢春运时期的火车票差不多了，而且肯定涨价了，不像现在这么便宜了！"

我问："便宜是多少啊？"

对方说："今天我心情好，那就破例告诉你，一口价，两千五！"

我还想问什么，对方挂断了。

十二平米，两千五，老旧楼房，还肯定得与陌生人合租——我和冉一阵沉默。

良久之后冉小声说她完全没主意了，让我决定。

我说，在三环的外边上，据我所知，算便宜了。

冉说："那我去看看。"

我说："一块儿去，事不宜迟。"

我就又拨通了对方手机，保证一个半小时后准到。

冉埋怨我："你怎么不说两小时后呢？那咱们时间多从容，可以不打的去，省下点儿钱。"

我说："那咱们也不打的，照你一贯的主张做，该省就省，立刻出发。"

春节期间的北京，公交站人少，有的车上还有空座。我俩反而到早了，只得在一个老旧小区绕圈子。

对方是四十多岁的男人，不是中介公司的人。他说自己就是房主，我们双方直接定下来，省一笔中介费对我们双方都没亏吃。小区内的几幢六层板楼以前是某厂宿舍楼，某楼三层有套九十几平米的三居室，内住一位七十多岁的老太太和一条串种"泰迪"。那男人倒也坦率，带我和冉进门前，说他父亲曾是厂里头头，去年去世了，他老母亲一个人住三间甚觉孤单，将最小的一间租出去，不但有了位住伴儿，还有一笔租金可花，他老母亲十分愿意。

他对我说："你没讲要租的是女青年之前，我差点儿把手机挂断。如果是你想租，那就门儿都没有了，我老妈坚持非女的不可。"打量着冉又说："咱俩有脸缘儿，就看我老妈对你印象如何了。"

那老太太一眼就看出冉是可靠又好相处的姑娘来，对儿子说："就她了，只许替我把事儿办成，不许办砸了。要不我找中介，不让你办了。"

她儿子诺诺连声，看那样子还是个孝顺儿子。

我和冉在那间十二平米的小屋说话时，老太太和她儿子在另一间屋说话。

"什么？你大声点儿，不知道我耳背呀？不行！租我这儿的房子的租金，你每月要一千算怎么回事？让你哥知道了会怎么想？……"

由于自己耳背，老人与人说话的嗓门儿很高。

"妈你小声点儿，我这不是在跟你商量嘛！咱们娘俩之间的事儿，你别让我哥知道不行啊？他的可是女儿，我的可是儿子……"

那间屋的门关上了，我和冉相望一笑。要租给冉的小房间陈设简单——一床一桌一椅还有小衣橱和书架，哪儿都挺干净，连窗也擦过了。

冉很满意。

那男人再出现在我俩面前时，脸红红的，难为情地让我俩先交两个月的预付金。

办成了那事儿，消除了冉的焦虑，她高兴起来。她高兴我心情也好，我俩一块儿在市里吃的午饭，之后逛街。

初五初六，我俩还是闲逛。既逛了市里，也逛了郊区，为的是较全面地熟悉地铁和公交线路，以后出门少打的。

有的单位初七就上班了，冉的单位多放了一天假——初七上午，我将她送往市里,乘公交转地铁去的。她坚持先少带点东西过去,不愿由于带的东西多了,转车不方便而打的。

我说我有种穷父亲还亲自送女儿出嫁的感觉。

"你怎么不说你是杨白劳?!"

冉笑出了声,当街打了我一下。

我上班后,看出老板情绪特别不好,比以往每一次情绪不好的时候都不好。他那样,大家也就自觉地少说少笑,做手势就能明白彼此意思时,甚至只做手势不开口了。公司的气氛别提有多压抑了。

一日,我向乔泰请示完工作后,忍了几忍没忍住,推心置腹地说:"你是老板,你不能总这样,会对大家的工作状态造成负面影响。如果我尽得上点微薄之力,愿意与你共同面对难题。"

我站着,他坐着。我个子高,他个子矮。除非他不看我,看我就只能仰视。

他不情愿地仰视着我说:"谢了,你帮不上任何忙。"

我还想说什么。

他不愿再听,将头一扭,心烦地挥手。

后来有人告诉我,他与"女老板"并非正式夫妻,只不过同居关系。他情绪不好,肯定因为与"女老板"又产生矛盾了,而且是比以往哪一次都严重的矛盾,提醒我还是明哲保身,别往那种非公开的矛盾里掺和的好,免得灭火未成,还落自己一身灰。

向我透露内幕的是一名年龄比我小却比我入公司早的山东青年,搞广告美术绘图的。他曾对我说,仅山东省每年从省内各院校美术专业毕业的学子就有十余万,他能在北京找到一份与专业对口的工作已甚觉幸运,不敢轻易跳槽。虽然工资太低,也只得先在公司里窝着。因为我平时对他好,他才善意地提醒我,也算是以好报好。

他的话令我大觉愕异。过后一想,也就不愕异了——我与冉,我俩不始终还是同居关系吗?刘川和吕玉,不也是同居关系吗?文琪和郝春风，不是在大学时就三天两头地明铺暗盖吗？那是否也算是"准同居"的关系呢？又想到我任主编时曾发过一篇小说，题目直接便是《懒得结婚》，外校学生写的，在校园里引起过好一阵热议。不知全北京会有多少同居者加"准同居"者？全中国又会有多少？难道，今日之中国，已恍然地进入了一个"同居时代"吗？不论此点成立不成立，在千千万万的同居一族中，又多出了乔泰那么一对，委实不足为奇，"友邦惊诧"未免太过庸人自扰。而那种非主流男女关系所产生的矛盾，绝对是我爱莫能助的。我不是我爸，乔泰和"女老板"也不是刘川和吕玉啊！

我这么跟自己一交流，对于乔泰的脸色好看不好看，也就和公司里的别人一样，干脆视而不见，取一种超然的置之度外的态度了。

非公开的矛盾终于演变为公开冲突了。

正月十五后的第四天，"女老板"突然出现在公司走廊，跟随着两个身高马大的汉子，像保镖，亦像打手。

"乔泰，你给我出来！"

她双手叉腰，高声喝叫。

乔泰躲在办公室不现身。

她一摆头，两个汉子闯入办公室，硬将乔泰拖了出来。公司的人，包括我，都聚到了办公室门口，身在门内，头在门外，吃惊地看那一情形。

乔泰刚一贴墙站稳，"女老板"便左右开弓扇了他两记耳光！

他被扇蒙了。

而她开始训骂："多尔衮啊，多你个大头娃娃！正白旗呀，正你个鬼！用老娘的钱养起小三儿来了，你也配！你那也叫正吗？……"

乔泰缓过神儿了，也高叫："咱俩是夫妻吗？不是夫妻凭什么说我养小三儿？公司没我的股吗？有我的股那我花的就是我那份钱！……"

不待"女老板"再开口，两个汉子四只大巴掌，一齐朝乔泰劈头盖脸打去，打得乔泰抱着头贴墙蹲下了。

我实在看不过眼，冲上前将两个汉子推开，伸展双臂护住乔泰，厉声对"女老板"说："打人犯法，谁再动手，我立刻报警！"

乔泰趁机站起，冲入了办公室，转身肩挎着包、拉着拉杆箱出来了，从我和"女老板"他们三人之间低头而过。看来，他对那日的到来已有充分的心理准备。

"女老板"他们三人一时也都有点儿蒙，似乎没料到他真会离去，呆呆地看着他走到了门口。

乔泰在门口转过身，挽救尊严地大声说："法院见！"

一个汉子对他挥挥拳头跺了下脚，他吓得赶紧逃掉了。

"女老板"向两边的办公室看了看，表情冷若冰霜地说："都没看够啊？该干什么的继续干，一切照常。不愿干的也趁早滚！"

员工们的头便都缩回去了。

那女人瞪着我又冷冷地说："你，跟我来一下！"说完，猛转身朝老板办公室走去，高跟鞋的鞋跟似乎会将走过的方砖踏碎。

两个汉子紧跟其后进了办公室。

我进入办公室时，"女老板"已坐在乔泰的老板椅上了，两个汉子站她左右，三人的目光都望着墙上的相框发呆，而原本镶在里边的营业执照已不存在。

那女人恨恨地说："王八蛋！没料到他会来这一手，气死我了！"

一个汉子问："把他追回来？"

那女人说："早走远了，上哪儿追去？即使能追上，他不肯回来，光天化日的，你们在大街上拉拉扯扯成什么样子。"

她将目光转向我，冷笑着说："你一定知道他哪天干的啰？"

我不知道，懒得接她那茬儿，只问："什么事儿？"

她对两个汉子说："你俩先回避一下。"

于是两个汉子出去了。

那女人双手往下抹了次脸，又双手往后捋了捋头发，换了副不那么盛气凌人的面孔，似笑非笑地指着沙发说："坐吧。"

我没坐。

她又说:"早就知道你是他的人。"

我说:"你自以为是了。到目前为止,我除了是我爸妈和我妻子的人,再谁的人也不是。"

她愣了愣,叹口气之后说:"不谈那个了,谈那个没意思。现在,你面临两种选择,何去何从,你可要考虑清楚了——一、留下,继续好好干,乔泰对你有过什么承诺,我觉得应该兑现的,争取不打折扣地兑现。二、和他一样……"

她说到此时一指门。

我立刻制止她:"住口!"

她将那只手放桌上,咄咄逼人地瞪我。

我从笔筒中取出一支削得尖尖的铅笔,也逼视着她说:"如果你口中胆敢吐出那个对乔泰说过的字,我就敢用铅笔把你腮帮子插穿你信不信?"

她畏惧了,身子不由自主地往后仰。

我捏着笔尖,将铅笔顺入笔筒,一转身扬长而去。

都没有营业执照了,还他妈的一副傲慢之态!那女人着实令我讨厌。何况,她又是"应该"又是"争取"的,为自己日后食言铺垫了充分余地,证明她十分狡猾。我岂能效力于她那样的人!

我带着自己的东西,拎个纸袋子走到了街上。

那日天气甚好,是北京少有的空气质量为优的一天,晴空朗日,微风拂面。远处西山的脉廓依稀可见。冬季即将结束,春天即将来临。

我停下脚步,惘然若失地仰头望天。

几只彩色风筝飘在天空。

我在心里说:

别了,我那天上的馅饼!

别了,我那馅饼里的股票!

第十九章

春天之于北京，似有若无。

"五一"前，青草虽已冒芽，树冠虽已发绿，公园里或马路两旁的迎春花虽开得黄灿灿了，却还是不能换上单衣。而在我们灵泉，已该是姑娘们穿裙子的时候了，即使骑摩托的小伙子，大抵已穿短衫了。"春寒料峭"在我们那儿是三月的天气，在北京，"五一"后有时依然，并且三天两头刮大风。一刮风，有些街区讨厌的杨絮令人无处可躲。司机们往往不愿开窗，因为即使只开一道窄缝，杨絮也会钻入。许多人家甚至不愿在那个季节开窗，因为棉絮能够钻过纱窗进入屋里，在犄角旮旯形成絮团。

可是一过"六一"，往往的，天气却会突然热起来。还往往的，一热就热到了三十度以上。

"六一"后我和冉终于住到了一起。

或者由于工资太低，或者由于"英雄无用武之地"，离开广告公司我又换了两个单位。

冉也换单位了。

像我对股票的指望成了泡影一样，冉也没拿到奖金——她的公司上一年据说亏了，老板要求员工与公司共克时艰，结果大家的奖金全没了。有人离开了公司，立刻有人被招进来了，新人还都被招得高高兴兴。北京最不缺的就是人力资源，连扫地都一个萝卜一个坑，走一个随即就能补上一个。北京缺的只是大小饭店刷盘子的人，因为男的一般不要，女的呢，要也是年轻女孩。而"漂"到北京的女孩，最不愿干的又是那活儿。

冉起先却是拿到了奖金的。直至有几个人因为没拿到奖金走了，她才觉得奇怪，逐个一问同事，都没拿到奖金。她原以为"共克时艰"并非指取消奖金，而是意在鼓励大家要更加努力地工作。在某些方面，她有点儿反应迟钝。

别人都没了奖金，唯独她有，这使她不那么迟钝了。就去问会计。会计不得已告诉了她实情——她那份儿奖金，是王文琪让会计从自己工资里扣给她的。

冉为那事儿回了一次回龙观，跟我商议究竟该拿那份奖金怎么办。

我说："不知道是一回事儿，既然问清楚了，就绝不能装糊涂，心安理得地接受，那咱们成什么人了？"

冉说："我也是这么想的。可我上一年的工作的确很出色，连演员自己都承认这一点，按道理……"

"那是另外一回事，另外的道理，两回事两种道理别往一块儿扯。"我板着脸打断了她的话。

"我不是完全同意你的主张嘛！我……我也想离开文琪的公司了……"

她有委屈，一时泪汪汪的了。

既然在退奖金这件事上我俩都无异议，达成了共识，接下来我就不能不认真听听冉要离开的原因了。冉说——实际上她一点儿都不适应剧组那种工作关系和氛围，听说有些人靠表演日进斗金是一回事；和那样的人总在一起，而且须处处细心周到地为那样的人服务，对方还比自己年龄小，还并没什么表演才华可言，只不过靠颜值日进斗金，那颜值分明还是整容整出来的；又而且，自己的收入才是对方的零头——那种不愉快的感觉对她的心理平衡底线的破坏力太强大了！……

"老实说，我和你在一起时的样子，那是强作欢颜。你细想想我内心里真能高兴得起来吗？我努力认真地工作，纯粹是为了能把奖金拿到手。还有另一个原因,今天我也不能不讲了。那就是,文琪他对我太关照太护着了,唯恐哪一种福利没我的份儿,即使按参加工作的年头算确实不该有我的份儿,他也会竭力替我争取,公司上上下下的人都看得出来,他往往对我是多么的偏向。而那公司并不是他的……"

冉尽管在以相当平静的语调诉说,但我还是能体会到她内心撕扯不开的大纠结。

我说:"公司是他的也不能那样啊,那不就难以树立威信啦?"

冉说:"问题更在于,我无法长期做好自己明明不喜欢的工作。万一哪天我在工作中出了闪失,不也间接损害了文琪的威信吗?……"

冉流泪了。

我坐到她身边,搂着她肩说:"明白了,你什么时候离开我都支持。"

"但是,退奖金和离开这两件事,不能同时做对不?那会太伤他的心。"

冉将头靠在了我肩上。

我说:"对。"

她说:"友情这事儿,像路伴。一方不能总靠另一方搀扶着,即使另一方诚心诚意,也不是长事。"

我说:"同意。"

她说:"我有点儿后悔,因为一想到还有几万奖金,我前一阵花钱手太松了。"

我吻了她一下,小声说:"都是该花的,该花就花。"

然而我心里也有同感。那该死的或许真能从天上掉下来的馅饼,也曾使我一度花起钱来手太松了。

退奖金的方式颇似我俩预设的一个局,一次饭局,文琪高高兴兴赴请了。

我俩是在一家挺上档次的饭店请的他,当然也预订了单间。

他落座后说:"你俩也该请我一次了,我为你俩操了那么多心。"

冉说:"所以我俩要对你表示一点儿谢意呀。"

她认为不能把奖金直接退到会计那儿去,那么做等于羞辱文琪,还是退给他本人好。

我赞成她的考虑。

虽然只有我们三个人,冉将气氛搞得倒也很令文琪愉快。都曾是同学,文琪又是老板,还算是我和冉之间的"红娘",我俩关系中起初发生的那些糗事几乎没有他不知道的。我们共同回忆大学时代的往事,聊到动情处和可笑处,频频碰杯。冉的酒量在剧组练出来了,文琪对她的酒量刮目相看。但实际上还是我俩喝得少,他喝得较多。为了达到目的,我俩不能自己先喝高了。

见文琪略有几分醉意了,我俩交换一下眼色,冉单刀直入地挑明了必须把奖金退给他的事。

"原来你俩请我另有目的啊!"

文琪顿时拉下了脸,不悦地问我:"你支持她呗?"

我赶紧说我俩不缺钱了。不但不缺钱了,不久的将来,甚至还会获得一大笔意外的收入——因为真像他预言的那样,天上掉下馅饼来了,我工作那家公司就要上市了,已经在走程序。而我,也是拥有原始股的股民了。恐他不信,冉帮我圆谎。子虚乌有之事,我俩说得像真事似的。

文琪终于信了,问我:"一大笔是多少啊?"

我含糊地说:"怎么也有一二百万吧。"

文琪说:"好事,太值得再干一杯了!听我的,赶快买房,一步到位,先交首付,买大点儿。将来还有孩子呢,你俩父母还会轮流来住住呢!别当耳旁风,现在不买,有你们后悔那天!"

那一杯干过之后,文琪终于把钱接了。

我俩替文琪请了代驾,他走时似乎比来时还高兴。分明的,高兴着我和冉的高兴。

我和冉走在街上时都良久无语,却互相牵着手。

我扭头看了冉一次,见她脸上有泪。

我问她怎么了。

她说:"咱俩那么骗文琪,我觉得羞耻。"

我叹了口气,无奈地说:"不羞耻又该怎么办呢?"

我的话既是对她的话的回答,也是对自己的内疚的劝解。

"韩姐"的老母亲患了癌症,一查出就到了晚期,只能靠药物延缓生命。她从老家回来了一次,将那小门面卖了。"姐夫"是体恤老婆的人,通情达理,毫无怨言。与他们一家三口告别时,我们双方都依依不舍。那时,我与小赵骏互有感情了,那孩子哭了。我哄他,说我以后会到沧州去看他们。不料那孩子却说:"你骗我。你又不是北京人,哪天一回南方,咱们就谁也见不到谁了。"

我和他爸妈都看着他怔住,"姐"的样子快落泪了。

他们一家走后,我对我住那地方开始觉得腻歪了。以前没怎么想离开,是因为离单位近,也因为与"姐"一家逐渐有了感情,并常受到他们的关照。现在,广告公司已不再是我的单位,"姐"一家又走了,我对那地方遂没了任何好感,离意日甚一日。乔泰曾给我发过一条短信,请求我日后若成了作家,千万给他留点面子,别将他的事写入小说里。事后一想,他这人并不坏,曾经对我的倚重是发乎真心的,想创出一番事业的初衷证明他颇有抱负,便十分同情他了。我有自知之明,从没希望自己成为作家。我觉得应该与他再通一次话,亲口向他做出保证以使他放心,也算为我俩的关系画上了有礼有节的句号。可拨他手机时,停机了。这事儿也使我多少又添了份儿不快。

冉看出了我不想再住在那儿的心思,主动提出,我俩总分开住不是长事儿,认为还是应该另租一处能住一起的房子好。

她的话正中我怀。

几天后我俩租成了一套厨、卫、餐厅及一般家具齐全的一居室楼房,也是老旧楼房,离冉住那个小区不远,非学区房,每月三千五。冉说那也还算便宜,她当时已在一家面向初中生的补习机构上班，每月工资八千多，而我当时还没找到工作。

这使我倍感忧虑。

冉说她的工资以后还会涨。她有英语八级证书，提高中学生的英语应试能力，她的水平绰绰有余。她又是语言文字学硕士，对字形字义的起源颇能讲得头头是道，而且受我影响，辅导中学生写好一篇作文也不成问题，所以她的老板挺看好她。

冉从那位老太太房东那儿搬走时出了点意外——老太太不肯退给冉半个多月的房租。不是由于平时相处得不快，而是由于关系相处得良好，老太太不愿让她搬走，非拿她一把。

老北京大妈呀！老伴曾是一厂之长呀！处级干部的老伴那也是会有官太太脾气的呀！冉是谁？不过一"京漂"女青年！——何况当初入住也没经过中介，又何况人家老太太的刁难是由于不愿让她走。

冉就没跟老太太理论，非但不要求退房租了，走时还左一句"请原谅"右一句"对不起"的。

新居没沙发，有两把高背椅，也在小餐厅那儿。

我俩面对面坐定后，冉说："和文琪当初借咱们住的一居室格局一样。"

我点一下头，没吱声。

她又说："面积也差不多。"

我又点一下头。

她接着说："咱俩住很可以的了。"

我再不吱声气氛就不对了，只得说："是啊。"

她攥住我一只手，将上身俯向我，强调地说："但这里是咱们租的，不是白住朋友的，住着感觉会好些。"

我又说："是啊。"

她放开我手，身子往后一靠，自我安慰地说："终于在北京稳定下来了。"

我还想说"是啊"，却没说出口。总一次次地说"是啊"，气氛也还是不对头。何况，我连"是啊"也不想说——我俩既没户口本，也没房本，连那么小的老旧楼房一居室的房本也没有，我还正处在无业时期，我俩的人生是否真算稳定下来了，我对此点存疑，所以连头也没点一下。

冉不再说什么，起身去找到了纸笔，又坐我对面后，说要跟我合一下钱数。我明白她的意思，就是要把她那儿的钱和我这儿的钱加一下，看我俩共有多少钱了。

我只有一张卡一个折，卡上多少我知道，折上多少其上写着，另外钱包里还有几百元钱，钱包是出门要随身带的。卡是工资卡，工资一到卡上我几天就转到折上了，为的是凑整整存。她和我一样，大数也在折上。

相加的结果是——我俩已共有九万多元，还不算各自钱包里的钱。

我忽然想起，还有五千元现金，在信封里，信封在拉杆箱里，是没来得及存上的一笔"外快"。

我找出来放桌上后，冉笑了。

我问："你笑什么？"

她忍笑反问："是那笔钱？"

我说："是啊，刚才忘了，加上不就十万多了？"说完也忍不住笑了，自嘲地说："到北京靠中文能力挣的第一笔钱。"

我不是写过一篇《月亮与六便士》的读后感吗？文琪不是替我传到网上去了吗？结果竟引起了一家出版公司的不安。人家刚刚再版了《月亮与六便士》，网上忽现我那么一篇负评，还跟帖多多。人家能不烦吗？烦也没辙啊，于是找到了网站，希望能撤下去。网站一看对方还当成件事儿了，窃喜，调动了一批"水军"，猛炒一阵。这一炒，出版公司更急了，于是请人从中说和，还给了网站一万元钱。这情况当然瞒不过文琪，替我从网站索取到了五千元。

我故作严肃地问："你觉得这五千元沾染了什么肮脏的东西吗？"

冉也故作庄重地说："比起真正的脏钱来，干净多了，加在一起绝不会使那九万多也脏了。"

我俩互相看着,都忍不住笑了。

后来我俩就一块儿到银行去存钱。一对恋人一块儿去存共同挣来的钱,如果还是一对年轻的"京漂",是一种相当不错的感觉。倘若钱数多,好感觉是直接由数字带来的。十万多对于漂在北京的人其实不会带来多好的感觉,所以只能说那是不错的感觉,而且主要体现在一块儿去往银行的路上。我俩将四万二单独存了一个卡,那是租一年房子的租金,必须专款专用,雷打不动。又存了一个五万定期的存单。剩下八千多,作为"机动资金"。

五万——定期,外加八千多"机动资金",那就是我俩到北京后共同所挣的"净余额"。

我那种不错的感觉又变得不怎么样了,忍不住嘟哝了一句:"咱俩在本省工作一年又三个多月的话,就存不下五万元钱?"

冉说:"但咱们毕竟是生活在北京了。"

我说:"是漂在。"

冉说:"漂也是一种生活,值得体验。"

第二十章

"未来房地产开发公司"的总部在四合院里,四合院在一条巷子里,出了巷口是一条笔直的马路。那样的正朝马路的巷口有五个——若从东往西走,"未来"在第三条巷子,从西往东走也是,三在五的中间嘛。

我和冉的新"家"所在的小区离那儿不远。

冉曾对我说:"现在,咱们住得比较稳定了,我的工作也比较稳定了,咱们还有了存款,与刚到北京的时候情况不同了,所以呢,你可以比较从容地找工作,争取找到比较符合自己愿望的工作。"

有了她这句话,我心稍安,买了辆旧自行车。有时在网上搜索招人信息,投简历,应招面谈;有时骑自行车四处游逛。

一日,我骑车刚入第三条巷子的巷口,从巷子里驶出一辆"宝马"——自行车的前轮与"宝马"左前灯那儿发生了剐蹭,而我的右脚踝和小腿受伤了。那日我穿的是短裤,鲜血可见。

戴白手套的司机下了车,冲我嚷嚷:"为什么拐弯还骑那么快?我几次按喇叭没听到啊?你说这事儿怨谁吧?"

的确怨我。

虽然我受伤了,却又自知理亏,看着腿疼得直咧嘴,一时不知该用什么话和他掰扯。

车上又下来一个五十多岁的高大男人,西服领带的,像是要去参加什么活动或会议,我那鲜血淋漓的腿使他吃了一惊。

"快按住伤口！"

他从兜里掏出一包纸巾递向我，我接过后，蹲下按伤口。

司机又说："您也看见了，不能怨我，责任全在他自己！"

五十多岁的男人训道："别说那种话了，赶紧的，先送他去就近的医院！"

司机说："那您……"

"还啰嗦什么？照我的话做！"

五十多岁的男人边说边替我挪开了自行车。

还好，我受的只是皮肉伤。一位自称是办公室主任的女士及时赶到医院，交齐了一概费用后，给了我一张名片，说日后还有什么问题，可以直接到公司去找她——名片上醒目地印着"未来"二字。

三天后，我腿上缠着药布，又骑自行车去到了"未来"。不是想去要什么精神赔偿的——我觉得那位估计是老板的男人挺好，是个难得的对他人负责任的人，我应该主动去告诉人家——我的腿没什么大问题，不会找人家公司任何麻烦，使人家安心。

那四合院以前肯定是二进院，后来打通了，成一个大院子。迎门的影壁上，赫然刻着一行漆了红漆的大字——"开发房地产，就是开发未来！"

院子里的房间雕梁画栋，有廊有柱，花红树绿。

那五十多岁的男人正打太极拳，立刻认出了我，收了架势，高叫："许主任，接待客人！"说完，继续太极拳的套路。

我见过的那位女士从一个房间应声而出。

她客气地说："跟我来。"

我说："我不是来要赔偿的。"

她讶然地问："那你来干什么？"

我说："来告诉你们，我的伤快好了，不需要再去医院了，请你们放心。"

那男人又收住架势，对许主任说："那没你事了，我亲自接待吧。"

他将我请入了会客室，我俩刚一落座，许主任进入沏上了茶，冲我职业性地笑笑，旋即离去。

那男子说："这茶得泡一会儿。"边说边向我递名片。我接过一看，他果然是老板，董事长嘛！姓杜，名敬甫。

我便揣起名片，回以礼貌的一笑。

会客室不算多么高档，长宽有限的平房的装修，想高档也高档不到哪儿去。却挺特别，正墙上挂着杜放翁的绣像，几与真人等高。其上还绣着那几句感动了一个世纪又一个世纪的中国人的诗："安得广厦千万间，大庇天下寒士俱欢颜，吾庐独破受冻死亦足！"如果没有那几句诗，估计没谁知道是杜甫的绣像。

他笑问："小伙子，来北京多久了？"

我们就那么聊开了，基本是他问我答。与乔泰相比，他那类老板显然更是老板，自信而又举止沉稳，谈吐直截了当，那是身份量级的证明。我到北京后，第一次直面他那等人物，甚觉荣幸，说是受宠若惊也不夸张，所以极愿诚实无欺地回答他的话。诚实中难免会有自我表扬的成分，那时的我，完全将王文琪的嘱咐忘了。

半小时后，他开门见山地问："既然还在找工作，想不想到我这儿来？"

我不禁一愣，嗫嚅地反问："可我一个中文出身的人，在您这儿能干什么啊？"

他笑道："老实说，我这儿还真就缺少学中文的。许主任，拿几份咱们公司的宣传册来！"

他探身窗外高叫两声，许主任拎着印有"未来"二字的布袋进入。

他说："给他。"

许主任就将布袋递向我。

他最后说："这院子里多你不多，少你不少。回去翻翻袋子里的东西，愿意来就联系许主任。至于干什么，来了总会有份事儿给你干的。具体到工资嘛，你俩谈。"

许主任将我送到了院外。

我有点儿吭哧地问每月能给我多少钱。

她笑着说:"看来你和老板挺有缘,你决定来了再谈,别狮子大张口就好办。"

我带回家那一布袋宣传册,证明"未来"是实力雄厚的房地产公司。冉对此事大不以为然,认为房地产公司之不适于我,正如明星公司之不适于她。文琪却极为我高兴,认为机不可失,失不再来。

"你想啊晓东,你去了,等于一步到位,直接就和老板在一个地方上班了。能那样的,基本都是顶层部门的人。以后资深了,不是可以买到便宜房子嘛!"

不必文琪说,我也是那么想的。便宜的房子——北京的便宜的房子,人所欲也,吾所欲也。连冉听了文琪的话,也不由得来了句:"那敢情好!"

文琪的话加大了"未来"那四合院对我的吸引力,强忍了三天我再也没忍住,上午九点就去到了"未来"。

我鼓足勇气问许主任:"一万……行吗?"

她笑道:"我还以为你会吓着我呢。行,有什么不行的,就一万吧。"

我悬着的心刚稳下来,她却问:"可,税前呢,还是税后呢?"

她这一问,我不知如何回答是好了,灵机一动,嘴甜地说:"阿姨替我做主吧。"

她又笑了,愉快地说:"那我就替你做主了,董事长把你的事交代给我了嘛。税后吧,这样你满意,董事长也会高兴。记住,以后可不许叫我阿姨了,这院里的人都称职务,是规矩。"

后来我了解到,在那院子里上班的人,除了我和秘书,大小都是头头脑脑的,都拿年薪。刘秘书也拿年薪,我的工资最低。

但我已经感到十分幸运了。我的工资比冉多一千左右,这也使我在她面前觉得挺有面子。

两天后许主任确定给我的工作是仅为老板一人服务的"资讯助理"。老板忙,没时间读书看报,我要替他读一些他认为自己应该了解一下的书，免得与人交流时接不上话，怪尴尬的。而我的工作是自己先读，然后将作者名称、成书年代、内容提要写成短文，用大字打出来提供给他。每天的时政要闻也是我要归纳给他的。偶尔我也自作主张向他荐书，如《法的精神》《美国简史》《英国贵族史》，他对欧美历史知识既感兴趣又是空白，看法只不过是由出国见闻形成的。不久我对时政要闻的归纳总结出了经验，像编刊物似的分栏目，重点突出与房地产动态有关的。又不久许主任告诉我，老板对我的工作很满意，曾说"发给李晓东的那份儿工资很值"。关于他的话有两个版本，别人也私下告诉我，老板说的是"那点儿工资"，许主任将"那点儿"有意或无意地说成了"那份儿"。

中秋前一天是文琪的生日，他邀我去他那儿热闹热闹。他"那儿"是指他住的地方，我和冉还都没去过。

他却说："这次你先自己来吧，下次再和冉一块儿来。邀的都是哥们，也是为了给大家提供一次机会，稍微放纵放纵，减少一点儿工作压力，冉如果也来了，怕她会感到不适。"

他既然那么说了，我当然就得那么照办。

文琪"那儿"在紫竹院公园旁的高档社区内，我五点半准时到了小区门口，已有自称是"王总助理"的新潮女孩候迎在门口。虽然有她候迎，也还是要登记。那女孩看去也就十八九岁，裙短尚未及膝，半袖上衣瘦小透，自我介绍姓严。她说别人都到齐了，就差我一个了。我和她在电梯里时，不禁奇怪于高档小区的高档楼房电梯未免太小。她说那部电梯一梯两户，各家有各家的卡和自设密码，外人根本进入不了，基本等于专用。还说从电梯里一步就可以跨入家门，而从家门跨入电梯，可以直到地下停车场和游泳池、健身房、保龄球馆。

果如其言，我一脚跨入文琪"那儿"，见他正和几个同龄男女围着一台带大喇叭的古董留声机——他说那东西曾是已故的某某京剧大师的遗物，是他妈从拍卖公司买的，有证书。三个女郎也如小严，皆摩登。

他将我介绍给那三男三女之后，饶有兴致地说："我这儿还有一宝呢！"遂打开放留声机那仿古小柜的柜门，取出了一盘套着老旧纸夹的唱片，又说："还能听，请大家时空穿越一下。"

于是，随着唱片的旋转，大喇叭传出了二胡独奏《江河水》。

一青年问："是瞎子阿炳的原奏吗？"

文琪说："那当然，否则还算宝贝啊？"

另一青年说："太过时了，当今二胡家演奏得更好听。"

文琪说："情调不同嘛！"

一女郎说："你别尽扫人家文琪的兴！"

于是大家都笑了。

我将文琪扯到一边，小声责问："你不是说来的都是哥们儿吗？她们来得，冉就来不得了？"

他小声解释："我以前也只认识她们中的一个，另外两个刚认识。已经跟她们男朋友来了，我有什么办法？如果冉也来了，你觉得她跟她们能有几句话可说呢？干坐着互相不说话，咱俩不尴尬？"

他说得也是，我无言了。

文琪唤过来小严，命她陪我"参观参观"。

他"那儿"有二百平米左右，装修之考究，非我此前所见。小严指着卫生间的水龙头说都是定制的，镀金的。从卧室门外经过时，我不禁往里瞥了一眼，见衣架上挂着红色乳罩。

"卧室就不参观了吧。"小严用脚将卧室的门关上了。她的表情使我怀疑，那乳罩兴许就是她的。

在阳台上，她给了我一张名片，我也回赠了一张"未来"为我印的名片。

她看着说："'未来'呀，知名度很高，以后我或者我朋友要买便宜房子就找哥了！"

我正不知如何回答是好，文琪也走到阳台上了，小严冲我笑笑离去。

文琪说："咱俩现在俯瞰到的，是紫竹院风景最美的地方。"

我说:"你这儿太大了,一个人住简直是资源的浪费!"

他笑道:"我这儿才哪儿到哪儿,还有二百八十平米一套的呢!还有一家买了两套二百八十平米,打通成一套了,也不过就住三四口人,还算上阿姨,还不常住……"

客厅那儿忽起喧声,是外卖送来了烤全羊,跟来的还有穿一身白制服戴白色筒帽的专业剔肉技师。

三位男客看去倒也并非个个样貌出众、气质不凡,大约腹中亦无多深的才学,总之皆似寻常之人。他们相互早已认识,与文琪关系稔熟,对我这个陌生客彬彬有礼,客客气气,都怕我拘束,主动与我攀谈。唯一有点儿与众不同的是皆吸或粗或细的雪茄。

三位女客却不但摩登,亦姿色俱佳,都称得上是丽人。而且,各有才艺,或能歌,或善舞,或精通所带之乐器。还个个是开心果,插科打诨起来,伶牙俐齿,俏皮话一套套的。由于她们的存在,气氛一直活跃得很。而我,渐渐的,竟也不觉得与她们在一起多么的别扭了。

外卖纷至,都摆上桌后各自围桌坐下了。文琪在那种情况下看重的也还是与我的关系,指定我坐他左侧。

接下来,无非是三位女郎吃一会儿唱一会儿,喝一会儿跳一会儿,或弹奏什么。男人们则吃着喝着听着看着互相聊着或一起鼓掌,表现都挺斯文。他们显然也没才艺,所以都没出什么节目。文琪"那儿"有钢琴,唯他自己弹了一曲,水平我是不敢恭维,然而大家照例鼓掌。此前我不知道他会弹钢琴,肯定是买后现学的。

我小声对他说:"到目前为止,并没怎么放纵。"

他也小声说:"以前放纵够了,如今都懒得放纵了。在你这个生人面前,也都有点儿不好意思胡闹。"

我说:"应该感谢三位女郎,真使咱们男人减压了。"

文琪居然大声将我的话重说了一遍,仨女郎爽笑粲然,纷纷向我敬酒,感谢我的夸奖。

一男客说:"到底是学过中文的,用词就是精准,咱们以前怎么没想到称她们女郎呢！"

一阵哄笑中，我窘且沾沾自喜。

酒过数巡，男的女的开始一对对跳舞，举止渐显轻狎。

文琪已微有醉意，搂我肩凑我耳说："晓东，你和冉，你俩吧，以后再也不要因为我对你俩好而过意不去，那是由于你俩对我有利用价值。我属兔，多弱势的属相啊，你俩呢，一个属虎，一个属龙，竖排在我前后，横排在我左右，左青龙，右白虎，起保护我这只兔子的作用，所以我必须对你俩好……"

"别再喝了！"

我夺下他的酒杯，替他换了杯饮料。

"不是醉话，真的！小时候我妈请了位高人给我算了一命……"

他笑着拍拍我肩，起身搂着小严也跳贴面舞。将小严搂得很紧，而小严的样子特受用。

那天晚上，我领略了文琪的另一种生活，以前我所不知的生活。也看到了他的另一面，以前我所不了解的一面。

我的手机那时响了，是冉打给我的，嘱咐我少喝酒。

我问她在哪儿。

她说还在单位——明天要进行业务考核，她要在单位再做做准备。

倏忽间，我因自己独自在文琪"那儿"，内心产生了一种不小的罪过感，并开始觉得，自己与"那儿"，与他们和她们，其实是多么的格格不入。我此前的渐入佳境，未免有几分自欺欺人。

我极想离去。

想在冉回到我俩的小窝时，能为她做好什么吃的，连汤带水的那种——冉晚上爱吃口稀的、软的。

但也不能说走就走啊！

我一次次要求自己再坐会儿，再坐会儿，硬挨了半个多小时，编了种理由，借故告辞，有点像急忙脱身。

睡前，冉在黑暗中忽然问："文琪那儿怎么样？"

我说："还行。"

她说:"具体点儿,多大面积?"

我说:"七十多平米吧。"

她说:"也就是两居室呗,装修呢?"

我说:"一般般。"

她摸到我的手,握着又说:"七十多平米的两居室,普装,这应该成为咱俩的奋斗目标,未来是可期的。"

那夜我做一梦——梦到我和冉成了文琪那儿的主人……

第二十一章

我胖了。

胖得垂下目光,都能隐约看到自己的腮帮子了。

"未来"的院子里有食堂,据说大师傅还是京城名厨。虽然免费的午餐只不过四菜一汤,但毕竟体现了名厨的水平,新人是很容易吃胖的。

又据说,大师傅不太满意在"未来"的工作,总想跳槽。不是因为工资低,而是因为天天只做四菜一汤,怕久而久之自己的水平下降了,再做不好席菜了。杜敬甫已经吃惯了他平日做的四菜一汤,不愿放他走。也有面子问题,担心他一走,传出流言,有损他本人和"未来"的形象。

所以,每月起码有两次,杜老板在院里宴客。那自然也是一种社交方式,来客形形色色,从同行到官员到京城名流到教授学者到算命的到专治疑难杂症的民间高人;常是老友,偶有生面孔,大抵是老友引荐他也要认识一下的。

自从他有了我这个"资讯助理"后,喜欢与客人们谈读书感想了,而我那时也就会受到宠幸,参与交谈。当然啰,我一向识趣地安安静静地倾听。

"哎小李,我这脑子,这会儿又缺氧了,书里那个人物,就是那个那个,叫什么来着?"

当他这么问时,我的存在就起作用了。我是他的助理,他头脑中存入的"资讯"基本是经过我筛选的,所以,不论他问什么,也基本上能对答如流。

一日上午,客中有位初来乍到的异人,虽才五十余岁,却已谢顶,并蓄白髯。我怀疑是染白的,否则不会那么的白。一位熟客介绍他是"曲先生",深谙《易经》,有预测能力。

曲先生口若悬河,大谈八卦之精妙,包括杜老板在内的别人皆外行,半句也插不上嘴。

杜老板几次欲将话题转移到读书方面,其目的却几次都被曲先生轻松粉碎了。

"除了专研《易经》,我再就只看过两部书,一部《道德经》,一部《资治通鉴》。前者虽然才五千余字,但宏大精微,也当以部论,是我枕边书。后者二百九十四卷,三百多万字,我已通读十几遍了。至于其他书,我实在不感兴趣。"

他这么一说,别人又不知说什么好了。

"要不咱们聊聊《道德经》也行。"

包括我老板在内,都未接话。他都说是他枕边书了,谁要是与他探讨什么,不是只有洗耳恭听了吗?

"看来共同话题还不容易找到啊,《资治通鉴》呢?"

大家面面相觑。

我老板挠着头说:"据我所知,在座的只有小李是学中文的,要不你俩聊,我们学识浅薄的转移地方去聊别的?"

曲先生却说:"不读'资治',枉为文化人也。"看着我问:"你通读了几遍呢?"

曲先生的表现,像是成心到"未来"砸场子。只不过不靠功夫,靠三寸不烂之舌。

他看着我面试似的一问,我后背顿时出汗了,红了脸讷讷地说:"我只翻过白话选本,请教一个问题吧,在'资治'中,谁评价谁时,用到了'人之将死,其言也善'一句成语?"

汪先生在评论学生作文时讲到过出处,我关于《资治通鉴》的

"冷知识"也就那么一点点库存，被逼得当成了盾牌。

不料我言一出，曲先生瞠目结舌，嗯啊了几句，讪讪地说："把你的问题再说一遍。"

那时我倒像是在面试他了。

客人中有人笑起来。

我老板则大声说："吃饭，吃饭！"

他向我伸出一只手，我只得拉了他一下。他站直后拍拍我肩又说："谢了。"

在我听来，那两个字是双关语。

他们吃饭，我一向是不上桌的。见大师傅在厨房外吸烟，心中得意，走过去搭讪了一句："今天您又可以大显身手了。"

他说："这才哪儿到哪儿，只是过了把小瘾。"

后来，听说曲先生挺懊糟的。人家不是来扫主人兴的，而是要自我证明一下才学，想得到主人的赏识，在"未来"谋份职务。

还听说，关于曲先生，我老板曾言："他自己把戏演过了，把事儿搞砸了，怨不得我。'未来'宁要十个李晓东，也不要一个他那种神神道道的人。"

许主任将老板的原话学给我听后，我只是显出不好意思的样子笑笑，什么也没说。如果谦虚地说"老板过奖了"吧，分明是世故之语。并且，倏然的，我心里也有点儿同情起曲先生来。我从他身上得出了一种教训，那就是，愿望再强烈、再急迫，推销自己也还是得悠着来，太过用力，必然会事与愿违。而我说自己"显出不好意思的样子"，实则是"装出"。那时的我，一方面排斥世故和油滑着身，一方面又不得不学会点儿逢场作戏。

实话实说，我当时的总体心情是异常高兴，得意滋润心田。

冉那日比我提前到家，她告诉我文琪给我打过两次手机，我没接，就打给了她，没什么事儿，主要是想了解我工作得开心不开心，如果不开心，他乐于帮我找工作。

我当即与他通上了手机，告诉他我感觉良好，正处在到北京后感觉顶好的时期。

冉听了我的话也很高兴。

结束与文琪的通话,我将文琪那番关于属相的自我表白讲给冉听。

"别信!他那纯粹是胡扯!"

冉立刻严肃地阐明了自己的态度。

我说:"可如果信,我的自我感觉好多了。"

"李晓东,我不许你信!文琪是咱俩恩友!贵人!你如果偏要信他的醉话,那就成了忘恩负义之辈!"

她更加严肃了,眈眈瞪我,像法官在审问。

我大惭。

两个月后也就是九月中旬的一天,我老板在他的家举办了一场庆祝活动——公司获得了建筑行业的一项奖,他认为在别处举办活动有张扬之嫌,在家里举办则低调多了。

老板家在四环与五环之间的别墅区,每户住的都是有前后花园的独栋别墅。公司去的人不多,嘉宾不少。因为有抽奖环节,某些嘉宾带了孩子。席位分两部分——一部分在别墅内,一部分在花园里。除了主宾须陪我老板坐别墅内,其他宾客任选内外,忽内忽外也是可以的。老板的说法是,也算为来宾提供了一次社交的机会,最好能使每个人感到自由自在。但那使院子里的情况后来有点儿失控,依我看来,有人似乎不在邀请之内。许主任让我负责关照院子里的客人,我及时向她反映了我的疑点,她也很重视,及时向老板汇报了,过了会儿小声告诉我——那没什么,大门那儿的保安执勤极严,坏人很难进入。引起我怀疑的,可能是同院来凑热闹的。而与他同院的非显即贵,人家的家人来凑凑热闹,不应排斥。有什么不寻常现象,请保安处理。

那日上午很凉爽,人们更喜欢集中在花园里。后来太阳升高了,有点儿晒了,进入别墅的人多了,花园里人少了。较多的是孩子,在花园里跑来跑去躲猫猫。

这时我发现了一个披散着乌黑长发的少女，看去十六七岁，属于比少女大点儿比大姑娘小点儿的那么一种过渡年龄。她穿的是一件浅紫色无袖的绸缎连衣裙，左手持红酒杯，只剩刚过杯底儿的酒了，赤着右脚，而左脚上是一只红色的皮面拖鞋。说她醉了吧，走路不晃；说没醉吧，掉了一只拖鞋难道自己还没发觉？她在餐桌之间穿行，右手同时从桌上拿起吃的东西往嘴里塞，或咽下去，或随即吐出。

她不能不引起我的注意。

我请保安上前关照她。

保安问："姑娘，跟哪位嘉宾来的呀？"

她没好气地说："你管呢！"

保安笑笑，又说："请先随便坐哪儿等着，我帮你把拖鞋找回来。"

她说："滚开，别烦我！"

保安板脸训她："太不识好歹了吧？"

她竟脱下拖鞋打保安，保安跑开了，她将拖鞋扔了出去。

我捡起拖鞋时，她坐在一张餐桌旁了，已将自己的杯中倒满了红酒。

我走到她跟前，批评道："小小年纪，如此撒野不对吧？"

她仰脸看我，满目的不屑。

"来，听话，我先替你把脚擦干净，把拖鞋穿上……"

我从桌上抽出一张湿纸巾，边说边蹲下，捧起了她一只脚。

不料她扇了我一耳光。

我愣愣地看她。

她犯浑地说："我允许你碰我的脚了吗？"

我站起来，顿时怒火中烧。长那么大，我还是第一次被人扇耳光。管你醉了还是没醉！管你是谁家的千金！老子今天豁出去了！

我抓起一块奶油蛋糕按在了她的小脸上。

她的脸不像脸了，嘴却张大了，两片红唇极为分明，古怪而又可笑。

我没解气,将整盘蛋糕按在她脸上,纸托盘掉下时,她那两片红唇也不见了,脸上仅见大张着的嘴了,像一个黑洞。

我又将她杯中的酒从她头顶浇下。

她站了起来,浑身乱颤,两条细胳膊抖得像抽羊角风,半天才尖声大叫:"爸!……杜、敬、甫!……"

转眼,我老板率先跑了出来,后边跟着许主任等几人。

老板见状,惊问:"谁把我女儿弄成这个样子?"

不待我回答,"小妖精"涂了红指甲油的手指已指向我了。

杜敬甫意外地瞪我,像雄赳赳的大公鸡瞪着曾被当成小鸡崽的鹌鹑。他属鸡,许主任那日亲手为他做了一顶鸡头纸冠,当时仍戴着。

他冲我吼:"李晓东,你好大的胆!"吼罢,一胳膊夹起他那缺乏教养的女儿,大步腾腾朝别墅里走去。

"小妖精"耷拉着胳膊垂着腿,连光脚丫都没蹬动一下,仿佛自己就该那样子让老爸从被侮辱与被损害的现场夹皮包似的夹走。

许主任愣愣地看着我,半晌才说出三个字:"你疯了?"

几天后我被传到了老板办公室。

我主动说:"错全在我。"

他坐在宽大的办公桌后,胳膊肘支在桌上,十指交叉,表情严肃地看着我说:"也不全在你,我的女儿什么样我清楚,但你必须受到惩罚。"

仅仅是惩罚,而不是让我"滚",谢天谢地。

我立刻说:"甘愿接受任何惩罚。"

他说——罚我以后每周二四六到他家去,为他女儿补课。说他女儿已是重点中学的高一学生,以前成绩还行。不知为什么,从高一下学期起,成绩大滑坡,考试每每几科不及格,这成了他的一块心病。

"我对你要求很低,只要帮助她在以后的考试中每科及格就行,那我就反过来发你奖金。如果你能帮她好歹考上一所大学,有重奖。

那她就可以出国留学了，你也算替我解忧了。"

他态度诚恳而又推心置腹。

我有些困惑，斗胆问——既然要送女儿出国留学，那还在国内考什么大学呢？不是多此一举吗？

他坦率地承认是为了面子。说国内国外都形成了一种看法，像他这种人的女儿，没几个在国内学习好，能考上大学的，送出国是为了混学历、混文凭。而他希望靠一份国内大学的录取通知书，堵住一些关于他和女儿的闲言碎语。

我想了想，请他将他女儿班主任老师的联系方式提供给我，以便我能经常向对方了解他女儿在校的学习情况，促进我的辅导。

他也想了想，认为我的要求不过分，抄给了我一个手机号码。

当天我与"小妖精"的班主任老师通上了话。

她老师说："杜薇根本不是一名笨学生，甚至也算比较聪明的学生，她是成心不好好学习！"

我奇怪地问为什么。

老师说她不清楚。

原来不笨，这使我对辅导之事有了一定的信心。我没告诉冉。如果告诉她，她再一多问，必然会扯出前因，而我不愿让她知道那前因。

后来，司机班的车就经常将我送走了，有时坐的还是老板的专车。"未来"院子里的人们，有人看我的眼神里多少有了妒意，连许主任也曾酸溜溜地对我说："我从没为难过你，别在老板面前告我什么状啊。"

老板还为我办理了可以自由出入他家那别墅小区的出入卡。他家那幢别墅算地下室四层，除了他和女儿，还有一名司机、一名厨师、一位女管家，是老板的什么远亲。内中陈设之豪华，非文琪"那儿"可相提并论。"小妖精"的房间在二层，是套间。我为她辅导，最多时在她的小客厅里。说小，其实并不小，三十多平米是有的。

我第一次进入别墅后，换了拖鞋刚踏上一级台阶，恰见"小妖精"从二楼下来——还是披散着长发，穿那件紫色无袖的连衣裙和那双红色皮面拖鞋,口中吹出口香糖的大泡泡。

管家向她介绍说,我是她爸又为她换的辅导教师。管家的话使我明白,我不是第一个,而是"又"一个。

"小妖精"听管家说完,向我勾动食指。对于我,她那举动伤害性不大,侮辱性极强。

我一边跟随她踏上二楼,进入她的房间,一边告诫自己,自尊心何妨麻木一些,再麻木一些。为了保住工作和争取获得奖金,自尊心是可以牺牲一下的。

她的客厅装修考究而处处凌乱,给我一种深刻的后颓废主义的印象。那种香艳的凌乱,一般水平的制景师也许还构思不出来。卧室的门半开半掩,床上被子没叠,一角垂地。

写字桌居然在客厅中央,她端坐桌后,手姿和她爸一模一样,看着我不动声色地问:"知道你怎么会成为我的辅导老师吗?"

她没请我坐下我也不能站着!我拖过一把椅子缓缓坐她对面,架起胡适式的二郎腿,微笑摇头。

她说:"是我强烈要求我老爸的,知道又是为什么吗?"

我仍微笑摇头。

"为了处罚你。"

她也笑了,是冷笑。少女一般不太善于冷笑的,她的冷笑很做作。

我反问:"怎么处罚?"

她站起来,一边走动一边说:"姓李的,您看啊,咱俩之间那笔账,现在变这样了——您成了我的辅导老师,我老爸对我的辅导老师一向出手大方。他肯定已经向您承诺了,只要您辅导有功,必会得到一笔奖金,对否?"

我说:"对。"

"多少?"

"没问。"

"不稀罕?不差钱?"

"我在乎钱。"

"还是的！"

从镜中，我看到她站在我坐的椅后，双手按在椅背上，俯下身，冲着我耳朵说："这就谈到了关键部分——你，男性'京漂'，到处租房住，贵的租不起，便宜的住得憋屈，做梦都想在北京买套房子，哪怕像我客厅这么大的。可是呢，北京的房价对你而言是天价，于是省吃俭用地攒钱。所以，一笔奖金对你的诱惑是极大的。可是呢，虽然是我使你成了辅导教师，我却偏不好好配合你，偏让你得不到那笔奖金。情形就好比，你是个饥肠辘辘的人，眼前用线吊着一张大馅饼，可你却像被定身法定住在椅子上了，干着急咬不到一口，哈喇子吧嗒吧嗒往下滴……我要让你备受欲望的撕裂。"

她耳语般说完了最后那句话。

真是个小妖精啊！我恨不得先将她一下子撕裂。

"我坐在这里，也是为了要惩罚你。"我的话使她一愣，随即扑哧笑出了声。

"你？惩罚我？说来听听，怎么个惩罚法？"她又坐到了我对面，装出一副洗耳恭听的样子。

我不动声色地说："你老爸向我保证，你是聪明的。学习成绩下滑，不是由于天生笨，而是另有原因。他把你们班主任老师的手机号码给了我，我向你的班主任老师了解过了，她也强调你不笨。你老爸还说，他非让你先在国内考上一所大学，上不上都无所谓，然后再送你出国，想要证明，他女儿不是那种在国内根本考不上大学的劣等生。我呢，却要让事实证明，你就是笨！那种天生的笨！基因遗传的笨！不可救药的笨。高考的出题老师亲自辅导你都没用。花岗岩脑袋，油盐难进，朽木不可雕也！"

"我爸不笨！"

她叫喊了起来。

我向她俯过身去，也如她刚才那般，机密而小声地说："那就是你妈笨。总之，我要彻底扯下你爸和你那点儿面子，使你爸的打算成为泡影。我并不怕你爸开除我，'未来'不留爷，自有留爷处……"

"不许你侮辱我妈！"她举起了一只手。

而我擒住了她手腕，站起来后才甩开她的手。

"今天咱俩都把话挑明了，很好。下次再正式辅导，我要请你爸也听听，让他承认不是我辅导得不好，而是你的确笨得出奇！"

我言罢扬长而去。

高一的课程我早就忘光了。所幸网上名师们的授课视频多多，足资参考。而且我妈那一族是教育世家，我基因中似乎遗传了善为人师的能力。"小妖精"的数学成绩滑坡最严重，我当年数学成绩最好，决定以吾之长，攻彼之短。

正式辅导那日下午，我老板还真赶回家来旁听了。

"别看指甲！自己的指甲有什么可看的？一名学生，你涂指甲干什么？明天给我弄干净了！别拿手机！要看着老师！……"

有她老爸从旁用话敲打着，她的总体表现还可以。

我讲完后，她老爸当着她面对我说："讲得不错。"

我说："就这水平了，尽力而为吧。"

她老爸又对她说："女儿，看你的了。"

她脸红了。

我要求有黑板和粉笔。

她老爸说："照办。"

她说："谱还挺大。"说完冲出去了。

她老爸冲我无奈地笑。

以后，我之辅导如在校老师之正式上课，虽然不过是提前先学、现炒现卖的讲法，但态度却是认真的，自认为水平还可以。对于"小妖精"听或不听，则毫无要求。只要她在我视线以内，不管坐着还是站着，面向我还是背对我，走动不停还是呆望窗外或玩手机，我都照讲不误。若她离开，我也乐得休息一会儿，喝口茶。茶是管家提供的，不是龙井就是铁观音。还有小点心和切好的水果可享用，亦算快哉。她一回来，我又开始讲。她有时看似根本没听，却是装的，明明可以不偷着学，偏要偷听暗记。这把戏，我看得出来。而师道尊严，该讲我也是讲的，到点儿走人，多一分钟也不待，多一句话也不说。黑板嘛，绝对是不擦干净的。倘连那事儿都做完再走，我的尊严岂不没了，只剩师道和她的学子尊严了？起初，隔日再来，黑板前天什么样还什么样。

我只得自己擦，慢慢地擦，仔细地擦，并说："耽误的可是你的时间，不是我的时间。"

后来，我不动手，黑板也干净了。

而她说："别以为是我擦的，是阿姨擦的。"

有人替我擦了就行。

依我想来，她不吩咐阿姨将字擦去，估计阿姨也不敢擅自擦。

再后来，或者是由于我辅导得还有两把刷子，或者是作对作得也没意思了，有时她也坐下，双手捧腮听我讲了。

不久，他们全年级进行了一次模拟考试，她的成绩不但科科及格，名次在班里还挺靠前。她没跟我说，她班主任老师告诉我的。她老爸自然也知道了，当面表扬了我几句。她本聪明，并非真笨，我内心里不敢完全地独占其功，但被她老爸和她班主任老师认为功莫大焉，这一既成事实我还是蛮享受的。

她没跟我说，我也就不表扬她。那时已过了"十一"，秋凉渐甚。

一日我在她家正欲按门铃，见门上贴了张纸，上写着管家、厨师、阿姨都放一天假，而她牙疼，司机送她去医院了。

左等她不回，右等也不回。

我几次打她手机问她何时能回。

她或者说"马上就完事儿"，或者说"请再耐心等会儿"。

我已没了耐心时，天空忽然乌云密布，转眼狂风大作，紧接着下起了暴雨，间或夹有冰雹。

我再打她手机问她到哪儿了，她说还在医院。因为雨大，司机不敢冒险开车上路。

除了"千万别"，我还能说什么？

幸而她家门的上方是二楼阳台，我还有地方躲雨。但因风势不减，雨鞭斜抽，等雨停了，我终于见到她了，自己也成落汤鸡了。

那日的辅导只能算了。

我感冒了，休了两天病假。再相见时，给她带去了一种小惊喜——她房间里贴着多张明星照，分明也是追星族。手机信息告诉我，她所追之星，有几位斯时恰在北京，于是请求文琪，帮我搞到他们的签名照。文琪特当回事儿，为我驾车满北京转，及时送到了我手上。有的明星没现成的照片，但在其参演的电影海报上签了名，连我都觉得有收藏价值。

我认为带给她的是小小的惊喜，她却表现得欣喜若狂，几乎喜极而泣——扑到我身上，双臂搂住我脖子，双腿盘住我腰，在我脑门连亲数次。

那即可解释为忘乎所以，也可认为是模仿秀——典型的表演范儿。

但她还是把我吓呆了。

不待我回过神儿，她会移身术似的，转眼淑女般端庄地坐下了，仿佛刚才只不过快速地完成了一套规定动作。

真是个小妖精啊！

她问："哎你究竟何方神圣呀？咋有那么大能耐？"

我说我就是一普通"京漂"，父亲是画家，母亲是中学校长，母系三代皆出过校长。我也就那点出身资本可显摆，往往一显摆，比说我父亲是画家还使人刮目相看。

她指点着我说："教育世家子，艺术家后代，名门掌门人，你这个'京漂'有来历，在我父亲的公司潜伏得挺深呀！"

她接着承认——下雨那天，她并没牙疼，提前看了天气预报，放管家们一天假也是自作主张。实际上她让司机送她看电影去了，而一切做法，都是为了捉弄我一次。

多坏的小妖精啊！

但她认错了，道歉了，向我伸出一只手说："老师，我再也不了，咱俩都别计前嫌，和好吧！"

除了与她握手，还能怎么办？

晚上，冉替我挂外衣时，疑惑地说："你衣服上有异味儿。"

我说："该洗了。"

她又说："不是别的味儿，是香水味儿。"

我愣了愣，机智地遮过去了，说公司的会客室重新装修了，我帮许主任喷过香水，为的是冲淡一下漆胶味儿。

冉似乎信了。似乎。

而我心虚了好一阵。

隔日，我发现"小妖精"将指甲油清除了。

"你做得对。"

我第一次表扬了她。

她不好意思的脸红了。

我又说："少女美在清纯，学生更没必要用香水儿。"

她点头。

临近期末考试时，她轻松若无任何压力，我却压力山大，一点也不敢掉以轻心。那几天我腹痛，忍着没去看病，延时加班为她辅导。已不是为了奖金，而是为了自身荣誉。

直至考试开始，我才出现在医院，结果查出是胆结石，住院做了次小手术。

老板派许主任到医院看过我，许主任代表老板送给我一万元红包。

第二天是周六，上午十点左右，"小妖精"也捧着鲜花来了。

她放下鲜花，坐在床边，漫不经心似的告诉我，她班主任老师向她透露，她各科考得都不错，总分估计能在全班排到十名前后。

我则向她承认，我起初说她天生笨，朽木不可雕也，其实是激将法。

她说："你真坏。"

忽然，她在我额上吻了一下。吻罢双手捂面掩羞。

而我望着门那儿目瞪口呆——门开着,冉一脚门里一脚门外,也正呆望着我。

她退后一步,轻轻将门关上。我没听到她跑开的脚步声,证明她走得从容又轻盈,并没有什么过度的反应。这正符合冉的性格,面对意外情况往往会镇定自若。

还好"小妖精"浑然不知。

……

我回到家里时天已黑了。秋末冬初,北京不到七点天就完全黑下来了。还没来暖气,屋里比外边冷。

冉刚洗完澡,穿着浴衣迈出卫生间。我则刚换上拖鞋,仍站在门口那儿。

同样是四目相对也——不同的是我极尴尬,而她冷若冰霜。

我废话一句地说:"我出院了。"

"还回这儿干吗?该去哪儿去哪儿吧。"她不看我了,擦头发。

我走近她,同时说:"听我解释……"

她大声说:"别靠近我!"

"不是你想的那样!"

我也提高了声音。

"难道也不是我看到的那样吗?"

她反而理智地压低了声音。

我无言以对,哑巴了。

她又说:"我不能和你住一起了,你走还是我走?"

"徐冉,你别无事生非!"

我喊叫了起来。

她以更低的声音说:"这话你要告诉自己,她可是高一女生,还未成年,你别做出丑事来,那后果很严重!"

如果我再待下去,不知冉还会说些什么令我光火的话。

我一转身踹门而去,走着走着冻脚了,才发觉穿的是拖鞋。

我去了文琪那儿。

文琪听我讲罢原委,笑道:"小事一桩嘛,我替你劝冉消气。"

第二天我没去上班。

第三天一早,刘川打来了手机,说我爸病危,如果我不及时赶回去,恐怕父子间就说不上最后几句话了……

第二十二章

我爸妈那次到北京,并非是她陪他去看望他的老友——我爸体检时查出了肺癌,而且是晚期。到省医院确诊,结果未变。他们仍心存不信,于是到了北京。协和医院给出的确诊结论与省医院的结论完全一致。我爸决定回省里治疗,我妈问协和的医生什么意见,医生说,结论一旦无误,其实怎么治、服什么药,方案都是差不多的。治疗与自疗相结合,或会发生奇迹。而所谓自疗,指的是以怎样的精神和心理状态来对待癌症。

我妈接受了医生委婉的意见。

一想到爸妈和我和冉在北京聚餐时的情形,我背着他俩不止一次掩面而泣,终于理解了我妈当时令我诧异的表现,也对我爸的强颜欢笑深为感动。他们除了那样,还能哪样呢?否则,我与父母的北京之晤,岂不是会上演一家三口抱头痛哭的一幕吗?那会使冉多么难以自处啊!

我爸的精神和心理状态保持得还不错。他不许我妈和刘川告诉我真相——大约,他对战胜癌魔较有信心。

但他还是败下阵来,证明所谓命运,通常是不易被战胜的;或反过来说,居然战而胜之的,大抵只能算是人生一劫,而非真正的命运。

我感激上苍使我有机会在我爸的病床边尽了一个多月的孝,包括擦身喂饭端屎尿盆子。我爸对于我妈那么做似每有歉意,对于我那么做则挺无愧,说"谢谢儿子"时,还怪开心的。

他临终前，左手握我的手，右手握妈的手，先对我妈说："儿子和冉的事儿，你就高高兴兴地接受现实吧，冉配咱们儿子，哪方面都不差。咱们经常看不惯别人家父母干涉儿女婚事，不能事临自己面前，搞双重标准。"

我妈顿时泪如雨下，点头不止。

我爸转脸对我说："既已执子之手，那就执将下去吧。男女关系，我主张男人一方应秉持这样的原则——宁教人负我，我决不负人。即使首先放手的是对方，那也要方方面面都尽量对得起人家。男人嘛，凡事要做得有几分男人样。"

我不禁失声痛哭。除了"请爸放心"四个字，再就说不出别的话来。

处理完我爸的后事，征得我妈同意后，由我一手操办，将我爸的画室卖了。卖得很快，很顺利也很值。接着，我将我家的老房子也卖了，两笔钱合在一起，为我妈在一处新小区买了一套更大的、装修好的住房。灵泉的房地产市场很兴旺，两个月后我妈就搬入了新居。我之所以那么做，完全是为我妈着想。继续住在以前的家，她总是睹物思人，暗自伤心。还剩七八十万，我为我妈存在她折上了。对北京人家，若以房价而论，那是不算多的钱。对于灵泉人家，那是一大笔钱，可确保我妈安享晚年。我在我妈那个小区旁，为自己租了里外两间平房，虽是平房，上水道下水道状况都良好，厨房、卫生间、洗浴设施也都俱全。更合我意的是，门旁窗前，有十几米的小花园。藩篱尚绿，煞是美观，园中还有耐寒的花开着。

我妈问我："为什么不和妈一起生活？"

我说："妈，我年轻，有我的生活习惯和节奏，作息时间肯定与你不同。将来又会有自己的同事、朋友和社交圈，人来人往的免不了。而妈是喜静的，我怕影响妈的生活。等你老了，需要人照顾了，我肯定得与你生活在一起。"

"你为什么只说你？"

我妈起疑心了。

"我就代表冉啊,对妈说'我'或'我俩',意思没有不同呀。"

我不得不对自己的话进行找补。

"那,你不回北京了?"

"先不回去了,要陪妈在灵泉生活一阵。"

"可冉……"

"她还想在北京打拼打拼,继续多挣点儿钱。"

"这么一来,你们不就……"

"妈,我俩是山盟海誓的关系,人在两地,心焊在一起了。"

我这么说时,其实对冉憋了一肚子气。如果不是服从了她的想法,我则不会去北京,那么我爸妈肯定为我少操了些没必要的心,我爸也许不会得癌症。这是漏洞多多的逻辑,也不符合基本事实。但我当时偏执于以上逻辑,陷入怨恼无法自拔了。

"那妈就放心了。妈已转变态度了,希望你也要牢记你爸的话。"

我妈终于相信了我成串的谎言。她竟喜欢上了我租的平房,确切地说是喜欢上了我那儿的小花园,替我请人重修了篱笆,搭葡萄架、花盆架,并亲手将架子刷成浅粉色。我说那色太"怯",她坚持说肯定比绿色亮丽,比白色好看,还说人生苦短,日子的色彩要丰富些。毫无疑问,春天来临时她要在那小小花园里大显身手。

我回到灵泉后,向"未来"寄出了一份辞职报告,不久我的卡上多了十万又八千八百八十八元。许主任发给我一条短信——"十万元是老板信守承诺奖给你的,八千八百八十八元是杜薇表示的一点儿意思。老板让我转告你,你任何时候想回来,公司的大门都会为你敞开。"

北京我是不打算回去了。

"人是追求幸福的动物,但首先得明白幸福的要义是什么。在哪里生活的愉快指数高一点儿,哪里才是我们普通人的福地。"

我爸——不,我父亲曾对我说过的话,那时又对我的人生理念发生了影响。自从我爸去世,我对外人说到他,已改为"父亲"二字了,觉得更有分量。

北京挣钱多，这是我感激北京的方面。但我在北京的愉快指数一点儿都不高，虽然也有愉快之时，却每每转瞬即逝，更多的时候我迷惘又彷徨，反正我这个"京漂"的感觉确实如此。就算我并没失去父亲，还在北京，那我也会离开"未来"的。若不，杜敬甫必定还会要求我继续辅导他女儿。我认为他女儿本质上并不坏，天资也不错——但我是凡夫俗子不是什么圣贤更非高僧大德啊！我唯恐一旦把持不住自己，做下什么出格的事。人贵有自知之明，我有。

我的卡上原本已有两万多元，在北京时没顾上转给冉，"未来"又打给我那笔钱后，卡上就有十三万多了。手中有钱，心中不慌，使我可以从容不迫地找工作。

我父亲留下了几十幅画作，我妈不忍见，全权责成我来处理——该捐的捐；该卖的委托给了画廊；该赠亲朋好友的由我一一送上门去。

我给了刘川两幅，给"星爷"和"肥仔"各一幅，都是细心画作。

川儿的父亲彻底交权赋闲了，川儿熬成了他家那饭店的老板。他一当家做主，吕玉对他的态度明朗了，已成了他妻子。而他俩也有了儿子。他爸对孙子视若掌上明珠，当爷爷当得笑口常开。吕玉的性格也变了，不再天天寻思着如何才能嫁给大款了，当巷里老板娘当得渐入佳境，越来越上道、称职了。

"星爷"和"肥仔"在北京到底闯出了些名堂，艺能较全面了，不但演得了小品，也会说相声、独唱和二重唱了。并且，上过《星光大道》了，在《越战越勇》露过脸了。有了些名气，挣钱的机会多了，一起回到灵泉，注册了一家演艺公司，立志要打造成省里的"开心麻花"。

文琪与我通手机时质问："人家冉给你发短信，你为什么不回复人家？"

我说："是吗？我前一时期心情太不好，没留意。"

其实我看到了——冉对我父亲的去世表达了悲伤，我一点都不怀疑她是发自内心的。我没回，却也没删。如果我妈又关心起我俩的事来，我好给她看，使她放心。我觉得自己的做法似乎有点儿卑鄙——也不是似乎了,确实不够光明磊落。但我气还没消,拿自己的卑鄙没法子。

文琪说:"冉怕你缺钱,急着要给你转笔钱去。"

我说:"替我告诉她,她那儿的钱全归她了。"

文琪说:"你这是什么话!我才不转告,听来像要分手似的。人家经我一劝,都肯原谅你了,你那儿来的什么劲儿?晓东你给我听着,你要是先变心,我王文琪都替冉抱不平!……"

我说:"我这儿正忙呢,改日深聊。"

他那边立刻将手机挂断了。

春节前,他给我发了一条短信——"冉已回去探家。"不与我通话而只发么一条短信,证明他确实对我不满了。

我不知该怎么回他那条短信,于是与他通话,向他解释上次通话时我确实正忙,请他原谅。

他说:"得啦得啦,原谅你了。告诉你,我今晚的动车,也回家过春节。把你那儿的地址发我,咱俩怎么也得聚上一次,在灵泉还是在省城随你定。"

初三上午,我代表我妈给老邻居们拜年,一位叔叔告诉我,有个姑娘来找过我,可他对她不熟,没随便说出我们的新家在哪儿。听他讲那姑娘的身高、样貌,断定是冉。

看来,她是真的原谅我了,这使我心激动,先前对她的怨恼荡然无存。

下午,我带上父亲的望远镜,骑自行车去到她家所在那个村。父亲四处写生时,望远镜是必带之物。通过望远镜,他能观察到风景及鸟儿们的细部,这使他的画作一向有细节。

尽管冉已主动找过我了,我却仍缺少勇气站在她面前,主要是男人的那点儿面子作祟。她家斜对面有一处弃宅,我翻墙而入,爬上房顶,将望远镜对准冉家院子。几番望到冉的父母出屋进屋,偏偏一次也没见冉的身影,失望而返。

初四下午,文琪如约来到了我那儿,拥抱后第一句话竟是:"冉怀孕了。"

我张几次嘴，问出了一句罪该万死的话："谁……谁的？"

文琪板起脸训道："再说这种混账话我踹你！我说我的你信吗？"

"我……我要当爸爸了？"

"你以为呢？找地方偷着乐吧！"

尽管太突然，却毕竟是喜事儿，我等不及偷着乐，当时就咧开嘴傻傻地笑了。

文琪是从省城开车来的，他说他想认认冉的家门。这正中我下怀，有他陪着，我直面冉的勇气大增。恰巧那时刘川打过手机来，也说要聚一下。我就提议一块儿到冉那儿去，让他带上吕玉。

他高兴地连说："好，好，早该认识了！"

没多一会儿，不但他骑摩托把吕玉带来了，"星爷"也骑摩托把"肥仔"带来了。于是，我和吕玉和"肥仔"坐文琪的车，刘川和"星爷"各骑摩托，一路直奔冉家而去。

半路，文琪让我告诉冉，我谎说忘带手机了，文琪只得自己告诉她。

"冉，给你个大惊喜哈，晓东组团，率领大队人马前去你家拜年，转眼就到！"

他放下手机，扭头朝我做怪样。

我小声说："谢了。"内心忽然联想到了"保驾护航"四个字，深感有文琪这样的朋友真是福，他确实一直在为我和冉的爱情保驾护航。

冉和她爸妈已迎在院外，汽车摩托刚一停下，冉她爸点燃了挂在院门柱子上的一长挂鞭炮。鞭炮声过，大家已都在院子里了。文琪推了我一下，我便介绍他们。文琪又将冉推到我跟前，我只得当众拥抱她，与她贴脸。不料她狠狠咬了我耳垂一下，疼得我叫起来，众人皆笑。

我等的团拜对于冉家委实突然，但毕竟才初四，农村人家可做一桌丰盛年饭的食材仍特全面，应有尽有。川儿也带了不少吃的，喜欢逞能的齐上阵，根本没用冉她爸妈动手，不到一小时就大盘子小碗地摆满了一桌子。

冉忽然想到她家只有小半瓶白酒，"星爷"立刻骑摩托去买。摩托驶出院子，我关院门时，冉她妈在我背后轻叫了一声"孩子"。我一转身，她拉住了我一只手。

"你与冉，你俩闹别扭了吗？"

她显得惴惴不安，似乎唯恐将我问不高兴了。

我装出诧异的样子说："没有啊。"

她说："冉回来后，总是闷闷不乐，搞得我和她爸也高兴不起来。"

"妈，放心吧，我俩铁着呢，她也许因为我父亲去世的事儿。"

我情不自禁地搂了她一下，她则因为我那一声清清楚楚的"妈"涌泪而笑。尽管冉和刘川他们四个初次相见，他们叫她"嫂子"却叫得嘴甜着呢，这使她满面堆笑，高兴异常，她爸妈也时时乐得合不拢嘴。我受大家高兴气氛的熏染，也嘴甜起来，叫过了"妈"，又叫"爸"。她爸也情不自禁地搂了我一下。

开吃没多久，冉她爸妈就借故告退了，估计是为了使我们年轻人没拘束，放得开。

酒过三巡，一个个话匣子都打开了。

吕玉问冉："嫂子，北京好吗？"

冉说："好。"

吕玉又问："怎么个好法？"

冉说："其他方面的好跟咱们老百姓也没什么关系，主要是挣钱多。"

刘川接言道："房价那么高，每月挣多少钱才买得起房啊？就算攒够了首付，一辈子做房奴的人好不到哪儿去吧？"

冉说："那倒也是。"

"星爷"说："所以我俩想通了，回来发展嘛。"

"肥仔"说："许多成了什么什么博士的人，在北京打拼多年了，还照样买不起房呢。"

文琪皱眉道："打住打住，是我把他俩勾到北京去的，我听着你们像是在开我的批判会。"

大家便都笑起来。

笑声中，吕玉又问："那，你俩以后还去不去北京了呢？"

冉转脸看着我说："以后我听他的了。"

我说："反正我是不回去了。我现在只有老妈了，我要守着老妈尽尽孝了。"

我的话是真实想法。而且我觉得，应该趁着气氛好，当众将原则问题挑明了，免得以后又闹矛盾。

一时肃静，众人的目光都集中在冉身上了。

冉一笑，淡淡地说："他有孝心我也有孝心啊，那我俩以后就在灵泉扎根呗。北京有北京的好，灵泉有灵泉的好，不论文琪，我俩在北京也不可能有你们这样的朋友啊。"

她想了想，补了一句："明月还是故乡圆，朋友也是家乡的亲。"

于是大家都说讲得好，连文琪都提议——为儿女的孝心，为亲情、爱情和友谊干杯！

除了冉，我和大家都喝得十分尽兴，当晚皆睡在冉家了。

我自然是睡在冉的房间里啰。

"还执否？"

关灯前，冉向我伸出一只手。

"执。"

我握住她手，关了灯。

黑暗中，她抽出手，翻过身，背对着我小声说："你那方面即使有变我也不恨你，只不过证明缘尽了而已。北京使我比以前更自信了，我觉得自己做单亲妈妈也会做得胜任愉快。"

我从后搂着她说："没有几个单亲妈妈是真正愉快的。"

而我妈对于自己即将成为奶奶这事儿分外惊喜。"隔代亲"现象体现在她身上，是隔着肚子就开始了，声明不论是孙子还是孙女她都喜欢。她强烈要求冉也和她住一阵子，以便她有机会奉献奉献作为婆婆和奶奶的双重爱心。而我觉得，她也是希望能有机会用实际行动表示忏悔。

恭敬莫如从命，冉以备感宠幸的态度满足她的意愿。

于是，即将做妈妈的冉成了香饽饽，有时住她自己家，有时住我妈那儿，有时和我住一起。

我——不，我和冉一旦断了对北京的向往，似乎一切事都顺了，一切关系也都向好了。

……

如今，我们的儿子初一了。

我和冉没再去过北京，只有时梦里还去。

"星爷"和"肥仔"也没再去过北京，他俩梦里是否去过我没问，不知道。

刘川和吕玉却已去过了，回来后都说除了对长安街印象深刻，其他方面还不如灵泉好，太大了，从哪儿到哪儿都费钟点。人也太多了，车也太密了。到处可见的人还几乎都是外地人，没见到一个所谓在过"旗"的正宗老北京人，成了他俩北京之行的一大遗憾。北京车那么密了，北京人还都在锲而不舍地摇车号，这一点令他俩十分困惑。

"嫂子，咱就说长安街吧，如果不是因为有天安门，有人民英雄纪念碑，有大会堂有广场，它不也就是一条挺宽挺直的街吗？两边卖什么的都没有，还不如咱们灵泉的千米步行街有逛头呢！咱们那条街，逛一遍有时还逛不够呢！不错，北京的有钱人多，但我们那店，每年的纯利也二三十万呢，十年不就二三百万啦？我儿子三十来岁时，不就小一千万啦？……"

尽管她对北京久享盛名不以为然，却每每会说以后还要一去，儿子每长一岁去一次——让儿子从小就明白，北京是全中国人的北京，谁想什么时候去就什么时候去，非想成为北京人是一种毛病。

她那么说时，川儿若在一旁，必会慢条斯理地说："每长五岁去一次就行啊，全中国值得去的地方多了，咱们别一不小心培养出一个北京迷,那以后的日子多难啊!"

冉一向默默地洗耳恭听他们两口子关于北京的闲聊,从不发表自己的看法,仅有一次忍了几忍没忍住,终于微笑着纠正吕玉的话:"老北京人不能分正宗的或不正宗的,更不能认为北京在过旗的人才算老北京人。凡在北京有过三代以上居住史的,不论满汉,都应该属于老北京人。"

儿子两岁时,我的工作稳定在灵泉电视台了。像全国其他大小城市一样,灵泉电视台若不发展新媒体,也会渐临衰境,发不出工资来的。新媒体救了灵泉电视台一把——新媒体中心下设专题片部,由当年几名热爱拍纪录片的青年创办,他们拍的纪录片主要面向民间,角度多样,镜头由灵泉而转向全省、全国,作品数次在国内外获奖,成了灵泉人引以为荣的一张文化名片。灵泉及全省青年都挺关注他们的新片。

省委书记曾做出指示:"灵泉要重视、关心和支持那些年轻人的文化作为。"

由是,新一届书记和市长上任后,都会召集他们座谈一次,予以勉励。

这使他们的日子比较好过,收入也可以。他们那类青年,都是由于爱好凝聚在一起的,谁也没想靠干那行挣大钱。自己的努力也能受到各级领导的重视,已觉十分幸运了。

我儿子一岁时,他们第二次来找我——第一次是我毕业不久留在省城那年。我已在灵泉一所中学当上了初一班的班主任,尚未被正式录用,在试用阶段,但学校对我评价甚好,转正并无悬念。两相比较,当中学老师工作稳定,工资稍高一些。而若成为他们之一员,则每月只发基本工资,有活儿干才有各项补助,活儿干得好才有奖金,加起来每月少不了多少钱。

教师职业,我所长也。这要感谢"小妖精",辅导她的过程,使我积累了最初的也是宝贵的经验。

影视一行,我所好也。以前仅是憧憬,缺少机会。

甘蔗没有两头甜。

我委决不下，让冉帮我拿主意。冉支持我从事自己喜欢的职业。我便不再犹豫，无怨无悔地加入了他们的团队。

这也是回归灵泉的好处，使我可以由自己喜欢的程度来选择职业。若在北京，估计不仅我，十之八九的"京漂"都是不敢以较任性的态度对待职业问题的。灵泉是个"小世界"，生活在自己各方面都很熟悉的"小世界"里，人的自信反而会大，挫败的代价也相对会小些。

那个团队的主体成员是"八〇后"，我的同代人。一把手原是市电视台的副台长，退休后返聘的，这也体现了各级领导的重视。他与各级领导特熟，"公关"方面由他独当一面。他也不是缺钱过日子，更非恋权之人，完全是出于对这些个年轻人的事业心的支持。其实，人家还更愿散淡赋闲，修身养性，享天伦之乐呢。之所以仍与"八〇后"们搅在一起，乃因年轻人还离不开他这根"拐棍"。

会计婶曾是市台退休的老会计，同样是返聘的。年轻人们一面对账册就头大，事关钱钞，聘她大家都放心。

头牌摄影师原是省台新闻部的摄影师，"七〇后"，四十六了，内心一直有艺术情结。冲动之下，竟辞职了，回灵泉开了一家婚纱照相馆，生意不错，却仍觉离艺术还是不近，于是将生意交给徒弟打理，毛遂自荐加入了团队。人家是艺术追求上有所准备的人，综合艺术修养也在那儿，担纲摄影的第一部纪录片，就在摄影水平方面备受好评，第二部就获全国电影艺术奖中的纪录片摄影奖了。团队中另外两名"八〇后"摄影师是他带出来的，年轻人都很爱戴他。有三名摄影师并不算多，忙时，三个摄制小队往往先后开机。也往往，有的项目根本不会带来多大的经济效益，却会提供给团队颇大的实现艺术追求的空间，大家也满腔热忱地去完成。

我是"京漂"的时间虽然很短，但依我的眼看来，在北京，不为钱而奋斗的行业和职场人，除了姓"国"的科研团队体育团队，另外几乎是没有的。

像灵泉这样的小市却不同（也不算小了，市区人口快百万了，在别国属于较大城市了），要么几乎全无艺术行业，便也无这方面的从业者；要么，居然真有志同道合之人，会将具有艺术属性的事业做得相当纯粹。正如在民间，某些真爱书法的人，亮出一幅字来，每令京城的书法家自叹弗如。

若论将某事做得如何——为钱而做的比不上单纯为名而做的，总想名利双收的比不上淡泊名利的。前者做得再好，内行人一看，还是会看出为名利的挖空心思来；而后者做得好，才能好到纯粹的份儿上。

我加入团队以后，很快便热爱这个群体了，甚觉三生有幸。

我李晓东也是专业方面有能力之人，因喜欢而庆幸；因庆幸而热爱；因热爱而执着，心无旁骛。以前，团队每请人写解说词，这是团队的短板。我加入后属于我的任务，从早年的《话说长江》《话说黄河》到近年的《舌尖上的中国》《乡愁》等经典纪录片遂成我的教科书。起初边看边记，后来不看也不记了，干脆闭着眼睛听，某些特别欣赏的段落，皆能脱口而出，深受启发。

儿子小学五年级时，我终于修成正果，也获得了全国优秀纪录片奖之单项大奖——解说词奖。

那日我告诉冉时，不禁掩面而泣。

冉发自内心地说："看来咱们把根扎回到灵泉，也对了。"

那年冉已是正处级干部。

儿子会走时，冉考上了公务员，起初被分配在市政府下属的离退休老干部服务处。除了正副处长，算她三名工作人员。她是研究生学历，两年后自然而然升为副科级科员。又两年后，升为正科。研究生学历的公务员，不论在全国哪儿，只要努力工作，四年后大抵都会升到正科级，寻常现象。

但接下来的事，就不得不承认冉比较走运了——政府机构改革，"老干部处"换牌了，变成"服务中心"了，处长副处长也重新任命为主任副主任了，虽然仍属政府部门的干部，但"中心"却不仅仅服务于离退休干部了，也开始面向社会服务于大众，说事业单位非事业单位，说是企业又依然受市政府管理。副主任觉得前途堪忧，托关系调走了。变身"中心"后，事不是少了而是逐渐多了，没副主任不行了，临时物色不到一位副主任——多数官场上的人谁愿当那儿的副主任啊，想当的组织上又不认可。那时冉已入党了，于是副主任非她莫属。当了两年副主任，主任退休了，还是没人愿坐那个正处级的冷板凳，结果冉就成了主任。

我妈曾勉励地对冉说："一般人进了公务员序列，仅六七年就进步成处级干部的事儿，想都别想。像我，都当过校长了，退休时工资还只不过参考科长们的退休金呢！全市的中学校长，当得再好也是教育口的科级干部，所以你可要知足，千万别因为当得不好哪一天给免了。"

冉笑笑，虚心地说："妈放心，不会的。"

事实是，我和冉的工作，并没让我妈操心，也根本没借力于父母的任何关系或影响力。

冉当上主任后，组织再没为"中心"任命一位副主任，由她一人"领导"，手下有三个小青年而已。三个小青年也都是上过大学的农家子女，在官场上毫无背景，就都不敢挪窝儿。

冉在离退休老干部及家属心目中成了一种象征。逢年过节的，冉出现在他们家里了，意味着组织上仍关心着他们。如果他们"走了"，冉出现在他们的追悼会上，则意味着代表组织前往追悼了。若属于正副高级干部，那事儿轮不到冉。市里的局级干部，大抵也都是处级，与冉同级，他们有事之时，包括他们自己的丧事，冉才有资格代表组织一下。

仅为他们服务，冉就够忙的了。

而面向社会那一块，每使冉忙得不可开交。市里一般人家的长者去世了，也就是亲友们追悼一番而已。但某些人家对长者的追悼会有特殊的心理要求，觉得若市"服务中心"的冉主任也参加了，挺有面子。那是收费的，不是收"冉主任"的出场费，而是整个丧事过程由"中心"一揽子承办,所收费用上交市民政局。因而"中心"与火葬场还产生了矛盾,后者认为"中心"抢了他们的收入。事关经济效益,此矛盾非冉所能主动化解。由民政局的领导出面,对火葬场方面晓之以理动之以情,最终达成一份理解备忘录。当然,本质是经济矛盾,不重分一下利益是摆不平的。

有那么几天,冉像明星赶场似的,一天内竟接连出席——不,参加了三次追悼会。有那么一年,我们的儿子替她统计了一下,居然参加了一百余次。追悼会这事儿,凡是地球人,一辈子总得参加几次,但自己不到四十岁的妻子似乎被那事儿缠住了,大多数作为丈夫的,估计都会像我一样替妻子腻歪。一个人竟至于因为参加追悼会的工作累得一回到家里就歪在沙发上不愿动,说给别人听也挺奇葩的。

我曾忍不住问她:"你们'中心',难道就想不出个什么高招,将面向大众那一块砍掉一部分?"

她说:"有好招我们早想到了。连老干部活动室都面向社会开放了,'中心'能不为大众服点儿务吗?"

我妈也心疼她了,曾劝她:"要不,就别在乎那个处级了,找借口辞了吧。"

冉却说:"累虽然是累一点,但死人的事儿不会总扎堆儿,我似乎也从这份工作中悟出了几分人生的意义。"

她的话使我妈瞠目结舌,私下里与我郑重地谈了一次,要求我为了儿子和她的孙子,要密切关注妻子日常的一举一动——她怀疑冉得了抑郁症。

我妈的话引起了我的高度重视,有天晚上在被窝里和冉谈起了人生。

我问:"你对你的工作究竟怎么看?"

她反问:"你对那些职业性的婚礼主持人怎么看?"

我说:"社会需要。"

她又问:"算为人民服务吗?"

我说:"也算吧。"

她接着问:"算,还是不算?别含糊。"

我说:"算。"

她说:"那你老婆也是在为人民服务。官也罢,民也罢,死了都是人生的谢幕。现在,民的生活水平提高了,亲人尤其父母死了,也希望将追悼会办得像干部的追悼会那样过程简化而又庄严,不愿再搞民间那套繁琐的程序,这是多么的可以理解,这也是一种民风的进步,我的工作因而具有接地气的意义。结婚那事儿,有些人一生可以来几次,但所有人只能死一次,此点上人人平等。我的工作既体现终极平等,也实践终极关怀。我们做得很专业,收费较低,服务到位,口碑好,我受累也是社会对我的工作的一种肯定。"

她一大番话说得头头是道,我哑口无言了。

后来,吕玉到我家来向冉请教人生。

那是个星期天,傍晚时,吕玉一屁股坐沙发上,开口便说:"嫂子,我迷惘了。"

我问:"你俩过得好好的,生意也不错,每年比我俩挣得还多,又怎么了?"

她说:"没你什么事儿,我只想跟嫂子聊。嫂子,我和川儿也许还是过不长。生活态度不一样,人生追求差太多了。"

冉说:"生活啥意思?无非是,既然出生了,就要好好活着。怎么样算好好活着?首要一条不是得像人那么活着吗?我和晓东在这两方面没分歧,我看你和川儿的认识也是一致的。都属于同样的人,生活在一起也是快乐的时候多,有什么过不到一块儿去的呢?吕玉我得批评你几句,你的心病不就是总想成为省城人吗?成了又如何?生活就非比寻常了?人生就高级了?我和晓东都从北京撤回来了,你吕玉怎么就不能去了你那心病?去掉了,我认为你和川儿,你俩就真的更是幸福的一对儿了。"

冉一番话,也将吕玉说得哑口无言,低下头去。

那日我去向我妈当面汇报——冉绝对不会患上抑郁症,也绝对没什么想不开的，活得清醒着呢，请我妈一百个放心。

几天后，我一家三口正吃晚饭，单位的头儿打来手机，说作家梁晓声来到了灵泉，除了搞签售，外加一场讲座，题目是《文学与人生》。他已给我要到三张票，为接下来的视频采访做好准备。

我们头儿知道冉也是学过中文的，三张票体现了他的美意。

冉却冷淡地说："不去，给别人吧。"

我不解地问："以前你不是挺喜欢他的作品吗？"

冉说："以前是以前，现在是现在。"

我又问："有何不同？"

她说："现在之我，经常转移于生死二场，对人生的感悟比他深刻。现在之他，承认自己是个虽有单位却从没坐过班的人，这样的人怎么还好意思到处公开谈人生？"

儿子说："我去。"

冉说："不许。"

儿子说："他讲的又不是一般的人生，是文学与人生，我想听不一般的人生。"

冉说："文学在特殊年代还有点儿不一般。现在没什么不一般的，只不过就是种职业罢了。你爸的人生，现在仍靠文学那碗饭垫底儿，以后听你爸谈谈体会就行。"

儿子坚持地说："我要去嘛！"

冉板起脸说："不许就是不许。小小孩儿听一个老头子讲什么人生？吃完饭写作业，写完作业妈给你上堂英语课外课。学生以学为主，兼学别样。文学可以兼学一点儿，那也要等你上了中学，读了几部经典的文学作品以后。"

这么一来，我就得及时"推销"出去两张票了。一吃完饭，便骑上自行车去到了刘川那儿。

刘川问："一个写小说的，流窜到咱们灵泉干什么？卖画还是卖字？"

吕玉来了兴趣，紧接着问："姓梁的出名吗？他的字画有升值空间吗?"

我批评刘川:"你别用那么难听的词儿,人家主要是来搞签售的,捎带着搞场讲座,谈谈人生体会。"

刘川立刻说:"签售不还是个卖吗?讲座为了捎带卖卖名吧?不是个闲人,谁有时间去为他捧场?!"

吕玉紧接着说:"那什么,哥你趁早把票送别人去吧,明天我已经答应了儿子去公园。连上了文学这根筋的人生,跟我们小老百姓半点关系没有!想听谁讲人生,那我也更愿意听嫂子讲的,嫂子讲得实在。"

我很失面子地苦笑,一转身,放在桌角的两张票不见了。刘川吕玉一齐帮我找,结果发现已在泔水桶里了——是吕玉一不留神,说话时一抹布搂泔水桶里了。

我只得独自去听了讲座,那是工作,必须去。却没听完,中途离场。

到家后,冉问:"怎么样?"

我实话实说:"不出所料,老生常谈,太脱离现实,作家不解愁滋味。"

冉说:"作家再没点儿自知之明,那就等于自我报废。"

我向头儿做了汇报,坦率谈了我的看法,认为根本没有做一档节目的必要。头儿召集几名骨干讨论了一番,最终将对梁某人的采访"帕斯"了。

正如不好的事会在生活中对人进行突然袭击,否极泰来也似乎具有规律性。

儿子六年级时,冉的两名部下辞职了。他俩都是"九〇后",恋爱多年,因为差钱迟迟未婚,对工作也都有些疲沓了,决意共同注册一家殡丧服务社,希望收入情况有所改观。

冉并没挽留,事实上正中下怀——那两个一走,她不但可以招入两名新人,还可以将另一名"老人"提为科长。听那两个说还没为"服务社"定下一个好名,冉让他俩找我。

我建议定名"送君殡丧服务社",那两个欣然接受,对我这一中文出身的"八〇后"高看起来。

一些人之人生自主或非自主地改变了(包括终结了),另一些人的人生机会随之产生。冉招的两名新人仍是农家儿女,该提科长的那个,在冉不厌其烦的催促下心想事成。三名麾下工作都特主动,冉的担子轻了不少。"送君社"业务开展起来以后,社会需求分流一股,冉参加追悼会的次数不像以前那么多了——这使她较有时间关心儿子的学习了,可谓一幸。

工作量减轻了,冉对参加追悼会这事儿更加以严肃认真的态度对待了。她自费定做了一套"行头",上下全黑,包括鞋袜。袜子非黑,一旦露出,她认为细节不周。那套"行头",占据衣柜一角。黑皮鞋摆在一个美观的纸板盒上,那盒子曾装过月饼,后来装一打臂戴黑纱。雨季返潮,她会命儿子替她擦擦皮鞋,对儿子说那是特殊的人生一课。

儿子曾问:"怎么就特殊了?"

冉说:"你擦的不是一般的鞋,是妈妈工作时穿的鞋。妈妈一旦穿上那双鞋,工作性质也不一般了。等你长大后,回忆起来,就会理解妈妈的话的。而妈妈这双鞋,比文学与人生的关系直接多了。"

有几次,我在菜市场遇到了冉,我俩不约而同地为家里买菜——我是在中午回家的半道,她却是刚参加完一次追悼会。

我不得不提醒她:"先把袖子上那东西摘下来行不?"

她这才意识到,红着脸说:"忘了忘了。"

生活在我们小城的好处之一是,若离单位近,那就是近得完全可以回家吃午饭,饭后还可以在家睡一小觉。几次中的一次,我俩碰到了我妈的一位同事,当时我还没来得及提醒冉。

那位阿姨看着冉臂上的黑纱,瞪大了眼睛,吃惊得捂住了嘴。

冉不好意思地摘下黑纱,我也赶紧解释,阿姨这才端颜渐复,亦不无尴尬地说:"猛眼乍见的,让我吃一大惊,想到你妈身上去了……"

冉带回灵泉的十几万加我带回的十余万，恰够在灵泉交一套二手房的首付。那房我俩各方面挺满意的，却没住，一直租着。为了儿子上学方便，我们仍住那平房内，并渐渐住惯。

一次，五名同事结伴来我家玩，冉和我热情地迎于门外。我妈已将小花园打理得颇有特色了，散紫翻红，馥香四溢。冉立家门一侧，依次与我的同事握手，她刚要说话，我急忙大声禁止："什么都别说！"

同事们走后，冉不满地质问："我与你同事握手时，你为什么不许我说话？"

我说："怕你说出'节哀顺变'四个字。"

冉愣了愣，苦笑着说："如果你当时没禁止，我可能还真一顺嘴就说出了那四个字。"

我说："你跟人握手时，那表情、那姿态，像极了是在追悼会上与死者家属握手。"

她愕然又问："真的？"

我确定地说："真的。"

她走到穿衣镜前，做与人握手状，并连续说："你好，你好……"

之后，坐沙发上，叹道："我一年到头，难得在别的场合与人握几次手，却经常在追悼会上与人握手，往往一天握多少人的手，职业毛病，习惯成自然了，咋办？"

我说："是毛病，就得克服就得改啊。"

她说："怎么改呢，只怕改也难。"

为了帮她改改那一职业毛病，我买了两盘金·凯利的电影光碟，让她有空儿就看看，学学角色转换的技巧。

入冬的时候，令我俩悲伤的事发生了。而且不是一件，是两件，相隔不到半月。

先是，冉的父亲去世了。参加追悼会的人出乎意外的多，有些灵泉市的人不但我不认识，连冉也没印象——皆是由她主持过追悼会的某些逝者的家属，不知他们是如何得知消息的，估计是"送君社"

的两个创始人说出去的。冉有意识地任由那一对青年操办自己父亲的丧事，为的是替他俩的事业打打广告。一个菜农死了，那么多市里人来追悼，不少还是驾车而来的，不仅使停车场管理员忙得够呛，一度也使那条街上过往的车辆形成了堵塞，这很不正常。于是引起公安方面的关注，一了解，放心了，都说"难怪"。

"难怪"二字意味深长——说明冉在灵泉已是名人，处级干部在灵泉也是高人一等之人，冉这位处级干部在灵泉人脉颇广以及其他……

对于我岳父的死，我和冉都是有些心理准备的。其后听到的汪先生的死讯，却太出乎我和冉的意料了。他一向身体蛮好，心胸豁达，生活也一向有规律。老伴的去世虽然对他打击甚大，但不久又振作起来了。先是与女儿女婿住了两年，后又自己坚持住到养老院去了。据说，在养老院还学画、学书法，给人的印象相当适应——总之，他似乎已战胜了癌症。

我和冉去省城参加了追悼会，那是冉第一次参加并非由她操办或主持的追悼会。没她什么事，她似乎有点儿找不着北。终于决定了主动做件事——替别人戴上白纸花。进入了自我选择的角色，不那么恓恓惶惶的了。也使我省心了，不怕她有什么反常表现了。

母校举办的追悼会规模甚大，校长主持，书记致悼词，多名师生宣读追思文章。我曾是《文理》主编，便也是其中之一。省教委也派人参加了，使追悼会规格颇高。汪先生生前是个见荣誉就让的人，死后可谓哀荣备至。

令我奇怪的是，居然没见到当年我们专业的同学。倒是在北京的文琪想得周到，嘱我代表我们"七条汉子"献了花圈。否则，汪先生泉下有知，也许会觉得寒心的。

冉劝我不必想得太多，她认为没什么可奇怪的。大家毕业多年了，除了我们七个男生，女生们当年学中文学得都不情愿嘛！再者她们中多数都非省城人，如今都不知落户到哪里去了，或者活得并不顺心，没参加追悼应予理解。

我俩离开现场后，不期然地遇到了郝春风。

她说自己作为汪先生当年的学生备觉荣幸，而且也很感恩。她一直在重点高中教唱京剧，说中文使自己对京剧唱段的诠释更全面了。

冉一直并没落泪，见到了春风，听了她的话，不知被拨动了哪一根心弦，忽然搂住春风失声哭泣。

"冉，别哭了，别哭了，听我讲讲我自己呗——告诉你俩哈，我他妈的离婚了。"

春风最后那句声音不大的话，对于冉仿佛振聋发聩一般。冉立刻不哭了，放开春风，泪眼汪汪而又吃惊不小地瞪着春风。

春风却豪迈地说："当单亲妈妈的日子还挺来劲儿，我对自己的评价特高。涓生和子君那么黏糊的一对都想离就离了，我郝春风为什么离不得？'我是我自己的，他们谁也没有干涉我的权利'，哼！"

她说时，仿佛自己便是子君了。

我和冉一时失语。

"也许，你当年嫁给文琪才对。"

我到底说出了一句当年就几次想对春风说的话。

春风笑道："你们太不了解我俩，我俩哪能过到一块儿去！都是任性惯了的主儿，婚后谁听谁的就成了个问题。我俩的缘分也就大学时期那么一骨节，完了也就完了。文琪是好人，我回忆那一骨节时总是挺愉快的。"

她的笑并非苦笑，确确实实是灿烂之笑，使她的脸斯时阳光明媚。

我和冉又无语了。

春风说："何况，当年我父母也不会同意的。我父母都断定，文琪他爸不定什么时候非出事不可……"

她这么说时，仍在笑。不过那笑既不灿烂也不阳光了，亦非苦笑，直接可用强笑来形容了。我觉得在那笑的背面，所衬便是大忧，从她内心产生的，为文琪产生的。

冉也到底说出了一句话。

她说:"人都快散尽了,咱们也走吧。在火葬场这种地方,聊那些太不合时宜了。"

与春风告别后,我俩默走时,冉小声问:"我说得对吗?"

"哪句?"

我心里有点儿乱。关于人生,一时浮想联翩。

"不合时宜那句。"

"对。有什么不对的。"

"你对春风她爸妈的看法怎么认为?"

"我也有那种预感。"

这也是我早想对冉说的话。

她叹了口长气,小声说:"拉着我手。"

我就拉住了她的手。

冬季的省城,某些街道仍被鲜花装点着——栽在木槽里的矮丛的美丽小花,移自花棚那种。以前没有,近年才有。灵泉已连续多次被评为"浪漫之城""美丽之城""最佳旅游之城"了,省城却一直求之而不能得,备感压力,冬季的某些街道就也变了。

我无心赏省城之花。

冉也是。

我,默默拉着冉的手,只管一路往前走。

两个心事重重之人,一对参加完追悼会的夫妻,只管默默往前走……

隔日我用微信发出一个倡议——希望我们那一届"汪门弟子"都写缅怀文章,我愿由自己编好,出成一册非正式出版的纪念文集。我基本属于单位的幕后工作者,圈里人不多,当年的同学更少。不像实际拍摄的同事,每每行动于天南地北,接触人多,在圈里吆喝句什么,信息迅速散布开来,往往会造成挺大响动。

也许由于信息并没传开,响应者寥寥无几。

有同学引用诗句表达态度:"人有悲欢离合,此事古难全——怀念于无形是更高境界的追思。"

有同学挖苦："为什么是非正式的出版，徐冉都当处长了，你还舍不得两三万元买一个书号吗？"

这条微信戳到我内心的纠结了——我确实舍不得花那么一笔钱，我和冉都是挣辛苦钱的工薪族，两三万对我俩非是小数，何况我俩仍还着房贷呢。又何况，出成正式的，谁买谁看啊！

有同学的态度妒意明显："李晓东，我们和你俩不一样——你们两口子，沾尽了汪先生和专业的光，还因为是汪门弟子而大出风头！我们可没从他那儿得到半点好处，特别是我，中文已把我误到了现在，是我心口永远的痛，求求你了，别再用你俩的想法烦我！"

我很来气——都那么看待我们两口子了，为什么不从"群"里退出去呢？一怒之下，将对方删除了。但那惹恼我的话，却没告诉冉，何必让她知道呢。

"李晓东，在你看来母校为什么举办那么隆重的追悼会？还不是要充分利用一下汪先生的社会影响力，提振母校的知名度吗？你是否应该三思，自己那倡议的动机究竟纯粹不纯粹？"

这条我倒给冉看了。

冉深思着说："前两句也不是问得毫无道理。学校搞那么大响动，属于合理的功利主义。人类存在一天，功利现象就会伴随一天，怎么看因人而异，我认为无可厚非。至于问你那句，你若问心无愧，就不必在乎别人的态度。"

当时我的想法是——太复杂了！我的倡议竟招致多种非议，这是我始料不及的。只有暗自感慨，中国人变得空前"深刻"了。不论生活在哪儿，不论谁的公开想法，欲使别人简单地而不是"深刻"地更不是复杂地理解，不容易了。

我问心无愧。

但出纪念文集的事作罢了。

我之怀念反而更强烈——我将之作为项目向单位呈交了一份策划书，头儿认为想法很好，也很有必要，而且所花经费不多，召集核心成员们开了一次会，大家一致赞成搞追思风格的纪录片。

搞什么不搞什么这事儿，在我们那个团体中，从来不是复杂的问题。超功利地做一个项目，往往也会带给我们愉快。头儿亲自与我的大学母校和省教委联系，那两方面极为支持。于是兵分几路，开始了广泛的采访。

"旧历的年底毕竟最像年底。"

鲁迅这话，在中国并非名言了。农村倒还是的，出外打工的年轻人陆续回去了嘛，便人多起来，热闹起来。省城却不同，街面上反而人少了，冷清了。我已在北京度过一次春节了，知道北京更其如此。听我表哥说，春节那几天，深圳像是空城了。灵泉则不同，从"旧历的年底"始，到处张灯结彩，不论姓公姓私的商家，都尽力将门面搞得漂漂亮亮的，准备迎接春节期间的大批旅游者。

我表哥在深圳的处境并不遂愿，他除了能当记者别的干不好。但深圳并不缺好记者，重点岗位轮不到他。结果，他和我一样，也当起了一家房地产公司老板的文字秘书。可他没我那么好的运气，常被老板指责。收入是高了不少，钱是攒下了一笔，却找不到归宿感。他也漂泊得疲惫了，想返回灵泉，这使他在我大姨眼里成了个失败者——因为他不可能重新回到省报了。

表哥曾如是说："灵泉再好，与深圳相比，那也根本不能同日而语！根本不是一个层面上的好！我要是能在深圳买得起房子，枪口顶着我后背我也不回灵泉！海阔凭鱼跃，天高……"

大姨则当我面训他："你给我住口！你当初若不离开省报，肯定都当上主任记者了，副高职称也该评上了！你看你现在混成了个啥？深圳房价贵你当初不清楚吗？现在还有脸说那种话？！……"

表哥则红了脸，低着头，一声不吭地离开。

而在我看来，大姨认为表哥失败的方面，恰是他挺牛的方面。北上广深，中国四大金牌城市，房价之高何人不知？何人不晓？当初的表哥，身为省报驻灵泉之唯一记者，会连那一点都不清楚吗？他明明是破釜沉舟，一往无前嘛！仅就此等豪气而言，我身上是断不曾有的。并且，同样是"漂"，我只做了一年多"京漂"，便有些坚持不住了。他却坚持了十余年，也不知是如何坚持过来的，还的确把钱攒下了。所以，不愧是我表哥。我妈曾当我俩面问他，攒了有没有一百万？他笑着说："那还是有的吧。"看他那样子，听他那口气，只多不少。一百多万啊，在灵泉那算是小小的"款爷"了，何况他去深圳前已买了房子，还是一次性付款，不欠房贷。更何况他还一直单身着，没责任压力。两个"何况"加一起，愿意嫁给他的灵泉小女子少不了。

表哥有次试探地问我能否在我的单位为他"谋点儿活干"。

我知难而退地说："表哥，凭你的人脉，还需要我帮着找工作呀？"

他一愣。

我又说："咱们表兄弟俩，都挤在一个小小的单位不好吧？你就是去了，能干的还不是和我一样的工作？你是学新闻出身的，我是学中文出身的，论水平你肯定不如我啊，那你心里会别扭。"

他也被我说红了脸。

"那是，那是，大实话。我爱听大实话，算我没说。"

以前，类似的大实话，只有他对我说的份儿，轮不到我对他说的份儿。他那种尴尬的样子，令我也尴尬了，不禁自责把话说得太实了。

冉当时也在场，显然挺同情他的尴尬，慢言慢语地说："表哥要是愿意，我那儿倒是还缺个人，我也做得了主。"

"免了免了，你那儿的工作性质太神圣了，我绝对难以适应。你俩都别为我操心了。就是几年不工作，我也饿不着。"

他说的也是大实话，我只是尴尬于他的尴尬，并不同情他。中国尚有两亿多人口，平均工资还不到两千元呢！对一个拥有一百多万、"几年不工作也饿不着"的人，我心难以产生同情。那不成了滥施同情了？对我表哥也不。

我岳父一"走"，使我妈受益匪浅。这么说真是罪该万死，却也是大实话，事实如此。我妈终于圆了她的夙愿，将冉的家当成了她的农村憩园。自掏腰包，任意加以改造，以达到她住起来舒服的标准。在我们那儿，倒也没花太多钱。我和冉要出一份钱，我妈坚决不许。尽管是往好了改造，但那毕竟不是自己的家。倘我岳父尚在，估计她定有顾虑。我岳母采取的是怀柔策略，似乎完全放弃了主权。不论我妈想怎样，她都说："行，行，亲家母你随便弄，中你的意就好。"

冉对她妈居然刮目相看，认为她妈表现出了大智慧，好比吸引外资在自己的地盘内搞建设，政策给足了并不吃亏。冉每月给她妈一千元生活费，这使她妈生活得挺滋润，便将大部分菜地租出去了，仅留一亩，继续种菜，算是给自己找点儿活干，怕闲出毛病。我妈对干那活儿也特来劲，倾力协助，乐在其中。一亩地一茬茬的能收不少菜，我妈常四处送人，我和冉每对我妈拎来的菜犯愁，吃不了又怕放坏了，便相对为难，无奈地寻思还该送给哪家。并非谁家都欢迎别人送的菜，因为那不见得是对方正想吃或喜欢吃的。而且买菜方便，又便宜。不收吧，扫了送菜人的兴，收吧，欠下种多余欠下的人情，还得惦记着还。倘怎么送也送不完，我妈和我岳母就只得到集上去卖。我妈因而学会了蹬三轮平板车，这使她很有成就感，认为自己与时俱进着。她不做过秤收钱之事，一次几元钱地收她不来情绪。她宁愿敞开嗓子叫卖，那会使她体会到不同寻常的存在感，并因而兴奋。

我岳母也常到我妈那儿去住。我妈也为她"改造"了发式。即使"改造"工程进行到了自己头上，我岳母也还是放弃主权，特听话。而我妈赞赏她一贯的良好表现，为她买了几身衣服，将她捯饬得不但像城市妇女，似乎还像中产阶级妇女。一早一晚，她俩总是彼此挽着散步，或一块儿去跳广场舞。广场舞不但使我妈焕发了青春，还发挥了余热，当上了组织者。在我妈的言传身教之下，我岳母的舞技进步极快。总而言之，不论在市里还是在"憩园"，她俩经常出双入对。两位母亲，一对寡妇，渐成老闺蜜，一日不见，如隔三秋。

我曾欣慰地问冉："怎么会那样？"

冉说:"很正常,她俩互相填补情感空间。"

我说:"人生真如一盘棋啊,即使至亲之人'走'了,棋局都不同了。"

冉说:"真如一盘棋的不是人生是人间。人只不过是棋子,谁都无法左右整盘棋,能改变的只不过是自己的棋步。我妈和你妈,她俩的棋步比较一致,这是咱俩的福。我爸和你爸如果泉下有灵,肯定也会欣慰的。"

冉对人对事的看法每令我自叹弗如。有一个频繁转移于生死二场的老婆,思想方法想不"哲学"一点儿都不可能。

初三下午,我们一家三口加上我妈和冉她妈,再加上我大姨和大姨父,小姨小姨父和表妹,总共十口,准时欢聚于"憩园"。

我表哥另有应酬,提前向我妈请过假了。

我表妹北师大毕业后去苏州,在那里安家了。丈夫是苏州本地人,两口子都是中学教师,表妹还被评上了市级优秀教师。

我已多年没见过她。

但我始终记得她说的一句话:"认为全中国北京最好,是一种中国病。"

相对于我,表妹的话接近名言。

她问日后她一家三口回灵泉时,可以不可以在冉家小住。

我妈说:"当然可以!想住多久都行,我特批了。"

我小姨似认真非认真地问:"又不是你家,你做得了主啊?"

我妈看着我岳母说:"让她回答。"

我岳母说:"我这儿等于被她占领了、殖民了,那就由她做主呗。"

亲人们一时大笑。

大家笑过,我和冉为了躲热闹,就在村子里转悠,东瞧西看,还点评各家的春联。

我的手机忽然响了,屏幕显示是郝春风打来的,却又不吱声。

我说:"春风,过年好!"

她那端这才说:"有件事,犹豫再三,最后决定还是得告诉你……"

"文琪他爸的事儿?"

我的话是本能反应。

她说:"对。他爸他妈上午同时被从家里带走了,坊间都这么传,官媒还没证实……"

我呆住,通话随之结束。

仅从我那一句话,冉就明白是怎么回事了。

"别告诉你妈和我妈……"

她握住了我一只手。

此前,我妈和冉她妈,已都将文琪认作干儿子了。按出生年月排,我得叫文琪弟,冉得叫文琪哥。虽是干的,关系自然又亲了一层。

接下来,置身亲情融融的氛围,我和冉,我俩只有强作欢颜。

当晚我和冉多次打文琪的手机,他停机了。

春节过后上班第一天,头儿把我叫到了他的办公室。

头儿说:"关于汪先生的片子,省台决定安排播出,但对一个人的采访必须剪掉。"

他没明说我也知道是谁。

我说:"不出形象,保留声音行不?"

头儿说:"门儿都没有。我不是在跟你商量,是在告知。这事儿咱们只能无条件服从,明白?"

我说不出话,点了下头。

离开头儿的办公室,我站在走廊窗前,望着窗外一树欲开未开的桃花,不禁流下泪来。

直至"五一"后,我——不,我和冉一直与文琪失联。而对于他父母,官媒已发布了"双规"公告。

五月二十二日上午,一陌生人与我通了次手机。

他问:"是李晓东吗?"

我说:"是。"

心中有几分不安，以为是纪委的。

他说："我是王文琪他叔。他父亲突发心脏病去世了，他正在省城火葬场，情绪很失控。我早就知道你是他朋友，如果你能来一下，他的情况肯定会好点儿……"

不待他说完，我便说："让文琪等我，我立刻动身。"

非周末亦非周日，我和冉都请了事假，同时出现在文琪和他叔面前。他叔我见过，不是他亲叔，是他众多杂姓叔中的一个——在什么场合下见到的我却忘了。竟还有一个那样的"叔"陪他与他爸的遗体告别，使我顿觉对方身上有古风，于是敬之。在我和冉到来之前，由于文琪的情绪反应过于强烈，遗体告别程序无法正常进行，火化步骤一拖再拖，火葬场工作人员已十分光火。

我的劝言对文琪也丝毫未起作用。

冉拥抱着他，在他耳边小声说了一番话，如同一瓢冷水止沸，他终于不想死厌活的了。

遗体告别总算完成，文琪居然不愿我和冉继续陪下去，一次次催我俩走。

他叔也说："那你俩走吧。有我陪着，你们放心好了。"

我俩怕非陪下去，他的情绪反而又会失控，只得与他拥别了。

路上我不解地问冉："他为什么忽然又那么态度恶劣地对待咱们？"

冉说："理解万岁吧。他是自尊心多强的人啊，在咱俩面前他太那个了。"

"太那个了"四字令我感同身受。

我问："你小声对他说什么了？"

冉说："他妈已经被解禁了，这一点他不可能不知道。但他妈却没来见他爸最后一面，肯定是他最难以接受的现实。"

"所以呢？"

"所以我编了个谎话，告诉他咱俩顺路先去看了他母亲，他母亲让咱俩转告他，为了他好，母子俩还是以暂时不见为宜，希望他正确对待……"

我不由得与冉牵起了手。

那日之后我们与文琪又失联了。

关于文琪和他父母，一个时期内坊间流言和网上爆料甚多，比较靠谱的几点是——文琪他母亲的娘家，是马来西亚家底殷实的华侨，故他和他母亲名下的某些可疑房产，并非全是他父亲以权谋私非法所得，主要还是他母亲之私款的正当投资。但他父亲又确有以权谋私的罪行，因为认罪态度好，只受到了党纪和行政处理，并没提起公诉。组织上政策关把得挺严，该收没的收没了，确属合法资产的部分，并未冻结。

三个月后，他那位叔给我打了次手机，告诉我文琪和他母亲去往马来西亚了。

这一年的九月二十二日，我接到了文琪打来的手机，他说他确在马来西亚，一切已稳定下来，请我和冉不必牵挂。

那日是我妈生日，他祝我妈生日快乐。

我妈迫不及待地要过去手机，大声说想他这个干儿子了。

他那端也大声说想干妈了。

我妈说等疫情过去了，一定去马来西亚看他。

他那端说欢迎，一切费用包他身上了，保证让我妈吃好住好玩好，还说让我妈往返坐头等舱。

我妈说："他俩也想你啊，我孙子还想文琪叔叔了呢！"

他那端说："那就都来呀，都来我更高兴了！"

我妈连说带笑，却没听到文琪那端笑一声。

结束那次意外的通话后，我妈叹道："总算又有了这孩子的手机号，赶明儿你替我把他加到我群里。"

我说："不好吧？"

我妈白我一眼，正色道："有什么不好的，我一个退休的普通百姓，才没那么多顾忌！"

冉问："你真想去马来西亚？"

我妈又叹道："不是为了使他高兴嘛！使别人高兴的时候，不是

439

自己也高兴？何况他是我干儿子！先不说去不去马来西亚，我孙子和他姥姥还没去过北京呢，什么时候去倒真应该有个打算。"

由于种种原因，专款已经早就预备下了，那打算却一直未能实现。并且，那打算强烈地引发了我儿子对北京的向往。越去不成，越强烈，便经常从网上了解北京。了解得越多、越细，对我和冉的意见越大。

"爸，妈，你们当初究竟为什么不留在北京？是被驱赶出北京，押送回灵泉的吗？"

意见是通过如此无礼的问话表达的，极放肆，却又装出困惑而已的样子。

冉说："我们是为了你爷爷、奶奶、姥姥、姥爷才回来的。当年我和你爸觉得还是和四位父母住得近一些才对。"

"怎么就对了？父母在不远游？封建！"

因为我们没留在北京，似乎便对不起他了，听出了此种意味，使我对儿子也不满起来。岂止是不满，简直是光火！

我板起脸问："北京到底有什么吸引你的地方？"

儿子坦率地回答："大。"

仿佛我的话很"二"。

冉说："地球很大，生活在哪儿还不是生活在地球上？还不是同样生活在大地方？可地球在宇宙中又很小，北京在地球上更小。北京人也罢，灵泉人也罢，不都得具体住在居民区里，住在房间里吗？那不就同样生活在小地方了吗？北京再大，谁又能把长安街当自家走廊？……"

"妈，你这叫诡辩！你们文科出身的人，特别是中文出身的人，思维方法太古怪！咱们讨论具体的行不？北京每年能提供给多少大学毕业生就业岗位？一百几十个灵泉也比不了。北京能冒出多少年轻的富豪？可灵泉有一个真正的富豪吗？"

冉反问："怎么没有？"

"噢！"儿子耻笑道，"拥有几千万、几个亿资产就算富豪了？

妈你对富豪有没有个基本概念？"

我也忍怒反问："那和你有什么关系？"

儿子振振有词："关系大大的！激发我自强不息！树雄心，立大志，将来也要成为成功者！不跟你们中文出身的讨论了，两股道上跑的车，没法统一认识，我得写作业去了！"

儿子说罢，起身便往里屋走。

我和冉互相看着，一时都无语，心里也都不是滋味。

儿子从里屋探出头，又以可爱的样子说："等我以后成了北京人，一定把你们接到北京去享福。那时咱们的家，就不会是现在这种家了！"

里屋门关上后，冉攥住了我的手。

我妈听我讲了我俩和儿子的讨论内容后，发了会儿呆，幽幽地说："我孙子才初一，这么早就立下了雄心大志，我当奶奶的首先是高兴的。可……如果实现不了呢？唉，往后有你俩操心的时候，我是操不起那么多心了。"

冉则安慰我："他毕竟还小，长大了，想法也许就变了。"

儿子上的是重点中学。灵泉有三所重点中学，我和冉没为他托关系走后门，我妈也没施加任何影响。他聪明，学习好，完全是凭分数被录取的。那也是一所男生占绝大多数的中学，男女生比例一向九比一，女生最多时也没超过十分之二。而且，百分之百的男生都重理轻文，努力学习的方向的那头，论考大学目标都在北京；论人生都想成为北京人，进而在北京成为成功者。连上海都是退而求其次的选择。"广深"不在考虑之内，更遑论其他城市了。至于灵泉，若谁居然留在当地了，那肯定是人生之大不幸，是千年垂恨万代垂伤之事。不但学生有这种思想，老师们亦如此，全校的意识氛围同样如此。虽然，儿子从没明说过，但我和冉心里都特清楚——在他眼里，父母都是被中文所误之人，父母的人生也就这样了，没多大奔头了。

后一种看法，自然将会被事实所证明。但即便如此，也是我们丝毫不敢懈怠地努力工作的回报啊!

在儿子面前,父亲们的自尊心大抵会比母亲们脆薄;在女儿面前则相反。

我几次想对儿子说:"你可以瞧不起你父亲,但你没资格瞧不起中文!"

连自己也觉得那话太缺乏说服力了,后来又想这么说:"你可以轻视中文,但你没资格瞧不起你父亲的人生!"

这么说的感觉固然会好多了,却又底气不足。

两种想说的话便都没对儿子说过。头牌重点中学的学生,大抵都有几分牛、几分狂,这是普遍现象,不足为怪。但在我所经历的年代,那牛、那狂,往往是到了高中时期才有所表现的。

从初一就偶尔露峥嵘了,这使我不太适应——"露"在儿子身上,表现在家里,表现在自己面前啊!

而自己的儿子从初一起就那么坚决地不打算成为普通人了——尽管他聪明,他学习的劲头自觉,他的成绩一向名列前茅,但到底好还是不好,我始终难给自己一个满意的回答。

我觉得冉内心也不无纠结。

有时细思忖之,我会不寒而栗。

一往无前地非出人头地不可——一旦不成功,而且也成不了"仁"啊!

我十分害怕我儿子的人生会那样。

据我所知,许多像我儿子一样的儿女,如果父母甚为普通,他们骨子里是全盘否定父母的人生的。即使在对父母说"爸爸妈妈,我以后一定让你们过上好生活"时,那也是否定在前的。

这每令我伤心,为那样一些父母,为我和冉。

因为他们所向往的好生活标准委实太高了,高到只不过是极少数人才过得上的生活。我怕他们在一往无前地追求的过程中,尚未来得及反思呢,便成了那"好生活"的辐射波的牺牲物。是的,是物,对于那诱人而又杀伤性厉害无比的辐射,人亦物也。

"幸福的家庭是相似的，不幸的家庭各有各的不幸。"我对托尔斯泰这句名言有了不同的领悟，若将"家庭"改作"人生"，则觉得反过来也成立，即"不幸的人生是相似的，幸福的人生各有各的幸福"。不幸之所以曰不幸，乃因其对人的危害大抵是袭击式的，而且不外乎那么几种——战乱、空难、海难、灾情病患、交通事故、家庭或街头暴力、仇杀情杀或劫杀盗杀……不一而足。不但相似，几可言雷同。然幸福，若已摆脱了贫穷，远离病患之纠缠，没遭遇欺辱与不公——在和平年代，特别是在一个社会发展诸方面逐渐向好的国度里，即使将目光望向民间，也会发现甚至更会发现，幸福的曦光总是存在，氤氲不散，给古时叫芸芸叫元元叫黎民叫众生叫百姓后来叫人民的庞大群体，带来将日子安稳地过下去的希望。并且正是在民间，幸福虽与富贵荣华并不搭界，却也是千般百种并不重样的——正如我妈和我岳母两位失夫的女人，居然也重拾起了生活的好感觉，而刘川和吕玉两口子自有他们的幸福；"星爷"和"肥仔"也有他们的人生追求和乐趣；我和冉有我俩的成就感……

尤其民间，最懂得珍惜幸福，深知得来不易，即使在别人看来不足论道。

我认为我儿子是幸福的。他应该惜福，也应该感激我和他妈妈。

但小小年纪的他，却认为不成为人上人便无幸福可言。作为父亲，我唯恐儿子以后会由于不谙世理而不解人生之不易，做人失却原则，行事没个深浅，将原本能够追求到的现实的幸福给"作"没了。

可儿子却说："成功者都是作成功的，不作人生不精彩。"

代沟如谷，且宽且长。影响他的不只我这父亲，还有社会。社会仿佛是他的另一位父亲，虽非他的生父也不供养他，却分明的，对他具有远远强大于我这位父亲的"感召力"。在心性之争取方面，我越来越感到无可奈何地输给了社会——或更准确地说，输给了种种之社会潜规则。正是那些潜规则，被我的儿子在初二时便视为思想能量了。

有时我真想大喊："救救孩子！"

这冲动的前提当然是企图借助第三种影响力救救自己的儿子。可第三种影响力是什么呢？在哪儿呢？确乎地存在吗？

我不知道。

是以有失败感。

又是以经常郁郁寡欢，总想找碴儿训儿子。

冉每批评我："你跟儿子那么认真干吗？他还是个孩子。"

我迁怒地说："初二了，是少年！"

冉说："少年在父母跟前也是孩子。"

我说："他那些话对吗？"

冉说："少年不知愁滋味，属于正常现象。对社会刚刚有了点儿认知，自己也刚刚有了点儿独立思想，也许还开始进入青春叛逆期了，你总是从他的话中挑出明显是歪理的几句过度解读，可不就会话不投机半句多，关系越来越拧巴呗。"

"别忘了我是他父亲！我对他的成长负有教育的责任！难道我听之任之、无所作为就对了？"

我气不打一处来。

冉却笑道："亲爱的，消消气。你看这样子好不？以前呢，我工作忙，你跟儿子的交流多、沟通多，辛苦你了。现在我的工作不那么忙了，以后应该多由我来担负起对儿子的教育了，接力棒交给我吧。"

她的话和她那笑，顿时使我消气了。

她又说："你放心，不管社会上乱七八糟的现象有多少，层出不穷也罢，花样翻新也罢，只要我这位妈妈在，那就绝不会将我们的儿子给腐蚀坏了。我可不是一般的妈，参透生死的人，论讲人生，比所有那些坏现象加起来的影响力还强大。何况我与初中生有足够用的对话经验，在北京那两年我不是白混过去的。"

我不但消气了，也又一次攥住了她的手。

"执否"之"执"，意谓轻牵。

不知从什么时候开始，对于冉，我已不再是"执"其手了。

我经常不由自主地攥住她的手，往往攥得很紧。

有一个频繁转移于生死二场的老婆，我认为只要自己感觉着她的感觉，对生活中许多事的看法，往往简明通透、豁然开朗也。

因为，她的自信绝非自负，她的看法大抵靠谱。

灵泉的房价也涨了。为我妈和为我俩买的房子都翻了一倍多，这使我和冉都很庆幸，认为当初的决定是明智的。

北京的房价后来涨得更离谱。我俩住过的两处地段的房价，都比当初涨了十倍或十多倍了。

这也使我俩很庆幸，若不是已回到灵泉，对于我俩那有多么的恐怖！

可刘川和吕玉却替我俩大为遗憾。

有次聚在一起时，刘川问我："后悔死了吧？你俩当初要是有那前后眼，砸锅卖铁的在北京把房子买下了，那现在的你俩是种什么状况？"

我明知故问："什么状况？"

吕玉抢着说："趁当年那价，豁出举债买上一百平，现在不都成千万富翁了？"

我苦笑着说："那一百平也还是一百平啊，变不成一百零一平吧？而且我俩岂不都成房奴了？我俩可都怕那种日子！"

刘川说："现在把房子卖了再回灵泉也不迟吧？还了一切债，不还干赚几百万？"

他把我问住了。

冉那时慢条斯理地说："那我俩还能对我俩的父亲尽到孝心吗？如果在他们去世前我俩没做到这一点，那种遗憾不是更大吗？肯定会成为我俩终生的遗憾。而且我们的母亲也就过不上现在的幸福生活了。人吧，生活在哪里，追求什么样的生活，也不能只考虑自己那点儿感觉呀。"

"倒也是倒也是……"

刘川不好意思了。

吕玉则大叫："儿子，过来！立刻过来！"

她又对冉说："那什么，嫂子，你得把刚才那话再对我儿子说一遍！他缺的就是这种家教……"

我和冉经常一起缅怀汪先生。

我俩都因为人生中有过那样一位老师而感恩我们那所没名气的大学。

也感激中文——确切地说，是汉语言文学专业。

我的工作，至今还靠"文学"二字垫底儿。

冉的工作，也做得越来越人性化。用她自己的话说那就是："如果由我来讲文学与人生，肯定比那个梁晓声讲得好。"

我深以为然。

那个梁晓声嘛，他如果也像我的冉一样，经常转移于生死二场，估计就不会再到处卖他那贴狗皮膏药了……

2022 年 2 月 15 日

北京